GEIGER

Si tienes un club de lectura o quieres organizar uno, en nuestra web encontrarás guías de lectura de algunos de nuestros libros. **www.maeva.es/guias-lectura**

GUSTAF SKÖRDEMAN

GEIGER

Traducción:
EVA GAMUNDI ALCAIDE

MAEVA | NOIR

Título original:
Geiger

© Gustaf Skördeman y Bokförlaget Polaris, 2020.
 Por acuerdo con Politiken Literary Agency
© de la traducción: Eva Gamundi Alcaide, 2022
© MAEVA EDICIONES, 2022
 Benito Castro, 6
 28028 MADRID
 www.maeva.es

ISBN: 978-84-19110-52-7
Depósito legal: M-16366-2022

Diseño e imagen de cubierta: Opalworks BCN
Fotografía del autor: © Benjamin Thuresson
Preimpresión: Gráficas 4, S.A.
Impreso por CPI Black Print (Barcelona)
Impreso en España / Printed in Spain

1

LAS TAZAS DE café de Royal Copenhagen, en las que solo quedaban los posos, seguían en la mesa, y la bandeja de la tarta y los vasos de zumo estaban vacíos. Había servilletas de lunares azules sucias y sin usar. El mantel estaba lleno de migas y de manchas de café, y aquí y allí los vasos habían ido dejando círculos de un rojo brillante. Las sillas se habían quedado separadas de la mesa, después de que los más pequeños se hubieran marchado corriendo.

Ahora, la mitad de los nietos ocupaba el sofá, diseño de Josef Frank. La otra mitad iba corriendo y gritando, atiborrados de azúcar y muy exaltados. De la nada surgió una pelota de tenis que por suerte aterrizó entre los platos conmemorativos de varias ciudades europeas que había colgados en la pared: Berlín, Praga, Budapest, París, Rostock, Leipzig, Bonn.

Los niños se habían quedado con los abuelos durante la última semana de clase para que sus padres pudieran irse de vacaciones a Bretaña. Las hermanas Malin y Lotta querían aprovechar antes de que empezaran las vacaciones de verano y media Suecia se desplazara hasta Francia.

Durante el transcurso de la semana, Stellan, el abuelo, se había refugiado en el despacho mientras que la abuela, Agneta, hacía el desayuno y la cena, y llevaba y traía a los niños del colegio y a las actividades extraescolares. Y supervisaba el baño desde el muelle esas tardes excepcionalmente cálidas de principios de verano. También era la abuela la que preparaba y metía en la maleta los tubos de bucear, las aletas, los bañadores, las gafas de baño, las piezas para jugar al Kubb y lo que quedaba del protector solar. Y luego toda la ropa, las tabletas, los cargadores y los libros del colegio.

Y allí estaban ahora las dos hermanas con sus maridos para llevarse a los niños. Parecía casi como si la casa soltara un suspiro de alivio porque dentro de poco reinaría la calma y todo volvería a la normalidad.

La puerta del jardín estaba abierta y por ahí caminaba Lotta al lado de su anciano padre, mientras él le señalaba las últimas plantas de los arriates y de los maceteros. La mayoría de las flores ella ya las conocía, pero algunas eran nuevas. A Stellan le gustaba mantener sus favoritas e ir variando el resto.

Creía que estaban más bonitas justo antes de abrirse. Cuando los brotes comenzaban a agrietarse. En eso discrepaban padre e hija.

Lotta escuchaba atentamente a su padre mientras él le iba enseñando entusiasmado el esplendor de las flores. Rudbeckias, malvarrosas, consueldas azules, dulcamaras que habían salido solas, orégano, menta, milenrama y loto corniculado. Stellan adoraba sus flores, y Lotta pensó en cuánto tiempo había pasado en el jardín durante su infancia. No podían molestar a su padre cuando estaba allí, pero todos sabían dónde se encontraba.

Mientras Stellan se detenía para recuperar el aliento, Lotta se giró discretamente y fingió que estaba contemplando la vivienda: la elegante casa de estilo funcional que se sabía de memoria y que, en realidad, no tenía ningún motivo para quedarse contemplando. Las amplias ventanas y las dos terrazas con las fantásticas vistas al lago Mälaren y la isla de Kärsön.

Después recorrió con la mirada el sendero del jardín, aquellas doce baldosas pesadas por las que ella y su hermana habían saltado tantas veces y que su padre llamaba jocosamente «los doce pasos hacia una vida mejor», porque conducían al cobertizo. Allí se podía dedicar a lo que más le gustaba del mundo sin que nadie lo molestara.

Había costado tanto colocar las baldosas que Stellan decía que ya se quedarían allí para siempre. Y por el momento llevaban cuarenta años en su sitio, con lo que quizá la profecía se acabara cumpliendo.

Miró a su padre. Tenía ochenta y cinco años, estaba tan lúcido como siempre, pero con el cuerpo cansado y envejecido. Tanto que se dejaba algunas partes del cuello cuando se afeitaba. Siempre había sido alto, pero ahora estaba encorvado. Aquellas gafas enormes que lo caracterizaron desde que a Lotta le alcanzaba la memoria se le torcían con frecuencia, y se le veía la mirada turbia detrás de los cristales.

Lotta era casi tan alta como Stellan, pero por lo demás no se parecían demasiado. El padre tenía el pelo rubio ceniza, y la hija, negro. Según Stellan, una herencia de la abuela materna, que tanta voluntad tenía. Y mientras su mirada era amable y cálida, la de la hija resultaba inquisitiva y escéptica.

—¿Por qué no nos sentamos un rato? —dijo Lotta, ya que se había dado cuenta de que el padre estaba cansado y sabía que nunca lo reconocería.

Se sentaron en el banco verde desconchado que había fuera del cobertizo. Stellan se abanicó con un plato de papel que antes contenía bulbos, y Lotta se secó el sudor de la frente. Aquel calor casi no le parecía natural. Llevaba todo el mes de mayo atenazando al país entero y no daba ninguna señal de que fuera a remitir en junio.

Cuántas veces se habrían sentado allí juntos. Un banco para descansar, pero con todas las herramientas al alcance de la mano: un lugar en el que era posible recuperarse y estar preparado para trabajar.

O al menos uno podía intentar convencerse de que así era.

En el cobertizo había muebles de exterior apilados y herramientas de jardinería que llevaban décadas sin utilizarse. Azadas, aspersores, una regadera de cobre, la hamaca a rayas ya llena de moho y las antiguas tumbonas que chirriaban y con las que les encantaba jugar a las hermanas cuando eran niñas. Tomaban el sol todavía entre montones de nieve durante los primeros días de primavera, «tomaban las nubes» en días nublados de verano, se pasaban todo el verano jugando a que las tumbonas eran barcos, coches, aviones, cohetes espaciales o muelles desde los que saltaban al agua imaginaria.

Cuando las hermanas se hicieron demasiado mayores para jugar, las tumbonas acabaron en el cobertizo, y allí habían permanecido desde entonces. Sin embargo, Stellan las utilizaba para descansar en secreto mientras trabajaba en el jardín, pero lo delataban los suaves chirridos que se oían a través de las paredes.

Ahora el cobertizo era más como un monumento de una época pasada. Solo la mesa del jardín veía la luz cada año; la sacaba Jocke, el jardinero, que seguía presentándose como un reloj, aunque llevaba mucho tiempo jubilado. Tampoco aceptaba que le pagaran. Había ido cada semana desde que Stellan y Agneta se mudaron allí recién casados, a principios de los setenta, y así había continuado incluso después de la jubilación, sin que él lo preguntara ni se lo pidieran. Tal vez necesitara la rutina para no decaer.

Lotta entreabrió la puerta del cobertizo y notó que una masa de calor se le echaba encima. Las temperaturas estivales convertían el interior en un verdadero horno.

—¿No vais a volver a abrir esa ventana? —le preguntó señalando el tablero de contrachapado que había clavado en la pared del fondo—. Ya no somos niñas, no hay riesgo de espionaje.

—No, pero ahora tenemos espías nuevos —dijo Stellan con una sonrisa.

—Solo les hacen caso a las pantallas.

—Le pediré a Joa que lo quite. La ventana da a un arbusto de kolkwitzia precioso, pero es que ya no paso tanto tiempo aquí.

—Yo diría que nada —replicó Lotta, que detuvo la mirada en las tumbonas llenas de óxido.

—Toma, para ti —le dijo Stellan Broman a su hija mientras le ofrecía una flor. Cada vez que iba a visitarlo le daba una planta o un bulbo del jardín para la huertecita que tenía en la cocina, y ella lo aceptaba agradecida.

—¿Qué es? —le preguntó.

—No lo sé. Creo que una clarkia. La plantó Jocke.

—Siempre le echas la culpa a él.

Lotta le sonrió a su padre.

Joachim siempre había sido una parte innegable de su vida, y él y su padre discutían a todas horas sobre quién era el que más sabía de las flores. La verdad es que había aprendido más de plantas y jardines con Jocke que con su padre, pero aún recordaba con cariño su interés por la jardinería cuando ella era niña, ya que eso significaba que él estaba en casa. No en el trabajo, y tampoco en la casa rodeado de colegas y amigos. Nada de celebraciones grandiosas, nada de trabajo, solo el quehacer tranquilo con los arriates.

Su vida debía de haber sido mucho más tranquila durante los últimos treinta años. ¿Anhelaría los viejos tiempos? ¿Ser el centro de atención?

Al menos les había dado a ella y a Malin una infancia distinta, una niñez que todos sus amigos envidiaban. Y ¿qué habría cambiado si el padre hubiera estado más en casa, si no se hubiera encerrado en su cuarto de estar o si no hubiera huido al jardín en cuanto entraba por la puerta? Después de todo, siempre tuvieron a su madre.

Y no cabía duda de que había sido una época muy emocionante, con todas esas caras conocidas que se presentaban en la casa, con todas las fiestas y las bromas, y todos los adultos que se dedicaban a cosas extrañas.

¿Sería la intensa vida social de los padres el motivo por el que ella era tan solitaria? La adicta al trabajo que llevaba dentro era sin duda herencia de su padre, pero cuando no estaba trabajando tampoco quería quedar con nadie. En esos momentos lo que deseaba era sentarse a leer un libro. O quizá quedar con un amigo para hablar. Un amigo.

El grito estridente de un niño les anunció que era hora de volver con los demás.

Como de costumbre, Malin se había quedado dentro con la madre. Nunca le había gustado el jardín. «Puaj, gusanos y cochinillas», sentenció ya con seis años, y no había cambiado de opinión desde entonces.

Lotta, la morena, y Malin, la rubia. La competente hermana mayor y la princesita consentida.

Casi como parodia típica de hermana pequeña, no había ayudado a su madre ni a limpiar, ni a guardar las cosas ni a fregar, pensó Lotta. Sí que había bajado del desván una caja con ropa vieja y estaba buscando prendas *vintage* para sus hijos.

—¿De verdad quieren ropa vieja? —preguntó Agneta.

—Pero si son superbonitas —dijo Malin mientras levantaba un mono celeste de felpa de su infancia.

Malin, con aquella melena rubia y aquellas cejas oscuras, era igualita que su madre. No cabía duda de que Agneta había sido una belleza deslumbrante, y aún a sus setenta años le seguían lanzando miradas por la calle. A pesar de que ella no se percatara. La belleza de madre e hija hacía que la gente quisiera lo mejor para ellas. Como si surgiera de su interior, y por eso no se la envidiaban.

Mientras Malin y Lotta estaban con sus padres y sus hijos correteaban, las respectivas parejas de las hermanas se habían retirado, como siempre. Algo acerca del trabajo, el coche o la reforma del cuarto de baño, sobre lo que podían hablar apartados del resto. Christian, con una camisa bien planchada y zapatos relucientes; Petter, en pantalones cortos y sandalias. No estaban muy cómodos cuando estaban juntos, un hombre del mundo de las finanzas y un burócrata cultural, pero ninguno de los dos estaba cómodo en absoluto con su suegro, el legendario presentador de televisión, de modo que recurrían el uno al otro. Ninguno estaba particularmente versado en las cuestiones que le interesaban a Stellan: la televisión de los años setenta y ochenta, los viajes por Europa o la estrecha relación entre la cultura clásica, el entretenimiento y la formación de la gente. Ninguno era capaz de citar a Schiller.

Después de ver que los cuñados habían seguido su patrón habitual, Lotta comprobó que los niños proseguían con el suyo. Sus hijos estaban sentados con la cabeza encima del móvil, y los dos de Malin se estaban peleando. Molly gritaba porque Hugo le había lanzado la pelota de tenis a la frente y le había dicho que le diera un cabezazo. La pelota había rebotado en la pared y luego en el borde de la mesa, entre dos tazas de café.

Ya era hora de llevar a los niños al entrenamiento y así librarse de los maleducados hijos de Malin. Tenía muchas reuniones pendientes, en su trabajo ausentarse una semana era muchísimo. Por suerte, Petter podía escoger su horario y los niños tenían el verano repleto de actividades.

—Es hora de irse. Dadle las gracias a la abuela y vestíos.

Leo se apartó el flequillo, se acercó a su abuela y la abrazó. A Sixten se lo tuvo que repetir, pero luego también se acercó a darle las gracias.

Malin echó un vistazo a la ropa que le faltaba por revisar, arrojó unas prendas en una bolsa y soltó la caja de cartón. Lotta se fijó en que no la había vuelto a subir al desván. Y estaba segura de que la bolsa que su hermana había llenado con la antigua ropa de su infancia permanecería intacta durante muchos años.

Lotta abrió la puerta para que salieran los niños. Petter se percató de la señal de inmediato, entró a darles las gracias a sus suegros, se dio la vuelta y se metió en el coche. Mientras tanto, ella ayudó a los hijos de Malin a ponerse la ropa. La hermana tuvo que ir en busca de Christian para decirle que entrara a despedirse, y después Lotta los llevó a todos a los dos coches aparcados en el camino que conducía a la casa, mientras se quedaba dándole un abrazo a su madre.

Stellan regresó al salón, al sillón de leer. Un Pernilla muy usado. Como sonido de fondo, a modo de protección, sonaba la *Pasión según San Mateo*. La grabación clásica de 1988 de John Eliot Gardiner con Barbara Bonney.

Agneta salió a las escaleras de la entrada a despedir a las hordas que se retiraban. El timbre del teléfono proveniente del interior atravesó el aire, y Agneta les dijo a sus hijas que tenía que contestar. Malin no pudo evitar comentar con una sonrisa que sus padres debían de ser las únicas personas que conocía con un fijo en casa. Dijo que nunca sería capaz de explicarles a sus hijos lo que era un fijo.

—Es cosa de tu padre —dijo Agneta excusándose—. Quiere mantenerlo a toda costa.

Volvió a la casa mientras su hija menor se reunía con el resto de la familia, que estaba esperándola.

Agneta entró en el despacho y descolgó el pesado auricular con cable rizado del antiguo modelo Dialog con dial rotatorio.

Contestó con el apellido, como siempre.

—Broman.

Al otro lado de la línea, una voz masculina con un marcado acento dijo en alemán:

—¿Geiger?

Era lo que se temía.

Dios mío.

Los niños.

Pero oyó que en el exterior los coches estaban arrancando, y se dio cuenta de que no tenía otra opción.

Hizo un cálculo rápido, después respondió con un sucinto «Sí» y colgó.

Luego subió las escaleras y se dirigió al dormitorio, sacó el cajón de la mesita de noche, levantó los manuales de instrucciones del despertador y de la báscula del baño y sacó una pistola grande y negra, una Makárov, y un silenciador que enroscó en el arma.

De camino al salón, amartilló la pistola y comprobó que seguía en buenas condiciones, a pesar de que había pasado tanto tiempo sin utilizarse. Al menos la había limpiado y la había engrasado.

Se acercó a su marido por detrás, le colocó la boca del arma en la cabeza.

Y entonces apretó el gatillo.

La sangre salpicó el libro, que luego se le cayó de las manos a Stellan. El *Fausto* de Goethe en su lengua original.

El disparo no había sonado muy fuerte, pero sí más de lo que ella recordaba, así que, por si acaso, bajó el arma y se acercó a la ventana del salón.

Parecía que las hermanas habían estado deliberando sobre algo, ya que aún no se habían puesto en marcha. Pero en ese momento Lotta se dirigía desde el coche de Malin al suyo, y se metió dentro.

Lotta volvió a mirar la casa mientras se sentaba en el asiento, vio a su madre observándolas y la saludó con alegría. Malin siguió la mirada de su hermana e hizo lo propio.

Con la pistola escondida a la espalda, Agneta les devolvió el saludo con la mano libre. Las hermanas dieron unos golpecitos en las ventanillas traseras para que los niños también se despidieran de la abuela. Así lo hicieron, y ella sonrió pensando que, si tenía unos nietos tan maravillosos, algo debía de haber hecho bien.

2

—Han llamado.

Karla Breuer levantó la vista del libro y la clavó en Strauss. Su querida bala de cañón, como solía llamarlo ella. Bajo, esférico y de una eficacia letal.

Sabía que él la llamaba el Espectro Blanco, por su larga melena blanca, los ojos del azul del hielo y la ropa nívea. Y porque la veía como un vestigio del pasado, una aparición de una época olvidada.

—¿Quiénes? Y ¿a dónde?

—Beirut. A Estocolmo —dijo Strauss, y se percató de que Espectro no se lo esperaba.

Era uno de los muchos números que vigilaban, y uno que nadie creía que se volvería a utilizar. Probablemente esa fuera la razón por la que el departamento de Strauss y Breuer era uno de los últimos que iban a trasladar; nadie pensaba que sus objetivos siguieran siendo de interés. Parecía que, después de que el servicio de inteligencia abandonara Pullach por Berlín, quisieran dejar aquel mundo viejo atrás. Pero Breuer insistía en que el pasado nunca desaparecía.

Breuer era la única del departamento que estaba en el servicio de inteligencia cuando el número de Estocolmo se consideraba activo. Y de eso hacía muchos años. Pero ahora, al parecer, volvía a estarlo, contra todo pronóstico.

—Pues habrá que ir.

Breuer se puso en pie y pasó justo por delante de Strauss sin mirarlo. En los cuatro años que habían trabajado juntos, nunca habían llegado a ser amigos, pero ahora eran ellos los responsables.

Aunque la decisión la tomaba Schönberg.

Strauss echó un vistazo al despacho de Breuer cuando ella pasó por su lado. Ni una de las pantallas estaba iluminada, ni uno de los ordenadores estaba encendido. En cambio, sí que había pilas de libros e informes. No comprendía que mantuvieran a una agente completamente analógica. ¿A quién tendría amenazado? Durante las cuatro décadas que había pasado en los servicios de inteligencia seguro que había recopilado todo tipo de información. Después se giró y se apresuró a seguirla.

«Ya no queda mucha gente en los edificios», pensó al mirar alrededor. La mayoría se había mudado al nuevo complejo de Berlín. El edificio administrativo más grande del país, que había costado mil quinientos millones de euros.

Por el tamaño y su localización en medio de la capital alemana, los arquitectos y los clientes deberían haber pensado en las antiguas oficinas de la Stasi, el Servicio de Inteligencia de la Alemania Oriental, pero estaba claro que no habían reflexionado sobre ello, o que no les había importado.

En una sociedad abierta, las actividades cerradas ya no despertaban tanto temor.

Breuer tocó la sexta puerta del pasillo, la de Schönberg, y entró antes de que Strauss la hubiera alcanzado.

Schönberg estaba sentado con un montón de carpetas delante, tres de ellas colocadas una al lado de otra, pero cerradas. Debió de plegarlas cuando llamaron a la puerta. Allí dentro también se guardaban secretos.

—Han activado a Geiger —dijo Breuer.

Schönberg no respondió, sino que le lanzó una mirada como diciendo «¿Y qué?».

—Eso quiere decir que van a activar a Abu Rasil —añadió Breuer—. Ahora podemos atraparlo.

—¿Crees que sigue vivo? —preguntó Schönberg—. ¿Después de más de treinta años de silencio?

—Está vivo. Se retiró, pero lo van a volver a activar. No habrían llamado a Estocolmo si Rasil no siguiera con vida.

—¿Y qué puede hacer hoy por hoy?

—Si lo han activado después de tres décadas, probablemente sea algo espectacular. Tenemos que ir.

Schönberg se quedó en silencio.

—¿Para qué está nuestro departamento si no nos tomamos en serio los sistemas de alerta?

Schönberg se limitó a mirarla.

—Precisamente cuentan con eso —prosiguió Breuer—. Que nadie crea que Rasil está vivo. Que nadie haga nada.

—¿Hasta qué punto estáis seguros de la señal? —dijo Schönberg al fin.

Breuer miró a Strauss.

—Al cien por cien —respondió Strauss, porque comprendió que era lo que Breuer quería que dijera. Por lo general, el jefe de unidad saliente recomendaba a su sucesor, y Strauss estaría encantado de tomar el relevo. Y no quedaban muchos años para que hubiera que cubrir el puesto de Schönberg como jefe de departamento. Strauss podía ver con claridad cómo se desarrollaría su trayectoria profesional.

—Te quedan cuatro meses para jubilarte, Breuer. Manda a Strauss.

Breuer no se dignó a responder.

Schönberg dio un suspiro.

—¿Cuánto tiempo llevas a la caza de Abu Rasil? ¿Cuarenta años?

—Me pasé diez persiguiéndolo, después desapareció. Y estuve muy cerca de atraparlo varias veces.

—Bueno, eso es lo que tú crees.

—¿Vamos a permitir que se escape el peor terrorista al que hemos investigado?

Schönberg se quitó las gafas y se frotó el puente de la nariz. Después miró a sus subordinados.

—Abu Rasil es un mito —dijo—. Una leyenda que fabricaron los palestinos en los setenta para asustar a Occidente.

—Y eso precisamente es lo que Abu Rasil quiere que pienses.

—El superpoderoso terrorista. Que el mismo cerebro fuera el responsable de casi todos los atentados de la época en Europa es una historia demasiado buena para ser cierta.

—¿Pues como regalo de despedida entonces? —dijo Breuer clavando la vista en su jefe. Schönberg y Strauss se dieron cuenta de que no iba a rendirse.

—Ve —contestó Schönberg—. Llévate a Strauss y a Windmüller. Pero tenéis solo una semana.

—Nos marchamos ahora mismo.

—¿Ahora mismo?

—Ahora mismo. Rasil seguro que ya está en movimiento.

Breuer se giró y salió, y Strauss fue corriendo a su despacho a por la chaqueta y el arma reglamentaria. Podía comprar cualquier otra cosa por el camino. Excepto una Glock 17 y una Zegna de la talla 60 hecha a medida.

En el despacho de Strauss no había montones de libros, pero sí el mismo número de monitores que en los despachos del resto, aunque encendidos, a diferencia de los de Breuer. Y los pósteres de Nick Cave y su adorado Devialet Phantom Gold, el mejor equipo inalámbrico del mundo para reproducir música. Conforme los colegas se fueron mudando a Berlín, Strauss había podido subir el volumen cada vez más.

Dudó un segundo en el umbral de la puerta, pero después no pudo contenerse. Encendió el Phantom con el mando a distancia y puso *The Good Son* desde el móvil.

—*One more gone. One more man gone. One more ma-an...*

Maravilloso.

Luego volvió a salir a toda prisa y se apresuró por el pasillo para anunciarle a su colega que iría con ellos a Suecia. Windmüller era uno de los muchos agentes adiestrados cuyo cometido consistía en garantizar su seguridad y proteger su vida.

La fijación de Breuer con Abu Rasil era bien conocida y cuestionada en todo el BND, el Servicio de Inteligencia Alemán. Esa sería su última oportunidad de demostrar que la leyenda era cierta, y que ella siempre había tenido razón.

Strauss no sabía qué creer, pero nunca se atrevería a cuestionar a Espectro Blanco. Al menos, no públicamente y no mientras ella siguiera en activo. Breuer conocía a mucha gente con gran poder en la cadena de mando.

Ninguno de los tres tenía familia a la que avisar, así que solo les quedaba ponerse en marcha. Windmüller se montó en el centro de operaciones móvil mientras Strauss le abría la puerta del BMW a Breuer. No era capaz de estimar la seriedad de la misión. Pero si Abul Rasil existía, y si lo habían activado, entonces lo que estaba ocurriendo era grave.

Muy grave.

3

En cuanto se marcharon las hijas, se puso en marcha a toda prisa.

Se hizo con una mochila que había en el vestíbulo y subió corriendo las escaleras al piso superior. Años atrás, el cuarto de baño le parecía el sitio más seguro. Por tres motivos. Podías encerrarte, quedabas libre de miradas y a nadie se le pasaba por la cabeza preguntar qué estabas haciendo allí dentro. Y los muchos invitados de la casa usaban siempre el servicio de la planta de abajo.

Enterrar las cosas en el jardín o marcharse a un bosque podía parecer sensato en el momento, pero cuando hubiera necesitado el equipo, no habría sido viable recuperarlo enseguida. Ya entonces había pensado en eso.

Ahora andaba escasa de tiempo. Seguro que ya iba gente de camino.

La cuestión era a qué distancia se encontrarían.

Y quiénes serían.

El portarrollos del papel higiénico no bastaba, por mucha fuerza que empleara, así que tuvo que bajar corriendo al sótano a por un martillo. No había pensado en cómo iba a romper los azulejos ni en cuánto ruido haría cuando años atrás guardó el paquete en la pared del baño y la alicató.

Pero ahora no la oía nadie.

Blandió el martillo con toda la fuerza y la rapidez de las que era capaz y rompió el azulejo al primer intento. Siguió golpeando para quitar el resto de la baldosa, levantó el borde del aislante para la humedad resquebrajado que había debajo, introdujo dos dedos y logró sacar el paquete de emergencia, envuelto en un trozo de hule.

Un buen fajo de billetes de mil coronas, pero se dio cuenta de que ya no eran de curso legal. O sea, que no tenía más remedio que arreglárselas con el dinero en metálico que había en la casa. Por suerte siempre guardaban un poco en la cajita de hojalata de la cocina.

Tres juegos de pasaportes con nombres distintos, aunque por supuesto todos con una fecha de expiración muy antigua.

La clave para la emisora de radio.

Las llaves de un coche; ¿seguiría estando allí? ¿Cuándo fue la última vez que lo comprobó?

Un folleto de instrucciones para sobrevivir lejos de la civilización, que guardó a regañadientes.

Cápsulas de cianuro. Dios mío.

Nunca había escondido la pistola ahí, sino que prefería tenerla a mano; se había decidido por la mesita de noche y había elaborado una historia rebuscada sobre que era una herencia de su padre por si alguien la hubiera descubierto. Pero nadie la descubrió.

Se detuvo. ¿Era un coche?

Se dirigió rápidamente al vestíbulo de arriba, levantó con cuidado el visillo y miró de reojo la calle.

Nada.

Pero ¿de verdad iban a aparcar frente a la casa? ¿No dejarían el coche un poco más lejos y se acercarían después con sigilo? Aunque, ¿qué dirían los vecinos si vieran a hombres misteriosos atravesando furtivamente su jardín en aquel barrio adinerado?

No, lo más sencillo era conducir hasta la casa y aparcar en la calle, y así parecería que tenían un motivo para estar allí. Tal vez incluso se hubieran procurado una furgoneta de paquetería o una camioneta en la que se leyera la palabra «fontanero». Algo que nadie recordara.

Sin embargo, aún no habían llegado. No sabía si contaba con horas, minutos o segundos. Tenía que regresar y continuar.

—¡MI PLÁTANO! —EXCLAMÓ Molly.

—Lo recuperaremos la próxima vez que veamos a la abuela —dijo Malin.

—¡NO! —gritó la niña.

Malin dio un suspiro.

—Creo que tenemos que dar la vuelta —le dijo a Christian.

Sabía lo obsesionada que estaba su hija con aquel muñeco sonriente alargado y amarillo. El plátano hacía las veces de compañero de juegos y de peluche, y si no volvían enseguida a por él, la niña no dejaría de llorar.

Christian echó un vistazo rápido a su Rolex GMT-Master II. Era el modelo Pepsi, del que estaba no poco orgulloso.

Mierda.

Perderían el día entero.

Pero no podían hacer mucho más.

Acababan de pasar Brommaplan, donde podría haber girado, pero reaccionó demasiado tarde y tuvo que continuar hasta la rotonda y rodearla entera; ya estaban volviendo.

Joder con el muñeco.

LAS MANECILLAS DEL reloj avanzaban y volvió a entrar en el baño, sacó el paquete de cemento rápido en polvo y lo mezcló con agua en el vaso de los cepillos de dientes. Extendió el lodo resultante en la parte trasera del azulejo suplementario, que llevaba años en el fondo de su cajón del armario del baño al lado del cemento en polvo, puso el azulejo sobre el agujero y colocó delante la cesta de las toallas. No engañaría a nadie que investigara detenidamente, pero tal vez ganara unos días, que ya era bastante. Tenía que conseguir tiempo a toda costa.

Guardó el vaso de los cepillos de dientes y los restos del azulejo en la mochila, junto al dinero y los pasaportes. Después bajó a la cocina y preparó algo de comida. De repente, se le ocurrió una idea y corrió al garaje para guardar el cargador.

Bien. ¿Ahora qué?

Hay que sembrar un poco de confusión.

¿Cómo?

El joyero. La cartera de Stellan. Algo más.

El pequeño cuadro de Munch que había en el cuarto de baño de invitados.

Todo a la mochila.

Luego abrió varios cajones y revolvió el interior.

¿Qué más?

Cómo no. El porqué de todo aquello. Tardó un minuto en ir a buscarlo.

Miró el reloj.

Había pasado demasiado tiempo.

Tenía que marcharse.

No podía llevarse su coche, lo sabía, así que salió al cobertizo del jardín y sacó a tirones la vieja bicicleta que llevaba allí décadas. Rosa con los puños blancos. Debía de ser de una de sus hijas, aunque no recordaba que ninguna de las dos la hubiera usado nunca.

Con los años, la bici se había ido quedando tras rastrillos, palas, desbrozadoras, una carretilla, tumbonas y diversas tablas que podrían resultar útiles algún día. Una manguera abandonada se había enredado en el cuadro, el manillar y la rueda delantera. La cadena no estaba engrasada y los neumáticos apenas tenían aire, pero se podía usar.

¿La estaría viendo algún vecino? Seguro que los interrogaban, y no quería que ninguno de los elementos que se iban a movilizar se enteraran de la existencia del vehículo de dos ruedas que había utilizado para huir. Dado que sus hijas hablaban con ella con escasa frecuencia, debería contar con cerca de una semana antes de que cualquiera de las dos empezara a preocuparse. Durante ese tiempo, al menos la policía la dejaría en paz.

Lo peor eran los otros.

Los que habían llamado.

Y los que podían haber estado a la escucha.

No tenía ni idea de con cuánto tiempo contaba.

¿Horas? ¿Días?

¿O quizá se conformaran con la conversación y esperaran al resultado?

Harto improbable, y ahora tenía prisa de verdad.

Entró para echar un último vistazo. Miró por la ventana de la puerta de entrada. No vio nada raro fuera, se abotonó la chaqueta de montaña y se puso un gorro. Pasaría calor, pero debía disfrazarse de alguna forma.

Finalmente, se acercó a su marido muerto y le dio un beso en la coronilla.

—Gracias por estos años. Deséame suerte.

Le acarició la mejilla, y después se dirigió hacia la bicicleta y se marchó pedaleando.

En el preciso instante en que Agneta Broman desaparecía con la vieja bicicleta de sus hijas en la curva de la calle Grönviksvägen, el BMW M550d xDrive Touring negro de Malin Broman-Dahls llegó y enfiló hacia la vía por la que acababa de huir su madre, a apenas cien metros de la casa familiar, en el número 63.

4

EL SONIDO ERA ensordecedor. Había coches pitando y carrozas de estudiantes con equipos *hi-fi* a la altura de los del festival Summerburst. Éxitos de hace años mezclados con *house* machacón. Los coches llevaban la música tan alta que las ventanas de las magníficas casas de piedra temblaban.

Globos, botellas de champán, banderas con los colores amarillo y azul. Gentío.

Jóvenes cargados de sueños y esperanzas.

Padres, abuelas y tías adineradas de camino a la que siempre sería la primera carrera de la capital para celebrar el día de graduación. Portaban carteles con los nombres de los estudiantes y fotos de cuando eran niños que indicaban a qué clase pertenecían. La clase del instituto. A qué otra categoría pertenecían se manifestaba a través de los relojes, la ropa y los bolsos. Y en los emblemas de los coches que habían estacionado de cualquier manera con una falta de respeto maligna alrededor del instituto Östra Real. Los guardias de tráfico daban vueltas hasta que pasaran los cinco minutos necesarios para empezar a poner multas. Como hienas a la espera de que los leones se hartaran de cebras muertas y así tener vía libre.

Incluso la parte más elevada de la calle Artillerigatan, que habitualmente se veía desierta, estaba repleta de gente en dirección al patio del exclusivo centro educativo. Iban pasando antiguos directores con gorros de graduación amarillentos, esposas ricas disgustadas porque el calor no les permitía lucir sus abrigos de piel y jóvenes repeinados hacia atrás que en el primer año fuera del instituto habían logrado registrar dos o tres empresas propias. Los pantalones verdes y rojos seguían estando de moda para esos hombres, pensó Sara.

Todo aquel circo solo porque una pandilla de adolescentes terminaba el instituto. Para salir directamente a la nada.

«Disfrutad del día —pensó allí sentada en el coche, que estaba a la misma temperatura que una sauna—. Mañana seréis estadística.

Sin trabajo y sin vivienda. Un problema para la sociedad. Disfrutad mientras podáis.»

Cuando una «Ebba» de tres años pasó volando en un cartel que llevaba un padre orgulloso, Sara cayó en la cuenta de que no había encargado uno para su Ebba.

Lo anotó en el calendario del móvil. En cuanto terminara el turno tenía que conseguir un cartel para su hija.

El sudor le caía por la frente y le surcaba las mejillas. Tenía la zona lumbar empapada.

Sara y David habían llegado con bastante antelación, así que tenían una plaza de aparcamiento completamente legal frente a la puerta que vigilaban, el número 65 de Artillerigatan, junto al extenso muro del instituto. Ahora estaban sentados entre botellas de plástico vacías, envases grasientos de comida rápida y cada vez con más ganas de hacer pis.

David Karlsson y Sara Nowak.

Sara se había recogido el pelo en un moño y llevaba puesta una gorra de beisbol de Ralph Lauren para camuflarse en aquella parte de la ciudad. Al levantarse la gorra para enjugarse el sudor de la frente, vio en el espejo retrovisor que ya le tocaba volver a teñirse el pelo. Lucía una melena castaña, pero las raíces se le veían rojo vivo. Parecía que tenía el cráneo en llamas.

De niña la llamaban «la India» por el color de pelo. No tenía mucho sentido que le dijeran eso y a la larga resultaba muy cansino. También le decían «la Jirafa», ya que era más alta que la mayoría de los chicos de la clase: 1,77, como Naomi Campbell y Linda Evangelista. La altura y los pómulos marcados habían sido fuente de cientos de comentarios burdos sobre que parecía una modelo. Tantos que Sara al final probó suerte en esa profesión, aunque ella misma se veía un poco rara.

Le fue relativamente bien como modelo, pero le desagradaba recordar el tiempo que pasaba sentada a la espera de trabajos. La ofrecían como un artículo más de un catálogo de chicas inseguras del que los clientes escogían. Una percha con la longitud de piernas adecuada.

Convertirse en alguien dependiente de la opinión y la apreciación de otros acerca de su aspecto no iba con ella. De modo que rescindió el contrato con la agencia y comenzó a practicar artes marciales para liberar la rabia que había acumulado después de todos los procesos de selección y los fotógrafos de manos largas.

Ahora estaba orgullosa de su estatura y su color de pelo, pero seguía tiñéndoselo de castaño para que fuera más difícil reconocerla durante tareas de vigilancia. No le gustaba nada que la gente la mirara. Sobre todo los hombres, ya que, desde que trabajaba en la Unidad de Prostitución, asociaba las miradas ávidas con personas muy desagradables.

—Vaya calor que hace —dijo Sara cerrando los ojos en dirección al diminuto ventilador de mano que habían comprado para no agotar la batería del coche con el aire acondicionado.

—Vamos a ver lo que tarda la gente en empezar a quejarse del calor —dijo David—. El primer verano cálido de las últimas décadas.

Dirigió la vista de la puerta al reloj y del reloj a la puerta.

—¿Cuánto tiempo lleva dentro ya?

—No lo sé. Más de la cuenta. Seguro que ya ha terminado. Para la próxima entramos.

—Vale.

—Pero quizá podríamos asustar un poco a este cuando salga. Intentar intimidarlo, aunque no podamos llevárnoslo.

David miró a Sara.

—¿Acosarlo?

—No, solo para demostrarle que lo tenemos controlado. Le pedimos que se identifique, dejamos caer que su mujer podría saberlo. Se creen que pueden hacerlo sin sufrir consecuencias.

—O los pillamos con las manos en la masa o los dejamos en paz.

—Míranos. Podemos pillar a un tío, pero la chica esta tiene otros diez clientes hoy. Y en el resto de la ciudad están los miles de clientes de otros cientos de chicas. Eso solo hoy. Y pillamos a unos cuantos. A los que les cae una multa. Y después todo sigue como siempre. Es una locura.

—Las cosas son así.

—¡Son una mierda!

—¿Qué te pasa? ¿Por qué estás tan enfadada?

—¿Te parece raro? ¿No es más raro que tú no lo estés?

—No creo que se trabaje bien enfadado.

—Enfadarse está genial. Te da energía para continuar. ¿Cómo me siento si no? ¿Contenta? «¡Qué bien, cuánta gente asquerosa hay en el mundo!»

—Me parece que es una tontería. Trabajas peor y te acabas quemando. No aguantas en este trabajo si te enfadas con todo lo que ves.

—Ya va siendo hora de que alguien se enfade por todo esto. Nada de intentar comprenderlo y razonar, sino ponerse hecho una furia. Con un cabreo de narices.

—Tenemos que trabajar a largo plazo.

—No quiero trabajar a largo plazo, quiero trabajar a corto. Así: «¡Para! ¡Ahora!».

David negó con la cabeza.

—Hay que hacerles ver que se han equivocado. La rabia no es una buena manera de establecer contacto. Crea distancia, genera conflicto. No te escuchan si les estás gritando, se ponen a la defensiva.

—Pero ¿crees que sirve de algo lo que hacemos? Si todo sigue igual.

—¿Qué prefieres? —dijo David— ¿Salvar a las chicas o pillar a los puteros?

—Las dos cosas.

—¿Qué es más importante?

Sara se encogió de hombros.

—Si tuvieras que escoger.

Se quedó pensativa. Aunque ya sabía la respuesta.

—Pillar a los puteros —dijo—. Sin villanos no hay víctimas.

—Yo quiero salvar a las chicas.

—Pero si ellas no quieren que les ayudemos. Se niegan a testificar. Se niegan a mudarse a un lugar seguro. Se niegan hasta a hablar con nosotros.

—Tenemos que ganarnos su confianza —objetó David—. Y eso lleva tiempo.

—¡¿Confianza?! ¿No debería ser sencillísimo decidirse entre nosotros y una panda de proxenetas violentos? ¿Entre nosotros y que las violen diez veces al día puteros nauseabundos? ¿Y que te puedan matar en cualquier momento?

—Estás irreconocible, Sara. ¿Ha ocurrido algo?

—No, no ha pasado una mierda. Ese es el problema. Da igual cuántos clientes atrapemos, hay miles más haciendo cola con la polla en la mano. De todas las edades, de todos los tipos, todos. Y nada ayuda. ¿Merece la pena? Y las chicas ni siquiera quieren testificar, ni contra los chulos ni contra los puteros.

—Les asusta lo que pueda ocurrir después, cuando los perpetradores estén en la cárcel y nosotros estemos a otras cosas. Les asusta la venganza, que les pueda pasar algo a sus familias.

—Ya lo sé. Y por eso no podemos ayudarles. No podemos atrapar a los culpables. ¿Por qué no lo mandamos a la mierda, si de todos modos no tenemos ninguna posibilidad? Quizá no deberíamos preocuparnos más.

—Si no lo hacemos nosotros, ¿quién lo hará entonces?

—¿Por qué no hace nada Dios?

David soltó un suspiro.

—Otra vez no…

—Pues sí, otra vez. Me saca de mis casillas que hables de Dios el mismo día que atiendes a una chica adolescente que está destrozada después de una violación múltiple. ¿Cómo lo haces?

David no respondió. No era la primera vez que Sara se metía con su fe. Más bien la septuagésima. Multiplicado por siete. No parecía que tan siquiera buscara entender en qué consistían sus creencias. Él comprendía que no era fácil con el trabajo que tenían, pero sin su fe no habría sido capaz de desempeñarlo.

—¡Una fe en Dios que ni te permite salir del armario con tu familia! —dijo Sara—. ¿Qué clase de Dios es ese?

—No se trata de mi familia, ¡ya te lo he dicho! A ellos les puedo contar todo. Es por el resto.

—A eso me refiero. Gente de una iglesia libre en un agujero acosando a una familia si tienen un hijo homosexual. ¡En Suecia, ahora! Y mejor no hablemos de otros países. América del Sur, Arabia Saudí, Polonia, Rusia. La cuestión no es la religión, sino legitimar el odio, controlar al prójimo. Atacar con impunidad a gais y mujeres y…

Sara se sobresaltó y se quedó en silencio.

—¡Ve tú por la chica! —gritó al tiempo que salía del coche de un salto.

David vio a Sara corriendo por Artillerigatan hacia Karlavägen. Después él entró a toda prisa en el portal que estaban vigilando. Sabía que el piso quedaba una planta más arriba, y que daba al patio. No era la primera vez que iban allí.

Tanteó la puerta. Cerrada.

—¡Abre! ¡Policía!

Su única esperanza era que allí dentro hubiera alguien capaz de abrir. Aporreó la puerta con todas sus fuerzas y volvió a gritar, y al cabo de un minuto oyó al otro lado pasos seguidos de un clic de la cerradura.

La puerta se abrió despacio.

David sabía que la chica que vivía y trabajaba allí usaba el nombre de Becky, así que supuso que fue ella la que le abrió. Pero no era fácil saberlo, porque se cubría la cara con la mano. Y lo poco que veía del rostro de Becky estaba completamente ensangrentado.

—¿Estás herida? —dijo David—. De gravedad, quiero decir —añadió al ver la mirada de la chica. Era evidente que estaba herida—. ¿Te encuentras bien? ¿Me dejas que eche un vistazo?

David agarró con cuidado la mano de Becky y ella le permitió que la bajara. Parecía que tenía la nariz rota y una ceja partida. Y le habían arrancado dos dientes. Tal vez tuviera flojos algunos más.

—Voy a llamar a una ambulancia.

Pero Becky hizo un gesto disuasorio con la mano.

—*Haxi* —masculló mientras bajaba su bolso del perchero. Sacó el móvil, metió el código y se lo dio a David.

—¿Cómo? Ah, ¿quieres que llame?

—Mmm.

—Un taxi para el número 65 de la calle Artillerigatan. Becky. Al hospital de Danderyd. —David miró inquisitivamente a la chica para asegurarse de que le parecía bien la elección de hospital. La mujer asintió con la cabeza—. A urgencias.

Después volvió a salir corriendo a la calle.

¿Cómo lo había sabido Sara?

YA EN LA CALLE Tyskbagargatan el putero se había dado cuenta de que Sara corría tras él, así que aceleró hacia el cruce siguiente mientras apartaba a empujones a todas las familias con los carteles de los estudiantes. Paró los coches, que seguían sin poder avanzar más de unos pocos kilómetros cada hora en medio de la aglomeración.

Sara recorrió a toda velocidad el sendero del suntuoso paseo por el centro de Karlavägen. Había más carrozas de estudiantes en dirección al instituto. Familias y amigos en tropel.

El hombre fue zigzagueando entre la gente que estaba de celebración, y a base de propinar empellones logró atravesar prácticamente toda la muchedumbre.

Sara corría saltando y esquivando gente.

—¡Quitaos de en medio! ¡Imbéciles!

Algunos protestaban a gritos, otros esbozaban muecas de desaprobación. Por allí la gente no estaba acostumbrada a que se chocaran con ella.

En la siguiente calle, delante del quiosco, estaba el coche de unos estudiantes, un Chevrolet Bel Air convertible del 56 decorado para la ocasión, cuyo conductor esperaba impacientemente para girar hacia Karlavägen, y aprovechó la oportunidad cuando se abrió un hueco que era demasiado estrecho. El joven aceleró, pero se detuvo cuando Sara aterrizó en el capó.

—¡Idiota! —gritó Sara, pero siguió adelante sin pararse a comprobar si se había hecho daño.

El tobillo y el hombro, constató mientras pasaba corriendo delante de un supermercado.

El putero estaba aumentando la distancia.

Mierda, no iba a conseguirlo.

Sara le arrancó de las manos una botella de champán a un caballero bajo de mediana edad con perilla y se la lanzó con todas sus fuerzas al fugitivo.

Y le dio.

En toda la espalda.

Con tanta potencia que el hombre dio un traspié con el que terminó en medio de una pandilla de chicos jóvenes y se cayó.

Mientras hacía lo posible por ponerse de pie, a Sara le dio tiempo a alcanzarlo.

Se lanzó al suelo, le rodeó la barriga con las piernas y lo sujetó. Una tijera que tanto había utilizado cuando practicaba sambo, el deporte de combate ruso. Había aprendido que sus robustas piernas eran muy útiles en esa posición, y muchos hombres corpulentos habían tenido que pedirle que parara cuando se vieron atenazados por ella durante el entrenamiento.

—¡Me rindo! —gritó el putero, y Sara relajó un poco el agarre. Notó una sensación ardiente en la pierna y vio que él llevaba un objeto reluciente en la mano. La había herido con una navaja. Por suerte era superficial, apenas un rasguño. Pero la había herido.

Sara se inclinó, le agarró el dedo meñique de la otra mano y se lo dobló hacia atrás. Dio un grito de dolor, y entonces ella le golpeó el dorso de la mano que sostenía la navaja, de forma que el arma salió volando.

Después apretó las piernas con más fuerza aún.

—¡Para! —gritó el putero—. ¡Para! Me estás ahogando.

—Y tú me has cortado con una navaja —dijo Sara sacando las esposas—. ¡Trae la mano!

—¡Zorra de mierda!

Sara apretó todavía más.

—¡Suéltame! —gritó el muy idiota—. ¡Esto es brutalidad policial! Luego se dirigió a la gente de alrededor y les instó:

—¡Grabadlo, grabadlo!

Al mismo tiempo ocultó con cuidado el rostro.

—Que me des la mano —dijo Sara.

Por fin obedeció.

—Y la otra.

En cuanto le colocó las esposas, Sara relajó las piernas y el putero cogió aire, como si hubiera estado sumergido y necesitara recuperar el aliento.

—¿Creías que podías escaparte de mí? ¿Eh?

Pero el hombre estaba demasiado agotado como para responder, así que ella se echó hacia delante y le gritó al oído.

—¡Idiota!

Luego buscó su cartera, sacó el carné de conducir y le hizo una foto.

Pål Vestlund.

Vaya nombre para un cliente de prostitución. Y encima llevaba alianza.

—No te rindes nunca.

David acababa de llegar corriendo a través del mar de estudiantes que estaban de celebración.

Y era verdad, pensó Sara. No se rendía nunca.

—¿Qué tal está ella? —preguntó aún con la mirada fija en el putero esposado.

—Dos dientes, la nariz, una ceja.

—Vaya cerdo —dijo Sara al tiempo que le tiraba del pelo a Vestlund y le echaba la cabeza hacia atrás.

—Te voy a denunciar —alcanzó a decir él.

—¿Por qué? —preguntó Sara—. ¿Por esto?

Le dio una patada en las costillas.

—¿O por esto?

Le propinó una patada justo en la entrepierna. Vestlund profirió un grito y se encogió.

—¡Sara! —dijo David interponiéndose. Miró alrededor para comprobar que no hubiera nadie grabando, pero parecía que todos estaban pendientes de las carreras de graduación.

—Es que me he resbalado —dijo Sara. Y después añadió—: ¿Por qué él tiene que salir mejor parado que Becky?

—Déjalo ya.

—Me ha hecho un corte —replicó ella mostrándole la herida ensangrentada del muslo.

—Vale, pero no tenemos que comportarnos como ellos —dijo David—. ¿Cómo has sabido que le había pegado?

—La sangre de los nudillos.

—¿Nada más?

—Nada más.

—No, me refiero a que con eso te ha bastado. Que te has dado cuenta. Y que lo has visto desde muy lejos.

—Compruébalo tú mismo.

—Sí, ahora sí que lo veo. Pero no he sido capaz de verlo desde el otro lado de la calle.

—Muy bien. Vamos a levantar al cerdo este para llevárnoslo. Pago por servicios sexuales, agresión grave, resistencia a la autoridad con violencia. Le quité la navaja. Tiene que estar por ahí.

David la encontró y después pusieron de pie a Pål Vestlund.

Sara aún notaba la adrenalina recorriéndole el cuerpo. La teoría de la catarsis no le merecía mucho respeto. Aquello de que la práctica de la violencia fuera un desahogo que tranquilizaba a la gente, algo que muchos entrenadores de artes marciales utilizaban como argumento para permitir que jóvenes criminales practicaran en sus clubs. Sin embargo, Sara estaba convencida de que solo ayudaba a acrecentarla. Cuanto más practicaba, cuanta más rabia dejaba escapar, más agresiva se volvía. Incluso Martin y los niños habían comenzado a decir que cada vez tenía la mecha más corta. No había más que mirar a los *hooligans* del fútbol; ni por asomo se vuelven menos violentos por pelearse unos con otros. No, a veces se arrepentía de aceptar la violencia, pero por otro lado no estaba mal poder disponer de métodos así. Difícil decisión.

Regresaron al coche, Vestlund llevaba la cabeza gacha para que no se le viera el rostro y que no lo identificara cualquier conocido que pasara por allí.

A la altura de la cafetería Foam, le sonó el teléfono. Por el tono de llamada supo que se trataba de Anna, su antigua compañera de la academia de policía, que ahora trabajaba en la Unidad de Homicidios de Västerort. El tono de llamada personalizado para Anna era *Somebody That I Used to Know*, de Gotye, aunque en broma más que nada. Lo cierto era que Sara seguía conociéndola muy bien. Anna tal vez no fuera su única amiga, pero sí una de las pocas que tenía.

—Nada malo —dijo Sara al móvil.

—Pues sí, me temo que sí —respondió Anna.

—Lo que yo quería era que me propusieras ir a tomar una cerveza o algo por el estilo.

—Pues lo que te traigo es un homicidio en Bromma.

—Vale. ¿De una prostituta?

—En ese caso, sería solo para clientes muy particulares —dijo Anna—. Un hombre de ochenta y cinco años con una bala en la cabeza.

—De acuerdo… ¿Un putero?

—En realidad no tiene nada que ver con tu línea de trabajo, se trata de un asunto puramente privado. Creo que conoces al hombre. O lo conocías.

Familiares, vecinos, amigos, antiguos colegas: se le arremolinaron los nombres y las caras en la cabeza. Habían matado a un hombre. A alguien que conocía.

—¿Quién…? —fue todo lo que pudo decir.

—Tío Stellan.

—¿Tío Stellan? —respondió Sara tratando de asimilar la información. Se esforzó en colocarla en el lugar apropiado de su cerebro. Pero Tío Stellan no se dejaba colocar. En ninguna parte, de hecho.

—El antiguo presentador —continuó Anna—. ¿No lo conocías?

—Sí. Bueno, a sus hijas. Sí, es verdad, y a él también. De niña me pasaba todo el día en su casa.

—Pues eso. Quizá puedas ser de ayuda.

—Pero espera. ¿Han matado a Tío Stellan?

—De un disparo en la cabeza.

—No puede ser.

—Sí.

—¿Quién?

—Ni idea. ¿Algún viejo telespectador insatisfecho? Habíamos pensado que quizá supieras algo. Una amenaza antigua. Una pelea familiar. Un vecino loco. Un admirador chiflado. Yo qué sé.

—Voy ahora mismo.

Para cuando Anna respondió «No», Sara ya había colgado.

5

LA ENTRADA DE la majestuosa casa de color blanco estaba sitiada por coches de policía; habían cortado la calle con cinta azul y blanca, y los policías iban y venían. Los vecinos y los curiosos miraban desde los bordes de la propiedad y desde la acera. Intentaban tirarle de la lengua a los policías que pasaban sin parecer muy fisgones. Aún no había aparecido ningún periodista, pero no tardarían.

Sara aparcó en un sitio un poco alejado y se acercó andando a la casa. Ya desde la distancia sentía como si hubiera retrocedido en el tiempo y por poco tuvo que detenerse a comprobar que no volvía a ser una niña.

Enseñó la placa y pasó por encima del cordón policial.

—¡Sara! —gritó alguien a su espalda, y esta se giró. Un hombre de cabello blanco que llevaba un mono de trabajo y unos guantes la miraba.

—Soy yo. Joachim.

Dios santo. Jocke. El jardinero.

—¿Qué es lo que ha pasado? —preguntó con voz preocupada. Sara se fijó en que la gente a su alrededor aguzaba el oído con curiosidad. En balde.

—No puedo contar nada —dijo ella.

—Pero si soy de la familia.

—Lo sé. Pero ni por esas. Lo siento.

Sara prosiguió hacia la casa. Jocke había surgido como un fantasma del pasado. Mucho mayor, aunque igual que siempre. Y pensar que seguía trabajando en casa de los Broman.

De camino a la puerta de entrada, echó un vistazo al jardín y dirigió sus pasos hacia allí. Quizá fuera la cercanía con el pasado la que la llevó a hacerlo.

También sentía que aún estaba repleta de adrenalina después del arresto y pensó que probablemente debería calmarse antes de la conversación con Malin y Lotta, sus amigas de la infancia, sobre la muerte de su padre. Pero aquello era más bien una excusa.

Siempre recordaría el jardín de los Broman como un emblema del paraíso perdido, un símbolo de los inocentes juegos de la infancia. Tal vez sería mejor que primero se diera una vuelta, que tratara de recuperar un poco de alegría después de toda la basura a la que se tenía que enfrentar en el trabajo. Tal vez eso fuera lo que necesitaba justo en ese momento. Bueno, si es que lograba obviar el motivo por el que se encontraba allí, claro.

El jardín que daba al agua era tan maravilloso como recordaba. Pasó por delante de la casita de invitados y salió al muelle. Llevaba sin estar allí desde que era pequeña. Se imaginó a tres niñas sentadas y riéndose mientras lanzaban bocatas de queso al agua en lugar de piedras. Felices y sin preocupaciones. Lotta, la morena; Malin, la rubia, y Sara, la pelirroja.

Se complementaban entre sí. Formaban una unidad.

Puede que allí fuera donde oyeron por primera vez la expresión sueca para hacer la rana con piedras sobre el agua, «lanzar bocatas», y les pareció muy divertido, sobre todo si usaban bocadillos de queso de verdad en lugar de piedras. Aquel día fue soleado, igual que hoy. Pero infinitamente lejano. Como de otro mundo.

«¿En qué quedó todo aquello? —pensó Sara—. ¿Por qué las cosas no siguieron siendo así?»

El muelle donde se pasaban los días enteros durante los cálidos meses de verano.

¿Llegaron a bañarse alguna vez?

Sara no lo recordaba bien, pero seguro que sí. Claro, podía evocar los bañadores y la fragancia del protector solar. Nunca había soportado ese olor. ¿Por qué? ¿Quizá porque se pasaban allí los veranos enteros untadas en protector, pero sin bañarse?

Ya no estaba tan segura, probablemente porque recordó el motivo de su visita. Se dio la vuelta y subió hacia la casa.

Amplia, blanca y elegante. Ya era cara cuando los Broman la compraron, y seguro que ahora costaba una fortuna.

Se sentía rara al no llamar a la puerta y esperar a que Agneta abriera, o a que las hermanas salieran a trompicones y se colgaran del picaporte mientras escudriñaban a la compañera de juego que habían convocado. Cuando se encontraba en los escalones de la entrada siempre sentía que estaba pasando un examen de ingreso. Después, todo volvía a la normalidad.

Pero Sara no llamó a la puerta. La abrió y entró en la casa.

Miró a su alrededor.

No había cambiado nada.

Era casi literalmente como adentrarse en el pasado.

El vestíbulo estaba igual, con el mismo estante para los sombreros, el mismo taburete y la misma mesita de teléfono. Las mismas fotos de Stellan con famosos y políticos en las paredes. Todo lo que había visto hasta ahora del interior de la casa era idéntico a hacía treinta años. Todo se encontraba en el mismo lugar, incluso el olor era el mismo.

¿Se podía detener el tiempo?

Sara recordaba con claridad cómo era atravesar el umbral de aquella vivienda, que Agneta siempre acudía a su encuentro, aunque una de las hijas ya hubiera abierto. Era bastante más hospitalaria con los invitados que el resto de la familia.

En el salón, los técnicos criminalistas estaban ocupados con la víctima. El sillón miraba hacia la dirección contraria, pero Sara reparó en un brazo que colgaba sin vida a un lado. No quería ver más. Ahora no. Así que le preguntó a uno de los técnicos dónde se encontraba Anna y le respondieron con un gesto que señaló hacia la cocina.

Cuando Sara se estaba acercando, oyó la voz aguda de Malin:

—¡Tenéis que encontrarla!

—Estamos en ello —respondió Anna con un rastro de resignación en la voz.

Malin estaba conmocionada y se quedó muy sorprendida cuando Sara entró en la cocina. En cuanto vio a su amiga de la infancia se levantó y se acercó corriendo a ella mientras hacía un gesto con las manos, como para que se marchara.

—Sara, no debes estar aquí —dijo negando con la cabeza—. Ha ocurrido algo espantoso.

—Tranquila. Soy policía —respondió mientras le enseñaba la placa.

Malin se detuvo.

—Ah, claro, es verdad. Perdona, es que… ¿Estás aquí de servicio?

Parecía asustada, como si el hecho de que Sara se encontrara allí como policía y no como una amistad de la infancia volviera aún más desagradable aquella situación de pesadilla.

—No hacía falta que vinieras —dijo Anna.

Sara la miró. Bajita, en forma y de movimientos rápidos. Imponía respeto a pesar de su reducido tamaño. Tenía una voluminosa melena negra, los ojos castaños y la piel oscura. Irradiaba determinación. Discrepaban a menudo, pero hasta ahora ninguna de las dos había interferido en el trabajo de la otra.

—Sí —dijo Sara—. Claro que hacía falta. Es Stellan.

Malin dejó escapar un sollozo al oír el nombre de su padre y Sara se giró hacia ella. ¿En quién se había convertido su amiga de la infancia?

Para empezar, vio que Malin ya no seguía conservando su rubio natural. Tenía las raíces color gris ratón, mientras que el resto del pelo era de un rubio platino. Como cabía esperar, llevaba ropa cara. Sara supuso que pasaría mucho por la calle Birger Jarlsgatan. Schuterman, Gucci, Prada, incluso puede que Chanel. Vaya, el bolso era de Louis Vuitton. Un tanto soso para su gusto. Recordaba a las hermanas como unas esnobs de las marcas y juezas implacables del buen gusto. Se acordó de lo contenta que se ponía las pocas veces que lograba su aprobación.

—Sara, tienen que encontrar a mi madre —dijo Malin con un hilo de voz.

—¿Agneta no está?

—No. Y mi padre…

—Lo sé. No tiene ningún sentido. Un tiro, a Stellan.

—¿Dónde se habrá metido? —preguntó Malin mirándola.

—No lo sé. Pero seguro que la encuentran.

—¿Cómo? —El miedo de Malin se estaba transformando en nerviosismo—. Igual también le han disparado. O la han secuestrado. O está herida en cualquier sitio y se va a desangrar si nadie la encuentra.

Anna la interrumpió, tal vez más por el bien de Sara que por el de Malin.

—Como ya te hemos dicho, tenemos patrullas examinando la zona —dijo—. Están preguntando a la gente y buscando pistas. Ha salido un barco al mar. Y estamos tratando de poner en marcha un helicóptero. Si no la encontramos, traeremos a los perros.

—¡Es mi madre! —dijo Malin.

—Lo sé. Haremos nuestro trabajo, confía en nosotros.

Malin miró a Sara, que asintió para tranquilizarla. De niñas, siempre mandaban las hermanas, pero ahora le tocaba a Malin quedarse quietecita y confiar en que su amiga y la colega de esta eran las que sabían lo que había que hacer.

—¿Estará muerta? —preguntó Malin mirando a Sara a los ojos.

—¿No crees que se ha podido esconder en algún sitio? Teniendo en cuenta lo que le ha pasado a tu padre.

—Sí, claro. Pero en ese caso ya podría salir de donde esté.

—Quizá no sabe que estamos aquí. ¿Dónde crees que podría haber ido si quisiera ponerse a salvo?

—Ni idea. A mi casa.

—¿Podría estar allí?

—No. O, bueno, sí. Nosotras estamos aquí. Lo mismo está allí esperándonos. —Malin abrió los ojos de par en par—. ¿Estará allí, Sara? ¿Preguntándose dónde nos hemos metido?

—¿Crees que se habrá llevado el móvil?

—No, se lo ha dejado en la cocina. La hemos llamado.

—¿Christian está aquí?

—Ha sido él el que ha llamado a la policía. Yo… no era capaz.

—¿Podríamos pedirle que fuera a vuestra casa para comprobar si Agneta está allí?

Malin no se opuso a la idea y Sara se dirigió a Anna.

—¿Qué te parece?

—Perfecto. Voy a pedir que vayan en su busca.

—Está con los niños en casa de CM —dijo Malin—. El vecino.

Anna asintió brevemente y se marchó.

Sara recordaba a CM. Carl Magnus no sé qué, un viejo amigo de la familia. Había vivido en la casa de al lado durante toda la infancia de Sara y, al parecer, allí seguía. Un antiguo director ejecutivo que ya en sus años de trabajo había pasado mucho tiempo jugando al tenis, al golf y yendo de caza con el rey. Era célebre por tener el rifle más caro de su grupo de cazadores. Más caro que el del rey, lo que según Stellan iba contra la etiqueta. *Fabbri*, recordó que se llamaba el rifle: de niña le sonaba parecido a «fábrica».

Recordó también la torpeza de CM aquellas veces que Stellan y Agneta le pidieron que cuidara de las niñas porque ellos estarían fuera. Aunque ahora también estaba Christian, y los nietos seguro que eran conscientes de la gravedad de la situación. Si hay algo que se les da bien a los niños es percatarse del estado de ánimo de los adultos. Ya no necesitaban que CM hiciera de niñero, lo importante era que le aportara un poco de tranquilidad a la familia en medio de todo aquello.

Sara observó a Malin, que estaba sentada en una silla con la mirada perdida. Bajo el maquillaje, tenía el rostro pálido. ¿Qué le haría sentir a uno encontrarse a su padre muerto? En su casa de toda la vida. Sara pensó que era mejor que Malin recibiera ayuda profesional para recuperarse del golpe mientras ella intentaba que se concentrara en cosas concretas para calmarla.

—¿Por qué habéis venido? —preguntó Sara—. ¿Estabais de visita?

—Ya habíamos estado aquí. Con Lotta y su familia. Mis padres se han quedado con los niños mientras estábamos en Francia, y hoy hemos venido a por ellos. Nos hemos despedido y nos hemos marchado, pero Molly se había olvidado el muñeco, así que hemos dado media vuelta.

—¿Dónde os habéis dado la vuelta?

—En Brommaplan.

—Y cuando habéis llegado Stellan ya…

—Sí.

—Es que todo ha debido de ocurrir en apenas diez o quince minutos.

—Sí. No tiene sentido. No tiene sentido…

—¿Cómo ha reaccionado Lotta?

Malin se quedó en silencio mientras las palabras iban calando en ella.

—No lo sé. Ella… No sé si Christian la ha llamado.

—Va de camino, lo hablo con él… ¿Malin?

—¿Qué?

—Tengo que entrar y echarle un vistazo. ¿Estarás bien?

—Sí, claro.

Malin sonaba distraída, como si hubiera respondido por puro reflejo.

Sara pasó al vestíbulo y entró al salón.

Y allí, en el viejo sillón Brumo Mathsson, estaba sentado.

Tío Stellan.

En el suelo descansaba un libro salpicado de sangre. Goethe.

Y junto al equipo de música se veía la cubierta de un disco: *La Pasión según San Mateo*.

Había muerto rodeado de belleza.

A Stellan Broman le habían disparado por detrás, le contó un técnico criminalista mientras el sudor le surcaba la frente con aquel calor. La bala había entrado en la parte trasera izquierda de la cabeza, no muy lejos de la oreja, y había salido por el otro lado de la frente, por encima del final de la ceja derecha. Había atravesado todo el cerebro. La sangre y la materia cerebral habían salpicado la camisa, la rebeca, el reposabrazos, el libro y el suelo.

Le habían disparado mientras estaba sentado leyendo. ¿No había oído al asesino?

¿Se habría quedado sordo Stellan? No, no encontró ningún audífono.

¿Y Agneta? ¿Dónde estaba?

Si se había escondido, debería de haberse atrevido a salir ya. Habrían pasado un par de horas desde que dispararon a Stellan, y la policía había registrado la casa varias veces, según le había contado Anna.

Así que, ¿dónde se había metido?

Una opción era que el asesino se la hubiera llevado, una idea cuando menos desagradable.

Un caso de secuestro con la madre septuagenaria de sus amigas como víctima. Pero ¿por qué? Sara sabía que el secuestro era uno de los delitos más complicados. Casi nunca salía bien.

Miró a su alrededor. La habitación le parecía mucho más pequeña que cuando eran niñas. Desde la última vez que estuvo allí, había pasado el suficiente tiempo para que nacieran nuevas personas, crecieran y tuvieran sus propios hijos.

El sillón Mathsson, las estanterías repletas de libros, el sofá y la mesita de Svenskt Tenn con sillas de Josef Frank. ¿Las habrían vuelto a tapizar o es que las habían mantenido con sumo cuidado?

Todo en perfecto orden.

En casa de los Broman no se podía jugar en cualquier sitio, recordaba, no era como en su propia casa, donde no había ningún límite real entre su mundo y el de su madre. Quizá porque estaba atestada de juguetes mezclados con pertenencias de adultos. A pesar de que Sara pasaba la mayor parte del día con los Broman. Ahora le costaba entender cómo su madre había podido soportarlo, pero le agradecía que lo hubiera tolerado, que le hubiera mostrado un mundo más libre, un hogar en el que ella también participaba y establecía las condiciones.

Pero en casa de los Broman se jugaba fuera o en el cuarto de las niñas. Si por motivos de tiempo o espacio usaban el salón, después debían recogerlo todo meticulosamente.

Recordaba que jugar en el resto de la casa nunca le resultó tan divertido como jugar en el cuarto de las niñas o en el jardín. Pero las hermanas insistían en que se fueran allí a veces, como en una especie de rebelión contra el orden establecido. Con juegos faltos de imaginación cuyas reglas se inventaban sobre la marcha. Juegos que no se volvían a jugar.

Si hubiera sabido entonces que hoy estaría allí, con Stellan asesinado en el sillón. La misma casa, la misma gente, pero por lo demás nada era igual.

Se había encontrado a Agneta y a Stellan alguna vez, en los grandes almacenes NK y en los puestos de la plaza de Brommaplan, y en todas esas ocasiones había visto a Agneta más feliz de lo que la recordaba en su infancia. Cuando las chicas eran pequeñas, su madre le parecía seria, casi severa, con aquellas gafas enormes de los setenta, el cabello cuidadosamente peinado y vestidos elegantes de París. En presencia de adultos florecía y se convertía en la anfitriona perfecta. Stellan era divertido y ocurrente de una forma pedagógica, pero solo durante poco tiempo, después prefería leer o conversar con un adulto. Sara pensaba que con toda probabilidad él había seguido siendo así. Un hombre que en realidad solo se preocupaba por su trabajo y sus libros. Salvo que el tema en cuestión fuera él mismo, entonces podía pasarse hablando todo el tiempo que hiciera falta.

Tío Stellan. Cuando las niñas eran pequeñas era la persona más conocida del país junto con Palme y el rey. Todo el mundo veía los programas de Stellan, todo el mundo hablaba de ellos al día siguiente, todo el mundo los citaba y se divertía con ellos. *El país feliz*, *Buenos vecinos*, *Pura locura*. Entretenimiento televisivo con un montón de bromas disparatadas como *El día de los gorros con pompón*, cuando todo el mundo tenía que llevar un gorro con pompón en una fecha concreta. O *Seamos amables*, cuando había que saludar a extraños y preguntar si se podía ayudar en algo. Y quién no recordaba *Fallo eléctrico*, cuando todos los espectadores tenían que encender y apagar la luz de sus casas al unísono.

Toda Suecia participaba.

Y le encantaba.

Sara siempre había envidiado a sus amigas porque su padre era Stellan, mientras que ella solo tenía a su madre. Al mismo tiempo, agradecía poder jugar en casa del gran hombre. Al menos en parte, él se convirtió en un sustituto del padre que nunca tuvo.

Tío Stellan. El amable Stellan, el divertido Stellan, el Stellan de todos los suecos.

¿Por qué iban a querer matarlo de un tiro?

Cuando Anna entró en el salón, Sara no pudo evitar husmear un poco, pese a que no se trataba de su caso. En realidad, a nivel personal sí que lo era, concluyó.

—Bueno, ¿qué pensáis? —dijo.

—Un robo que ha salido mal.

—¿Y que Stellan sorprendió al ladrón? Pero si le dispararon por detrás y estaba sentado.

—Igual no se dio cuenta de la presencia del ladrón, pero el ladrón sí que lo vio a él y se asustó. Estamos en Bromma, aquí hay robos continuamente. A veces hay dos o tres bandas trabajando al mismo tiempo.

—Pero entonces debieron de entrar cuando la familia se marchó —arguyó Sara.

—Es posible que incluso vieran los coches saliendo y que pensaran que tenían vía libre. Podría tratarse de unos salvajes, como los de las bandas del Este. Quizá entraron en la casa, aunque sabían que había alguien porque la alarma estaría desactivada. Y lo primero que hicieron fue quitar de en medio a un posible testigo.

—¿Y Agneta lo vio y huyó?

—O se la llevaron. ¿Tenían caja de seguridad?

—No lo sé. ¿Te refieres a que se han podido llevar a Agneta para que les ayude a abrir la caja?

—Tal vez hasta sabían si guardaba algo en particular ahí. ¿Habrá salido en algún periódico que poseía algo de valor?

—No que yo sepa. Pero ¿hay indicios de que se trate de un robo?

—Falta la cartera. Y es posible que varios objetos de valor. No nos ha dado tiempo a pedirle a la hija que lo compruebe.

—Vaya manera innecesaria de morir —dijo Sara.

—¿Cómo eran?

—¿Como personas? Stellan era amable, pero estaba muy ocupado con su trabajo y su trayectoria profesional. Le encantaba ser famoso. Agneta era un poco reservada cuando éramos niñas, pero siempre se mostraba muy atenta con los invitados de su marido. Y era una madre muy entregada. Creo que se convirtió en la típica abuela cuando nacieron sus nietos. Supongo que cuando éramos pequeñas tenía más que de sobra con la carrera de Stellan.

—¿Se encargaba del trabajo de campo?

—Y de organizar fiestas y ser la anfitriona. Se paseaba con un cigarro largo y marrón, un Moore, y una copa, y hablaba con todos, los presentaba. Ella se inventaba todas las temáticas y hacía las gestiones necesarias: camareros, músicos, entretenimiento, guardarropa.

—¿Guardarropa?

—Siempre hacían fiestas temáticas. El Imperio romano, los años veinte, Drácula. Con disfraces y la música correspondiente. Y adornaban la casa para la ocasión. Era un trabajo descomunal, podían venir cientos de invitados. Artistas, políticos, empresarios, escritores, famosos, investigadores, diplomáticos extranjeros. Como las fiestas de Bindefeld, el famoso organizador de eventos, pero más divertidas. Siempre ocurría algo. Batallas navales en el lago Mälaren, guerra de bolas de nieve en pleno verano, fuentes de vino. A la gente le encantaban las fiestas. Una vez construyeron un tobogán acuático desde el tejado de la casa hasta el agua. En otra ocasión llenaron la casa entera de globos, todas las habitaciones, del suelo al techo, y después los invitados tenían que abrirse paso a tientas. Y a veces la cosa se descontrolaba. Cuentan que en una ocasión una de las asistentes hizo esquí acuático desnuda delante de todos los invitados.

—¿Y allí estabas tú, en una esquina?

Sara soltó una carcajada. Nunca había llegado a comprender del todo lo inusual que había sido su infancia.

—De niñas casi siempre mirábamos. Hasta que llegaba la hora de irse a la cama. Y cuando me hice mayor perdí el contacto con Malin y Lotta.

—¿Así que nada de fiestas con famosos?

—Con las de mi marido tengo bastante.

—Es verdad. Desde luego, te mueves por las altas esferas.

—Más altas que las del trabajo, pero no son para tanto.

Anna sonrió.

—Está en la cocina.

Una policía de uniforme con el pelo recogido en una cola y nariz de halcón entró y se dirigió a Anna. Sara comprendió que hablaba de Christian.

—Y han venido periodistas —dijo la nariz de halcón mientras iban a la cocina—. Quieren saber si le ha pasado algo a Tío Stellan.

«¿Seguiría vendiendo una noticia sobre Tío Stellan?»

—Sí, claro que quieren saberlo —dijo Anna—. Diles solamente que ha ocurrido algo, que no tenemos más comentarios, pero que haremos una declaración en breve.

Cuando se encontraban ante la puerta de la cocina, la mujer policía se echó a un lado, como un caza que se aleja de la formación para cumplir con una misión propia.

Antes de entrar en la cocina, Anna se detuvo y agarró a Sara del brazo.

—¿Tú no notas nada?

—¿De qué?

—Una presencia. Siento una presencia.

Los misticismos de Anna. A Sara se le había olvidado esa faceta de su amiga. No solo era una policía eficiente y analítica, también era una brujilla un tanto imprecisa.

—No se ha marchado todavía —dijo Anna—. Tú que lo conocías deberías notarlo.

—Me temo que no —respondió Sara—. No noto nada.

—Me está llegando mucho. Esta casa está llena de recuerdos, de energías.

—No es de extrañar teniendo en cuenta todas las fiestas —dijo Sara.

Anna la miró fijamente a los ojos.

—¿Nada?

—No.

—Aquí hay alguien que no quiere hablar conmigo. Creo que quiere hablar contigo.

—Dale mi número de móvil —dijo Sara con una sonrisa socarrona.

—Quizá sea buena idea que te quedes un rato —dijo Anna haciendo caso omiso de la sonrisa de su amiga—. ¿Te parece bien?

—Claro.

Con fantasma o sin él, Sara pensó que podría ser de ayuda.

En la cocina estaba sentado Christian, de la mano de su mujer. Sara había coincidido con él muy pocas veces. En una ocasión en el centro comercial Sickla, cuando se los encontró por casualidad, y más adelante en su boda, por supuesto, que fue una situación peculiar. Un recordatorio de que una parte del pasado de Sara ya no existía, había quedado fuera de su alcance.

Nunca se había sentido tan constreñida, tan poco acogida, al tiempo que le exigían su presencia. Claro, la boda perfecta requería que estuvieran representados todos los periodos de la vida de la novia, pero parecía que a Malin le fastidiaba que Sara fuera una de esas partes. La amiga de la infancia. La amiga que había caído bajo, que habían degradado del idilio de Bromma a la miseria del Vällingby, según Malin. O eso creía Sara.

Christian le tendió la mano, y a Sara le dio la impresión de que el gesto serio que exhibía era una actitud que había decidido adoptar. Se podía decir lo mismo del resto de su exterior: la camisa bien planchada, los pantalones de traje con un cinturón de Hermès y un reloj caro. Uno de tantos miles de tipos de finanzas idénticos. Tenían un BMW o un Audi, entrenaban dos veces a la semana, usaban tantos productos para el cuidado de la piel como sus mujeres. Pero seguro que ganaba muchísimo dinero, y eso era muy importante para Malin. Porque no podía ser que la hubiera enamorado con aquella personalidad. Sara dudó que fuera capaz de identificar a Christian en una rueda de reconocimiento un minuto después de haberlo visto.

—Hola. ¿Has llamado a Lotta? —preguntó Sara.

Christian miró de Sara a su mujer, y luego otra vez a Sara.

—No. Lo siento. No he caído. Yo…

—No pasa nada. Quería pedirte otra cosa: ¿podrías ir a vuestra casa para ver si Agneta estuviera allí?

—Claro… ¿Puedo llevarme a los niños entonces?

Sara miró a Anna.

—Por supuesto —respondió.

—¿No tenéis que preguntarles nada? ¿Se pueden ir?

—Puedes llevártelos sin problemas. ¿Dónde vivís, por cierto?

—Lidingö.

«Pues claro.»

—¿Estarás bien, cariño? —le preguntó Christian a su mujer.

—Sí. Tengo a Sara aquí.

Sara no pudo evitar sorprenderse ante una confianza tan repentina, casi se conmovió. Pero entonces cayó en la cuenta de que quizá Christian representaba el mismo papel en la vida de Malin que ella cuando eran niñas: alguien que hacía lo que Malin decía, alguien que la admirara y le trajera y le llevara las cosas. Tal vez lo que pasaba era sencillamente que Malin se las podía arreglar mientras tuviera a alguien así en su vida, así de simple. Esa idea no le resultó tan conmovedora.

—Llamo luego —le dijo Christian a Sara, y después volvió a mirar a su mujer para demostrarle que aquellas palabras también iban dirigidas a ella. Lo acompañó de un gesto irritante con el pulgar y el meñique.

—¿Quieres que llame a Lotta? —dijo Sara cuando Christian se marchó.

—Yo la llamo. Pero es que no sé qué decirle.

Sara sacó el móvil y Malin le dio el número particular de Lotta. La hermana descolgó después de dos tonos de llamada.

—Hola, soy Sara Nowak.

—Hola.

Dejó unos segundos para darle la oportunidad a Lotta de decir algo, pero se quedó callada, así que Sara prosiguió.

—¿Has hablado con tu madre hace poco?

—Sí, hemos estado hoy con ella.

—Pero ¿nada desde que os fuisteis de aquí?

—No. ¿De aquí? ¿Qué quieres decir? ¿Estás allí?

—Soy policía, quizá lo sepas. Estoy con Malin en casa de vuestros padres. Me temo que tengo muy malas noticias. Vuestro padre, Stellan, ha muerto. Y vuestra madre está desaparecida. —Dejó otra pausa para que Lotta asimilara lo que acababa de oír. Cuando la línea llevaba un rato en silencio, Sara continuó—: Creemos que tu madre está ilesa. Que simplemente se ha escondido en algún sitio. Cuando nos asustamos y estamos exaltados solemos tomar decisiones un tanto irracionales.

—¿Escondida? ¿Por qué?

—Porque han asesinado a Stellan. Y creemos que ella ha podido escapar del asesino.

Hubo un largo silencio antes de que se volviera a oír algo al otro lado de la línea.

—¿Estás de broma?

—Para nada.

—¿Asesinado?

—Sí. No tiene sentido. Tal vez se trate de un robo. No lo sabemos. Estamos preguntando e intentado averiguar si han visto algo.

—Voy para allá.

Sara colgó y un policía de uniforme aprovechó la ocasión para informar a Anna.

—Ya hemos terminado con las viviendas más cercanas, nadie ha visto ni ha oído nada. Vamos a continuar trabajando y a ampliar el círculo. Por desgracia, por aquí no hay ninguna cámara de seguridad pública. El club náutico sí que tiene, pero solo apuntando a los muelles y no creemos que el asesino llegara en barco, o que la desaparecida huyera en aquella dirección. Aun así les vamos a pedir las grabaciones por si acaso. Además, hay muchísimas casas con cámaras de vigilancia, pero dirigidas a las puertas y al interior de las parcelas. Y hasta ahora nadie ha comunicado que le haya saltado la alarma, así que por el momento la hipótesis es que Agneta Broman se ha ido por Grönviksvägen, probablemente en dirección contraria a la de la hija cuando ella estaba volviendo. Ya sea sola o con el autor del delito. Si es que se la han llevado como rehén, claro está.

Anna miró a Malin, como si se preguntara si ese último comentario resultaba demasiado crudo para decirlo delante de la hija de la desaparecida. Sara también miró a su antigua amiga, para ver si algo de lo que había contado el colega de uniforme le provocaba algún tipo de reacción. Pero parecía ausente.

—¿Vamos con la prensa y expedimos una orden de búsqueda? —preguntó el policía de uniforme.

—Aún no —dijo Anna.

Después se quedaron en silencio, hasta que todos dieron un respingo cuando Malin gritó:

—Pero ¿dónde se ha metido?

6

El AIRE SE había escapado durante el trayecto.

El neumático trasero se había vaciado a la altura del Palacio de Drottningholm y el delantero, ya en la isla de Ekerö, de modo que los últimos kilómetros los hizo pedaleando sobre las llantas. Esperaba que nadie se fijara en ella. Aunque una bicicleta rosa con las ruedas desinfladas no es que gritara «asesina a la fuga», así que cruzó los dedos.

Con el cuello de la chaqueta subido y el gorro bien calado, le había puesto difícil a los transeúntes que pudieran dar una descripción acertada de ella. El riesgo era más bien que alguien creyera que padecía demencia senil y que se estaba escapando de la residencia, pedaleando mientras resoplaba con la cara al rojo vivo y abrigada de más en medio del calor. Si pensaban eso, quizá trataran de llevarla otra vez a la residencia contra su voluntad.

Hacía al menos veinte años desde la última vez que montó en bici, si no más. El sudor le corría por la frente y por la espalda, y tuvo que detenerse varias veces. El corazón le latía con tanta fuerza que parecía que le daba puñetazos.

Los demás ciclistas que se desplazaban por la isla de Ekerö iban con bicicletas de competición y ropa deportiva blanca y ajustada. Agneta calzaba unos zapatos Ecco y llevaba una bici de niña con las ruedas pinchadas.

Con suerte pasaría por una mujer de la zona que nunca se había sacado el carné de conducir e iba en bicicleta a todas partes. Una excéntrica, todavía quedaban unas cuantas por las islas del lago Mälaren. Dentro de una década, habrían desaparecido; los precios de la vivienda se habían triplicado y las casas estaban llenas de gente del centro de la ciudad que conducían demasiado rápido por las sinuosas carreteras rurales tan repletas de vida salvaje.

Hasta que no giró hacia el angosto camino de gravilla que conducía al granero del bosque no se preguntó si todo seguiría allí.

¿Cuándo fue la última vez que lo comprobó?

¿Hacía diez años? ¿Doce? Quince no, desde luego. ¿Serían solo cinco? Los años se le entremezclaban y se sucedían como los paisajes que se ven desde la ventana de un tren. Costaba formarse una idea, era imposible parar y no tardabas en olvidarte de los detalles. Todas las casas, los árboles y los vehículos se convertían en una corriente única que hacía que los pensamientos vagaran. Uno estaba en todas partes menos en ese momento, en ese lugar. Te olvidas de que vas de camino a alguna parte. Así había transcurrido su vida.

Hasta ahora. El tren se había detenido y ella se había bajado en un lugar que llevaba mucho tiempo sin ver.

Le temblaban las piernas del esfuerzo cuando apoyó la bicicleta en la pared del granero. La garganta le ardía y sentía que le iban a reventar los pulmones. Tenía una forma física pésima, pero no era de extrañar teniendo en cuenta su edad, ¿no?

En la vida que escogió años atrás no había edad de jubilación, y ahora estaba comprendiendo perfectamente cuáles eran las desventajas.

Del juego de llaves del coche colgaba la llavecita de un candado. No tenía ni idea de qué pensaría el agricultor que le alquilaba el espacio del granero, pero esperaba que se hubiera tragado la historia sobre el nostálgico propietario del coche que estaba ingresado en la Unidad de Enfermedades Crónicas y se negaba a morir, con lo que su coche permanecía allí año tras año. Mientras que el dinero le siguiera llegando a la cuenta, no le importaría mucho, pensaba Agneta.

El candado se atascó un poco, pero terminó cediendo. Lo desenganchó y abrió las puertas. Un viejo Volvo 245 azul claro, modelo familiar. KOA 879. Lo compraron porque era fácil conducirlo, de fiar, y se arreglaba sin muchas complicaciones. Estaba como nuevo, aunque cubierto por una gruesa capa de polvo.

Reparó en lo anticuada que estaba la red de seguridad. Pero es que nadie contaba con que el tiempo pasara volando de aquella forma, ni creyó que volviera a ser necesaria después de tantos años. Sin embargo, eso era lo que había. Y tenía que examinar todos los restos correosos de la en su día bien engrasada maquinaria para ver si había algo que le fuera útil.

Como cabía esperar, el coche no arrancó, así que abrió el capó, enganchó el cargador de la batería y lo enchufó a la toma de corriente.

Que hace años escogiera un granero con toma de luz había sido una idea fantástica. Estaba apartado, al dueño le daba igual todo y tenía electricidad. Como tantas veces en el pasado, reflexionó sobre lo hábil que era si se comparaba con otros en su línea de trabajo. Aunque sabía que era competente, ¿no serían aún mejores sus viejos colegas?

¿No habría sido ella solo una mera aficionada? Una tonta útil. El hecho de que tanta gente la hubiera visto había sido algo completamente deliberado y necesario, pero ¿qué pasaría realmente?

Por lo pronto tendría que dar lo mejor de sí para superar lo que le esperaba.

Con toda probabilidad, le quedaba poco tiempo, pero no podía precipitarse. Leyó en el manual que la batería tardaría en cargarse ocho horas, y de todos modos no podía moverse por la artrosis hasta que pasaran unas horas del viaje en bicicleta.

A veces le ayudaba ponerse un linimento antes de que el dolor se manifestara, así que sacó su bote de Siduro y una lata del clásico Sloan, el que siempre le pedía prestado Stellan para no tener que comprarse uno y reconocer que él también se había hecho mayor.

Después sacó el glucómetro, un Mendor Discreet, se pinchó el dedo y se midió el azúcar. La lectura era buena. Quizá debería haber esperado un poquito más antes de comprobarlo. Puede que el esfuerzo no le pasara factura hasta dentro de un rato.

Fue a por la comida que se había llevado a toda prisa. Manzanas, galletas y unas salchichas en conserva, pero ningún abridor. Así que se tuvo que conformar con las manzanas y las galletas. Y con suerte con un poco de sueño.

Ocho horas sola en un granero, con el asiento trasero como único lugar de descanso. Un retraso descomunal, pero no podía hacer nada al respecto.

Estaba cansada, así que recibió de buena gana el sueño. Esperaba que nadie hubiera descubierto a Stellan. No tenían ninguna visita pendiente. Nadie tenía motivos para ir allí.

Eso le daría los días que le hacían falta, y no tenía que preocuparse por que avisaran al resto de sus objetivos.

La única cuestión era cuánto tardaría Suleiman en llegar allí.

Suleiman o Abu Omar o Abu Rasil, el nombre que estuviera utilizando esta vez.

La leyenda que ella misma nunca había conocido, aunque se decía que había supervisado dos de los campamentos de prácticas a los que Agneta había asistido en los setenta. Ya por entonces era un icono, del que se contaban muchas más historias de las que podían ser ciertas. El mito que siempre se adelantaba al Mossad israelí y a los servicios de inteligencia occidentales. El que se había librado de cientos de tentativas de atraparlo o matarlo. ¿Seguiría vivo? ¿Aparecería?

Agneta sabía que la llamada implicaba que él iba de camino.

¿Estaría ya en el país? En ese caso, la cosa tenía mala pinta. Pero ella contaba con que se encontrara muy lejos, probablemente con un nombre falso por Oriente Medio. Aunque tal vez estuviera viviendo su nueva vida en Europa, y, de ser así, tardaría muchísimo menos en llegar allí.

Por lo demás, la gente como Abu Rasil no viajaba demasiado rápido. No podían montarse en el primer vuelo directo a Suecia. Todas las partes seguían vigilándose entre sí.

De modo que quizá contara con varios días a pesar de todo.

Necesitaba todo el tiempo que pudiera conseguir, más a su edad. Tenía que descansar antes de lo que le aguardaba.

Lo que acababa de comenzar.

Su propia misión.

Aun así, le costaba entenderlo, después de tantos años.

Había llegado el momento para lo que hasta ahora solo había sido una vaga amenaza, una hipotética situación catastrófica, una fantasía espantosa.

Después de treinta años de una vida completamente distinta, una vida normal, de repente volvía a ser quien había sido en su juventud. Aquello para lo que llevaba entrenándose desde su infancia.

¿Lo conseguiría?

7

—¡ESTO NO PUEDE ser verdad!

Menos de media hora después de que la llamaran, Lotta entró de golpe en la cocina.

—Policías por todas partes. En casa de papá y mamá.

Seguía su estela una joven delgada con un marcado prognatismo y de aire pesaroso. Iba cargada con dos bolsos y un maletín para el portátil, por lo que seguramente se tratara de una ambiciosa asistente a la que Lotta exigía demasiado.

—Sara —dijo Lotta dándole un abrazo rápido antes de darle otro a Malin. Después le estrechó la mano a Anna.

—Lotta Broman.

—Anna Torhall. Inspectora de la Policía Judicial.

Sara examinó a su amiga de la infancia y comprobó que le habían salido algunas canas desde la última vez que se vieron. Lotta no se teñiría el pelo nunca. Y seguro que estaba orgullosa de las pocas arrugas que tenía. Demostraban que era seria. Una mujer profesional. La directora general de la Agencia Sueca Internacional de Cooperación al Desarrollo, con muchos años por delante para avanzar en su trayectoria profesional.

—¿Qué ha pasado? —preguntó Lotta dirigiéndose a Sara—. ¿Cómo es posible? ¿Es cierto? ¿Dónde está?

Miró a su alrededor como si su padre fuera a aparecer en la cocina, quizá sonriendo avergonzado porque todos estaban allí por él.

—Siéntate —dijo Sara mientras Anna se mantenía en segundo plano. Se había apoyado en el borde de la encimera y prestaba atención. A Agneta nunca le había gustado que pusieran el trasero en la encimera, pensó Sara.

—¿Café? —preguntó la formal asistente.

—Sí, para todas —dijo Lotta—. Está en ese armario.

—Creo que no deberíamos tocar nada —opinó Malin.

Lotta miró a Sara.

—Por un poco de café no pasará nada —contestó después de confirmarlo con Anna, y la asistente se dio la vuelta.

—Vale —dijo Lotta—. Cuéntame.

—Le han disparado a vuestro padre —respondió Anna al tiempo que se colocaba en el centro de la habitación. Aguardó un segundo antes de continuar—: En el salón. No sabemos quién ni por qué. Y Agneta ha desaparecido. La estamos buscando, y creemos que huyó al oír el disparo y que ahora está escondida en algún lugar.

—Pero ¿dónde?

—No lo sabemos.

—¡Tenéis que encontrarla! —Malin se levantó de un salto, como si quisiera salir corriendo, pero sin saber adónde—. ¡Ya han pasado varias horas!

—Han movilizado patrullas policiales para examinar la zona —dijo Sara como poniendo al día a Lotta—. Le están preguntando a la gente y están buscando pistas.

—Sara —dijo esta—. Se trata de nuestra madre.

—Entiendo que asimilarlo es muy difícil, pero saben lo que hay que hacer. Confía en ellos.

—¿Ellos? ¿Tú no estás trabajando en esto?

—No. Estoy aquí exclusivamente como amiga de la familia.

Se quedaron en silencio unos instantes, como si necesitaran digerir lo que les acababa de contar.

—¿Le han disparado? —preguntó Lotta.

—Me temo que sí. Es del todo incomprensible.

—¿Sigue ahí dentro? —continuó señalando al salón.

—No. Acaban de llevarlo al forense.

—¿Lo van a abrir?

—¿Que si le van a hacer una autopsia? Sí, por supuesto.

Lógicamente, era muy difícil hacerse a la idea de que tu padre no solo había muerto, sino que además le habían disparado, pensó Sara. Y que después lo iban a cortar en pedazos en una mesa metálica unos extraños que le sacarían las entrañas para observarlas, pesarlas y medirlas. Tu padre desmontado. Y tan solo unas horas después de haberlo visto y que todo estuviera como siempre.

—Tengo que preguntarlo, aunque suene extraño —dijo Anna—. ¿A Stellan lo habían amenazado?

—¿Amenazado? No, claro que no. —Lotta no pudo contener una carcajada.

—¿Se había peleado con alguien? ¿O había discutido? ¿Igual le habían enviado correos desagradables? ¿Lo había amenazado alguien? —Las hermanas iban negando con la cabeza después de cada pregunta. Anna continuó—: ¿Le pitó alguien mientras conducía? ¿Podría haber conducido de una forma que irritara a alguien?

—¿Le habrían disparado por conducir mal?

—No os hacéis una idea de la cantidad de gente perturbada que hay por ahí. Con un colocón como un demonio, hasta las cejas de adrenalina, atiborrados de anabolizantes. Basta con que les pites o los adelantes. *Road rage*, mucho más frecuente de lo que nos imaginamos.

—Eso no hay forma de saberlo —dijo Lotta—. Aunque él no conducía de forma agresiva ni lento como un viejo chocho. De hecho, no conducía casi nunca. No ha podido irritar a nadie.

—¿Ha recibido alguna carta extraña? ¿«Regalos» en las escaleras de la entrada o en el jardín? Hoy en día la mayoría de los famosos tienen algún *stalker,* algún acosador obsesionado con ellos; en realidad no es un fenómeno muy reciente.

—Pero si han pasado treinta años desde la última vez que mi padre salió en la tele. ¿Por qué un acosador loco iba a esperar hasta ahora?

—Tal vez estuviera en la cárcel. O en una institución mental.

—Nunca ha recibido de la gente nada que no fuera cariño. No le ha llegado una mala palabra.

—Bueno, ¿y cuando intentaron prenderle fuego al cobertizo? —dijo Malin—. ¿Podría haber sido un acosador?

—Vaya manera tan extraña de demostrar cariño —comentó Sara.

—¿Cómo? ¿Que alguien intentó quemar el cobertizo? —preguntó Anna.

—En los ochenta —dijo Lotta—. Difícilmente se trate de la misma persona después de treinta y cinco años.

—Solían mandarle cartas, flores y cosas así —comentó Malin—. Con el programa de *Allsång* recibimos montones de correos y de regalos tanto para los invitados como para Sanna, la presentadora. Cosas muy raras. Pero también muy monas, claro.

—Podrían haberse equivocado de persona —dijo Anna—. Ha ocurrido bastantes veces en Suecia. Cuando alguien con el mismo nombre le debe dinero a gente peligrosa.

—Pero en ese caso se habrían dado cuenta al ver a mi padre, ¿no?

—Le dispararon por detrás —dijo Sara, que se arrepintió enseguida de haber sido tan torpe como para entrar en detalles sobre la muerte de Stellan.

—Un error. —Malin negó con la cabeza—. Qué espanto.

—Qué imagen más desagradable —dijo Lotta.

—Estamos yendo puerta por puerta, peinando toda la zona. Tanto para encontrar a Agneta como para recopilar información sobre el asesinato. A menudo los crímenes violentos se resuelven simplemente gracias a que alguien vio algo por casualidad. Un coche aparcado en un sitio raro. Una persona que tira la chaqueta a algún lado. O que pierde su móvil.

—Pero eso no cambia el hecho de que nuestro padre está muerto.

—No.

Las tres amigas de la infancia se quedaron calladas en la cocina de la familia Broman como tantas otras veces. Pero con un motivo completamente diferente para ese silencio compartido.

—Antes he salido al muelle —dijo Sara sonriendo un poco—. Llevaba sin ir allí desde primaria. ¿Os acordáis cuando tirábamos bocadillos al agua?

—Sí, qué bien lo pasábamos —dijo Malin.

—No —respondió Lotta—. No me acuerdo.

Sin mediar palabra, la lúgubre asistente de Lotta puso en la mesa el café y un cartón de leche, y sin preguntar sirvió leche en la taza de su jefa, pero dejó que las demás se la echaran si querían. Sara dio unos sorbos al café solo caliente. El símbolo de que las tres ya eran adultas: nada de leche con chocolate.

—¿Has mirado en la casita de invitados? —le preguntó Lotta a Sara.

—No. No me ha dado tiempo.

Lotta se quedó mirando un momento a su antigua amiga antes de dirigirse a Anna.

—¿No tenéis ni una sola pista sobre mi madre? —le preguntó.

—Aún no. Pero la tendremos —respondió Anna.

—Vamos a encontrarla —dijo Sara.

—Lo siento, pero necesito haceros algunas preguntas más. —Anna se volvió hacia Lotta—. Cuantas más cosas tengamos con las que trabajar, mejor.

—Dime.

—¿Habéis notado algo raro o diferente cuando habéis estado aquí? En el ánimo, cualquier cosa que hayan dicho, un objeto nuevo o alguno que hayan cambiado de sitio. Lo que sea.

—No.

—Todo estaba exactamente igual que siempre.

—¿No hubo otra visita o llamada de teléfono?

—Ah, sí. Llamaron —dijo Malin—. Justo cuando nos íbamos.

—¿Llamaron? —preguntó Lotta—. No me enteré.

—No, ya te habías metido en el coche. Fue cuando le estaba diciendo adiós a mamá.

—¿Y entonces llamaron? —dijo Anna.

—Sí, mi madre entró para responder mientras nos íbamos.

—¿Agneta fue la que descolgó? ¿No Stellan?

—Dijo que iba a responder ella. —Malin no pudo evitar sonreír—. Todavía tienen un fijo.

—Pero ¿no sabes quién era ni de qué hablaron?

—No, si es que nos estábamos yendo.

—Podría tratarse de un ladrón que llamó para ver si había gente en la casa —dijo Anna.

—Pero entonces no habrían entrado a robar, ¿no? —preguntó Malin—. Si mi madre descolgó...

—O la persona que llamó quería asegurarse de que estaban en casa —dijo Sara.

Lo que implicaban aquellas palabras se quedó flotando en el ambiente antes de que nadie volviera a decir nada. Lotta parecía pensativa.

—Vamos a repasar el listado de llamadas —dijo Anna en un intento de tranquilizar a las hermanas.

—¿Suele llamar mucha gente aquí? —preguntó Sara.

—No, casi nunca. Ya solo quedan con CM, que vive justo al lado, y mi madre tiene su móvil. No sé por qué mantienen el fijo.

—¿Y sabemos que ella no está en casa de CM? —dijo Sara.

—Ya les hemos preguntado a todos los vecinos —respondió Anna.

—Orden al esclavo: encuentra a mamá —dijo Lotta dirigiéndole una sonrisa mordaz a Sara.

—Orden al esclavo.

Se había olvidado por completo de aquel juego y se dio cuenta de que oír aquello le afectó mucho.

¿Por qué?

¿Por un juego de antaño?

No cabía duda de que Lotta lo había dicho como una referencia amistosa a la infancia, pero Sara se sintió muy incómoda al recordarlo. Cuando echó la vista atrás, comprendió que el juego solo consistía en que ella obedecía a las hermanas y se veía obligada a llevar a cabo un montón de tareas humillantes. La inocente infancia abarcaba mucho más que sol y baños. Algunos recuerdos eran más oscuros que otros.

Anna recibió una llamada y después de colgar se dirigió a Sara:

—Nos vamos a centrar en una banda que se encuentra detrás de una ola de robos en este barrio. Apuñalaron a un hombre mayor en su propia casa cuando los sorprendió.

—¿Lo apuñalaron? ¿No le dispararon? —dijo Sara.

—Son ladrones que han recurrido a la violencia cuando los han sorprendido, en el mismo barrio. Creo que podríamos considerar el asesinato de vuestro padre como resuelto —les dijo Anna a las hermanas.

—¿Y mi madre? —dijo Malin.

—La encontraremos pronto.

—¿Entonces pueden…? —le preguntó Sara a Anna, que asintió.

Se dirigió a sus amigas de la infancia:

—Escuchadme. Id a casa con vuestras familias. Procurad calmaros. Os llamarán si tienen más preguntas.

—Y cuando localicemos a vuestra madre —dijo Anna.

Sara les dio un abrazo a las hermanas y después Anna las acompañó al exterior.

Sara contempló la cocina en la que cada detalle, cada azulejo, cada bote de especias, era un recordatorio de su infancia. No pudo evitar echarle un vistazo al interior de los armarios. No había cambiado nada.

Le parecía como si hubiera viajado en el tiempo y pronto fuera a encontrarse con todos los habitantes de la casa con el mismo aspecto que tenían cuando se despidió hacía más de treinta años. De haber sido así, ¿qué habría hecho? ¿Los habría avisado o se habría limitado a hacerse pasar por una niña para librarse de pensar en todo lo que tenía en la cabeza esos días?

Sara alejó aquellos pensamientos. En realidad, ese anhelo por regresar al pasado implicaba que sus hijos y su familia desaparecieran. Toda su vida adulta y todas las experiencias que había acumulado a lo largo de la vida. Y no quería prescindir de ellos.

Ya era hora de volver a su vida. A su familia y a su presente.

Aunque con una nueva perspectiva de la existencia.

Siendo consciente de que en cualquier momento podría ocurrir cualquier cosa.

Sara volvió a mirar a su alrededor una última vez y sintió un leve escalofrío.

Anna le habría dicho que había notado la presencia de Stellan, pero ella sabía que no era así.

Si algo notaba era la ausencia de Stellan.

8

Bosque.

Bosque, bosque, bosque.

¿Cómo era posible que aquel rincón dejado de la mano de Dios les gustara tanto a sus compatriotas?

¿Por qué querría alguien comprarse una cabaña de verano en medio de un bosque virgen, que se extendía kilómetros y kilómetros en cualquier dirección? Sin vista, sin espacio, sin aire. Árboles, bosque, oscuridad.

Y por lo visto en Suecia solo hacía calor de verdad alguna que otra semana al año. Se parecía demasiado a su versión personal del infierno.

En vacaciones había que ir al sur, no al norte. A la luz y el calor, no a la oscuridad y el frío. Los suecos eran lentos, asociales y se les daban mal los idiomas. Solo hablaban inglés. Ni una palabra de alemán. No había razón alguna para viajar aquí.

El oscuro paisaje pasaba silbando al otro lado de la ventana del coche. Kilómetro tras kilómetro tras kilómetro sin casas y sin gente.

«Jönköping.» ¿Qué clase de nombres les ponían a las ciudades? Si es que no se podía ni pronunciar. *Yoenshoepink.*

A Karla Breuer no le gustaba viajar de servicio; no le gustaba viajar en coche y no le gustaba Jakob Strauss, el gordo de su colega. Como era de esperar, había cuestionado la misión al completo y había preguntado qué daño podían hacer una panda de espías seniles.

Ella no se molestó en contestar.

Casi a doscientos. Ya podía ir relajándose. Su trabajo consistía en no llamar la atención. Habían dejado el centro de operaciones móviles muy, muy atrás. ¿Qué iban a hacer en Estocolmo sin él? ¿Quedarse sentados mano sobre mano esperando a que llegara?

Y tampoco era capaz de callarse. Entraba en detalles acerca de todo, desde las cruzadas medievales hasta la baja forma del Borussia Mönchengladbach. Cosas sobre las que ella o sabía más que él o no le interesaban en absoluto.

Y encima la dichosa música que tenía que poner a todo volumen. *Papa won't leave you, Henry.* No me digas.

Por fin, una vista despejada.

Un lago enorme con una isla enorme y las ruinas de un castillo. Y después más bosque.

Si hubiera estado en sus manos, les habría prohibido a los alemanes comprar cabañas en Suecia. Habría prohibido Suecia.

Y le habría prohibido a la gente conducir coches, puede que con la excepción de los coches eléctricos de menor tamaño que no podían desplazarse a más de cincuenta kilómetros por hora.

Qué necesidad de despertar la sensación de estar vivos a base de exagerarlo todo. El sexo, el alcohol, el deporte, el trabajo, la velocidad. Todo en dosis elevadas. Demasiada cantidad, demasiado rápido, sin interrupción.

Sin parar.

Sin pensar.

Sin aceptar que la vida carece de sentido.

Solo seguir. Competir, llegar al límite y gritar para tus adentros presa del pánico.

Nunca llegó a entender los motivos de la reunificación. Aquello fue lo que sentó las bases para ese tipo de gente. Una infancia marcada por la disciplina y la tristeza, por la envidia al oeste y que anhelaba los atributos del capitalismo. Y ahora que todo eso estaba a disposición de los «rusos alemanes», como llamaban a los alemanes del antiguo este, no podían gestionar la libertad: todo tenía que ser lo más caro, lo más ostentoso, lo más llamativo posible. Ropa de marca con logos bien visibles, coches de lujo con motores descomunales, relojes enormes para alardear, restaurantes exclusivos. Solo para demostrarle al mundo que no eran ningún mediocre del este con corte a tazón y vaqueros falsos. O, al menos, ya no.

Volver a unir dos países, reunificar dos culturas tan distintas, lleva tiempo. Si es que es posible.

Cuando diez años atrás le dijeron que al final tendrían que incorporar a cierto número de colegas del este también en su departamento, esperaba una manada de tristes burócratas, una manada de ratas de oficina. Como peces abisales, apenas viables sin presión externa.

Pero no, lo que les tocó fue una rebelión adolescente tardía. Un montón de dóberman revanchistas cargados de adrenalina que ponían todo su empeño en ser más occidentales que los propios occidentales. Ahora que por fin les habían dejado entrar en el verdadero servicio de inteligencia pretendían ser más duros y más eficaces que sus nuevos colegas. Se convirtieron en estereotipos y, a sus ojos, no aportaban nada de valor.

Esperaba que Strauss no le estropeara nada. Era su última oportunidad de demostrar que la leyenda de Abu Rasil era cierta, y de enterrarlo. De demostrarles a todos que su teoría era correcta. Que un solo hombre con un único propósito se encontraba tras la mayoría de actos terroristas de los años setenta y ochenta. Quería demostrarle al mundo que no estaba loca y quería salvar su reputación. Todo estaba relacionado.

Su carrera había estado marcada por el misterioso terrorista. Había muchos testimonios de su existencia, y aun así sus colegas no querían creérselos.

Pero Breuer sí.

Había escrito un informe tras otro, había conectado testimonios con evidencias técnicas y fotos granuladas a firmas en las facturas de hoteles y de alquileres de coches. En vano.

Alguien señaló que la propia Breuer estaba contribuyendo a la creación del mito en torno al terrorista, pero cuanto más aterrador pareciera Abu Rasil, mejor, pensaba ella. Si la amenaza se volvía lo bastante grave, quizá sus colegas abrieran los ojos.

Pese al desinterés de sus superiores, rastreó su sombra esquiva a lo largo de varios continentes; había pisado sus huellas, había intentado pensar como él. Pero Karla Breuer siempre había llegado demasiado tarde. Siempre se le escapaba. Ahora sabía que esta sería la última vez que estuviera en el mismo lugar que Abu Rasil. Pronto terminaría su carrera profesional, pero antes el mundo iba a darse cuenta de que Abu Rasil era un terrorista implacable, y Breuer debía cumplir si quería tener la oportunidad de salir de aquello con su honor intacto.

Deseaba envejecer en la playa de un país cálido, pero ese sueño se desvaneció cuando se enteró de la llamada a Estocolmo. Ahora comprendía que la aversión instintiva que sentía por jubilarse estaba relacionada con la visión que sus colegas tenían de ella como una obsesionada con un fantasma de su imaginación. Un adversario que, según ellos, había muerto hacía mucho, si es que había existido. Un actor latente que aguardaba en las sombras para ejecutar un último ataque, peor que cualquier cosa que hubieran vivido. O de eso quería convencerlos Breuer.

Al igual que ella, Abu Rasil pensaba en su legado. Naturalmente, no quería que su trabajo cayera en el olvido. El mundo debía recordarlo. Como el mayor terrorista de la historia.

9

No PODÍA PERMANECER en el lugar del crimen si no formaba parte de la investigación, pero tampoco podía dejar de pensar en un asesinato tan incomprensible.

¿Quién le había disparado a Stellan?

¿Y por qué?

En el exterior de la casa, a los vecinos curiosos se les habían sumado el gremio de los periodistas. Un par reconocieron a Sara y la llamaron por su nombre como si fueran viejos amigos.

—¿Se trata de Stellan? —gritó uno.

—¿Tiene algo que ver con la prostitución? —oyó que decía otro.

Sara no respondió, pero no se rendían. En cuanto se montó en el coche, Tillberg golpeó la ventana.

—No hace falta que cuentes nada —dijo—. Dime solo si estoy en lo cierto. ¿Es Tío Stellan? ¿Está herido? ¿Ha muerto?

Sara arrancó el motor, metió la marcha y pisó el acelerador.

No se trababa solo del asesinato, sino de que una parte muy importante de su infancia había desaparecido. En lugar de dirigirse a casa, atravesó el barrio de Bromma. Pasó la plaza de Nockeby y salió a la calle que conducía al Palacio de Drottningholm. Allí giró a la izquierda cuando el semáforo cambió a verde y pasó el puente.

En medio de la isla de Kärsön, puso el intermitente izquierdo, cruzó el carril contrario y descendió hacia Brostugan, la cafetería que se encontraba bajo el puente. Allí podría sentarse a pensar con calma sin alejarse de la casa de Stellan; casi se veía al otro lado del agua. Le tranquilizaba no dejar del todo a la familia Broman.

Sara salió del aire acondicionado del coche a la sauna del verano. Lo único que perturbaba la paz eran todos los coches que pasaban por el puente.

Se dirigió a la entrada principal, se paró delante y examinó el menú. A su lado había gente con pantalones cortos y camisetas de tirantes haciendo lo mismo. Todos estaban hambrientos a pesar del calor.

Un grupo de motoristas de mediana edad llevaron dentro sus bandejas en un gesto de civismo. Después se colocaron los cascos, con lo que volvían a parecer peligrosos, y se alejaron entre rugidos de motor. Parecía que el resto de los comensales no eran capaces de decidirse, así que Sara decidió pasar por delante de ellos.

El interior del local parecía la casa de un granjero adinerado de otro siglo. Que los demás clientes se hubieran sentado fuera al sol reforzaba la sensación de irrealidad que sentía allí dentro. En la cola de la caja había un hombre mayor bromeando con la mujer que tenía delante sobre que deberían hacerle un descuento por ser cliente habitual, y después pasó a contarle que vivía solo junto al lago Mälaren desde que a su mujer le dio demencia y la ingresaron en una residencia de ancianos. Es posible que fuera un intento torpe de ligar, pensó Sara. Pero, en realidad, ¿por qué no probar suerte?

Sara pidió un vaso grande de agua y un café con mucha leche y salió para sentarse al sol, tan alejada del resto de clientes como pudo. Así que acabó cerca de un aburrido aparcamiento de tierra batida con una concentración de Pontiacs y Mustangs modernos. Sumados a los motoristas con canas, los coches daban la impresión de que la cafetería era un punto de encuentro para hombres de mediana edad que mantenían vivos sus sueños de niños.

Sara se paró a pensar un segundo en cuáles eran sus sueños de niña, pero no recordaba ninguno. ¿Significaba eso que se iba a librar de la crisis de los cincuenta? ¿O más bien que acumulaba un montón de sueños reprimidos?

El sol casi le quemaba la piel al tiempo que unas avispas se acercaban a la taza de café. Y después llegó la clásica mosca solitaria que te zumbaba en los ojos. La espantó, aunque sabía que volvería. Sara nunca había estado allí, así que continuó contemplando a su alrededor. Un campo de minigolf que no estaba utilizando nadie. Varias canoas atracadas. Una bandera que anunciaba helados ondeaba junto al agua, quizá para atraer a clientes que iban en barco; de lo contrario, la ubicación era un tanto extraña.

Una gota de sudor solitaria le recorrió la frente. El sol brillaba a base de bien, tal vez llegara a quemarse. Como le pasaba a la mayoría en estos tiempos, la preocupación por el clima superaba la alegría por el calor cuando por fin venía un verano de verdad.

Pasó unos minutos completamente quieta, limitándose a respirar. Después la asaltaron los pensamientos sobre la muerte de Stellan. Un robo que había salido mal no cuadraba para nada con el *modus operandi* del asesinato. Sara estaba convencida de que a Stellan le habían disparado a sabiendas. De que él era el blanco.

Pero ¿por qué?

¿Habría algún escándalo pasado? ¿Alguien que hubiera estado maquinando una venganza?

No se le ocurrió nada, así que sacó el móvil y buscó «Stellan Broman» y «amenaza». Después «Stellan Broman» y «escándalos» con «denuncia» y «policía». La mayoría de los artículos que encontró hablaban de las viejas bromas televisivas de Stellan, que enfadaron a algunos espectadores y terminaron en críticas y quejas. Pero nada lo bastante serio como para justificar un asesinato treinta o cuarenta años más tarde.

Una de las críticas estaba indignada porque por culpa de la iniciativa de Stellan de «saluda a un extraño», personas desconocidas la saludaban todo el tiempo, y cuando ella paseaba por la ciudad quería que la dejaran en paz.

Cuando Sara buscó «Stellan Broman» y «acusación» encontró un resultado inesperado, un enlace a un artículo sobre un libro de una investigadora sueca. Giraba en torno a la Guerra Fría.

«El antiguo presentador Stellan Broman niega que se refieran a él en el polémico libro.»

Sara bajó la noticia para buscar el nombre de la investigadora. Eva Hedin era una profesora de Historia jubilada que había escrito dos libros sobre suecos que habían trabajado para la Stasi, los servicios de inteligencia de la Alemania Oriental. Y, según un artículo de un periódico matinal, habían señalado a Stellan Broman como uno de ellos. Algo que él había negado.

Había un solo artículo donde se nombraba a Stellan, pero había media docena más sobre los libros y sobre el hecho de que en ellos figuraran ciudadanos suecos como colaboradores de la Stasi.

Por muy rebuscado que le pareciera, la idea de la Stasi era la única que Sara había encontrado que pudiera relacionarse de alguna forma con una muerte violenta, así que llamó a Anna.

—¿Diga?

—Parece que en su día identificaron a Stellan como un espía de la Stasi.

—¿La Stasi? Pero si eso fue…

—En los ochenta.

—Si se tratara de algo así, lo habrían asesinado entonces.

—He pensado que quizá merece la pena investigarlo.

—Tomo nota.

Sara sabía lo que significaba «tomar nota». Las dos usaban la expresión cuando les llegaba información que no se creían y que dejaban de lado hasta que no tenían otra cosa de la que tirar. Es decir, un «no me lo creo».

Cuando guardó el teléfono, Sara no pudo dejar de pensar en la relación con la Guerra Fría, sobre todo porque se había sentido un poco tonta cuando Anna había descartado tan rápido la información. Estaba acostumbrada a que se tomaran en serio sus ideas.

La mosca seguía zumbándole en la cara, el sudor le corría por la espalda y la blusa se le pegaba a la columna vertebral. Miró de reojo hacia abajo para ver si el sudor había traspasado la tela y se le habían formado manchas oscuras en la ropa.

No tenía que hacer nada urgente en el trabajo porque David se había ofrecido para escribir el informe, así que decidió que iba a intentar averiguar si había algo tras la pista de la Alemania del Este. Aunque solo fuera para poder rebatirle a Anna si continuaba haciendo caso omiso de la información y no conseguían nada.

Gracias a la Wikipedia y al motor de búsqueda merinfo.se, localizó a una tal Eva Hedin, cuyo año de nacimiento encajaba, y que residía en el 189 de la calle Åsögatan, en el barrio de Söder. Llamó al número de teléfono indicado, pero no descolgó nadie.

Sara se montó en el coche en dirección al centro de la ciudad. No perdía nada por echar un vistazo.

Subió por el barrio de Marieberg y cruzó el puente para llegar al este de Södermalm. Después atravesó el barrio hasta llegar a Åsögatan.

Cuando se encontraba ante lo que algunos holmienses con complejo de neoyorquinos llamaban Sofo, Sara cambió de sentido, aparcó en doble fila delante del portal de Hedin y se bajó del coche, sin saber muy bien qué estaba haciendo.

El 189 de Åsögatan. Todo el centro de la ciudad era como un álbum de fotos en el que asociaba cada manzana a distintos recuerdos. Al otro lado de la calle se encontraba el número 192, donde en sus años de soltera vivían dos chicos en un piso que tenía cuatro bañeras. Una que sí utilizaban en el baño, y las otras tres en el salón sin conectar a la instalación del agua. También tenían tres máquinas de café de restaurante en la cocina. En una época en la que las máquinas de café domésticas no se habían puesto de moda. Acumulaban chismes que ocupaban muchísimo espacio. A lo mejor era un trastorno que en la actualidad ya tenía nombre.

O habían cambiado el código para la policía ese mismo día, o la cerradura estaba estropeada. Pero entrar no pudo.

Miró a través del cristal de la puerta y vio que la placa con el apellido Hedin se encontraba abajo del todo. Se alejó un poco del edificio y comprobó que había ventanas a los dos lados; decidió ir primero a por la de la izquierda.

No cabía duda de que se trataba de un estudio, porque la habitación que daba a la calle abarcaba tanto la cama como el escritorio y la televisión. Al escritorio se sentaba una mujer mayor con unas gafas aparatosas que estaba escribiendo en un portátil viejo.

Sara golpeó con cuidado el cristal para no asustarla, pero la mujer se giró tranquilamente hacia la ventana para ver qué era lo que había provocado el ruido. Sara la saludó con la mano con la esperanza de que entendiera lo que quería.

Y así fue, porque se levantó, se dirigió al vestíbulo y unos segundos después una mujer bajita con la mirada fija le abrió el portal. Tenía el pelo un poco ondulado, como si se hubiera hecho la permanente hacía mucho tiempo.

—Hola, disculpe si la he asustado —dijo Sara, pese a que la mujer no parecía asustada ni lo más mínimo—. ¿Es Eva Hedin?

—Sí.

—La he llamado, pero no contestaba.

—Pongo el teléfono en silencio cuando trabajo.

—Me llamo Sara Nowak y soy policía —dijo mientras le enseñaba la placa—. ¿Puedo pasar?

—No mientras estoy trabajando.

Por lo que decía, estaba claro que Hedin no quería que la molestaran, pero por lo demás no se le notaba en nada. Permaneció allí callada, de pie, mirando a Sara.

—Me gustaría hacerle algunas preguntas sobre Stellan Broman.

Se dio cuenta de que la mujer prestaba atención.

—¿Qué preguntas?

—¿Puede guardar un secreto?

—Pregúntale a los servicios de inteligencia —dijo Hedin—. Sí, sí que puedo.

—Stellan Broman está muerto. Lo han asesinado.

—¿Y eso qué tiene que ver conmigo?

—He visto que lo mencionaba en sus libros.

—No por su nombre.

—¿Podría contarme algo más sobre ese tema? No he leído los libros.

—Están en las bibliotecas y las librerías de segunda mano.

—No tengo tiempo.

Hedin permaneció callada un momento mientras miraba a Sara.

—Pasa —dijo finalmente.

Sara la siguió al interior del diminuto estudio. El vestíbulo cuadrado estaba pintado de azul, con estanterías repletas de libros que recubrían las paredes. Hedin se giró hacia ella.

—¿Dices que lo han asesinado?

—Sí, pero como ya le he dicho, todavía no es oficial. Los investigadores creen que ha sido un robo que ha salido mal, pero yo…

—No te lo crees.

—No. Es demasiado raro. Le disparan en su casa sin rastro de pelea varias décadas después de que fuera famoso.

—¿Qué sabes de la Guerra Fría? —dijo Hedin.

—Bueno, poco...

—Hay cosas del pasado de Stellan Broman que explicarían un asesinato.

Sara se quedó mirándola.

—¿Me puedo sentar?

Hedin hizo un gesto en dirección al único sillón que había en la estancia. Ella se sentó en el borde de la cama.

—Stellan Broman era un supuesto colaborador extraoficial, o IM, de la Stasi, los servicios de inteligencia de Alemania del Este —dijo Hedin—. Tienes más información sobre ellos en mis libros. No podía escribir su nombre, pero sí que publiqué sus documentos del archivo de la Stasi, los que pude encontrar. No hay ninguna duda al respecto. No sé por qué los medios no se hicieron más eco del asunto. Un solo artículo, donde tuvo la oportunidad de negarlo todo.

—Pero la Guerra Fría fue hace mucho tiempo, en los setenta.

—Se alargó hasta 1991, cuando cayó la Unión Soviética. Años después de que Stellan Broman se retirara. Y muchos creen que es un conflicto que sigue en la actualidad. *La Guerra Fría 2.0*. Hay un libro estupendo con ese título.

—Pero ¿por qué cree que Stellan era un espía?

—No lo creo. Lee el libro.

Se acercó a una estantería y sacó un grueso volumen encuadernado que le tendió a Sara. *Los suecos que trabajaron para la Stasi.*

—Pero han pasado treinta años desde 1991. ¿Por qué lo iban a asesinar ahora por algo que ocurrió hace tanto tiempo?

—Geiger le destrozó la vida a mucha de la gente sobre la que informó —dijo Hedin—. Como el resto de agentes de la Stasi. Puede que alguien decidiera vengarse. Igual han leído mi libro y se han dado cuenta de quién era Geiger.

Hedin parecía casi eufórica ante la idea.

—¿Geiger? —preguntó Sara.

—Era su nombre en clave.

Geiger.

Sonaba a película en blanco y negro de los cuarenta.

—Stellan Broman era el presentador más conocido de Suecia —dijo Sara—. El único superfamoso de aquella época. ¿Por qué iba a dedicarse al espionaje?

—Por ideología. Creía en la forma de pensar de la Alemania del Este. Muchos estaban de acuerdo. Suecia vivió un intercambio cultural enorme con la RDA, y las escuelas suecas se construyeron teniendo como modelo a las de Alemania del Este. Montones de profesores, políticos y trabajadores de la cultura recibieron premios y condecoraciones en ese país, viajaron allí, trabajaron para que reconocieran a la RDA como un Estado de pleno derecho. Stellan era uno de ellos.

—¿Crees que lo habrían matado porque quería que reconocieran a Alemania del Este como Estado?

—La misión como informante conllevaba localizar a los alemanes del este que habían logrado huir, y a aquellos que seguían en el país pero planeaban escapar. Si los delataban, les destrozaban la vida.

—Pero ¿por qué ahora?

—Porque es la primera vez en años que se ha identificado a muchos de ellos. Yo he tenido que pelearme con los servicios de inteligencia y acudir al Tribunal Supremo solo para que me permitieran mirar los documentos, pero me sigue estando prohibido copiarlos. Ni siquiera me dejan tomar notas.

—¿Y está completamente segura de que Stellan Broman era un agente de Alemania del Este?

—Un colaborador informal. Un IM. Un amigo devoto de la Alemania Oriental. Hay innumerables pruebas de esto último en fuentes que están completamente disponibles al público.

Hedin volvió a acercarse a la estantería y sacó una carpeta que contenía copias de antiguos artículos periodísticos sobre intercambios culturales con Alemania del Este y delegaciones políticas. En las fotos, Sara vio al Stellan de su infancia, el Tío Stellan de Suecia, estrechándole la mano a políticos, diplomáticos y poetas alemanes, recibiendo premios e inaugurando festivales. Fuera agente o no, sí que estaba claro que parecía un amigo de la Alemania Oriental, y

Sara comenzó a preguntarse si, a pesar de todo, aquella extraña mujer tenía algo que aportar.

—IM —dijo.

—Sí —asintió Hedin—. Pero en muchos aspectos colaboró como espía. Recopilaba información y proporcionaba contactos entre Alemania Oriental y ciudadanos suecos clave.

—¿Qué tipo de información?

—Casi todo era de interés. La opinión de Suecia sobre la RDA, la opinión de Suecia sobre la OTAN y sobre la CEE, como se llamaba entonces. Investigación y comercio. Política cultural. Una de las grandes cuestiones era el reconocimiento de la RDA como Estado de pleno derecho, algo que defendió Suecia gracias a los amigos de Alemania del Este que había aquí. Fuimos los primeros en legitimar la represión.

—Pero ¿qué sabía él de todo eso? ¿Investigación y comercio? ¿Y política?

—Porque los conocía a todos. Al ser la persona más famosa del país se hizo amigo de la élite al completo. Otros famosos, hombres de negocios, gente del mundo de la cultura y políticos. Cuentan que celebraba en su casa fiestas grandiosas a las que invitaba a todo tipo de personalidades importantes.

Sara volvió a recordar cómo ella y las hermanas se tumbaban a espiar desde arriba de las escaleras o desde el jardín a todos aquellos adultos tan contentos y tan ruidosos. Habían presenciado muchas rarezas durante las fiestas, y eso que solo estaban presentes al principio de las celebraciones.

—¿Y qué hacía él? —preguntó Sara—. ¿Grababa documentos secretos con microfilm?

—Puede. Sea como sea, proporcionaba información de forma oral y también por escrito a su controlador. Y daba parte de sus intentos para difundir una imagen positiva de la RDA. Es lo que se deduce de los archivos.

—¿Controlador? —dijo Sara; creía que sabía lo que era, pero no vio ningún motivo para fingir que estaba versada en el tema.

—El oficial de la Stasi que lo reclutó, y que se convirtió en su persona de contacto.

—Sigo sin entender qué habría podido hacer Stellan.

Hedin sacó una carpeta de plástico con copias de viejos informes en alemán, los hojeó y leyó:

—Fuente Erik, director de la industria marina, reacio, material disponible. Fuente el Gato, coronel de las fuerzas aéreas, receptivo, material disponible. Fuente Hans, embajador, servicial, material disponible. En total cincuenta y seis nombres en clave para distintas fuentes con varios grados de predisposición a colaborar.

—¿«Material disponible»? ¿Qué material?

—No lo sé. Algo que afectara a su voluntad de colaborar, quizá. Información delicada sobre ellos.

—¿Chantaje?

—Sí.

—¿Así reclutaban a los espías?

—Por lo general utilizaban una combinación de adulación y cuestionamiento. Y amenazas, si hacía falta. Sobornos, por supuesto. Geiger pertenecía a un círculo que había reclutado el mismo controlador, una red de espías, si nos queremos poner un poco dramáticas.

—¿Sabe quiénes son los otros?

—Tengo el nombre de un par, pero, como ya he dicho, no se los puedo dar a nadie.

—¿No hicieron públicos los archivos cuando cayó el Muro?

—Claro, pero cuando la RDA se estaba desintegrando, los oficiales de la Stasi pusieron en marcha la operación Archiv Berlin con el fin de destruir los documentos que contuvieran información delicada. Les dio tiempo a quemar buena parte antes de que la gente asaltara la sede precisamente para acceder a los archivos. Es posible que la CIA tenga más información sobre la red de espías en los Archivos Rosenholz, pero por algún motivo prefieren no desvelarla.

—¿O sea que Stellan Broman no solo era un agente para Alemania del Este, sino que también formaba parte de una red controlada por un oficial de la Stasi?

Le costaba asimilarlo, pero a Sara los libros de Hedin le parecían serios y de fiar.

—Un momento —dijo, y sacó el teléfono para volver a entrar en la Wikipedia. No pudo evitar hacer una breve investigación ante la propia Hedin. Con suerte, no alcanzaría a ver lo que estaba buscando.

Eva Maria Hedin, nacida el 24 de julio de 1945, es una investigadora que ejerce en el Centro para la Investigación de Europa del Este en la Universidad de Mälardalen. Anteriormente fue catedrática de Historia.

Después seguían un artículo sobre su trayectoria profesional y una lista con todos los trabajos que había publicado. Y al final aparecía lo que, desde el punto de vista de Sara, era el pasaje más relevante:

Hedin ha investigado el archivo de la Stasi y es la única persona que tiene acceso a los documentos del servicio de inteligencia sueco sobre los Archivos Rosenholz acerca de personas en Suecia que fueron identificadas en relación con la Stasi, después de una sentencia de 2015 del Tribunal Supremo Administrativo.

De modo que no se trataba de cualquiera que creía en teorías conspirativas, sino alguien que al parecer sabía de lo que estaba hablando. La cuestión era si la información tenía relevancia.

—Ha podido ver los Archivos Rosenholz —dijo Sara.

—¿Me has buscado en Google? —respondió Hedin con una sonrisita.

Sara seguía esperando a que respondiera.

—He podido ver partes. Sobre otros colaboradores de la Stasi. E información detallada sobre Geiger. Unas cuantas pistas sobre los demás que pertenecían a su red de espionaje. Pero nada acerca de Ober, que era el líder de la red.

—¿Entonces colaboraba con otros?

—Sí.

—¿Crees que uno de ellos es el que ha asesinado a Stellan?

—No, pero si la muerte de Geiger está relacionada con Alemania del Este, entonces cabe la posibilidad de que sepan por qué ha muerto. Y quién ha sido. Al menos el líder debería saberlo. Y también sabría si forma parte de un plan de mayor alcance.

—¿Un plan de mayor alcance?

—Si de pronto asesinan brutalmente a un antiguo IM, después de treinta años, es posible que se trate del comienzo de una sucesión de acontecimientos de mayor alcance. No olvides que Rusia aún cuenta con agentes durmientes por todo el mundo; los introdujo el KGB y después los transfirieron al FSB, el servicio de inteligencia ruso. Puede que también se hayan hecho con los agentes de Alemania del Este.

—¿Y qué acontecimientos serían esos? —dijo Sara.

—Ni idea.

—Entonces tenemos que averiguar quién es el tal Ober.

—Imposible. La CIA se niega. Ni siquiera quieren confirmar que lo saben.

—Seguro que nos ayudan.

Hedin negó con la cabeza.

—Es una investigación de asesinato —dijo Sara levantando las cejas.

La catedrática jubilada se limitó a mirarla, y Sara se paró a pensar un momento.

¿Sería verdad que el asesino de Tío Stellan era un espía de los años ochenta?

En ese caso, ¿qué edad tendría ahora? Si la persona en cuestión tenía en torno a los treinta o treinta y cinco años cuando cayó el Muro, entonces ahora estaría en los sesenta o sesenta y cinco. Quizá más de setenta.

Era muy posible.

—¿Y si no se trata de «una sucesión de acontecimientos de mayor alcance»?

—Venganza.

—¿Alguien a quien le destrozó la vida?

—Como ya te he contado, a veces las cosas se torcían mucho para los que él delataba. Durante las visitas a la RDA, él y su familia conocieron a mucha gente, a ciudadanos alemanes de a pie. Algunos eran jóvenes que querían huir al oeste. En los documentos de Geiger hay una lista de nombres que se denunciaron porque habían dicho que querían marcharse de la RDA. Y las cosas no les fueron muy bien. Unos acabaron en la cárcel, a otros se los cargaron. Sus familiares también pasaron dificultades; perdieron el trabajo y los privilegios, y tuvieron que mudarse a viviendas peores. En un caso, el hombre logró llegar a Suecia, su mujer le acompañaría más tarde, pero Geiger los denunció y capturaron a la mujer, que acabo suicidándose. No sería de extrañar que el hombre siempre hubiera querido vengar la muerte de su amada.

—¿Y quién era ese hombre?

El mismo silencio. La misma mirada fija.

—No te puedo dar ningún nombre —dijo Hedin al fin—. Pero los tengo en mis documentos.

—Esto es una investigación de asesinato.

—El secreto del Tribunal Superior pesa más. Mucho más.

—De modo que estás de su lado.

—Se van a tener que quedar en mis documentos —dijo Hedin dándole una palmadita a una carpeta azul con elástico que acababa de dejar en la cama—. Perdona, tengo que ir al cuarto de baño.

Sara esperó a que la mujer se hubiera ido para otorgarle negación plausible, y después abrió la carpeta.

Eran extractos de registros en alemán.

En la hoja titulada IM Geiger había anotado a boli «Broman»; en «IM Kellner» aparecía «Schulze»; en «IM Koch» se leía «Stiller», y en «IM Ober», «Líder de la red» y «Nombre» con un gran signo de interrogación. Sara sacó el móvil y fotografió las páginas.

Continuó hojeándolas y, gracias al alemán que había aprendido en el colegio, localizó a un par de jóvenes alemanes que habían terminado en la cárcel después de que Geiger informara sobre sus planes de abandonar el país, aunque los condenaron por un crimen inventado. Junto a un nombre se especificaba un «amigo» en Suecia, un tal Günther Fricke. Sara también les hizo fotos a esas páginas y a otras más que no pudo traducir, y después volvió a dejar rápidamente la carpeta al oír el agua correr por las tuberías.

Mientras Hedin se lavaba las manos, a Sara le vino un recuerdo a la mente de cuando ella y las hermanas Broman jugaban a los capitalistas y los obreros. Hacía muchos años que no pensaba en aquello. Y seguramente antes lo había interpretado como una expresión tragicómica de haber crecido en una sociedad profundamente politizada, en la que los programas infantiles podían abordar temas como el afán de lucro de los capitalistas o la guerra de Vietnam. Ahora le parecía que tal vez hubiera otra explicación más plausible para ese juego, en el elegante barrio de Bromma.

A Sara siempre le tocaba ser la malvada capitalista que reprendía a las hermanas, que estaban en el lado de los obreros. Recordaba que Stellan se enfadó mucho cuando las sorprendió jugando a ese juego. Sara creía que era porque se encontraban en Bromma, donde se atajaba cualquier tipo de influencia de los rojos, pero ¿a Stellan le habría asustado que lo descubrieran por su condición de agente de Alemania del Este?

—¿Hay algo más que quieras preguntarme? —dijo Hedin cuando volvió—. Tengo que trabajar.

—¿Hasta qué punto está segura de que Stellan era Geiger?

—En realidad te lo puedo enseñar —respondió Hedin, y sacó una carpeta roja. Revolvió un poco los papeles y recuperó una decena de folios tamaño A4 grapados por una esquina. Eran copias de documentos de un archivo alemán. De la Stasi, a juzgar por la firma.

Sara echó un vistazo a los textos y trató de comprender cuanto le era posible. El alemán ya era complicado de por sí, pero el burocrático y, sobre todo, el comunista, era aún peor.

Aun así, entendió parte de la información. Vivienda en Bromma, contactos con los círculos de la élite sueca, vida social muy activa. No había duda de que Tío Stellan era Geiger. Por raro que pareciera. Pero, como el nombre no aparecía por escrito, ningún periódico se había atrevido a sacar la historia, supuso Sara.

Levantó el fajo de documentos.

—Necesito copias de todo esto —dijo.

—Llévatelos. Tengo más.

Sara se puso de pie.

—Una cosa más —dijo—. Si la muerte de Stellan Broman está relacionada de alguna forma con la Guerra Fría, con la red de espionaje o con alguien a quien le hizo daño, ¿qué le puede haber ocurrido a Agneta?

—¿Quién es Agneta?

—Su mujer.

—No lo sé. ¿Ha muerto? ¿O ha desaparecido?

—Ha desaparecido. Esto es totalmente confidencial. No se puede enterar nadie.

—¿A quién se lo iba a contar? ¿Cuándo desapareció?

—Cuando se cometió el asesinato. ¿La habrá secuestrado alguien que quería vengarse? ¿Podría estar relacionado con la red de espionaje? ¿Por qué ir a por su mujer?

—A veces los cónyuges saben lo que hacen los espías, a veces no. Pero no he visto nada de su mujer en los archivos.

De modo que la desaparición de Agneta seguía siendo un enigma.

10

EL KALÁSHNIKOV SEGUÍA en su sitio, en un saco impermeable debajo de un montón de jarapas viejas. Lo desmontó, engrasó todas las piezas y lo volvió a montar. Podría haberlo hecho con los ojos cerrados. Es más, lo había hecho con los ojos vendados. Pero de eso hacía cuarenta años.

Debía comprobar que funcionaba, y se preguntó a qué distancia quedaría la casa más cercana. Estimaba que a unos kilómetros. Incluso si alguien pasara por allí justo en ese momento, nadie se pondría a investigar ruido de disparos tan lejos en Ekerö, puesto que allí había mucha caza ilegal con el consentimiento tácito de los habitantes.

Preparó el arma y lanzó tres disparos seguidos, aunque no con el fuego automático, ya que no quería arriesgarse a atraer a testigos curiosos.

El viejo Kaláshnikov funcionaba a la perfección. Por algo era el arma automática más usada del mundo.

El granero olía a pólvora y el olor la transportó al pasado. Volvió a sentir el calor, la arena en los ojos y los poderosos vientos, cálidos y amedrentadores a un tiempo. Oyó que gritaban órdenes en una lengua extranjera, una lengua de la que ya solo comprendía fragmentos.

De forma automática le puso el seguro al arma, la dejó con la culata contra el suelo y se puso en firmes, todo en tres movimientos.

Se le había quedado grabado.

La cuestión era si se le había quedado grabado todo o solo lo necesario para que se aventurara en aquella misión creyendo que estaba preparada, lo necesario para darse cuenta por el camino de que no daría la talla. Que lo había olvidado. Que no sería capaz.

Que era demasiado vieja.

Dudosa sobre sus propias capacidades, aunque al menos satisfecha con los disparos de prueba, envolvió otra vez el arma en la bolsa y la dejó en el maletero del coche, junto a las cajas de cartuchos. Sacó el teléfono que se había comprado hacía diez años, una medida de seguridad con la que se sintió un poco ridícula; ya entonces el viejo mundo le parecía cada vez más distante, prácticamente irreal. Hoy se alegraba de la compra. Usar su propio teléfono móvil quedaba completamente descartado, y así no tendría que pedalear hasta alguna finca de los alrededores para llamar. Una mujer mayor tocando a la puerta en medio del campo habría resultado raro, incluso aunque se hubiera inventado una historia sobre que había ido al bosque y había perdido el móvil. Seguro que le habría costado hablar tranquila, y bajo ningún concepto quería tener oyentes en su próxima llamada.

Un Ericsson de diez años sin funciones inteligentes era justo lo que necesitaba. Una batería duradera, mucho tiempo de conversación. Cargarlo un par de veces al mes se había convertido en un ritual, como una manera de invocar el pasado o de conjurarlo, no sabía bien qué. En todo caso, era una oportunidad para, aunque solo fuera durante unos segundos, echar la vista atrás en su vida y su cometido. Para recordar quién había sido.

Ahora que la misión se había hecho realidad de repente, todos esos años de espera se habían borrado y había olvidado esa otra vida. Era como viajar a Narnia a través del armario del profesor Kirke, o como despertarse después de un sueño en el que has vivido toda una eternidad y darte cuenta de que solo han transcurrido unos minutos.

Excepto el cuerpo, claro.

El dichoso cuerpo. El muy desleal. El muy traidor.

De joven no podía imaginarse lo que sería decaer. De mayor no podía pensar en otra cosa. Los michelines, las estrías y los pechos caídos. Su cuerpo, su arma más efectiva, ahora era una carga. Como presentarse en un baile con una armadura.

En cuanto a su misión, siempre le había encontrado utilidad a la cosificación de las mujeres y había podido utilizar su poder de atracción para conseguir que los hombres hicieran lo que ella quería. Como un aikido sexual: usando la fuerza del agresor contra sí mismo. Veía el cuerpo como un instrumento; a costa de que se había mantenido distanciada de él, no lo había vivido como propio. Pero ahora no podía evitar añorar ese cuerpo deseable, para poder utilizarlo como quería.

Cuatro tonos de llamada, después él descolgó.

—¿Sí?

—Geiger está muerto.

Una pausa breve, demasiado corta como para que cualquier otra persona se hubiera percatado, pero que a ella le decía todo lo que necesitaba saber. Una sola pausa de medio segundo antes de que el otro respondiera había desvelado su jugada. Ni un segundo ni dos. Medio.

—No sé de quién me hablas. Debes de haberte equivocado.

Y con esa contestación decidió su suerte. Seguía preparado, fiel a las viejas lealtades. La red continuaba muy activa, tal y como Agneta se temía. Ahora no le quedaba más remedio.

—Escúchame —se apresuró a decir antes de que él colgara—. Tienes que colaborar si quieres sobrevivir. Estamos en la misma situación. Geiger ha muerto. Sé quién lo ha hecho y van a continuar. Mantente escondido, no abras la puerta, no descuelgues el teléfono. Llegaré a tu casa dentro de ocho horas. Te mando un mensaje desde este número cuando esté en la puerta.

Después colgó.

Estaba segura de que aquello funcionaría. No se les podía hacer creer que tenían ninguna otra opción, eso lo había aprendido bien. Y dado que había puesto en práctica aquel procedimiento en tantas ocasiones, sabía que casi siempre daba resultado. Las veces que no era así tocaba improvisar en el momento. Ahora sabía al menos que él seguía siéndoles leal. Tenía que actuar.

Contaba con ocho horas, después debía aparecer sin falta ante su puerta. Se comió las últimas galletas, orinó en una esquina del granero y lo cubrió con paja vieja. Por suerte siempre llevaba pañuelos de papel en el bolsillo. Ya que estaba atrapada en el granero hasta que el coche se cargara, prefería no hacer acto de presencia fuera de allí a no ser que fuera totalmente necesario.

Los disparos de prueba ya habían sido un gesto arriesgado de por sí. Había mucha más gente que merodeaba por los bosques de lo que se creía, y sabía que en numerosas ocasiones eran los ciudadanos que pasaban por allí de casualidad los que alertaban a la policía. Pero ella había decidido asumir el riesgo.

Quedaban algo más de siete horas para que se cargara la batería, si es que el manual de instrucciones no estaba mal. Mejor reponer fuerzas. Dudaba entre el coche y la paja, y al final se decidió por el coche. Echó hacia delante el asiento trasero y se tumbó en el maletero con el abrigo a modo de manta y el AK-47 como compañero de lecho. Aún le dolían las piernas. Tendría que tomar analgésicos antes de partir, de lo contrario no sería capaz de andar.

Pero eso sería más tarde. Ahora estaba en el presente.

El cansancio la inundó, suave y reconfortante como las olas cálidas de una playa blanca del Caribe. Si hubiera nacido unas décadas más tarde, habría podido pensar que regresar de golpe a una vida que creía terminada sería una fuente interminable de estrés. Una vida que se adecuaba a una versión de sí misma cuarenta años más joven. Además, había matado de un disparo a su marido después de casi medio siglo, lo que sin duda es una decisión de cierta envergadura. Pero ella no pensaba así.

Tenía una misión. Toda su vida había sido una preparación prolongada para aquel día.

Y ahora ese día había llegado.

Al cabo de dos minutos estaba roncando, profundamente dormida.

11

Sara se quedó en el coche un buen rato, pensando en lo que Hedin le había contado. Tenía mucho que asimilar, no solo lo que le había ocurrido a Stellan y Agneta, sino también que Stellan hubiera sido un espía para la RDA.

Después de tantos años juntos, Sara seguía llamando a Martin cuando necesitaba tomar perspectiva y recuperar el contacto con la realidad. Su marido estaba en una reunión sobre un próximo *tour*, pero salió de la sala de reuniones para contestar al teléfono, como si hubiera presentido que se trataba de algo inusual.

Martin era del mismo barrio que Sara y los Broman y, al igual que el resto de los suecos de su edad, había crecido con el programa de Stellan. Le costó digerir lo que su mujer le contaba.

—¿Cómo te encuentras? —le preguntó con buena intención, pero a Sara le resultó difícil responderle—. ¿Dónde estás? ¿Quieres que vaya?

—No, no te preocupes. Pero quizá cuando termine de asimilarlo sí que reaccione de otra forma.

—¿Estás segura? Puedo ir si quieres.

—No, tú ocúpate de tus artistas. Solo quería hablar un poquito. Procesarlo.

—Pero no es tu caso, ¿no? Ahora no te afecta como policía, sino como allegada. Bueno, mitad y mitad, ya me entiendes.

—Precisamente por eso es posible que sepa cosas que podrían ayudarles. Anna y yo siempre nos echamos una mano la una a la otra.

Y así era. Habían hecho un pacto ya en la Academia de Policía para apoyarse mutuamente. Y Anna seguro que entendía lo importante que era aquello para Sara, por eso había sido tan sincera con ella.

—Nos vemos luego en casa. Un beso.

—Un beso.

Sara se dio cuenta de que en realidad quería terminar la llamada para poder pensar con detenimiento en la muerte de Tío Stellan. No quería reconocer ante Martin lo mucho que era capaz de obsesionarse con un caso, incluso aunque en este momento no se tratara de uno propio. A veces le parecía que dependía de ella que las cosas se resolvieran. Le costaba relajarse y confiar en otros. Y no creía que Anna tuviera nada en contra de que le echaran una mano.

ANNA HABÍA TERMINADO en casa de los Broman e iba de camino a la comisaría en Solna, así que cuando Sara la llamó acordaron verse en el centro de Bromma.

Una vez allí dudaron entre el McDonald's o un café de Pressbyrån, la cadena de tiendas de conveniencia. Se decidieron por lo segundo. Después se sentaron en un banco del parque al sol y contemplaron el flujo de viajeros que salían y entraban en tropel de la estación.

—Hemos encontrado algo en el cuarto de baño de la planta de arriba —dijo Anna—. Como un compartimento secreto que acababan de cerrar. El enlucido aún estaba húmedo.

—¿Qué había dentro?

—Nada. Pero podría ser que guardaran allí sus objetos de valor. Lo que apuntaría a un allanamiento de morada. Un robo en casa.

—¿Por qué iban a volver a cerrar el agujero los ladrones? —dijo Sara.

—Puede que para sembrar confusión, crear desconcierto. Quizá se trataba de objetos muy especiales. Joyas o relojes que se podrían rastrear, y querían ganar tiempo antes de que diéramos la orden de búsqueda.

El móvil emitió cuatro pitidos casi simultáneamente, y después otros dos más. Notificaciones de noticias de última hora de *Aftonbladet, Dagens Nyheter, Svenskan, Expressen, Omni* y *Ekot*.

«Ha fallecido Tío Stellan. Se cree que ha sido asesinado.» «Asesinan a Tío Stellan.» «Encuentran asesinado a Tío Stellan en su casa.» «Muere Tío Stellan. El cadáver ha sido hallado por su hija.»

Claro, era solo cuestión de tiempo.

El móvil de Anna resonó con estruendo. Tenía de tono una canción ridícula que había ganado el Melodifestivalen, y por el que su amiga se disculpaba cada vez que recibía una llamada, pero que nunca cambiaba.

—Era el diario *Expressen* —dijo al colgar—. Que sí, que la voy a cambiar.

—¿Y no había nada en el agujero que diera alguna pista sobre lo que había en el interior? —preguntó Sara.

—Lo que fuera estaba envuelto en un trozo de hule, según los técnicos.

«Un escondite secreto casa a la perfección con la teoría de Hedin sobre el espionaje», pensó. La cuestión era qué guardaban allí dentro. ¿Microfilms? ¿Armas? ¿Un equipo de radio?

¿Por qué se lo había llevado el asesino? ¿Y por qué había vuelto a cubrir el agujero?

Para ganar tiempo, obviamente. Hasta ahí estaba de acuerdo con Anna. Quizá el asesino no contaba con que los indicios sobre el espionaje salieran a la luz tan rápido.

¿Por eso había muerto Stellan? ¿Para que el asesino pudiera acceder a lo que escondían en el compartimento secreto?

¿Qué podía tener tanto valor?

¿Dinero?

—Tal vez no guardara el dinero debajo del colchón, sino tras un azulejo —dijo Anna, como leyéndole el pensamiento—. En su momento tuvo que ganar bastante. Igual empezó a chochear con la edad y dejó de confiar en los bancos. Estamos trabajando con casos similares ahora mismo. Robos a mano armada en casas, pero sin desenlace mortal. Hemos puesto en marcha una serie de batidas. La unidad de personas desaparecidas lleva ya cien personas.

—Es más fácil cuando se trata de un famoso.

—Desde luego. Quizá nos cueste mantener en secreto que la mujer ha desaparecido.

—Lo van a publicar tarde o temprano —dijo Sara—. ¿Cómo vais con la banda de ladrones?

—Estamos comprobando dónde se encuentran sus miembros. Habíamos pensado en capturarlos a todos a la vez.

—De acuerdo. Pero escucha, tengo otra idea que quería comentar contigo.

—Dime.

—He conocido a una investigadora. Una catedrática de Historia. Ha escrito libros sobre suecos que eran espías para la Stasi... Y, según sus investigaciones, Stellan era uno de ellos. Un colaborador informal, lo llaman.

—¿Tío Stellan? ¿Un espía?

—Informante barra colaborador.

—¿Y sospechas que ese sería el motivo del asesinato?

—Me parece más probable que un robo del que Stellan no se había ni enterado. ¿No crees?

—Pero la Stasi... Si Alemania del Este llevan sin existir cincuenta años.

—Treinta.

Anna se quedó en silencio unos instantes.

—No sé... Creo que nuestra información es mejor. Y de todas formas yo no decido en qué nos centramos.

—Pero sí que puedes hablarlo con Bielke, ¿no? Me imagino que el conde es el que manda, ¿verdad?

A Sara le gustaba Bielke como investigador, pero no podía evitar las bromas sobre su procedencia noble.

—Claro. Se lo transmitiré.

No le pareció que su colega tuviera intención de transmitir nada. Aunque la idea que le había dado era un poco inesperada, a Sara le molestó que no la tomara en serio.

Si quería seguirle la pista a la trama de espionaje, tendría que hacerlo sola. Y ese no era su trabajo.

En ese momento, Sara se dio cuenta de que el asesinato de Stellan Broman no era una cuestión profesional para ella. En absoluto. Era sumamente personal.

12

L<small>E PARECÍA QUE</small> Lotta era la más lúcida de las hermanas, y Sara no quería desplazarse hasta Lidingö, donde vivía Malin, así que la llamó y ambas acordaron verse en el parque Vasaparken, a las afueras de la casa de Lotta, junto al conocido museo de arte de Sven-Harry.

Sara entendía que quisiera estar con su familia ahora que acababa de morir su padre, pero debía averiguar más sobre la red de espionaje. Aunque solo fuera porque alteraba su propia percepción sobre la familia en cuya compañía había pasado tanto tiempo de niña.

—¿Sabíais que había una especie de compartimento secreto en el baño de arriba? —dijo Sara—. Detrás de un azulejo.

Lotta se quedó mirándola. La examinó, casi irritada, como si Sara la estuviera incordiando con una broma estúpida mientras la familia estaba de luto.

—¿Qué compartimento secreto? —dijo al fin—. ¿Qué había dentro?

—Nada —respondió Sara—. Estaba vacío. Entonces, ¿no tienes ni idea de qué podría haber guardado allí dentro?

—No.

—Creen que el asesino se llevó el contenido. ¿Esconderían tus padres dinero?

—No, mi madre metía el dinero en una caja de hojalata —dijo Lotta.

Sara recordaba la caja en cuestión, negra, roja y dorada con un motivo chino. Un estereotipo de los que sin duda llamarían la atención hoy en día.

—Pero en realidad no sé si la sigue usando —prosiguió Lotta.

—Habían vuelto a cerrar el compartimento —dijo Sara—. El asesino había colocado un azulejo y usó mortero alrededor. —No estaba segura de si lo que se utilizaba alrededor de los azulejos se llamaba mortero.

—¿De dónde lo sacó?

Sara no supo qué responder. Lotta tenía razón.

—¿Y por qué volvieron a tapar el agujero?

—Puede que para ocultar que el robo fue la verdadera causa de la muerte. ¿Sabes si Stellan y Agneta habían contratado obreros últimamente?

Lotta negó con la cabeza. No quedó claro si era porque no lo sabía o porque no los habían contratado, pero Sara no le pidió que lo precisara. Parecía impaciente por terminar y volver con su familia, algo comprensible. Para Sara el problema era que, al ver la expresión de Lotta, volvía a sentirse una niña pesada de doce años. Eso siempre se le había dado bien a su amiga de la infancia.

—Vale —dijo Sara—. Al menos es una nueva pista.

—¿Ya está? —preguntó Lotta mirándola con el ceño fruncido—. Esto me lo podrías haber preguntado por teléfono.

Al igual que en su niñez, Sara sentía un nudo en el estómago cuando Lotta estaba descontenta con ella. Pero sí que tenía un tema más del que quería hablar.

—Una cosa más. Alemania del Este.

—OK. ¿Qué pasa con Alemania del Este?

—¿Qué se te viene a la cabeza cuando digo Alemania del Este?

—Estuvimos allí unas cuantas veces. Y es verdad que a mi padre le dieron premios y cosas así. Pero ¿qué tiene que ver con esto?

—Hay investigadores que afirman que trabajó para la Stasi y que delató a personas que querían desertar.

—De ninguna manera.

—¿Segura?

—Es que no tiene ningún sentido. ¿Por qué iba a hacer una cosa así?

A Sara no se le ocurrió una respuesta. Ni ella misma recordaba nada que pudiera indicar que era cierto, y ahora le estaba dando a una de sus amistades más duraderas información sobre su padre que provenía de una completa desconocida. Sara permaneció callada un buen rato mientras pensaba qué decir. ¿Debería pedirle perdón, olvidarlo todo y marcharse? ¿O estaría cediendo ante una autoridad obsoleta de su infancia?

—Porque creía en los valores de la Alemania Oriental —dijo Sara al fin—. Pero lo voy a investigar mejor antes de darlo por verdadero. La que lo ha señalado como denunciante es una investigadora reconocida, así que, sea como sea, la venganza podría ser un móvil plausible. Quería preguntarte si recordabas cualquier cosa sobre amenazas a Stellan. De estos últimos años o durante tu infancia. Por carta, teléfono, alguien con quien se hubiera cruzado por la calle.

—No, nada. La gente siempre se acercaba a saludarlo, pero amistosamente. En la actualidad lo paraban todo el tiempo para hacerse fotos con él.

—¿No ponían dibujos animados de Alemania del Este en su programa? —dijo Sara.

—Claro. John Blund. Pero es que por aquella época era normal, muchas cosas venían de allí. *Lolek y Bolek*, *Drutten y Jena*. Y viajábamos a muchos países, no solo allí.

Sara recordaba perfectamente lo mucho que las hermanas se iban de viaje con sus padres. A otros niños nunca se les concedían días libres a mitad de curso, pero la escuela no se atrevía a decirle que no a Tío Stellan. Malin y Lotta tenían el cuarto repleto de juguetes y *souvenirs* de diferentes países y partes del mundo, en un tiempo en el que los vuelos chárter a Mallorca y los fines de semana en Londres eran la norma. Sara se avergonzaba cuando pensaba en todas las figuras de recuerdo y las muñecas de princesa que les había robado a las hermanas. Muchas veces ni siquiera jugaba con ellas, sino que las tiraba, a menudo desde el puente de Nockebybron. Sin embargo, ellas nunca se dieron cuenta de que habían desaparecido, así que no pasaba nada.

—Sí que participó en un montón de manifestaciones —dijo Lotta al cabo de un rato de silencio—. Y estaba muy comprometido con el movimiento pacifista. En contra de las armas nucleares y todo eso. Pero como todo el mundo en aquella época.

—Entonces era una cuestión más política —dijo Sara.

—¿Qué más te dijo él? —preguntó Lotta—. El investigador.

—Investigadora.

—Vale, investigadora. ¿Por qué cree que mi padre era un espía? ¿Estás segura de que no llevaba un gorrito de papel de aluminio?

Había quien se creía que era su hijo ilegítimo o su mujer secreta. Los famosos atraen a un montón de gente que no está bien de la cabeza.

—He conseguido copias de los documentos del archivo de la Stasi sobre Stellan.

—¿Puedo verlos? —preguntó Lotta, y Sara se los dio movida por el reflejo de obedecerla de su niñez. Mientras se los entregaba, pensó en qué se sentiría al encontrarte primero a tu padre asesinado y después ver cómo lo derribaban del pedestal en el que había estado toda su vida. ¿Lo negaría Lotta para salvar su visión del mundo o aceptaría la verdad? ¿Sería consciente de lo afortunada que era a pesar de todo por tener un padre? Y aunque se desvelara que la trama del espionaje era cierta, eso no cambiaría cómo había cuidado de sus hijas.

Su amiga de la infancia examinó los documentos con atención, como si estuviera leyendo el veredicto de una condena inesperada para tratar de encontrar un fallo formal que la anulara. La mirada se le detenía en cada palabra. Quizá recordara el alemán del instituto mejor que Sara. En su trabajo en la Agencia de Cooperación utilizaría sobre todo el inglés y el francés, teniendo en cuenta todas las antiguas colonias que recibían ayudas.

—Pues no parece que haya ninguna duda —dijo al fin dejando los documentos.

—No —contestó Sara.

Luego se quedaron sentadas en silencio. Mucho tiempo. Las madres empujaban los cochecitos por el Vasaparken, la gente tomaba el sol en mantas extendidas sobre el césped, una chica joven de una residencia canina paseaba con media docena de perros. Todos sudaban a causa del calor, pero querían aprovechar para disfrutar del aire libre, pensó Sara.

—¿Hace falta que esto salga a la luz? —dijo Lotta al fin, y Sara comprendió a qué había estado dándole vueltas todo ese rato.

A su propia posición.

Ser la hija de Tío Stellan era una ventaja, incluso aunque trabajaras en el sector público. En cambio, ser la hija de un traidor a la patria era un defecto. Se rumoreaba que Lotta era candidata para un puesto ministerial de peso en la próxima remodelación del Gobierno. En caso de ser cierto, esto era cuando menos inoportuno.

—Ya ha salido a la luz, hay un artículo en el que aparece su nombre. Aunque él lo niega, claro.

—Es que es algo que no sabe nadie —dijo Lotta—. Pero ahora que lo han asesinado es material de portada de periódico. Me preocupan los niños. Que no tengan que ver a su abuelo humillado por los medios después de que haya muerto.

—Yo no voy a difundirlo. Lo único que quiero saber es si puede estar relacionado con su asesinato.

—Pero si es de hace muchísimo. Y dudo que fuera tan grave.

—Vale, pero avísame si se te ocurre cualquier cosa.

—Mi padre era muy ingenuo —dijo Lotta—. Pensaba que todo el mundo era bueno. Seguro que lo engañaron para que se metiera en eso. No creo que se viera a sí mismo como un espía o un informante. Probablemente pensara que estaba siendo bueno con la gente, y respondía a preguntas y transmitía información. Como con su trabajo por el movimiento pacifista.

Sara asintió y la imagen de Stellan afloró a su memoria con un cartel enorme contra las armas nucleares.

—Estaba ocupadísimo con las marchas, las manifestaciones y las listas de firmas. Por la paz y por la reducción armamentista y en contra de las armas nucleares —prosiguió Lotta—. Me parece que también empezó un eslogan en la televisión. «Se bombardea con bombas», o algo así.

Típico de Tío Stellan. A todo lo que hacía le otorgaba un toque desenfadado y pedagógico.

—Logró involucrar a todo tipo de gente. Ministros y famosos. Incluso a Palme.

—¿Nunca percibisteis nada de odio hacia él por haber tomado partido tan claramente? O sea, mucha gente detestaba a Palme por su compromiso con la paz.

—No, nadie detestaba a mi padre. Tío Stellan era lo único divertido que había en la Suecia de los sesenta y setenta. Lo único que no era gris y triste o superpolítico. Estar en contra de las armas nucleares entonces era más o menos como estar a favor de la democracia hoy en día.

—¿Con quién solía tener trato? Además de los famosos de las fiestas.

—Colegas. Gente con la que trabajaba.

—Y un montón de políticos, ¿verdad? —preguntó Sara—. Personas con poder.

—Sí, claro. El mundo de los famosos en Suecia era muy reducido en aquella época, se conocían todos. Y como él era popular en todos los ámbitos creo que nuestra casa se convirtió en una especie de refugio. Rojos y azules podían pasar un rato juntos y olvidarse de la política. Relajarse y desinhibirse sin que los vigilaran. Bueno, un poco de todo. A más de uno se le fue bastante de las manos.

—¿Hubo algún escándalo?

—No —respondió Lotta—. Habría habido muchos si la gente hubiera visto lo que pasaba a veces, pero las cosas nunca salían de la casa. Recuerdo cuando mi padre decía: «Y ahora apagamos la cámara», y todo lo que ocurría después era clasificado.

—Es verdad, estaba siempre grabando. —Sara recordaba a Stellan con su cámara Super-8 pegada a la cara en todas las reuniones familiares. La misma cámara año tras año, y un sinfín de proyecciones de vídeos siempre que la familia Broman había hecho algún viaje. Descripciones aburridísimas de las orillas del río Dal combinadas con interesantes grabaciones de lugares tan exóticos como Londres, Roma, Berlín, París, Nueva York o Pekín. Con la primera categoría reventabas de hastío y con la segunda llorabas de envidia.

La primera vez que Sara estuvo en el extranjero, su madre y ella tomaron el barco a las islas Aland, y a lo largo de su vida apenas había visitado más de media docena de países. Las hermanas Broman probablemente hubieran alcanzado esa cantidad antes de haber comenzado siquiera el colegio. Lo peor de todo era que a veces Malin y Lotta permitían que sus amigas se unieran a los maravillosos viajes de la familia, pero solo las chicas que eran conocidas en el colegio. Nunca Sara. Los viajes con el célebre padre se convirtieron en una forma de ganar puntos en el engranaje social del aula, y llevarse a Sara la esclava no les reportaba ninguna ventaja.

Pero sí que les venía bien cuando jugaban en casa, porque hacía lo que le ordenaban y la tenían a mano. Solo había que invocarla. «Orden al esclavo.»

Y en ese preciso instante Sara se dio cuenta de que a una parte de ella en realidad sí que le gustaba la idea de que Stellan Broman hubiera sido un espía para Alemania del Este.

Que hubiera algo que estropeara la fachada.

Aquella fachada perfecta, envidiable, repulsiva.

Y en cierto modo la atracción que sentía Stellan hacia Alemania Oriental no era del todo disparatada. Quizá lo hubiera tentado la imagen del dictador como el Padre magnánimo, el que cuida de su pueblo y a cambio solo pide obediencia y adoración absolutas.

Seguro que se sentía identificado.

Un poco de tiempo en antena puede volver loco al más sensato, y Stellan Broman fue sinónimo de televisión sueca durante varias décadas. Aparecía en portadas, salía en la radio, hablaban de él en los lugares de trabajo y en todos los colegios. Le rendían culto como a un semidios en formato de veintiséis pulgadas. Allá donde iba lo paraban, le daban las gracias, lo aclamaban. Firmaba autógrafos y saludaba, y cada vez que salía de la capital para ir a otra parte del país los periódicos anunciaban la visita en primera plana.

La televisión en color no la inventó Tío Stellan, pero en Suecia él se llevó el mérito por esa nueva tecnología. A los ojos de la gente, él había traído el color y la vida al país entero.

Su memoria extraordinaria también contribuyó al éxito. Parecía recodar todas las caras, todos los nombres y todas las anécdotas. Recordaba a personas que había visto de pasada después de muchos años, incluso detalles como dónde vivían. Era capaz de recitar los números de teléfono y de la suerte que la gente había utilizado en su programa. Suecia entera veía a Tío Stellan y Suecia entera sentía que él los veía. Sara no sabía si de verdad se preocupaba por la gente que conocía, pero le beneficiaba enormemente que lo pareciera.

Sara visualizó mentalmente un antiguo fragmento de televisión en blanco y negro. Ella ni tan siquiera había nacido cuando se emitió por primera vez, pero lo había visto decenas, si no cientos de veces en reposiciones. Lo había visto repetido en semanarios, en suplementos televisivos, en periódicos de la mañana, en revistas de negocios, en literatura especializada e incluso había oído que lo habían analizado en algún que otro escrito académico. El fragmento databa de la época en la que había un solo canal de televisión y todo el mundo veía el mismo programa.

Una imagen granulosa en blanco y negro, un tono enérgico, sonrisas amplias y señores de traje y corbata, a pesar del ambiente desenfadado. Tío Stellan estaba en el estudio con Barbro Lill-Babs Svensson, la joven cantante, con Nils Erik Bæhrendtz, el presentador de concursos, y el ministro de Economía, Gunnar Sträng. En una parodia de su programa *Doble o nada*, Bæhrendtz le había preguntado al ministro sobre las nuevas leyes fiscales, y lo sorprendió al descubrir que desconocía parte de la normativa. Como castigo, le dieron un capirote a Sträng, que no solo se rio de las bromas, sino que, para deleite del público, también se lo puso. La gente no paraba de reír. Al día siguiente, los periódicos del país mostraron al ministro con el capirote en las primeras planas sensacionalistas. Un momento histórico.

Después de *Tivoli* en los sesenta, llegó *El rincón de Stellan* en los setenta y el programa matutino *Levantarse con el gallo* de los ochenta, que se prolongó hasta una década después. Cuando llegó la televisión comercial y los periódicos comenzaron a escribir sobre índices de audiencia, con cada ligero descenso especulaban maliciosamente que Tío Stellan estaba perdiendo fuelle, que tal vez estuviera acabado y que su tiempo se agotaba. Y al final se rindió. Stellan Broman deseaba que lo quisieran y lo admiraran, no que lo escudriñaran y lo compararan.

La razón que dio es que quería pasar más tiempo con su familia, después de tantos años de duro trabajo. Pero Sara sabía que era demasiado tarde. Sus hijas eran casi adultas. Estaban más que acostumbradas a la ausencia física de su padre, por mucho que hubiera sido una presencia continua psicológicamente. Habían visto a su padre en la televisión casi todas las noches mientras crecían. Y todo el mundo sabía que ellas eran sus hijas. Amigos, colegas, jefes.

Así que les fue bien.

Lotta fue una niña de diez desde el principio. Sacaba las mejores notas, conseguía becas para estudiar, era presidenta del consejo de alumnos, actuaba en solitario en todos los finales de curso. Jugaba al baloncesto en la primera división, estudió durante un año en Estados Unidos, se graduó en Ciencias Políticas en tiempo récord a pesar de haber estado muy activa en Amnistía Internacional al mismo tiempo. Después se involucró en el movimiento deportivo sueco y solicitó un puesto en el Ministerio de Asuntos Exteriores, pero la reclutaron como experta para el Departamento de Comunicación. Con el tiempo se convirtió en secretaria de Estado y, desde hacía un par de años, era la directora general de la Agencia Sueca de Cooperación Internacional. Una directora de mano dura, pero respetada por sus subordinados. Aparecía en debates. Era un nombre que cada vez sonaba más en contextos gubernamentales.

Malin había seguido los pasos de su padre. De joven fue anotadora en la televisión pública, después productora de programas de entretenimiento bajo la dirección del legendario Linde Berg. Vivió una etapa vergonzosa como presentadora de *Burbujas de verano* y volvió rápidamente detrás de la cámara; tuvo un matrimonio breve con un presentador y un romance con otro. Ahora su marido era un adinerado hombre del mundo de las finanzas y ella era la directora del clásico programa *Allsång på Skansen*. Sara sospechaba que Malin estaba rodeada de colegas muy competentes en el trabajo.

¿Qué secretos, si es que había alguno, escondería la familia que tantos envidiaban y adoraban?

Quería descubrir la verdad, aunque solo fuera por interés personal.

¿Se habría criado prácticamente en la casa de un espía de Alemania del Este?

13

JUSTO CUANDO SARA se montó en el coche, que había dejado en el aparcamiento, Anna la llamó para contarle que sus colegas habían atrapado a la banda que vigilaban, una de las que estaban causando estragos en dos de las zonas residenciales de Bromma. Los precedía su fama de violentos, y por eso eran tan interesantes como sospechosos del asesinato de Stellan.

A diferencia de las muchas bandas extranjeras que operaban por la zona, estos ladrones eran un grupo de chavales de entre dieciocho y veinte años del barrio de Hässelby-Vällingby a los que la policía llevaba bastante tiempo investigando. Al parecer, se dedicaban a todo tipo de cosas, desde las drogas hasta el robo de coches y los allanamientos de morada. Habían amenazado a testigos y hostigaban a policías, y que no los hubieran atrapado antes había suscitado discordias en el Cuerpo. Pero ahora habían decidido capturarlos de inmediato. Un asesinato pesaba más que recopilar pruebas para una probable redada contra el tráfico de drogas.

Los detenidos eran cuatro chicos, dos «suecos étnicos» y dos de «origen extranjero». Lo negaron todo, incluso los allanamientos en los que habían encontrado muestras de su ADN o cuando los habían grabado cámaras de seguridad. Dos de ellos tenían una coartada para el momento del asesinato de Stellan Broman, pero el inspector jefe, Bielke, dijo que eso solo significaba que otros miembros de la banda habían cometido el robo. Seguro que por eso la situación se había torcido: el líder no participó y no pudo controlar a sus esbirros.

Los ánimos estaban por las nubes en la comisaría de Solna. La creencia generalizada era que habían resuelto el asesinato de Stellan Broman en tan solo unas horas. Quizá podrían darles el chivatazo a los periódicos, para que publicaran algo positivo sobre ellos por una vez.

Lo más importante ahora era localizar a Agneta Broman. La batida no había encontrado nada de momento y Anna tuvo que reconocerle a Sara que no tenían ninguna pista. Pero habían empezado a examinar las cámaras de seguridad de un área mucho más amplia.

Sara le preguntó si le había comentado la cuestión del espionaje a Bielke, pero como habían detenido a un grupo sospechoso, Anna no pensaba que tuviera sentido sacarle el tema. A Sara le costaba creer que no estuvieran investigando todas las posibilidades en paralelo. Aunque solo fuera para no acabar con otro caso como el de Palme y las teorías que suscitó sobre los kurdos.

Anna le dio la razón, pero solo para terminar la conversación, al parecer. No cabía duda de que la sinceridad amistosa sobre la investigación había llegado a su fin. Probablemente porque Anna estaba convencida de que habían encontrado a los culpables. Así que Sara le dio las gracias y colgó.

En cualquier caso, era hora de que regresara al trabajo. David le había dicho que le cubriría las espaldas porque se trataba de algo personal, pero Sara sabía que la amabilidad de un colega tenía sus límites, como acababa de ocurrir con Anna. Enfiló el puente de Barnhusbron y atravesó las calles del barrio de Kungsholmen. Bajó al garaje policial, aparcó y se fue directa a su despacho.

Leyó el informe de David, cambió un par de expresiones sobre la detención de Vestlund y luego trató de centrarse en el trabajo, la planificación futura y la próxima evaluación de la Unidad de Prostitución. Llamó a Becky, la chica a la que habían apaleado en Artillerigatan, un barrio cercano, para comprobar que se encontraba bien. «Todo partes esenciales de un trabajo esencial», pensó Sara.

Pero al final no se pudo contener más. Apartó su trabajo y volvió a la Guerra Fría. Con las fotos que había sacado en la casa de Hedin, entró en merinfo.se y empezó a teclear los nombres de las carpetas. Con algunos había demasiados resultados con el mismo nombre, pero otros eran más peculiares, y en varios casos la combinación de nombre y edad bastó para dar con la persona correcta.

Después buscó en varios directorios y redes sociales. Cuando terminó, tenía una lista de cinco nombres y sus números de teléfono.

Gerard Ackerman, Günther Dorch, Fred Dörner, Angela Sundberg y Hanne Dlugosch. No tenía más que llamar.

Ackerman colgó antes de que a Sara le diera tiempo a terminar de hablar, y no respondió más cuando ella volvió a intentarlo.

Dorch permaneció en silencio mientras Sara le contaba que había recibido información sobre los problemas que había tenido cuando un informante de Alemania del Este lo delató. Él le respondió con mucha calma que no tenía nada que decir y que quería que lo dejaran en paz.

Dörner albergaba un odio que estaba deseando expulsar. Detestaba a Alemania del Este y la postura complaciente de Suecia, y que los culpables nunca tuvieran que rendir cuentas.

Sundberg no respondió a la llamada y no tenía contestador automático.

Dlugosch estaba encantada de hablar. Huyó de Alemania del Este y, cuando trató de sacar a su madre del país invitándola a una boda en Suecia, alguien las delató. No solo le prohibieron a la madre que viajara, sino que la metieron en la cárcel durante seis meses por un delito inventado y se quedó tan destrozada por la reclusión que enfermó y falleció medio año después.

—¿Fue él? —dijo Dlugosch.

—¿Quién?

—Tío Stellan. ¿Nos delató él? Siempre me lo he preguntado.

—¿Por qué lo dice? —preguntó Sara.

—Porque me lo encontré en la calle, a las afueras de los estudios de la televisión, y le dije que debería dejar de alabar a Alemania del Este, que era una dictadura. Y le dije también que quería sacar a mi madre de allí. Me respondió que trataría de ayudarme y me pidió el nombre de mi madre. Me contó que tenía contactos en el país. Que conocía a gente importante. —Dlugosch hizo una pausa—. Desde luego que conocía a gente muy importante. Porque la detuvieron inmediatamente.

«O sea, que sí que hay algo de cierto en lo que Hedin me ha contado», pensó Sara. Había gente que tenía motivos para atacar a Stellan.

Resultaba extraño imaginarse a un chivato y a un espía tras el sonriente rostro paternal del personaje televisivo. Se dio cuenta de que la verdad sobre Tío Stellan les destrozaría a muchos suecos algunos de los recuerdos más preciados de su infancia.

Pero eso era lo que pasaba cuando uno crecía. La vida secreta de los adultos. Sexo, alcohol y dulces cuando quisieras. Si los niños supieran a qué se dedicaban los adultos cuando no los veían...

¿Qué hacía la misma Sara cuando sus hijos no la veían?

Después de la conversación con Dlugosch, marcó el número del servicio de inteligencia sueco, el Säpo, indicó el tema de su consulta —la Guerra Fría— y pidió que la conectaran con alguien que pudiera ayudarle.

—Brundin.

A Sara siempre le había parecido raro que las mujeres respondieran solo con su apellido.

—Soy Sara Nowak, llamo en relación con el asesinato de Stellan Broman.

Sara tuvo mucho cuidado en no decir que trabajaba en la investigación. Mejor ser precavida.

—De acuerdo.

—Hemos tenido noticia de que fue informante para la RDA en el pasado y estamos estudiando si eso pudiera estar relacionado con su asesinato.

—De acuerdo.

—¿Qué tenéis sobre Broman? ¿Sabéis a quién habría podido hacerle daño con su actividad en caso de ser cierto? ¿Habéis identificado alguna amenaza?

—Sin comentarios.

—¿Cómo?

—Sin comentarios.

—¿A qué? ¿A que era espía o a que si había una amenaza?

Silencio por toda respuesta.

—Venga ya, es un asesinato. Una de las personas más conocidas de todos los tiempos.

—Sí, es cierto.

—¡Pues ayúdame! ¿Tenéis información de si trabajaba para Alemania del Este? ¿Sí o no?

—Escúchame. Estás preguntando sobre antiguos trabajadores de la Stasi que permanecen en el anonimato y sin juzgar. Todo lo relacionado con el tema es confidencial. Eso quiere decir que ni siquiera te puedo confirmar si existen ese tipo de investigaciones, y, si fuera así, tampoco podría confirmar o desmentir si ciertos ciudadanos suecos figuran en tales investigaciones, por la sencilla razón de que si contáramos quién no está involucrado, entonces se podría averiguar rápidamente quién sí lo estaba. Es decir, todos aquellos a los que no reconocemos como inocentes. Y, como ya te he dicho, no puedo confirmar que esos expedientes existan, y ni mucho menos qué es lo que contienen. Aluden a la relación de Suecia con otro país, y en esos casos la confidencialidad es absoluta.

—Un Estado que ya no existe.

—Alemania existe.

Sara suspiró tan ruidosamente como pudo y colgó. Nunca se había encontrado con algo así.

¿Por qué se negaban?

¿Qué querían ocultar?

¿Se les había pasado por alto la investigación de Hedin?

No, Hedin había tenido que llevar a los servicios de inteligencia a los tribunales, así que debían de ser perfectamente conscientes de su existencia.

¿Estarían trabajando en algo de mayor envergadura relacionado con Stellan Broman?

¿O sabían que en realidad las conclusiones a las que había llegado Hedin no eran correctas?

¿Sabían que la muerte de Tío Stellan no podía estar relacionada con la Guerra Fría?

«¿Tienes un momento?»

El mensaje de Lindblad era tan cordial como siempre, pero Sara sabía que una pregunta de su jefa nunca era solo una pregunta.

Recorrió el triste pasillo marrón grisáceo con las paredes tapizadas en tela y el suelo de plástico en dirección al despacho de Lindblad mientras pensaba cuál sería el siguiente paso. No pensaba perder tiempo quedándose sentada mientras esperaba a que el inspector jefe se diera cuenta de que lo de los ladrones no llevaba a ninguna parte. No se le ocurría cómo podía ayudar a encontrar a Agneta.

¿Qué era lo que le había dicho David?

«No te rindes nunca.»

—Qué bien —dijo Lindblad cuando Sara entró. Como si le hubiera podido decir que no sin sufrir las consecuencias—. Un segundo, voy a terminar esto.

Sara se sentó mientras su jefa continuó tecleando en el ordenador medio minuto más. Después se oyó el tono de notificación de haber enviado un correo y Lindblad se reclinó en la silla sin apartar la vista de Sara.

Åsa-Maria Lindblad era una mujer de unos cincuenta años con una melena corta de pelo fino y moreno, manos frías y mirada penetrante. Su sonrisa perpetua nunca se le reflejaba en la mirada.

Era una persona que había hecho carrera gracias a que se la fueron quitando de encima, ascendiéndola una y otra vez hasta que se convirtió en comisaria y jefa de la Unidad de Prostitución. Sobre todo porque sus responsables pensaban que allí era donde menos daño provocaría. Los policías de la unidad tenían tanta experiencia que se las arreglaban ellos solos.

Lindblad se consideraba una jefa entregada y estimulante. Su concepción de liderazgo consistía en escribir publicaciones alentadoras en Facebook:

«Muy orgullosa de mis colegas que salen a las calles a marcar la diferencia.»

«¡Uni Prosti, sois los mejores!»

«¡Mis héroes!»

Siempre era la primera en felicitar a sus colegas en las redes sociales cuando cumplían años, pero no entendía de qué hablaban cuando tenían problemas.

No había salido nunca con ninguno de ellos a trabajar en la calle. No había hecho nada de trabajo policial de verdad en veinte años.

Pasaba la mayor parte de su jornada laboral controlando los horarios y la asistencia de sus subordinados para intentar bajarles el sueldo si llegaban tarde o se ausentaban.

—Bien hecho.

—¿El qué? —dijo Sara, y pensó en la llamada a los servicios de inteligencia.

—Que le vieras la sangre en los nudillos. Pocos se habrían dado cuenta.

Lindblad copiaba siempre lo que decían otros y después lo repetía como si supiera de lo que estaba hablando. Pero Sara entendió lo que había pasado.

—¿Te lo ha contado David?

—Sí. Estaba muy impresionado. Yo también.

Mentira. Lindblad no tenía ni idea de qué era impresionante. Se mostraba igual de efusiva cuando hacían café que cuando salvaban a una persona. Siempre alentando con un punto de histeria, y creía que a su entorno le parecía bien. Seguro que pensaba que todo el mundo compartía la opinión de que era una jefa maravillosa, cuando en realidad sabían que lo único que le salía por la boca eran palabras vacías. Aquello era un caos y ella luchaba desesperadamente por no hundirse.

Cruzó las manos y se inclinó hacia delante.

—Pero también me tienes un poco preocupada.

Sara no respondió. Miró expectante a Lindblad.

—He oído que fuiste muy severa con el detenido.

—Salió corriendo, lo perseguí, cuando lo alcancé se tropezó y se dio un buen golpe.

—Eso no es lo que cuenta la denuncia —dijo Lindblad arrojando una carpeta al escritorio.

—¿Denuncia?

—El detenido te ha denunciado por agresión. Un delito grave de lesiones. Dice que no te identificaste como policía antes de derribarlo. Y que después le diste varias patadas cuando ya estaba esposado.

—Para nada. Quiere vengarse porque lo hemos atrapado.

—David puede confirmar en parte el testimonio del denunciante.

Sara no sabía qué decir.

—¿David?

—Está preocupado por ti, ya te digo. Dice que no había visto nunca esta faceta tuya. Y antes de que te enfades con él, piensa que ha sido él quien te ha alabado por lo de la sangre en los nudillos.

Sara guardó silencio. Si tenías que hacer algún comentario sobre el trabajo de tu colega, lo hablabas con tu colega, no con el bicho de tu jefa. Lindblad debía de habérselo sonsacado. O quizá sí que estaba preocupado de verdad.

—Si no aparecen más testigos, entonces va a ser difícil que le presten atención a la denuncia —dijo—. Pero eso a mí no me importa demasiado. Lo que me importa es que la denuncia exista siquiera.

—¿Qué quieres decir? —Por un segundo, Sara creyó que Lindblad le iba a pedir que presionara a Vestlund para que retirara la denuncia.

—No quiero oír nada de agresiones —dijo la comisaria—. Me hace quedar mal como jefa. Esto funciona así: si a mí me felicitan por vuestro trabajo, entonces yo os felicito a vosotros. Pero si me cae mierda a mí, también os cae a vosotros.

—De acuerdo.

Lindblad estaba loca, lo sabían todos, pero nadie se atrevía a planteárselo a la dirección. La gente temía lo que se le pudiera ocurrir.

—Y eso me lleva a la cuestión de cómo podemos ayudarte —prosiguió.

—¿Con qué?

—A que mejores el comportamiento. Como ya te he dicho, David está preocupado por ti. Y entonces yo también. Pero no quiero ir señalando a gente y acusarlos de ser el malo de la película. Quiero que mis colegas se sientan bien, que sean capaces de rendir en el trabajo.

—Yo rindo en el trabajo.

—Pero ¿a qué precio? Este trabajo pasa factura. Te consume.

Sara se encogió de hombros. Lindblad no tenía ni idea de cómo le afectaba el trabajo.

—Yo misma te he oído decir que hay que castigar a los perpetradores —dijo la jefa.

—Y que las víctimas tienen que recibir ayuda.

—Pero sobre todo lo de los perpetradores, si te soy sincera.

—Es que estoy cansada de ver que tantos puteros vuelven y vuelven. Les llega la carta al trabajo para que su familia no se entere, pagan las multas y después vuelven a pagar para acostarse con ellas.

Y humillan a las chicas. Abusan de ellas, las golpean, les mean encima. Y no paran de llegar chicas nuevas de Bulgaria y Rumanía a las que traen a la fuerza. A las que les destrozan la vida, solo para satisfacer a los hombres suecos que no se conforman con hacerse una paja.

—Tienes que hablar con Udenius. Es una orden. Todas las semanas hasta que ella considere que te encuentras mejor.

Sara no pensaba hablar con Udenius, pero no se lo dijo a Lindblad. ¿Por qué iba a contarle nada a una psicóloga que daba parte directamente a la jefa?

—¿Y si me pasáis temporalmente a otra unidad? Para ayudar con el asesinato de Stellan Broman.

—Te necesitamos aquí.

—Se han atascado con una pista equivocada. Sobre que los culpables son unos chavales adolescentes. Y están perdiendo el tiempo.

—¿Y tú sí que sabes qué deberían investigar?

—Sí. O al menos que le echaran un vistazo.

—Pásales la información y lo mirarán en cuanto puedan.

—Pero yo conozco a la familia. Sé cosas.

—Pues cuéntale esas cosas al investigador jefe. Y si él no quiere escucharte, te prometo que hablaré con él.

—¿No quieres saber lo que es? —dijo Sara.

Lindblad levantó las cejas.

—Stellan Broman era un informante de la RDA y de la Stasi —continuó—. Le destrozó la vida a un montón de gente.

—¿Un espía? —preguntó Lindblad mirando con escepticismo a Sara.

—Eva Hedin es una investigadora de renombre que…

—Uno —la interrumpió su jefa—: trabajas aquí, no en la zona de Västerort. Dos: estás sobrecargada de trabajo y necesitas hablar con un terapeuta. Tres: tienes que controlarte. Tolerancia cero con la violencia. Cuatro: olvídate de la pista sobre el espionaje.

—¿Por qué no me escuchas?

—¿Escucharte? ¡Te estoy escuchando! ¿Me estás diciendo que no te escucho? ¿No estás contenta con cómo dirijo la Unidad de Prostitución? ¿Me estás diciendo que paso olímpicamente de mis colegas? ¡Con lo que sufro por vosotros cuando salís a trabajar a la calle! Me pongo a llorar y me paso las noches en vela de lo preocupada que estoy por vosotros. Por eso estoy aquí contigo ahora. Porque me preocupa cómo estás. Y todo lo que recibo a cambio es un escupitajo sobre que soy una mala jefa, que nunca escucho a mis subordinados. Me pone muy muy triste que digas eso.

Lindblad se había alterado hasta el punto de que tenía los ojos llenos de lágrimas. Qué desagradable. Pero lo peor era que Sara sabía que se la devolvería de alguna forma. De una forma horrible.

—Qué va, pero si tú sí que escuchas —se limitó a decir Sara, que se levantó y se marchó.

Ya de vuelta en su despacho buscó información en internet sobre la Guerra Fría, la Stasi, los colaboradores informales y Tío Stellan.

Toda su carrera como presentador, el dominio de la televisión de entretenimiento sueca, incomprensible según los estándares actuales, y también el compromiso político con Alemania del Este y la paz.

Incluso su carrera fue en paralelo a la cronología del Muro de Berlín. Su primer trabajo como presentador fue en 1961, el año en el que se construyó el Muro. Y el último programa se emitió en 1990, unos meses después de su caída y dos años después de que lanzaran el canal privado TV3. Su época fue la del Muro de Berlín y la del monopolio televisivo.

Pero ¿qué había sido del país que tanto apasionaba a Stellan Broman?

Sara no estaba muy familiarizada con la RDA; sabía que era comunista y un Estado satélite soviético. Ahora se había sentado a investigarlo un poco más.

Después de la Segunda Guerra Mundial dividieron a la Alemania derrotada en cuatro regiones, cada una de las cuales debía ser vigilada por una de las cuatro potencias vencedoras: Reino Unido, Estados Unidos, Francia y la Unión Soviética. Como agradecimiento por ayudar a vencer a Hitler, le permitieron a la Unión Soviética que creara su propio país en su región. Y allí mandarían más tarde los soviéticos, a través de sus marionetas del gobierno. Los rusos escogían a la persona que dirigiría el país y las decisiones que se tomarían. Con una economía planificada y una lucha continua por el socialismo.

El resultado fue que millones de alemanes del este huyeron al oeste. Las huidas masivas se convirtieron en una amenaza para la existencia del país. Así que el partido comunista de Alemania del Este se vio obligado a levantar un muro para impedir que la gente escapara. Un muro que atravesaba la capital dividida, Berlín, donde antes la gente se podía mover libremente entre los países.

¿Cómo podía alguien defender una dictadura? Sara tardó un tiempo en ponerse al corriente.

El dominio estadounidense después de la Segunda Guerra Mundial llevó a muchos a soñar con algo diferente, un contrapeso. Y gracias a su propaganda y a las estadísticas falsas sobre sus triunfos económicos, la Unión Soviética se convirtió en una alternativa para mucha gente. Demostraba que había otras formas de hacer las cosas.

Y puesto que hasta la guerra Suecia había estado tan influenciada por Alemania como luego lo estuvo por Estados Unidos, muchos sentían afinidad por las dos partes del país y su elevada cultura. Música, literatura, filosofía, diseño, teatro. Además, Alemania del Este manifestaba un rechazo más explícito hacia el Tercer Reich que la Alemania Occidental. Al menos oficialmente.

La neutralidad declarada de Suecia implicaba, entre otras cosas, que se quería tener una mentalidad abierta en cuanto a la construcción del socialismo en el Este. Tal vez para contrarrestar la fuerte influencia estadounidense. Fuera cual fuera el motivo, pasaron por alto la carencia de libertad de expresión y de movimiento en el bloque del Este. Los veían como enfermedades infantiles que desaparecerían con el tiempo.

Claro que una explicación muy importante era también que mucha gente creía en el socialismo. Se preocupaban por la construcción teórica de la utopía y obviaban los abusos y la opresión, que eran el resultado práctico.

Al mismo tiempo, la Guerra Fría fue la era de los secretos y del juego doble. La neutralidad oficial de Suecia ocultaba una cooperación secreta muy extendida con la OTAN. Mientras exportaban material de guerra a una serie de dictaduras y países beligerantes, en contra de lo que decretaban las leyes y las declaraciones formales. Otro ejemplo era IB, una organización de espionaje cuya existencia desconocía hasta el mismísimo gobierno, y que tenía por objetivo principal ayudar al Partido Socialdemócrata Sueco a identificar y obstaculizar la labor de sus oponentes.

Sara no pudo evitar sentir fascinación por todas las muertes misteriosas de los años ochenta que, de una manera u otra, y según distintos foros, podían estar relacionadas con la exportación de material de guerra y otros asuntos secretos con Alemania del Este, aunque no tuviera nada que ver con el asesinato de Stellan. El primer ministro al que dispararon en plena calle; el reportero al que hundieron dentro de su coche en el puerto de Hammarby; el inspector de material de guerra al que empujaron delante de un metro y el alto cargo de la ONU cuyo avión hicieron estallar. Todos tenían alguna relación con la exportación de material de guerra, como inspectores o como testigos, y buena parte de esas exportaciones iban a Alemania del Este. Y en ninguno de los casos habían encontrado a los responsables.

Pero, si lo que le pasó factura a Stellan fueron sus años como informante, ¿lo habría asesinado un ciudadano de la antigua Alemania del Este que se hubiera visto perjudicado? ¿O un familiar, como Dlugosch? ¿Alguien que hubiera perdido a un ser querido?

¿O habría algo más en su pasado? ¿Seguirían activos antiguos agentes? Si ese era el caso, ¿por qué querrían matarlo? ¿Y qué habían hecho con Agneta?

14

Sara salió de la estación de metro junto a la plaza Mälartorget, recorrió las calles del casco antiguo de Estocolmo y llegó a la plaza Kornhamnstorg. Iba evitando los callejones estrechos. Nunca le habían gustado, algo un tanto raro viniendo de alguien que había decidido vivir en Gamla Stan, el centro de la ciudad. Había dejado el coche en el garaje de la policía, como siempre.

Pasó por delante del restaurante chino y del estanco, donde los titulares ya pregonaban la noticia de la muerte del hombre al que tanto quería el pueblo.

«Muere Stellan Broman. Asesinado en su casa.» «Asesinan a Tío Stellan, lo encuentra su hija.» En el segundo la palabra «encuentra» aparecía mucho más pequeña que el resto.

Una carroza de estudiantes rodeó la plaza Kornhamnstorg y se detuvo en la acera. Los estudiantes estaban borrachos, sudorosos y empapados de champán. Tenían las voces roncas, pero no dejaban de vociferar. Viejos éxitos de los ochenta: *Vill ha dig, Sommartider*. Qué sensación más extraña. Su infancia.

Una botella de champán vacía se estrelló contra el suelo mientras una chica con una falda corta de color lila se bajaba de la carroza dando tumbos. Llevaba cintas amarillas y azules con ramos de flores que ya habían perdido casi todos los pétalos. La chica siguió tambaleándose hacia una de las calles que daban a la plaza y Sara supuso que tenía la vista puesta en el portal que había justo en la esquina, porque estaba decorado con globos azules y amarillos y un letrero que rezaba «Elsa». Pero no avanzaba ni mucho menos en línea recta, así que no resultaba fácil adivinar hacia dónde se dirigía.

Además, resultaba que los tacones de Elsa eran demasiado altos para su nivel de borrachera. Mientras sus compañeros de clase se ponían en marcha cantando a gritos *Varning på stan*, ella dio un traspiés y se cayó.

Sara se apresuró a ayudarle. Tenía rozaduras en la frente y en la barbilla, la sangre le brotaba de la nariz y los labios, pero la chica, que estaba deseando regresar a la fiesta, la apartó con un gesto. Dijo que tenía que ir a casa para cambiarse de ropa. Y continuó haciendo eses con una mano en la cara para evitar que la ropa empapada de champán se le llenara de sangre.

Sara continuó su camino y pasó por delante del antiguo garito al que iba cuando ella era la estudiante. Seguía siendo fascinante vivir allí, justo al lado del Tabac, aunque ahora se llamara de cualquier otra forma. Años atrás tardaba más de una hora en el viaje de ida y vuelta varias noches a la semana para salir por allí. Y pensaba que merecía la pena. El sentido de pertenencia al grupo es muy importante cuando eres joven. Cuando Sara se graduó, las carrozas tenían que recorrer todo el camino desde Vällingby hasta el centro de la ciudad, porque era allí donde querían lucirse. La exclusiva zona de Stureplan, los jardines de Kungsträdgården, las calles principales, el barrio de Södermalm, toda la ciudad era suya. Al menos durante unas horas.

Cruzó hacia la esquina norte de la plaza y entró en el pasaje con la estrecha galería. El pasaje conducía hasta otra de las calles del casco antiguo, pero ella se detuvo ante una puerta enorme de madera que llevaba a las plantas residenciales. La mayoría de los edificios eran oficinas, pero en los pisos más altos había viviendas. Se indignó cuando Martin se gastó la mayor parte del dinero que había recibido por su empresa en aquella vivienda, pero, tal y como él predijo, su valor se había duplicado, así que había sido una buena inversión, sin duda. Salvo que el mercado se derrumbara. Era de lo único que hablaba la gente que tenía un piso en el centro de la ciudad, pensaba Sara.

Nunca se imaginó que viviría en un piso tan grande. Al principio se le antojó raro, pero se terminó acostumbrando. Algunas personas vivían así, y ella era una de las afortunadas. Un piso de una planta de casi trescientos metros cuadrados con vistas a la confluencia entre el lago Mälaren y el mar Báltico y a Södermalm, repleto de paneles de madera y estuco, y parqué de madera infinito que crujía a su paso. Un gimnasio, una sauna y arriba del todo una torre con vistas a los cuatro puntos cardinales. Allí subía a beber vino con Anna, cuando querían verse y no hablar del trabajo. Con todos los tejados, el agua del canal a sus pies y la Iglesia Alemana justo al lado, en la habitación de la torre sentías que el mundo era tuyo. Decían que un antiguo dueño había escondido allí arriba a nazis que huyeron después de la Segunda Guerra Mundial.

A veces sentía que no tenía derecho a llamar a aquel piso tan enorme su casa, puesto que ella misma no había aportado ni una corona y nunca habría podido permitirse una vivienda así por su cuenta. Pero Sara había mantenido a Martin durante quince años mientras él trataba de consagrarse como artista, y más tarde cuando puso en marcha la empresa. Tenían dos hijos y estaban casados. De modo que debían compartirlo todo, en la dicha y en la adversidad, como se suele decir. Pero Sara no sabía si un piso gigantesco en Gamla Stan correspondía a la dicha o a la adversidad. Para ella, un piso tan grande en realidad significaba que había mucho más que limpiar. Se negaba a contratar a una limpiadora, le daba igual cuánto se pudieran desgravar en impuestos. Martin se tenía que encargar de la mitad de las tareas, por mucho que se hiciera el mártir, y les habían ido asignando cada vez más responsabilidades a los niños conforme se hacían mayores. Y también había que acostumbrarse a que a veces hubiera un poco de polvo. Así les iba bien.

Sara se paró ante la puerta para ver si se oía algo en el interior. No había nadie en casa.

En esos momentos, en esas pausas en la vida cuando parece que el tiempo se ha detenido, le encantaba su casa. El silencio en aquel piso tan amplio era mayestático, como si lo hubieran compuesto, casi sagrado.

Los pensamientos sobre el asesinato de su ídolo de la infancia la llevaron a buscar su antiguo violín. Lo encontró al fondo del vestidor, detrás de pelotas de pilates, la esterilla de acupresión y cajas con botas carísimas de tacón de aguja que no había usado nunca. Llevaba años sin tocar, pero después de afinar el violín se entregó a su eterno compañero y adversario, «Erbarme dich», de *La Pasión según San Mateo.* Decían que era la pieza para violín más bonita que se había escrito en la historia. Sobre todo, era la favorita de Stellan, y Sara le había dedicado muchos años y horas de práctica a intentar perfeccionarla. Sin mucho éxito, según su opinión.

Como Bach fue lo último que Stellan escuchó y como él le regaló el instrumento, a Sara le pareció apropiado, pero se avergonzó un poco cuando bajó la vista al violín. Quizá por eso lo guardaba tan al fondo del vestidor.

Después de oír una discusión de Sara con su madre por la falta de dinero, Stellan y Agneta le regalaron el violín y le pagaron las clases. Y por supuesto escogieron a la mejor profesora que se podía encontrar. O que no se podía encontrar, más bien, ya que nunca habría accedido a dar clases particulares a ningún alumno, y solo aceptó a Sara como un favor a Stellan y Agneta.

Irina Handamirov, concertina de la Filarmónica de Estocolmo durante cuatro décadas, catedrática de violín en el Real Conservatorio de Música y nieta de la legendaria Ivana Adelenya. Tenía tres hermanas que también se habían convertido en violinistas, con lo que Sara siempre había envidiado la relación familiar de Handamirov con el instrumento.

Handamirov la animaba mucho a improvisar y a jugar, a atreverse a cometer errores. A encontrar nuevas vías, nuevas perspectivas. Pero Sara resolvió que debía dominar la pieza de Bach antes de empezar a jugar con ella. Y nunca aprendió a dominarla. Aprendió a tocarla con una técnica prácticamente perfecta, pero, según ella, sin el alma que desprendía cuando la tocaba su profesora.

Handamirov le hablaba de varias formas de abordar una obra. Para Sara solo había una: de un tirón y después tan correctamente como fuera posible. Sabía que pensaba más en sus errores que en la alegría que le aportaba la música, y sabía que era una tontería pensar así. La frenaba.

Sin embargo, recordaba la pieza mejor de lo que esperaba. La sensación de la fricción del arco contra las cuerdas le seguía resultando tan mágica y tan física como antaño. El sonido brotaba como un milagro. Le parecía maravilloso ser ella la que lo producía.

Volvió a zambullirse en la pieza, se dejó llevar, olvidó todo lo demás. Pero, como siempre, después la realidad regresó con los bordes aún más marcados.

Bajó el instrumento y lo contempló.

Sabía que era buena, pero no podía evitar la sensación de haberse aplicado en exceso durante su adolescencia más para complacer a la gente que la rodeaba que a sí misma. Como una forma de mostrar su agradecimiento por un regalo que en realidad nunca deseó.

De hecho, no quería en absoluto un violín. Lo que quería era que su madre tuviera la posibilidad de comprarlo. Al igual que los Broman le podían comprar de todo a sus hijas. Ropa, equipo de esquí, instrumentos musicales, viajes. El violín se convirtió en un símbolo de lo inalcanzable, y dio la casualidad de que Stellan y Agneta oyeron era su dueña. Así que a Sara no le quedó otra.

Pero el violín en realidad no era suyo. Se lo habían dado, pero no lo dominaba. El violín no era ella.

Y la casa no era suya. Martin la había pagado.

Tal vez esa fuera la razón por la que había mantenido su apellido y no el de Martin cuando se casaron. «Sara Titus» le sonaba a blandengue. Como a profesora interina que es muy insegura. Nowak era su apellido.

Por lo demás, no había mucho que fuera suyo.

Sus hijos ya no la buscaban, y a sus ojos ella era más un obstáculo en el camino a toda la diversión que ofrecía la vida. «Mamá» ahora solo era un título profesional. Y su matrimonio funcionaba sobre todo por la rutina, aunque eso le garantizara cierta seguridad. Como que hubiera las mismas cosas en la mesa de Navidad de cada año; no porque estuvieran buenas, sino porque era lo que tocaba. Como el lenguado y el típico bacalao a la sosa.

Si ni la música ni la casa eran suyas, y los niños estaban a punto de marcharse... ¿Quién era ella entonces?

Ese nombre que sabía que era suyo, ¿a qué correspondía?

A falta de respuesta encendió la televisión, un mamotreto de sesenta y cinco pulgadas que ella no habría elegido nunca. Le resultaba antinatural ver a un presentador del telediario cuyo rostro era cinco veces más grande que el suyo. Como si unos gigantes se hubieran hecho con el país y ahora estuvieran anunciando las nuevas leyes. Obedece o serás devorado.

El programa de la tarde lo dedicaron a Tío Stellan, por supuesto. Había muchos espectadores en potencia después de la muerte de uno de los verdaderos iconos del país, y últimamente parecía que lamentarse por la pérdida de famosos se había convertido en una fuente de entretenimiento para la gente. Quizá fuera sintomático de estos tiempos de narcisismo, pensó Sara. Como si la muerte de otra persona ofreciera ante todo la oportunidad de expresar un pensamiento profundo que pudiera acaparar *likes*. Sara nunca llegó a comprender qué sentido tenía que un sueco normal y corriente hiciera una publicación como «RIP Whitney Houston».

El productor del programa conmemorativo no parecía haberse decidido por qué era lo más importante: el brutal asesinato o la mirada nostálgica a la extensa trayectoria de Stellan. El resultado era una montaña rusa que se movía entre el reportaje policiaco y un desfile de recuerdos. A pesar de que Stellan llevaba muchos años sin aparecer en la pequeña pantalla, no cabía duda de cómo había marcado la forma de hacer televisión en Suecia. Por eso lo anunciaban a bombo y platillo, y la conclusión era la siguiente: «Per Albin nos trajo la sociedad del bienestar, Ingvar Kamprad nos la amuebló y Stellan Broman la amenizó». Los tres habían muerto, y con ellos la sociedad del bienestar. Para deleite de ciertos editorialistas conservadores.

Sara bajó el volumen y contempló las aguas del canal desde la ventana. Allí abajo solían esperar los barcos para pasar por la esclusa a la bahía de Saltsjön, pero ahora toda la zona era una obra gigantesca. Donde en realidad debería haber gente tomando el sol y parejas jóvenes disfrutando del buen tiempo. O quizá lejos de disfrutar. Quizá rompiendo, o consolándose mutuamente porque uno había perdido el trabajo, o preguntándose por qué no llamaba nunca la persona que le gustaba.

El sol cubría el mundo con sus rayos incluso en un día como aquel. Las fuerzas del clima eran muy superiores a las tragedias humanas.

Pero Sara no podía dejar de pensar en el enigma.

¿Dónde estaba Agneta?

Dos trenes se cruzaron en las vías del puente que pasaba por encima del estuario en dirección a la bahía este del lago mientras ella se devanaba los sesos. ¿Se habría metido en problemas Agneta al intentar escapar? ¿Habría tenido un accidente? ¿Un ataque al corazón? Los colegas de Sara se estaban volcando en buscarla y, tarde o temprano, aparecería alguna pista.

¿Estaría relacionada la desaparición de Agneta con el trabajo de Stellan para Alemania del Este? ¿Y de qué manera?

Sara pensó en lo que sabía sobre la Guerra Fría. De niña, el concepto le parecía sobre todo difuso y un tanto aterrador. Un miedo fuera de tu alcance y que tampoco podías comprender. Era una guerra, pero sin disparos. Había que estar asustado, aunque nunca vieras nada de lo que asustarte. Aunque ningún adulto te pudiera explicar por qué.

Recordaba haber hojeado la pesada guía telefónica y haber visto al final la advertencia de que la guerra podía llegar en cualquier momento. Por todas partes, en colegios, centros de ocio juveniles y sótanos, había refugios cuyas gruesas puertas de acero tenían robustos picaportes que se giraban para protegerlos de ataques con armas nucleares. Y dentro había mesas de pimpón para que los niños tuvieran algo con lo que divertirse hasta que la guerra estallara.

La guerra podía llegar, y eso era la Guerra Fría. Un bombardeo continuo de advertencias aterradoras, un miedo constante. Podía estallar en cualquier momento. La Tierra podía desaparecer en cualquier momento. Nada era perdurable.

Sara fue al gimnasio o, mejor dicho, al cuarto en el que Martin había colocado una cinta de correr, una máquina de remo, una bicicleta estática y dos bancos con barras, mancuernas y pesos. También había recubierto todas las paredes de espejos. A Sara le parecía un poco enfermizo, pero introdujo los discos para calentar en la barra, se cambió de ropa, se echó en el banco y comenzó a levantar los pesos hacia el techo y a volver a bajarlos, una y otra vez.

Siempre que entrenaba se le disparaba la adrenalina, y todo lo que la enfadaba resurgía. Al menos, la llevaba a esforzarse más.

Después de tres series muy duras, sacó el móvil y llamó a su madre.

—Hola. ¿Y tú qué quieres? —dijo Jane.

Vaya tono. ¿Tan raro era que la llamara? ¿Tan mala hija era? Porque eso no había sido un error en sueco sino un reproche. Dios mío, ¿es que no podía llamarla sin querer algo? Aunque no fuera el caso en esta ocasión. A Sara le entraron ganas de colgar, pero la verdad es que quería preguntarle una cosa.

—Se te oye como sin aliento —le dijo su madre. Sara se quedó sentada en silencio y respirando profundamente mientras pensaba.

—Estoy haciendo ejercicio.

—Yo voy a empezar también. A caminar. Me han regalado unos zapatos de sendero preciosos.

—Se dice senderismo.

—¿Qué más da cómo se llamen? Me los voy a poner para caminar, no voy a hablar con ellos.

—Vale, vale —dijo Sara, e hizo una pausa antes de ir al grano.

—Stellan ha muerto.

—Lo sé. Lo he visto en las noticias.

—He estado allí. En la casa.

—Sí, claro. Eres policía.

—Todos los policías no van a todos los lugares del crimen, mamá.

—Y yo qué sé.

—Pero Anna sí que está trabajando en el caso. ¿Te acuerdas de Anna, de la Academia de Policía?

—¿La *homosixual*?

Siempre lo había pronunciado así. Cuanto más la corregía Sara, más exageraba la pronunciación.

—Mi amiga. Que es lesbiana, sí. Me llamó para contármelo porque conozco a la familia. Así que me acerqué hasta allí.

—¿Quién le ha disparado?

—No lo sabemos. Por eso te quería preguntar a ti.

—Yo no lo sé.

—No, no, pero ¿te acuerdas de si tenía enemigos? ¿Se peleó con alguien? ¿Recibía amenazas?

—No.

—¿Nada más? ¿Algún *stalker* loco?

—¿Estanque?

—*Stalker*. Un admirador obsesionado.

—Muchos admiradores. ¿Crees que le ha disparado uno de ellos?

—No lo sé. Puede que no. Oye…

—Dime.

—Le gustaba la RDA. Alemania del Este.

Sara casi pudo oír cómo le cambiaba el humor a Jane.

—Ya —dijo—. Qué idiota.

—¿A qué te refieres?

—¡A que era idiota! ¡Ser partidario de una dictadura! ¡Si hubiera vivido allí le habría dado asco!

—¿Le contaste alguna vez cómo era tu vida en Polonia?

—Claro. Pero él decía que el socialismo no estaba perfeccionado. Que debería haber sido paciente. «¿Crees que debería haberme quedado allí?», le pregunté, y él me respondió que «entonces lo habrías entendido mejor». Pff… Paciencia. ¡Idiota! ¿Paciencia hasta cuándo? ¿Hasta que me mataran?

En su infancia, Sara se había preguntado en muchas ocasiones por qué a Jane no le gustaban Stellan y Agneta tanto como a ella y a los demás. Sara acusó a su madre a menudo de estar celosa. Porque ellos lo tenían todo y ella, nada.

Claro que no era tan sencillo, pero madre e hija siempre habían visto a la familia Broman de formas muy distintas. Quizá Jane estuviera celosa de que Sara quisiera estar en su casa a todas horas, que nunca dejara de hablar de ellos. Las discrepancias se volvieron aún más intensas después de la mudanza de Bromma a Vällingby. Muy en contra de la voluntad de Sara.

Ahora pensaba que había sido muy explícita al decir lo que le parecía la mudanza. Aunque todavía escociera.

Del paraíso de los privilegiados a un infierno de hormigón plagado de intrigas e idiotas revolucionados por las hormonas. Justo al comienzo de ese periodo tan delicado que es la adolescencia.

¿Se habría mudado Jane para tener a su hija solo para ella? ¿O solo quería su propio espacio? Su propio apartamento para no vivir de la caridad. Nunca quiso dar explicaciones, probablemente porque no las hubiera. Cuando se mudaron, Jane permaneció fiel al barrio de Vällingby a lo largo de los años.

—¿Sería un espía? —Sara no debía difundir información sobre el caso de esa forma, pero Anna y sus colegas no habían seguido la línea de investigación sobre el espionaje, así que técnicamente no estaba revelando nada.

—¿Espía? —dijo Jane—. ¿A quién iba a espiar? ¿A chicas jóvenes? No, le encantaba que lo admiraran, nada más.

—Pero ¿podría haber pasado información? ¿Quizá sin darse cuenta de que lo estaban utilizando?

—Igual. Si le dabas coba era fácil aprovecharse de él.

—Cuéntame —dijo Sara sonriendo.

—¿El qué?

—Cómo le dabas coba y te aprovechabas de él.

—Idiota —contestó Jane, y colgó.

Sara no conocía a ninguna madre de sesenta años que llamara idiota a su hija adulta, pero Jane era única. Siempre lo había sido.

Un poco después, cuando estaba en la ducha, oyó un portazo en la entrada, y supo que Ebba había llegado a casa porque nadie saludó.

—¿Puedes preparar la cena? —gritó Sara en dirección al cuarto de su hija mientras se secaba con la toalla—. Creo que hay macarrones y salchichas.

—¡No me da tiempo! —le respondió Ebba a voces—. ¡Me voy a una fiesta!

¿Una fiesta un lunes? La época de la graduación. Una fiesta cada noche durante semanas. Todos competían por ser los que mejor se lo pasaban y los que a más fiestas acudían. Y la forma más sencilla de que los demás te invitaran a las suyas era celebrar una a la que poder invitarlos. Si no ibas a ninguna, entonces no eras nadie.

Ebba daría una fiesta, Martin había accedido a que la hiciera. A pesar de que Sara no lo veía claro. Saldría carísima y, de todos modos, ya había un montón de fiestas. ¿De verdad debían contribuir al frenesí? Pero ya estaba decidido; Ebba había conseguido lo que quería. La fiesta llevaba meses planeada y ahora solo faltaban tres días, pero en lugar de prepararla, Ebba se dedicaba a ir a otras y salía de marcha hasta bien entrada la noche. No se podía perder nada.

Macarrones con salchichas. ¿Era demasiado cutre? Sara nunca había sido particularmente ambiciosa en cuanto a la comida de sus hijos, y se sentía culpable porque casi siempre les daba carne de una forma u otra. Al igual que tanta gente, había visto los vídeos del transporte animal, las granjas de pollos y los mataderos. El trato tan repugnante que se les daba a los animales le recordaba a todo lo que había visto sobre el tráfico de personas, pero este mucho más cruel, con seres vivos e inteligentes. La indiferencia humana hacia el sufrimiento de otros le revolvía el estómago y se avergonzaba de que, con respecto a los animales, estaba ayudando a mantener el sistema, de igual manera que los puteros que se encontraba en el trabajo mantenían la trata con su demanda de sexo. Sara no quería contribuir a empeorar el mundo. Se iba a hacer vegetariana y conseguiría que sus hijos también lo fueran. Pronto.

Ebba se metió en la ducha después de Sara. El piso tenía otra ducha para los niños, pero su hija prefería el baño más grande cuando iba a salir de fiesta. Decía que los espejos estaban mejor iluminados. «Y el maquillaje de mamá», pensó Sara.

Volvió a sonar un portazo y Olle entró en la casa. Sara llenó un cazo de agua y lo puso en el fuego.

—¿Estás en casa?

Sabía que el comentario de su hijo no era malintencionado, a diferencia del de Jane. Simplemente estaba sorprendido. Con los frecuentes turnos de tarde y de noche, Sara rara vez estaba en casa a la hora de la cena. Quizá Olle incluso se alegrara de que ella estuviera allí en ese momento, pero ese tipo de cosas no se demuestran cuando uno tiene catorce años.

Justo cuando los macarrones estaban listos, Ebba pasó corriendo hacia su cuarto envuelta en una toalla.

Mientras comía, Sara se hizo con el gorro de graduación de Ebba y leyó lo que le habían escrito en el forro.

«¡Ebba, eres la caña!», «Ebba *4-ever!*», «Ahora empieza la vida», «*Who runs the world? Girls!*»

Bastante tradicionales, pensó Sara, que se arrogaba el derecho de reseñar lo que sabían de la vida los compañeros de su hija.

Y la vida era bastante extraña.

Ebba se encontraba en el umbral de la suya, Jane la rememoraba y Sara se encontraba a medio camino. Estaba en la fase en la que nunca se tiene tiempo de parar a reflexionar. De joven, piensas en cómo será la vida, de mayor piensas en cómo ha sido, y en el largo periodo intermedio vives sin pensar en el cómo. Qué quería de la vida, se preguntó Sara. Pero se respondió encogiéndose de hombros.

Fue a mirar el móvil de su hija, pero lo volvió a soltar cuando llegó Olle y se sentó a la mesa. Estaba completamente ensimismado por su pantalla y Sara pensó que habría podido abrir un agujero en el suelo sin que se diera cuenta de nada, pero mejor ser precavida. No hacía mucho fingió que necesitaba el móvil de Ebba para una llamaba muy importante con el pretexto de que el suyo estaba descargado y, cuando se lo desbloqueó, entró en los ajustes e introdujo su propia huella digital. Después empezó a revisar el teléfono de su hija con cierta regularidad cuando ella se iba a dormir o se metía en la ducha.

Ebba la detestaría si se enterara, pero había tantas cosas que les podían ocurrir a las chicas jóvenes hoy en día... Sara no pensaba ser tan ingenua como para permitirle a su hija que fuera por ahí sin que ella pudiera controlarla. Pero había evitado cuidadosamente los mensajes y las fotos más bien privados.

Ebba quería el nuevo modelo con reconocimiento facial, a lo que Sara se oponía, sin decirle por qué. Sabía que Martin se lo compraría si se lo pedía, así que le había contado a su marido que para ella era muy importante que no les dieran más cacharros a los niños sin hablarlo antes entre ellos. Llegaría el momento en el que Ebba tuviera un nuevo teléfono, uno en el que Sara no pudiera entrar, pero quería vigilar un poco más a su hija. Al menos hasta que las fiestas de graduación se terminaran.

Sara le dio un sorbo a la lata de Red Bull que había dejado su hija.

Aderezado.

A base de bien, además.

Pero a Sara no le apetecía nada darle una charla la semana de graduación.

Ya tenía bastante de lo que ocuparse.

Todo el tema de la graduación se había convertido en un infierno. Se le mezclaban la angustia ante la marcha de su hija, los sentimientos de culpa y el miedo a sobreprotegerla. Ebba le había prohibido que planificara la carrera, la recepción y la fiesta porque estaba trabajando muchísimo y no tendría tiempo de prepararlo bien.

Así que la responsabilidad recayó en Martin, y eso significaba que tenían a su disposición medios completamente diferentes. Había que impresionar a los invitados, eso estaba claro, ¿para qué dar una fiesta si no? Sara le había echado una ojeada furtiva al documento de Excel y había visto una cantidad de cinco cifras en la última fila. Martin negó que fuera a costar mucho dinero, pero Sara no confiaba en él. Y Martin nunca había llegado a comprender que lo que le importaba a ella no era lo que le ocultara, sino el hecho de que se lo ocultara. Las mentiras sobre cosas insignificantes iban carcomiendo la confianza entre ellos, el vínculo que debía mantenerlos unidos.

En el salón estaban las tarjetitas para los asientos de la mesa, la única parte de la celebración sobre la que Sara había podido opinar. Soltó un suspiro sin que la oyera su hijo.

Pobre Ebba. Pobre Olle.

Sara creía de verdad que iba a ser una madre mucho mejor. Divertida, ingeniosa, siempre alegre. No como la suya. Cansada, estresada, irritable. Que se enfadaba por todo o simplemente guardaba silencio. Mártir, la llamó una vez Sara cuando era adolescente. Le cayó un bofetón. Fue la única vez que Jane le pegó. Sara nunca le había pegado a ninguno de sus hijos, pero sí que había estado ausente y, desde luego, les había exigido de más. Se preguntaba a menudo si la irritación constante de Ebba con ella era una consecuencia de cómo se había comportado como madre o solo era cosa de la adolescencia. Le hubiera encantado ser la mejor amiga de su hija. ¿Sería demasiado tarde? Esperaba que no. Quizá sería más fácil cuando Ebba fuera mayor.

Sara se sentó delante de la gigantesca televisión y entró en SVT Play, la aplicación de la televisión pública. Buscó «Stellan Broman» en el archivo y obtuvo una serie de programas. Seleccionó un capítulo de *Tivoli*.

Ya desde el comienzo se oían risas y aplausos, y la sintonía seguida de la sonrisa de Tío Stellan, que recibía al público con los brazos abiertos. Recibía a toda Suecia con los brazos abiertos.

—¡Me voy ya! —se oyó a lo lejos desde el vestíbulo. Sara apagó la televisión y se acercó para unas últimas palabras de advertencia, pero se paró en seco al ver a Ebba.

Su hija de diecinueve años, su primogénita, su niña, llevaba solo un corsé, unas bragas de encaje, un liguero y unas botas altas de cuero negro con tacón de aguja. Se había pintado los labios de un rojo brillante y se había perfilado los ojos de negro. Con el gorro de graduación en la cabeza.

—¿Qué estás haciendo? —preguntó Sara alterada.

—Me voy a la fiesta —dijo Ebba—. Vamos todos de chulos y putas.

—¿Estás mal de la cabeza?

—¿Qué pasa ahora? —replicó Ebba con hastío.

—¿Chulos y putas?

—¿Qué?

—¡¿De putas?!

—En plan guay.

—¿Os disfrazáis de víctimas de abusos, de chicas rumanas con las que trafican, en plan guay?

—Mamá, por favor, para. Es de broma.

—Díselo a las chicas que conozco en el trabajo. Que las violan diez veces al día, las maltratan, las humillan, que las han secuestrado en sus países. A ver si os parece que puede ser «de broma».

—No es de verdad, mamá. Nadie piensa que los chulos y las putas sean glamurosos, estamos jugando con el estereotipo. Como con los vaqueros y los indios. Hoy en día sabemos que prácticamente aniquilaron a los indios en el mayor genocidio de la historia. ¡Pero la cosa no va de eso!

—¿Y de qué va entonces?

—De que nos hemos graduado. Que es algo que solo se hace una vez en la vida.

—Son precisamente este tipo de cosas las que permiten que la gente haga la vista gorda con la trata de personas. El mito de la puta feliz.

—Te entiendo. Cuando sea mayor y más sabia, quizá esté de acuerdo contigo y piense que fui una imbécil por ir a una fiesta de chulos y putas. Pero es que ahora tengo diecinueve años y quiero pasármelo bien con mis amigos. Si ellos se visten así, yo también. ¿Vale?

—No, no vale. Para nada.

—Puedes seguir gritándome cuando vuelva.

Ebba descolgó su abrigo del perchero.

—Vas a pasar calor —dijo Sara antes de interrumpirse.

—¿Prefieres que vaya así por la calle? —dijo Ebba levantando los brazos. Sara no supo qué contestar—. No debes tener una opinión sobre todo lo que haga. Dentro de poco me voy a ir de casa y ahí sí que no vas a poder opinar nada. ¿No deberías ir acostumbrándote?

Justo esa era la idea con la que Sara no se podía reconciliar: no seguir compartiendo la vida con sus hijos.

Ebba se dio la vuelta y se marchó, pero antes de que cerrara de un portazo Sara le lanzó una última advertencia:

—Como muy tarde a la una, ¿vale?

¿Qué debería haber hecho?

¿Prohibirle que fuera?

A diferencia de muchas otras madres, ella podría haber retenido a su hija adolescente por la fuerza, pero no era factible. Además del hecho de que no creía en ejercer la violencia con sus hijos, Sara se frenó al darse cuenta de que habría estropeado más aún la relación con su hija. Recordaba lo mucho que ella se enfadó con su madre cuando se marchó de casa, y el poco contacto que mantenían a raíz de aquello. Y no quería que a Ebba le pasara eso. Que la evitara.

Al mismo tiempo, lo que su hija y sus amigos estaban haciendo explicaba en parte por qué la prostitución podía continuar: por la romantización de la trata de esclavos. Es verdad que no había sido Ebba la que había decidido montar una fiesta de chulos y putas, y que no había sido ella la que había escogido el tema. Y que nadie le habría prestado atención si Ebba se hubiera quejado. Pero estaban ayudando a cimentar las estructuras.

Por un instante, Sara vio ante sí a su hija en un prostíbulo, en una casa de citas anónima. Con un hombre mucho mayor que apestaba a sudor encima de ella y docenas esperando. Casi vomitó al pensarlo. Tenía que hablar con los padres de las chicas que habían organizado la fiesta. Pero sospechaba que no serviría de nada.

La idea de chulos y putas tenía algo de emocionante, una pátina sexi en la sociedad actual. Una película como *Pretty Woman* había servido de base para esa imagen, había transformado a la prostituta anónima y despreciada en un objeto deseable y satisfecho con su existencia. Si incluso un millonario interpretado por Richard Gere podía enamorarse de una puta y casarse con ella, entonces la prostitución no sería tan peligrosa. En realidad, solo le estabas haciendo un favor a las chicas.

¿Habría sido mejor que Sara no hubiera trabajado tanto de noche? Que los hubiera recogido de la escuela más a menudo, que hubiera podido transmitirles sus valores de otra forma que no fuera un rapapolvo indignado cuando ya era demasiado tarde, cuando ya hubieran hecho cualquier cosa que a Sara le parecía una estupidez.

Cuando eran pequeños había tenido que trabajar para mantener a la familia, porque Martin estaba ocupado con sus espectáculos y sus producciones, que casi siempre acababan con pérdidas. Pero ella trató de asegurarse de pasar con los niños todo el tiempo que tenía libre. Y Sara asumía que cuando se hicieran mayores podrían arreglárselas solos, y que querrían que los dejaran en paz. Quizá se había equivocado.

En ese momento, se irritó consigo misma.

Qué típico que fuera ella la que asumiera la responsabilidad. Que fuera la mujer la que se buscara los fallos.

Martin también había trabajado muchas noches. Si es que a ir de bares con el fin de empinar el codo con artistas y agentes se le podía llamar trabajo. Sobre todo desde que puso en marcha la empresa, que coincidió con la adolescencia de Ebba. ¿Y si la figura del padre ausente explicara mejor el juego con el estereotipo de puta que la figura de la madre ausente?

Sara entendía que Martin necesitara salir con los clientes y los posibles socios, y sabía que su negocio dependía en gran medida de la industria del entretenimiento. Para muchos de sus artistas, las oportunidades de trabajo y de tejer una red de contactos estaban en los bares. Si quería una buena relación con ellos tenía que pasar mucho tiempo fuera. Noches, fines de semana y días festivos. Era normal.

Pero no siempre era tan divertido.

No siempre era tan fácil cuando Sara trabajaba en exceso y su marido salía las pocas noches que ella libraba.

Pero trataba de alegrarse por él.

En su juventud, Martin actuaba en celebraciones de fin de curso y llegó a montar espectáculos de variedades propios; soñaba con una vida ligada al espectáculo. Cuando vio que no conseguía trabajo ni como actor ni como artista, comenzó a producirlos él mismo, y tras un par de ellos descubrió que se le daba bien. Así que fundó una empresa, y poco a poco Dunder & Brak Scenproduktion se convirtió en la mayor agencia y productora del país.

Al cabo de una década, justo cuando Martin empezaba a estar un poco harto, recibió una oferta que no podía rechazar. Vender el trabajo de su vida a Go Live, un gigante internacional de la gestión y producción de espectáculos, a cambio de una cantidad tan exorbitante que resultaba ridícula. Con la condición de que permaneciera dirigiendo la empresa durante al menos diez años. Y, como jefe, los nuevos dueños le exigían unos niveles muy altos de beneficio, así que se quedaba trabajando hasta tarde con frecuencia.

Para disgusto de Sara, Martin utilizó la mayor parte del dinero que obtuvo por la empresa en comprar aquel piso tan enorme en Gamla Stan. Y siguió trabajando como siempre. En el trabajo del que ya se había cansado. Un trabajo en el que asistir a pubs con artistas invitados, músicos y actores locales era la norma. Un trabajo en el que la mayoría de sus colegas eran chicas jóvenes de entre dieciocho y treinta años.

Sara no podía evitar tener prejuicios contra la industria del entretenimiento. Famosos, alcohol, drogas, chicas jóvenes, sexo. Por la posición de poder que Martin ostentaba, podía aprovecharse todo lo que quisiera. Por eso lo había obligado a que tuviera fotos de los niños y de ella en el escritorio del trabajo. Al principio eso la calmó. Que todo el mundo viera que era un padre de familia.

Después se avergonzó de haber utilizado a sus hijos como un arma para marcar territorio.

Y luego empezó a preguntarse si Martin realmente dejaría las fotos allí cuando ella salía por la puerta.

Pero esta noche no trabajaba. Esta noche tenía ensayo con su banda de *garage* CEO Speedwagon. Cuatro señores en puestos de dirección que se creían muy ocurrentes. Todos iban camino de los cincuenta, pero se negaban a abandonar el sueño del rock. Guitarras que costaban un ojo de la cara, pero sin público, y solo daban conciertos cuando alguno convencía a sus amigos para que contrataran a la banda en celebraciones de empresas. Por lo general solo actuaban una vez en cada empresa, salvo que se tratara de la de Martin, en cuyo caso nadie se atrevía a negarse a que tocaran por séptima vez consecutiva los mismos rockeros viejos que estaban para el arrastre. Al menos dejaba que Sara se burlara de sus sueños de adolescencia. Ya era algo.

Sin embargo, a veces esos sueños se interponían en el camino de cosas más importantes. Si hubiera estado en casa ahora, quizá podrían haber conseguido que Ebba los escuchara.

Encendió la televisión para distraerse, pero no sirvió de nada. Puso Prodigy en el carísimo equipo de música McIntosh de Martin y lo conectó a sus carísimos auriculares de Audeze. Ni tan siquiera con *Invaders must die* machacándole los oídos desaparecieron todos los pensamientos acerca de los niños, el marido y la víctima de asesinato.

Se tumbó de lado y se encogió. Por una vez, se paró a reflexionar sobre su vida mientras esta se desarrollaba. Sobre lo que pasaría con su hija, su hijo, ella misma y Martin.

¿Debería cambiar de trabajo?

Si no podía aguantar más, ¿le servía de algo a las víctimas?

¿Les ayudaba que atacara a puteros y chulos, que los asustara, que se asegurara de que el mundo supiera lo que hacían?

Siguió dándole vueltas a todo aquello mucho después de que el álbum se hubiera terminado.

15

WARFARINA, ATENOLOL, SIMVASTATINA, amlodipino, ramipril. No recordaba el nombre del resto.

Un surtido variado.

Azules, amarillas, parduzcas y blancas. Para las fibrilaciones, la diabetes y el dolor de piernas.

El Synjardy le daba ganas de hacer pis, lo cual no suponía un problema en ese preciso momento, pero después tendría que evitarlo. Y luego se tomó un paracetamol de liberación prolongada para las rodillas y las articulaciones. La artrosis.

Aún notaba el paseo en bici, como cuchillos en las piernas. Siempre se sentía peor unas horas después de hacer el esfuerzo.

¿Debería tomarse una dosis más fuerte?

No, le asustaban demasiado los efectos secundarios.

Detestaba hacerse mayor, pero tampoco le había gustado ser joven, así que no le servía de nada imaginarse con unos cuantos años menos. Solo hacer de tripas corazón. Desenroscó el tapón de la botella de agua para tragarse las pastillas.

El calor le hacía sudar a mares. Además del nerviosismo por la falta de insulina y la agitación que sentía en el pecho. Se reiría de la situación si no fuera por todas las vidas que estaban en juego.

De momento el viaje iba bien. El coche había arrancado sin problemas una vez la batería se terminó de cargar. Los neumáticos estaban bastante desinflados, pero lo solucionó en la gasolinera de la isla. En el supermercado más próximo había comprado comida y bebida. Las gafas de sol y una gorra eran un buen disfraz. De sobra, siempre y cuando no se pusieran a buscarla de verdad.

Y ya se había tomado todas las pastillas, así que le parecía que tenía todo bajo control.

Desplazarse en coche era una cosa totalmente diferente a pedalear. El viaje le resultaba casi relajante. Por un momento olvidó lo que había pasado y lo que le esperaba.

Desde el centro de Bromma atravesaría la zona de Ulvsunda. Se tardaba menos por allí, o eso creía, y, sobre todo, así evitaba las cámaras de los peajes que había tras el puente Tranebergsbron. Sintió una punzada en el corazón cuando pensó en lo cerca que iba a pasar de su casa.

«Su casa.»

Ya no.

¿Había llegado a ser su hogar alguna vez? ¿O tan solo un destino?

Ahora el coche era su casa. Un Volvo viejo, muy seguro. Había recibido una formación muy meticulosa sobre cómo arreglar las averías más habituales, pero esperaba fervorosamente que no le hiciera falta aventurarse con el motor.

Su controlador fue el que le consiguió el coche hacía años, mientras que ella se ocupó del granero. Ni a él le había dado su localización. Agneta estaba convencida de que había que tener tanto cuidado con los que te pagan el sueldo como con tus adversarios.

Pero ¿a nombre de quién estaba el coche? No tenía ni idea. Al suyo no, y tampoco estaría al nombre de su controlador. Cuando lo adquirieron, los ciudadanos extranjeros no podían ser propietarios de coches en Suecia. ¿Quizá él tuviera una identidad sueca falsa? De todos modos, no podía tratarse de su nombre real. Sintió una curiosidad repentina por la identidad de su controlador, tal vez porque, ahora que había muerto Stellan, él era la persona que más tiempo había formado parte de su vida, aunque llevaran más de un cuarto de siglo sin tener contacto. Después de todo, el coche era un vínculo físico entre los dos. Pero ¿quién era el propietario?

¿Sabría siquiera que era suyo? Si Agneta atravesara un peaje, ¿a quién le llegaría el aviso de pago?

La curiosidad se apoderó de ella.

Sacó el móvil y escribió KOA879 en un mensaje. Se lo mandó al número 72503 de la Agencia Sueca de Transporte y recibió la respuesta de inmediato.

No habían retirado el coche de circulación. Estaba registrado a nombre de Lennart Hagman, en Sollentuna.

¿Uno que colaboraba o uno que no sabía nada?

¿O una identidad falsa?

En realidad, daba igual.

Ahora.

Se alejó despacio del aparcamiento del supermercado y puso el intermitente derecho, hacia el puente, en dirección a la isla de Lovön y a Bromma.

Tras ella, un chico con un uniforme verde salió de la tienda con un par de carteles llenos de titulares. «Ekerö tiene los sueldos más altos» y «El mejor vino para el solsticio de verano» fueron sustituidos con la nueva tirada de «Muere Stellan Broman, asesinado en su casa».

16

MARTIN LLEGÓ A casa a las nueve. Temprano, para ser una noche de ensayo, y tampoco parecía que estuviera muy borracho. Apoyó su queridísima guitarra en el sofá y se acercó a Sara para darle un beso.

—¿Los niños están en casa? —le preguntó después.

—Olle está en su cuarto. Ebba se ha ido a una fiesta de chulos y putas.

Sara miró a Martin para ver cómo reaccionaba.

No reaccionó.

—Chulos y putas —repitió cuando él se sentó en el sofá frente al televisor y alargó la mano hacia el mando. Se quedó parado y volvió la cabeza hacia Sara.

—En mi época no teníamos cosas así, desde luego.

—Martin, ¿has oído lo que acabo de decirte? Nuestra hija se ha ido a una fiesta en la que todo el mundo cree que es divertido ir disfrazado como prostitutas.

—¿Y?

—¿Se te ha olvidado en qué trabajo?

—Pues claro que no. —Se quedó sentado con el mando en la mano.

—¿Y te parece bien que adolescentes se vistan de chulos y putas y crean que es superdivertido?

—No, bien no me parece. Pero es que la realidad es bastante atroz.

—Qué bien que me escuches y repitas todo lo que digo.

—¿Cómo? No estoy repitiendo lo que dices. Creo que es horrible. No sé cómo lo aguantas. Pero haces una labor increíble. Sin ti, las chicas estarían a merced de esos pervertidos.

—No se trata de mí, sino de toda la sociedad. De que nuestra hija y sus amigos están ayudando a difundir una imagen de la prostitución que permite que esta mierda continúe. Y de que se están formando una idea equivocada. Quién sabe, lo mismo alguien en la fiesta piensa que prostituirse está genial, y que podría ser un buen ingreso extra. Que lo del sexo es divertido y ya está. Y así empiezan. Y se destrozan la vida. Martin, imagina que tu hija pensara así. Que prostituirse en realidad no parece tan peligroso.

—No. Ebba no.

—Pero si es otra persona, ¿está mejor?

—Vale —dijo Martin soltando el mando a distancia—. ¿Qué quieres que haga?

—Acaba con la prostitución.

Martin suspiró. Después se irguió un poco más y se giró hacia Sara.

—Con Ebba. ¿Hablo con ella?

Le acarició la mano y la miró a los ojos.

—¿Crees que servirá de algo? —dijo ella.

—No tengo ni la menor idea. Pero estás enfadada. Crees que he hecho algo malo.

Sara retiró la mano.

—Tú no. No seas tan egocéntrico. Es el mundo entero el que está mal. Y me repatea que nuestros hijos vayan a salir dentro de nada a ese mundo y que no podamos protegerlos.

—Estamos de acuerdo. Es una mierda.

—Y no quieren que los protejamos. Quieren arreglárselas solos. Sé que es perfectamente normal, pero lo detesto. Se van a encontrar con un montón de idiotas. Cuando busquen trabajo, cuando salgan de fiesta, cuando vayan de viaje. No tienen ni idea de lo asquerosa que puede llegar a ser la gente. Y no tiene por qué tratarse de asesinos o violadores. La sola idea de que alguien pueda comportarse mal con uno de mis hijos me sube la adrenalina.

—Ya...

Se quedaron callados. No estaba consiguiendo nada. Tal vez él se sintiera igual.

—Pon la tele —dijo Sara, y vio que Martin le hacía caso rápidamente. La pantalla gigante se encendió y él cambió a su canal preferido.

Deportes.

Dios mío.

Se tumbó en el otro extremo del sofá y decidió que lo mejor era dejar de pensar. En la televisión había tres comentaristas deportivos haciendo distintas estimaciones de lo que ocurriría en alguna liga tediosa de fútbol y cuánto tiempo pasaría herido algún jugador nada interesante. Martin escuchaba con atención.

Sara contempló a su marido y se preguntó qué fue lo que la enamoró.

Él era el más guapo y el más conocido del instituto, así que en ese sentido fue un partidazo. Sara había ganado. Una chica de Vällingby consiguió al chico más admirado de Bromma. Un *Dirty Dancing* inverso. Aunque cuando empezaron a salir ya no iban al instituto. Sara ganó, pero a destiempo. ¿Y qué se hace con un premio cuando se gana? ¿De qué sirve un trofeo? Era como pasarse varias horas luchando hasta conseguir pescar un lucio impresionante y darte cuenta después de que te apetece más una ensalada.

Aún era guapo. Incluso muy guapo, de una forma juvenil. Alto, de ojos castaños y con una sonrisa encantadora. Pero por algún motivo el encanto le resultaba aniñado de más. No había madurado mentalmente, si Sara era totalmente sincera. Seguía con una media melena, la banda de aficionados y las cervezas con los muchachos. Encantador para un chico de veinte, un poco lamentable para un hombre de cuarenta y seis años.

¿Qué tenían en común ella y Martin actualmente? Los niños. No compartían intereses, no había vida sexual ni nada que se le pareciera. Martin le había dicho que cuando ella se desahogaba gritando lo repugnantes que eran los hombres, él también se sentía repugnante. No podía comprender que Sara necesitara tener relaciones sexuales dignas de tal nombre como contrapartida, después de todo lo que veía en las calles y en las casas de citas.

Sara no quería que se limitaran a ser padres o amigos. También deberían ser una pareja. Que se acostaban. Que querían acostarse.

Martin decía que cada vez estaba más y más enfadada y que eso no lo llevaba precisamente a querer seducirla. Pero a ojos de Sara eran dos cosas distintas. Pues claro que estaba enfadada. Era muy fácil decir que no había que llevarse el trabajo a casa, pero muy difícil ponerlo en práctica.

Sara vio que fuera estaba oscureciendo. Y un segundo después se quedó dormida.

17

—*HALBSTARK! OH BABY, baby, Halbstark. Oh baby, baby, Halbstark.*
—*Halbstark nennt man sie!*

Ya estaban los suecos otra vez. Se ponían como una cuba cada noche, dormían hasta la hora del almuerzo, de modo que cancelaban todos los planes por la mañana y Tomcat tenía que inventarse excusas poco convincentes para todos los que habían colaborado. Luego, hacia la tarde, se recuperaban despacio, con náuseas y el cuerpo flojo. Pero después del primer sorbo de Bitburger volvían a ir a toda pastilla.

Llevaban una semana de visita, dos estudiantes de la fraternidad Södermanland-Nerike de Uppsala, en otra con la que estaban hermanados, la Burschenschaft Arminia de Marburgo. Un tipo con pintas de militar de dos metros con la cabeza rapada y ojos de cansancio, y un bromista flaco e histérico con muchísimos productos en el pelo.

Cuando al fin salían de la cama por la tarde, la mayoría de los días querían irse al Kneipen a tragar cerveza, lo que siempre acababa mal. Montaron tal juerga en la vieja bolera del sótano que puede que fuera imposible restaurarla a su estado original.

Exigieron que se les permitiera probar un combate de *Mensur* y publicaron fotos en redes sociales, con el resultado de que el presidente de la hermandad puso de vuelta y media a Tomcat y le dijo que había estropeado la buena reputación de la asociación de estudiantes.

Y se presentaron en el club de moteros Bremsspuhr con gorros de graduación y la policía tuvo que acudir para calmar los ánimos. Mientras los suecos se reían y bromeaban.

Para colmo, dieron un discurso ininteligible en la celebración de la primavera chapurreando alemán mezclado con inglés y sueco. Hablaron sobre algo de la juventud, la hospitalidad y el *Lebensraum*. Aderezado con las palabrotas alemanas que habían ido aprendiendo a lo largo de la semana. Los antiguos alumnos no entendían quiénes eran aquellos dos o qué hacían allí, pero se negaron amablemente a brindar cuando los oradores terminaron. Y luego presenciaron cómo los suecos se bebían una botella de Sekt cada uno y la estampaban contra el suelo de piedra.

Y ahora estaban de viaje, ya que los estudiantes de Arminia atendían como era debido a sus invitados. Tomcat y Peter habían tomado prestado el coche del padre de este, y en el reproductor de CD había un antiguo disco de Die Toten Hosen, los héroes del punk alemán, *Never Mind the Hosen – Here's Die Roten Rosen*. Un álbum que grabaron para divertirse, en el que la banda hacía versiones punk de canciones populares alemanas. Los suecos se habían vuelto locos con el disco y llevaban todo el viaje poniéndolo sin parar mientras berreaban las letras.

Und sowas nennst du nun Liebe.
Und sowas nennst du nun Liebe, my Girl.
La-la-la!

El hedor a resaca y pies sudados se mezclaba con el olor a las cervezas recién abiertas. «Tercer día encerrados en un coche con dos imbéciles», pensó Tomcat, que era el alias de Thomas.

El tipo con pintas de militar solo hablaba de campos de concentración, de que Rommel en realidad era un soldado brillante y de que el fabricante de hornos se llamaba Topf & Söhne. No resultaba muy interesante salvo que fueras... idiota.

Después de las fiestas de estudiantes en Heidelberg y Bonn, visitaron un viñedo en Tréveris y ahora iban de camino al pueblo natal de Tomcat, Hattenbach, porque cuando planeó el viaje pensó que los suecos quizá quisieran conocer a jóvenes alemanes de a pie. Después de aquella semana le había quedado claro que sus invitados o se morirían de aburrimiento o sacarían de quicio al pueblo entero, pero ya era demasiado tarde para arrepentirse. La madre de Tomcat estaba ya enfrascada en prepararles la cena a todos. Tardaría varios años en perdonarle a Thomas la que le esperaba. Y, como si no bastara con las bravuconadas de borracho de los suecos, empezaron a hacer chistes con el nombre de Hattenbach en cuanto lo oyeron por primera vez. Al parecer, el principio del nombre significaba «sombrero» en sueco, y «estar en el sombrero» era una expresión sueca para decir que estabas borracho. A juzgar por las carcajadas histéricas de los suecos, era lo más gracioso que se había dicho en la historia, pero Tomcat no le veía la gracia por ningún sitio.

Pero lo peor eran los gritos absolutamente desafinados.

—*Alle Mädchen wollen küssen, und von der Liebe alles wissen...*

—Se acabó —dijo Tomcat apagando la radio.

Por Dios. Él también tenía resaca. Llevaba una semana cargando con los borrachos de los suecos, disculpándose a los antiguos miembros de las Burschenschaft, todos doctores, directores y ministros. Y la oportunidad de conseguir un trabajo a través de la red de contactos de Arminia se había desvanecido ante sus ojos.

Parecía que todos pensaban que aquel espectáculo era culpa suya.

Y lo único que había hecho había sido ofrecerse como voluntario cuando supo que Arminia recibiría a dos estudiantes de la fraternidad con la que estaban hermanados en Suecia. Él no eligió a los que vendrían de visita.

Y ahora le palpitaban las sienes.

Una noche más. Luego regresarían al hermoso castillo en la ladera de la montaña de Marburgo para una cena de despedida y después se marcharían a su casa.

Tomcat pensaba pasarse dos semanas durmiendo.

Por lo menos.

Le traía sin cuidado el examen que tenía ese jueves. De todos modos, no había estudiado ni un segundo durante la semana. Podía darse por satisfecho si no terminaba con un daño cerebral permanente. Los estudios no eran importantes en ese momento, lo que importaba era sobrevivir.

—*Play Halbstark again* —chilló el chico del peinado.

—No —respondió Tomcat—. *No more Hosen.*

Pero si esperaba un poco de paz y tranquilidad, se desengañó, porque en ese mismo instante los suecos empezaron a gritar la canción de Arminia:

—*Felsenkeller, Felsenkeller, lustige Heimaaaaaat...*

—*Do you know* —dijo el coloso de dos metros inclinándose hacia Tomcat y Peter, que iban en los asientos delanteros— *in Swedish* «Heimat» *sounds like* «hajmat», *shark food.*

Cuando oyó la ruidosa carcajada de idiota que soltó el grandullón, Tomcat quiso morirse.

Y así fue.

Apenas les quedaban unos kilómetros para llegar a Hattenbach cuando la calzada explotó bajo los cuatro estudiantes resacosos. El estallido sacudió el suelo, les reventó los tímpanos y se oyó a varios kilómetros de distancia.

El coche del padre de Peter reventó en mil pedazos y los cuatro cuerpos quedaron destrozados. De una forma implacable y brutal, como si lo hubiera hecho un carnicero descuidado. La piel ardía y estaba lacerada por la onda expansiva y el calor. Los dedos y los rasgos faciales habían desaparecido por completo.

Los trozos de cadáver y los restos retorcidos y ennegrecidos del coche volaron por los aires a decenas de metros de altura antes de que todo volviera a caer como una lluvia sobre el suelo: asfalto, chapa y sangre.

En el otro carril, dos coches que iban en dirección opuesta salieron despedidos al mismo tiempo, pero se encontraban más lejos de la detonación. Los lamentos y los gemidos de los moribundos se estuvieron oyendo durante casi media hora.

Después se hizo el silencio. El silencio total.

18

La torre blanca se alzaba como un faro en aquel entorno rural. Pero un faro muy dentro de tierra firme. Como si el mar se hubiera retirado y hubiera dejado una señal de advertencia que ya no tenía nada que advertir.

Agneta no tenía ni idea de que hubiera tantísimo bosque y espacios naturales en partes céntricas de Estocolmo. Aunque había pasado la mayor parte de su vida en la capital, nunca había estado en las zonas de Norra Djurgården o de Stora Skuggan. Había oído los nombres y sabía que quedaban en alguna parte entre el parque Djurgården, la universidad y el archipiélago, pero no terminaba de hacerse una idea mental del mapa. Nunca había llegado a comprender cómo estaba organizado geográficamente. Ahora que se encontraba ante la torre le parecía como de cuento.

Pero allí estaba, era real.

Sintió el peso de la Makarov contra el muslo mientras subía a pie hacia la casa de la torre desde la parte de atrás. Había aparcado el coche bastante lejos, en la nueva ciudad de piedra que había crecido en apenas unos años por los límites del parque nacional de la capital.

Un asesino más joven quizá se habría asegurado de cambiar el arma para que no lo atraparan con una pistola que se podía asociar a varios cadáveres. Pero a ella le daba igual cuántos asesinatos le pudieran atribuir o que la pena se endureciera. Lo único que le importaba era encontrarlos y eliminarlos a todos.

Cualquier otra cosa era un fracaso.

Si lo conseguía, la policía ya podía detenerla. O más bien uno de los servicios de inteligencia.

Le habían prometido ayuda si la atrapaban, pero no contaba con ello. No en su profesión, y desde luego no después de tantos años.

Claro que la idea de pasarse el resto de su vida entre rejas no le afectaba demasiado. Acababa de liberarse de una prisión eterna, que la metieran en otra no supondría ningún cambio. A diferencia de su yo joven, ahora comprendía perfectamente que podía fracasar y que la atraparan o la mataran. La sensación de inmortalidad de la juventud había desaparecido hacía largo tiempo. Lo había sustituido el realismo de la experiencia.

Y, al contrario que entonces, en realidad ya no tenía ninguna vida que perder. Era demasiado mayor. Además, a diferencia de tantos otros, ella sí que había tenido un propósito en la vida, una verdadera vocación. Era la decisión que tomó una vez y que había seguido manteniendo. Ahora y siempre.

A pesar de no estar segura de si sería capaz de completar su misión, se alegraba de que la conversación telefónica hubiera tenido lugar al fin. De que no le hubiera dado tiempo a morir antes de que ocurriera aquello para lo que la habían entrenado. Como si el príncipe Carlos se muriera antes de haber sido rey. O como si Christer Fuglesang, el primer astronauta sueco, nunca hubiera viajado al espacio.

La cuestión ahora era: ¿forzaría la cerradura o se limitaría a llamar? Él esperaba un mensaje, pero no sabía si confiaba en ella. Si no lo veía claro y había preparado algún tipo de trampa, no estaría mal sorprenderlo.

¿Y si tenía perro?

Esperaba con todas sus fuerzas que no lo tuviera. Le encantaban los perros, pero no tendría otra opción si aparecía uno. Solo dispararle. Ya no se atrevía a confiar en las técnicas silenciosas, no estaba segura de que hubieran funcionado nunca. No había nada que le garantizara que sus instructores de combate cuerpo a cuerpo no fueran asesinos de escritorio. Nadie le había hablado de ningún encargo o misión en el que le hubieran resultado de utilidad esas habilidades. No le sorprendería que los servicios de inteligencia y las agrupaciones clandestinas tuvieran su partida de mentirosos habituales excesivamente entusiastas. Desde luego, IB estaba lleno de *amateurs* enfadados.

Cuando vio que había una vieja cerradura de seguridad de las de toda la vida le resultó fácil decidirse. La abriría con la ganzúa y entraría a hurtadillas.

Qué injusto que la gente que vivía así de bien además estuviera tan a salvo de los robos que no necesitara adquirir una cerradura en condiciones.

Como tantos años atrás, invirtió varios minutos en abrir del todo la puerta. Milímetro a milímetro, fueron apareciendo unas escaleras que serpenteaban a lo largo de la curva pared exterior hacia la parte superior del edificio. Y en las escaleras se encontraban las puertas que daban a los distintos apartamentos de varias plantas, como si subieran enroscándose hacia el cielo. Era un edificio singular.

Subió las escaleras con la misma lentitud y cuidado con los que había abierto la puerta. Colocaba el pie en el borde del peldaño, lo apoyaba despacio, muy despacio, y después aumentaba la presión hasta que podía apoyar el peso del cuerpo en el pie. En cada peldaño tardaba medio minuto.

Las escaleras seguían subiendo, pero en la primera planta se colaba el brillo de una luz cálida por el resquicio de una puerta y se oía música clásica al otro lado.

Se inclinó y miró con el rabillo del ojo hacia arriba, pero las plantas superiores estaban a oscuras. Debería haber consultado los planos del edificio en la oficina de urbanismo. Pero su tapadera perfecta como mujer de Stellan Broman tenía la desventaja de que la podían reconocer en casi cualquier sitio si se encontraba con alguien de más de cuarenta. Y si un pobre funcionario ojeroso leyera que habían encontrado a un hombre muerto en una casa cuyos planos ella había investigado, seguro que la policía llegaría a saberlo. Se imaginaba que el servicio de inteligencia y el contraespionaje suecos eran más profesionales actualmente. Que sí que podrían sumar dos y dos.

No merecía la pena arriesgarse.

Le llevó tres minutos bajar el picaporte. Cuando se abrió el primer milímetro de la ranura de la puerta, subió el volumen de la música. Mahler, parecía. Si no se estaba confundiendo. Tiempo atrás se conocía al dedillo a todos los grandes compositores y sus obras principales, así como las mejores anécdotas sobre la concepción de las obras. La música, la literatura, el arte —una educación clásica, aunque impartida mecánicamente— se habían convertido en herramientas sorprendentemente eficaces en su actividad.

No estaba acostumbrada a divagar de esa forma, y por desgracia era peligrosísimo. Mientras soñaba con el pasado, dejó de centrarse en el presente y empujó la puerta demasiado rápido. En el mismo momento en el que se dio cuenta de su error, vio al hombre en el sillón.

Kellner.

Que se estremeció al percatarse de la presencia de la intrusa, y para sorpresa de Agneta, apuntó con un revólver en su dirección. Levantó enseguida la pistola en un gesto reflejo y apretó el gatillo.

Ella se le adelantó, así que el disparo del hombre acabó en el techo. Él soltó un grito y cayó hacia atrás en el sillón.

Al menos esa parte no se le había olvidado. El reflejo de disparar sin pensárselo si su cuerpo reconocía un peligro.

Pero el ruido del arma del hombre la había asustado. No porque no estuviera acostumbrada a los disparos —apenas habían pasado unas horas desde el último—, sino porque estaba muy centrada en entrar a hurtadillas y no hacer ruido. Había calibrado el oído para identificar ruidos mínimos, con lo que el pistoletazo tuvo un efecto descomunal.

Alzó el brazo y le apuntó con el arma mientras se acercaba. Le quitó el revólver de la mano y se lo guardó en el bolsillo. Un Smith & Wesson Snub Nose 38. Una elección extraña.

—¿Quién te envía? —preguntó el hombre.

Agneta no respondió.

—¿Cuántos han muerto?

Le siguió la mirada hasta el portátil que descansaba en la mesita. La portada del *Aftonbladet,* el periódico de tirada nacional. «Muere Tío Stellan, asesinado en su casa.»

Ya lo habían descubierto. Mierda.

Ojeó el texto.

«Lo ha encontrado su hija.»

Mierda, mierda.

¿Sabrían sus nietos que se había muerto el abuelo? ¿Se lo habrían contado ya Lotta y Malin? Por suerte no tenían una relación muy cercana con Stellan. Pero ¿dónde creerían que se encontraba ella? Su querida abuela. Sintió una punzada en el corazón al pensar que quizá los niños estuvieran preocupados por ella.

—¿Qué quieres? —dijo el hombre que había recibido el disparo—. ¿Eres…? ¿Qué es lo que sabes? ¿O es que también van a por ti?

Era evidente que la había reconocido como la mujer de Stellan. Pero no parecía que se hubiera imaginado que ella pertenecía a su mundo.

—Tengo que saberlo —dijo Agneta.

—Yo no le he disparado, si es lo que piensas —contestó él. Pero eso Agneta ya lo sabía.

—Los códigos —dijo—. ¿Dónde os vais a ver?

Él se limitó a mirarla.

Claro, ¿por qué iba a ser él más débil que ella? Misma generación, misma motivación ideológica, misma entrega.

A la espalda del hombre las paredes estaban cubiertas de discos, en lo que debían ser estanterías de obra. Cientos, si no miles, de horas de música clásica reunidas allí.

¿Quién escuchaba CD hoy en día?

Lo volvió a mirar. Era evidente que le dolía la herida de bala, pero en su rostro no había nada que indicara que se hubiera rendido.

Kellner.

Había sido uno de los nombres tapadera clave durante décadas, y ahora las siete letras tenían también cara. Una cara envejecida. Curtida pero débil. Con la coronilla desnuda y un cerco de pelo blanquísimo debajo. Acuosos ojos azules que parpadeaban con una frecuencia irritante. El anciano tenía el cuerpo ligeramente inclinado y llevaba unos pantalones demasiado altos ajustados por encima de la cintura. Camisa a cuadros de manga corta y uñas bien recortadas.

Un hombre mayor.

Cuando se mudó a la torre blanca, ¿llegó a pensar que alguien como ella se presentaría allí pistola en mano?

Agneta Broman. Una figura totalmente secundaria para él. Pero con el poder de decidir sobre su vida. El castigo por sus trágicas elecciones del pasado.

—¿Qué instrucciones tienes? —dijo ella.

—¿Para qué?

—Si activaban la red.

—Ninguna.

Le asestó un golpe con la culata. No tenía tanta fuerza como antes, pero la culata de una pistola siempre hace daño.

El hombre soltó un grito.

La sangre que le brotaba de la boca le bajaba por la barbilla, y le goteó en la camisa de cuadros. Parecía tan enfadado como sorprendido.

—Debía esperar órdenes —dijo cuando el dolor se alivió—. Estar preparado.

—¿Para qué?

—No lo sé.

Ella volvió a golpearlo. Él volvió a gritar.

—¿Dónde ibas a ver a Suleiman?

—¿A quién?

—A Abu Rasil.

—No lo sé. Lo único que tenía que hacer era esperar las instrucciones.

Había arrancado a hablar. Seguramente habría bajado la guardia.

—¿Dónde están los códigos? —dijo Agneta.

—¿Qué códigos?

Sacó la pistola, apuntó y le disparó en la rodilla derecha. El hombre soltó un alarido de dolor y respiró con dificultad al tiempo que se revolvía en el sillón. Mientras tanto, ella encendió la televisión y fue pasando de canal hasta que dio con una película de acción con armas y muchos gritos. Subió el volumen a base de bien. Esperaba que nadie llamara a la policía. Después volvió a Kellner y lo abofeteó.

—¡¿Qué códigos?! —chilló desesperado—. ¡No sé de qué códigos me estás hablando!

—Última oportunidad —dijo Agneta colocándole la boca de la pistola contra la otra rodilla.

—¡No, no, no! ¡Que no lo sé! ¡Que no lo sé! Quédate con mi dinero. Tengo cien mil coronas en el banco. ¡Quédatelas!

Lo miró profundamente a los ojos y solo vio pánico. Ningún secreto. Mientras tomaba la única decisión posible, metió la mano en el bolsillo y palpó.

¿Debería enseñarle lo que llevaba ahí?

¿Debería enterarse de por qué Agneta hacía lo que hacía, por qué él debía morir?

No.

Estaba construyendo un mundo que él jamás conocería.

Movió la pistola de la rodilla a la frente y apretó el gatillo. La cabeza se estremeció, pero el cuerpo se quedó en la misma posición en el sillón. Después le disparó otra vez a la cabeza por si acaso, pero el hombre apenas se movía ya.

No, no sabía nada de los códigos.

Mierda.

Pero no podía dejarlo con vida.

Se consoló con que lo que le había hecho ella no era nada comparado con el trato que habría recibido si los otros lo hubieran atrapado.

Sea como fuere, ahora había una persona menos que conocía la verdad.

Dos eliminados, dos pendientes.

Entonces vio unos destellos de luz en la habitación. Fue corriendo a la ventana y se asomó. Se imaginó lo peor y vio que sus temores eran fundados. Un coche de policía con las luces encendidas. El sonido de los pasos en la gravilla, una puerta abriéndose y voces. Después más pasos y el timbre de la puerta de abajo.

¿Qué debía hacer?

¿Quedarse quieta y esperar?

No había hecho ningún reconocimiento para localizar posibles vías de escape, no había pensado en eso. Qué tonta. Una tonta vieja y decrépita.

¿Se volverían a ir? El sonido de la televisión justificaría el primer disparo. Supuso que los vecinos habían llamado inmediatamente, puesto que la policía ya estaba allí. Pero si oían la televisión encendida y nadie les abría, quizá se vieran obligados a forzar la puerta. Y por muy bien que la hubieran preparado en el pasado, no la seducía nada la idea de meterse en un tiroteo a su edad con policías jóvenes en un espacio cerrado.

Pero no le quedaban muchas opciones.

Lo mejor era tratar de sorprenderlos.

Volvió a bajar con sigilo las escaleras, se quedó junto a la puerta exterior de la planta baja, levantó la pistola y la apuntó directamente a la puerta, a la altura del pecho.

Lo policías volvieron a llamar. El sonido de la televisión llegaba sin problema desde arriba. ¿Intentarían entrar o se marcharían?

El desenlace era incierto, y no podía poner en peligro su misión. Entonces tuvo una idea.

Volvió a subir las escaleras en silencio y vio que Kellner también conservaba el teléfono fijo. Probablemente solo los antiguos espías los conservaran.

Marcó el 112 y contó entre susurros con voz agitada que había alguien llamando a la puerta y gritando, y que estaba asustada porque su hermano, con quien estaba pasando unos días, no se encontraba en casa. Que no conocía a nadie en Estocolmo y que creía que eran ladrones. Dio la dirección y al cabo de un rato el operador le aclaró que se trataba de una patrulla de policías y que serían ellos los que estaban llamando. Agneta le dijo con voz aterrorizada que no pensaba abrirle a nadie, fuera quien fuera. Se aseguró de hacer la llamada cerca de la televisión, de modo que cuando el operador finalmente le preguntó qué era lo que sonaba, Agneta pudo decirle que era la tele.

La maniobra pareció funcionar, porque, transcurridos unos minutos, los policías se marcharon, seguramente maldiciendo a las viejas torpes que les hacían perder el tiempo cuando había crímenes de verdad que investigar.

Cuando los policías desaparecieron, cambió de canal, de la película de acción a las noticias, y no tuvo que esperar más que unos minutos para que hablaran sobre la muerte de Stellan. Su carrera, su trágico final, el aumento de la violencia.

La inocencia perdida de Suecia, el Estado del bienestar en descomposición.

Apagó el televisor.

Creía que contaba con varios días antes de que encontraran a Stellan, pero ahora debía tener en cuenta que podía llamar más la atención. No la habían mentado en las noticias, con lo que la policía estaría manteniendo su desaparición en secreto. La cuestión era qué pensaban.

Se dirigió a la cocina y buscó unas tijeras. Se plantó delante del espejo y se quitó el maquillaje. Kellner solo tenía jabón, pero tendría que servirle. Después alzó las tijeras, se inclinó sobre el lavabo y se cortó la melena, mechón a mechón, hasta que apenas le quedaron unos milímetros de pelo.

Una persona completamente diferente la miró a los ojos desde el espejo.

Mayor, más dura.

Bien. Necesitaba ser otra.

En realidad, siempre había sido otra.

Recogió los restos de pelo, los echó al inodoro, tiró de la cadena y retiró los que quedaban en el lavabo con un poco de agua.

Fue hasta la puerta de entrada y se dio la vuelta.

Había terminado con Kellner, pero ahora tenía mucho menos tiempo para actuar con libertad.

Debía darse prisa con Ober.

19

SE DESPERTÓ A las tres de la madrugada. Martin la había tapado con una manta y Sara se había pasado la noche sudando con el calor estival, pero aun así agradeció el gesto. Quizá había intentado despertarla para que se fueran a la cama. Sara sabía que era prácticamente imposible hacerla reaccionar una vez se quedaba dormida en el sofá. Años atrás, Martin se sentaba a esperar a que se despertara lo bastante como para ponerse en pie y acompañarlo al dormitorio. Pero al final se dio cuenta de que podían pasar varias horas, así que ahora la dejaba dormir.

Sara se sentó y trató de interpretar el intenso malestar que sentía. Ebba.

Cuando vio en el móvil que eran las tres y que su hija de diecinueve años no había dado señales de vida después de esfumarse a la ciudad con poco más que ropa interior, le entró el pánico. Tampoco quería parecer demasiado preocupada por si Ebba seguía en la fiesta y todo iba bien, ni que pensara que no confiaba en ella.

Pero ¿qué fiesta de graduación se alarga hasta las tres de la madrugada de un lunes?

Le mandó un mensaje.

«¿Cómo vas?»

Después esperó.

Se levantó para lavarse los dientes y así tener algo que hacer.

Sin respuesta.

Hizo pis, se quitó el maquillaje, se cepilló el pelo.

Sin respuesta.

Otro mensaje. Más directo.

«¿Dónde estás?»

Tres minutos sin respuesta.

Entones la llamó. Y no contestó.

Y se preocupó de verdad.

Llamó a la central de emergencias, se presentó y preguntó si había entrado alguna agresión a una adolescente.

Nada del estilo.

Varios navajazos a hombres jóvenes. Peleas entre borrachos. Conducción imprudente.

Ninguna violación ni agresión a chicas.

Mierda, como Ebba simplemente estuviera demasiado borracha para oír el móvil se iba a…

Sara se contuvo. No podía ponerse a amenazar a Ebba para sus adentros antes de asegurarse de que todo iba bien. Pero con esa ropa… Debería habérselo impedido.

Volvió a llamar.

Esta vez la hija rechazó la llamada.

Sara se puso hecha una furia y le escribió un mensaje entero en mayúsculas:

«¡CONTESTA CUANDO TE LLAMO!»

Después cayó en la cuenta de que tal vez no fuera Ebba la que estaba rechazando la llamada. Ahí empezó a sentirse verdaderamente mal.

En el mejor de los casos podía ser alguien que le había robado el móvil y ella estaría de mala leche en cualquier sitio sin poder llamar a casa o pedir un taxi porque no tenía el teléfono. Pero en el peor de los casos quien hubiera robado el móvil también podría haberle hecho daño a Ebba.

Debía salir. Debía encontrar a su hija.

¿Dónde era la fiesta? ¿No tenía Ebba una invitación en su escritorio?

Sara volvió a marcar el número mientras se dirigía a su cuarto y otra vez Ebba le rechazó la llamada. O quizá fuera otra persona.

En el mismo instante en el que abrió la puerta del cuarto de Ebba, la vio dejar el móvil en la mesita de noche, darse la vuelta en la cama y empezar a roncar. Había rechazado la llamada porque estaba durmiendo. Y con la primera llamada ni tan siquiera se había despertado.

Estaba en casa.

La habitación apestaba a humo y alcohol, pero ahora mismo eso no importaba. No importaba nada. Porque Ebba estaba durmiendo con su camisón rosa. En casa. Segura.

Sara vio el corsé tirado en el suelo junto a las medias de rejilla y las bragas de encaje.

¿Su Ebba se había puesto eso? Incluso aunque fuera de broma le parecía muy raro. Independientemente de lo que pensara del tema de chulos y putas.

Su hija era mayor.

Tomaba sus propias decisiones.

20

—Las fiestas.

Sonrió para sí.

—Las fiestas son lo que recuerdo. Y toda la atención que recibías cuando viajabas por el país con Stellan. A veces había miles de personas agolpándose para verlo un segundo o incluso hablar con él, estrecharle la mano.

Después de lo último volvió a reírse, una risa ronca, como un graznido, que desató otro ataque de tos. Se llevó el tubo a la boca e inhaló.

Lelle Rydell, un viejo servidor fiel, guionista y una fuente inagotable de ideas. El compañero leal de Stellan Broman durante un par de décadas. Debía de haber sido bastante más joven que Broman, y al viejo trabajador de televisión ya jubilado y ahora enfermo terminal aún se le oía en la voz la admiración característica de un adepto *junior* cuando mencionaban a su antiguo maestro.

Era un apartamento de un dormitorio en uno de los edificios funcionales entre el tranquilo barrio de Ladugårdsgärdet y el parque Tessinparken. Sara se imaginó que habría vivido allí durante toda su vida en activo. Tenía entendido que ese barrio y el colindante, Östermalm, estaban llenos de antiguos trabajadores de la SVT, la televisión pública sueca, de todos los que conformaban la televisión de los sesenta y los setenta. Actualmente, la SVT entera vivía en Söder y en los suburbios del sur. Los llevaban en el autobús de la línea 76 como llevaban a los estudiantes de Estados Unidos en los sesenta.

—¿Sabías que el tío de Kissinger vivía en este edificio? —dijo Rydell.

La miró.

—Hasta el siglo xxi. Ponía «Kissinger» en el telefonillo. Y una vez, cuando estaba en Suecia, me refiero al sobrino, el ministro de Exteriores, apareció aquí un cortejo interminable de limusinas, coches de policía y motos para que visitara a su tío. Las escaleras y el patio de atrás eran un hervidero de agentes del Secret Service. Tenía que enseñarles mi carné de identidad para poder usar el ascensor.

Pues sí, parecía que llevaba mucho tiempo en el edificio.

—No lo sabía —dijo Sara, que no fue capaz de recordar qué tenía de especial Kissinger. ¿Algo de Nixon o la Guerra de Vietnam o las dos cosas? Sea como fuere, le sonaba el nombre.

Pero de quien quería hablar era de Tío Stellan.

Después de investigar un poco en internet y de varias llamadas había localizado al tal Lelle, que había pasado muchos años junto a Stellan. Hasta el momento no le había contado nada que pudiera ayudarle a resolver el asesinato. Pero sobre cifras de telespectadores, cartas de admiradores y quejas hipersensibles al comité de la radio que no conducían a ningún veredicto sí que había aprendido una barbaridad.

Y las fiestas.

—Cuéntame —dijo Sara.

Rydell se rio.

—Una vez alquiló el parque de atracciones entero para una fiesta de fin de rodaje. Y al año siguiente el zoológico. Y en otra ocasión, alquiló el museo Vasamuseet para una «batalla naval». Todo el mundo iba disfrazado de pirata y servían la cerveza directamente de los barriles. Creo que hasta el mismísimo rey estaba allí. Supongo que sería antes de que tuviera hijos.

—¿Había mucha gente influyente en las fiestas? ¿Políticos, ejecutivos?

—Todo el que fuera alguien. Y nosotros, los del equipo de redacción. Siempre cuidaba muy bien de sus colegas, en ese sentido era maravilloso. Otros cuando se vuelven famosos se olvidan enseguida de sus amigos y solo se mueven con otros famosos. Pero Stellan no. Dios, es que podía estar con un multimillonario y si pasabas por su lado te llamaba y te presentaba como si fueras un genio.

Casi se le llenaron los ojos de lágrimas.

—Era fantástico. Lo mismo estaba sentado en un sofá con un ministro y una estrella del deporte debatiendo sobre posturas sexuales.

Se rio, se provocó otro ataque de tos y volvió a respirar por la boquilla.

—Creo que hubo empate —prosiguió después—. Un voto para por detrás, otro para el misionero y otro para el sesenta y nueve, si no recuerdo mal.

Rydell volvió a quedarse absorto en sus recuerdos.

—La casa de Stellan era como un refugio. Era muy divertido ver a políticos electos, grandes artistas y altos ejecutivos desatarse. Aunque él nunca perdía el control. Nunca. Siempre vigilante, hablaba con todos y ayudaba a quien estaba demasiado borracho a que se montara en un taxi.

—¿Y su mujer también participaba?

—¿Agneta? Claro. Era una anfitriona excelente. Presentaba a la gente, se aseguraba de que tuvieras algo que beber. Se paseaba sonriendo y haciendo que todos se sintieran bienvenidos. Tanto Stellan como Agneta recordaban un montón de detalles sobre el resto. Te podían preguntar por tus hijos y tus nietos, tu mujer que estaba enferma y la cabaña de verano que ibas a pintar.

—¿Y Alemania del Este?

—¿Disculpa?

—¿Habló Stellan alguna vez sobre Alemania del Este?

—No.

Rydell parecía sorprendido.

—¿Nunca? —dijo Sara—. ¿Ni para bien ni para mal? ¿Le viene algo a la mente cuando hablo de Alemania del Este? ¿O la RDA?

—A veces teníamos invitados de allí en el programa. Cantantes. Puede que algún cantautor. Y, ah, sí, un autor que Stellan decía que debería ganar el premio Nobel. No recuerdo cómo se llamaba, así que supongo que no se lo dieron.

—¿Y en sus fiestas?

—¿Alemanes del este? Quizá. No lo sé. La mayoría eran suecos. Famosos y mujeres guapas.

—¿Era políticamente activo?

—En absoluto. Bueno, estaba muy comprometido con algunas causas. Se preocupaba por el más débil. Se indignaba ante las injusticias. Y… ah, sí, y también por la paz. Sentía un gran compromiso por la paz. Si es que eso se puede considerar política.

149

—¿La paz?

—Sí. Detener la guerra nuclear.

—Sí, CLARO QUE era una atracción. Ayudó a captar a mucha gente.

Marks Olle Boo tenía más de ochenta años, pero los ojos celestes le brillaban repletos de energía, a pesar de que le lloraban continuamente. Era bajito y encorvado, aunque parecía que luchaba con fuerza contra los estragos de la edad. Tenía una melena voluminosa y blanca que había empezado a ralear, pero en su momento se asemejaría a la de un león. Lo que le quedaba le caía en grandes ondas por los hombros. Llevaba unos pantalones caqui llenos de bolsillos a lo largo de las perneras, bolsillos en los que parecía que había cosas. Y una camisa de cuello mao a rayas azules y blancas. Los dedos se le veían huesudos, pero los movía constantemente en gestos expresivos.

Sara había estado leyendo y había descubierto que Boo era una de las principales figuras del movimiento pacifista. Un entusiasta que había inspirado a muchos y había encabezado cientos de protestas y acciones, al que la policía había arrestado decenas de veces y que había participado en innumerables debates y programas matinales. No parecía que necesitara dejar su ordenado apartamento en la zona de la Estación Sur de Estocolmo para mudarse a una residencia. Cientos de archivadores y miles de libros cubrían las paredes. Había un sillón con más libros amontonados al lado, en el suelo. A Sara le dio la impresión de que Boo no tenía aquellos archivadores solo como recuerdos, sino que trabajaba activamente con ellos. Y que continuaría siempre que pudiera.

—Se nos unieron un montón de «famosos» —prosiguió—. Hasse y Tage, Sara Lidman, había de todo. Y los belicistas trataban de empequeñecer la lucha por la paz precisamente despachándonos como un grupo de famosos. Como si a la cuestión le afectara que fueras un personaje público. —Boo se dio unos golpecitos en la sien con su huesudo dedo índice para indicar lo tonta que era aquella idea.

Sara recordó las ocasiones en las que había visto a famosos como los que Boo acababa de mentar en casa de los Broman, pero sin que hubiera una fiesta. Formales, pero de muy buen humor. Seguramente los activistas por la paz se reunieran en casa de Stellan, y Sara sintió que le encajaba una pieza del rompecabezas. De niña no comprendía qué estaban haciendo. Se comportaban de manera muy distinta a cuando iban allí de celebración.

¿No había estado incluso Palme alguna vez en una de aquellas reuniones no festivas? En ese caso, ¿se trataba de una expresión de simpatía o un encuentro informal para aplacar el tan difícilmente censurable movimiento pacifista?

—¿Conoce a Eva Hedin? —dijo Sara—. La investigadora.

—Tengo sus libros ahí.

Boo señaló la estantería.

—Un poco como una caza de brujas, me temo —dijo Boo—. Parece que está obsesionada con lograr que los criminales rindan cuentas, aunque no se haya cometido ningún crimen. Un Simon Wiesenthal a la sueca, pero sin el Holocausto.

—Ella ha señalado a Stellan Broman como informante de la Stasi.

—Sí, como espía incluso. Al menos esa es la impresión que da.

—¿Ustedes lo sabían?

—¿El qué?

—Que ayudaba a Alemania del Este.

—Su compromiso con la cultura alemana no era nada que él ocultara. Iba allí con frecuencia y participaba en festivales, ceremonias y en un montón de contextos oficiales. Le otorgaron medallas y cosas así, y creo que él lo apreciaba. Pero, aunque se pueda decir mucho de su faceta vanidosa, debo recalcar que amaba toda la cultura alemana. No distinguía entre este y oeste; para él eran el mismo pueblo. Y precisamente eso, que no se posicionara en contra de la RDA, fue lo que muchos se tomaron a mal. Los sesenta y los setenta fueron una época muy parcial, por no hablar de los ochenta. El bloque del Este era el mal y cualquier relación con ellos era perniciosa. Pero hoy esos mismos capitalistas ven con ojos muy diferentes a China. Tan comunista como la Unión Soviética o la RDA, solo que ahora se puede ganar dinero con la dictadura. Mucho dinero. Y de pronto dicen que los intercambios con esos regímenes son buenos para la democracia y la transparencia. Mira Estados Unidos: soldados procedentes de empresas privadas, vicepresidentes que son socios de fabricantes de armas, presidentes que se hicieron millonarios con el petróleo. Recibimos elogios de Chelsea Manning, la que filtró las irregularidades del ejército estadounidense, porque en Suecia le habíamos demostrado al mundo que se puede reducir el gasto militar considerablemente sin que pase nada. Pero no es una opinión que comparta todo el mundo. ¿Crees que es casualidad que de repente se estén publicando tantos libros sobre la amenaza que supone Rusia en la actualidad? No tienen ni para pagar las pensiones, pero planean ocupar Gotland. Al mismo tiempo que nosotros comerciamos con China y Arabia Saudí, no para ganar dinero, qué va, no, sino para promover la democracia y la transparencia. Claro que sí, ya vemos lo bien que ha salido. China no era tan totalitaria desde Mao, y en Arabia Saudí están encarcelando a mujeres continuamente. Apalean a homosexuales. ¿Quieres más té?

—No, gracias.

A Sara no le iban mucho las tisanas. Se lo había bebido por educación.

—Volviendo a Stellan —continuó. No era fácil lograr que Boo cambiara de tema de conversación—. Entonces ¿no cree que le pasara información a Alemania del Este?

—¿Qué información? Si un alemán del este le hubiera preguntado por la hora y él le hubiera respondido, habrían saltado un montón de buitres reaccionarios a gritarle que era un traidor de la patria. Seguro que contaba muchísimas cosas, como el buen anfitrión que era. Conocía a todo el mundo y le interesaba todo, así que claro que es posible que haya compartido información que desde un punto de vista meramente técnico se considerara secreta. Pero nunca hubiera contado nada que pudiera dañar el país. No era ingenuo. Aunque quería tratar a todos por igual. Lo que le contara a gente del este se lo podría haber contado a gente del oeste. Y seguro que lo contó, pero entonces no le importaba a nadie. Así era nuestra querida neutralidad. Nos sentábamos en el regazo de Estados Unidos y nos daba miedo tocar cualquier otro país. África, Asia, el bloque del Este. Todos eran malvados, a excepción del Tío Sam. Lo único que nosotros queríamos era tratar a todo el mundo igual. Por eso apoyamos incondicionalmente a los activistas por la paz de cualquier país, incluso los que estaban al otro lado del telón de acero.

—¿Entonces no era un espía?

Boo negó con la cabeza. Después tomó un sorbito de té.

—Era por la paz. No creo que apoyara el sistema de Alemania del Este. En absoluto. Decía lo que hiciera falta para ganarse el oído de los poderosos. Para poder influenciarlos luego. Veía las armas nucleares como una amenaza espantosa para toda la humanidad, y creía que podía hacer algo al respecto. Lograr que le prestaran más atención a Alemania del Este, que los aceptaran como un interlocutor en pie de igualdad, para evitar la guerra. Stellan era el menos belicoso de todos nosotros. Solo quería que todo el mundo estuviera contento.

Sara se quedó pensativa. Ese Stellan alegre era el que ella recordaba. El Tío Stellan público, el que veía la gente sueca. Y en casa el padre ocupado y distraído. Pero al Stellan más político lo había pasado por alto.

—¿Recibíais dinero de Alemania del Este?

Boo torció la mirada y la observó casi con los ojos entornados.

—Dinero nunca —dijo negando con la cabeza—. Sí que nos podían invitar a algún que otro viaje, pero solo a acontecimientos a los que habríamos asistido de todas formas. Festivales, manifestaciones, seminarios. El movimiento pacifista apenas tenía dinero y cada corona que nos pudiéramos ahorrar nos venía bien. Si hubiéramos ido a Estados Unidos para manifestarnos, habríamos dejado que los yanquis nos lo pagaran. Pero nuestras ideas no estaban a la venta. Nunca nos dejamos comprar.

—¿Solo viajes?

—Y puede que aportaciones para alguna manifestación, si íbamos a alquilar un gran recinto o algo por el estilo. Para cubrir el sonido y la iluminación. Para cubrirle el viaje a algún nombre extranjero importante. Todo lo que nos diera atención era bueno. Atención positiva, quiero decir. Montar escándalos no nos iba demasiado.

—¿Aportaciones para alguna manifestación?

—Sí. Queríamos llegar a la gente. No quedaba nada para que se produjera un desastre y queríamos salvar a tantos como fuera posible.

—Y esas aportaciones, ¿no eran en forma de dinero?

—No. —Boo estaba empezando a irritarse—. No era dinero que nos pudiéramos quedar. No era dinero con el que pudiéramos hacer lo que nos diera la gana. Cubría gastos específicos y dejamos claro que no debían esperar nada a cambio, porque entonces no habríamos aceptado ni una corona.

—Pero sí que aceptaron bastantes coronas.

—No sé qué edad tienes ni qué edad tenías cuando cayó el Muro. Pero no lo derribó la defensa espacial de Reagan. Fueron nuestros amigos. Los disidentes. Los que protestaban contra las armas nucleares al otro lado del telón de acero. Alemanes de a pie, amantes de la paz.

—Y precisamente de los opresores que ellos derrocaron aceptasteis vosotros dinero.

FRED DÖRNER MEDÍA dos metros de altura, tenía el pelo blanco y rizado y unas gafas diminutas. Con prominentes bolsas bajo los ojos. Vivía en un piso de un dormitorio en una planta baja, en Farsta, un distrito del sur de la ciudad. Una televisión de tubo, un sofá viejo de Ikea y la estantería atestada de biografías. Cuando hablaba de Stellan Broman algo se le encendía en la mirada.

—Me invitó a una de sus fiestas. Al principio me pregunté por qué, pero había otras personas de la Administración Pública, jefes de departamento y directores generales, así que pensé que estaba allí como representante de la parte más... académica de lo público. La verdad es que había una mezcla muy variada de gente.

—¿A qué se dedicaba?

—Trabajaba en la FMV, la administración de material de defensa. Con los sistemas armamentísticos de mayor rango.

—¿Y no era un asunto confidencial?

—Claro, pero como exiliado de la RDA y anticomunista devoto, me veían como alguien de fiar. Durante la Guerra Fría era muy importante tener enemigos en común.

—¿Qué pasó?

—Una… trampa de miel. Aprendí que se llamaba así. Te engatusan con sexo y después te extorsionan.

—¿Le sedujeron?

Dörner asintió.

—¿Stellan había contratado a una chica?

—A un chico.

—Vale. ¿Y después le chantajeó?

—Él no. Me buscó otra persona para decirme lo que harían con el vídeo si no empezaba a pasarles información. En aquella época, la homosexualidad era un tema delicado. Precisamente porque podían extorsionarte. Y yo caí justo en esa trampa…

—¿Y Stellan?

—Bueno, ¿tú qué crees? Lo organizó todo. Me invitó a la fiesta, contrató al chico para que me sedujera en la habitación donde había… instalado una cámara.

—Entonces, ¿les dio la información?

—No. Me negué.

—¿Y le mandaron la grabación a alguien?

—A mi jefe. El chico era de la Stasi, así que me despidieron. *Ohne Abbruch*. Sin indemnización por despido porque no había informado sobre mi orientación sexual. La que me había puesto en aquella posición tan… delicada.

—¿Qué hizo después? ¿Encontró otro trabajo?

—Taxista.

—¿Estaba enfadado con Stellan Broman?

—Estoy. Estoy enfadado con él. Incluso ahora que ha muerto. Cuando lo entierren voy a ir a escupirle a la tumba. Era un cerdo. ¿Sabes qué fue lo peor?

—No.

—Que el chico consiguió que por un instante me sintiera querido.

21

—No HACE FALTA que te preocupes —dijo Sara—. No estoy teniendo una crisis emocional.

—Le diste una patada. Cuando estaba tumbado.

—Me apuñaló con una navaja.

—Pero eres policía.

—Y los policías se ayudan entre sí. ¿O no?

David tenía la mirada fija al frente. Estaban vigilando un piso de
citas en un bloque lamentable cuyos propios vecinos llaman *The
Projects*, inspirados por las películas americanas.

Colosos deteriorados de color azul pálido, tan deprimentes que
llevaban a pensar que la visión del arquitecto incluía tráfico de drogas y prostitución desde el principio. Ese tipo de cosas nunca se
veían en los idílicos diseños que exponían en la biblioteca municipal
para vencer el escepticismo de la población local.

—No estoy enfadada porque hayas hablado con Lindblad —dijo
Sara—. Pero ya sabes lo manipuladora que es.

—No hablé con ella. Me lo sonsacó.

—Me lo puedo imaginar.

David seguía mirando al frente.

—Pero te puedes enfadar si quieres —continuó—. Ya estoy
acostumbrado.

Sara miró de reojo a su colega. En ese momento estaba muy
ocupado haciéndose el mártir, pensó Sara. Y entonces recordó que
había oído que David había testificado contra un colega cuando era
patrullero. Un colega que le había disparado en la espalda a un hombre que huía. Y al que habían expulsado por eso.

—¿Qué es más importante para ti? —le preguntó Sara—. ¿Detener a los desgraciados esos o a tus colegas?

David miró a Sara.

—Nunca voy a mentir para proteger a un colega que ha cometido
una agresión. Y después de toda la mierda que tuve que aguantar en
Malmö decidí que siempre diría lo que pienso.

—Eso está genial, David. De verdad. Imagina que pudieras ser tan directo y tan sincero con tu familia.

—¡Déjame en paz!

Sara se encogió de hombros.

—Vale. Pero a mí también me afecta. Tú te preocupas por cómo me siento, y yo me preocupo por cómo te sientes tú. Ya sabes, es más dañino reprimir las emociones, como haces tú, que dejarlas salir, como hago yo.

—Deja de agredir a los detenidos y te prometo que se lo cuento a mi familia.

—Maravilloso. Se nos va a quedar un mundo precioso.

Entonces Sara vio a un viejo conocido.

—No puede ser, qué narices. El Barón.

David siguió la mirada de Sara y vio lo mismo que ella.

Thorvald Tegnér, antiguo magistrado del Tribunal Supremo, era aún, a sus ochenta y nueve años, un cliente asiduo de las prostitutas de la ciudad, con una preferencia por las chicas más jóvenes. Un habitual que nunca trataba de disculparse, que nunca les imploraba a los agentes que lo detenían, ni se enfadaba ni trataba de huir. Lo confesaba en el acto, aceptaba la multa y la pagaba. Y al cabo de unas semanas volvía a aparecer en otro prostíbulo o en otro piso de *escorts*. Si lo pillaban con las manos en la masa, se retiraba de la chica y se quedaba de pie sin ápice de vergüenza mientras hablaba con los policías completamente desnudo. Sara no tenía ganas de que Martin envejeciera. El escroto ralo y colgandero y el vello púbico blanco no eran una visión agradable. Aunque quizá cuando llegara el momento le parecería que sí.

El Barón no era noble ni mucho menos, había recibido ese apodo por lo altivo que era. Hoy justo llevaba una bolsa de H&M, lo cual era un sorprendente guiño al pueblo llano para un esnob refinado como él.

—Nos lo llevamos. Da igual que no deje de hacerlo. Al menos sabrá que no nos rendimos.

—De acuerdo. Diez minutos para el despegue —respondió David.

Al cabo de unos momentos de espera, sonó el teléfono de Sara.

—¿Diga?

Había identificado por el tono de llamada que era Anna.

—Actualización —dijo su amiga, sin más saludo—. No hay huellas de la banda de ladrones en casa de los Broman. Nada de sangre, ninguna huella dactilar, ningún pelo. Las conexiones con la torre de telefonía también apuntan a que no fueron ellos.

—No me sorprende.

—¿Cuánto tienes sobre el tema de la Guerra Fría?

Ahora lo entendía. Sara se había preguntado por qué la llamaba precisamente a ella, que no formaba parte de la investigación, para informarla, pero en ese momento lo comprendió. Anna se había dado cuenta de que se había equivocado y quería comprobar la teoría de Sara. A pesar de todo, haberla llamado la honraba.

—Mucho. Te lo puedo enseñar, pero ahora no. Nos podemos ver dentro de unas horas.

—Vale. Llámame.

—*Yes.*

Colgaron, como se sigue diciendo, a pesar de que nadie cuelga ya el auricular.

—¿Qué dices? ¿Entramos?

David miró su reloj.

—Vamos allá.

David sacó uno de los móviles sin registrar que tenía el grupo y llamó al número que encontró en internet.

—Natasha —dijo una chica con acento del este.

—Hola —dijo David—. ¿Cuánto es? Estoy fuera. Solo tengo diez minutos.

—Ciento veinte por media hora.

—OK. ¿Qué planta?

—La cuarta. Hallman. El código es *twentyone twentyone*.

Se bajaron del coche, se acercaron a la puerta y metieron el código. Subieron en el ascensor a la cuarta planta. Era normal que un chulo subalquilara un piso de tercera o cuarta mano por un precio cinco veces más alto de lo habitual sin que el propietario supiera lo que estaba sucediendo. Después el chulo metía a todas las chicas que podía en el piso y lo convertía en un burdel.

Hoy por hoy no había ni matones ni tipos musculados vigilando a las chicas. Las bandas de traficantes las controlaban amenazando a sus familias. O les decían que iban a matar a su madre o secuestraban a sus hermanas y las ponían a hacer lo mismo que ellas. Y por lo general las chicas cedían. En parte era por eso por lo que rara vez querían colaborar con la policía, por el miedo de que le pudiera ocurrir algo a su familia en su país natal. Y allí la policía sueca no podía protegerlos.

Sara odiaba no tener una buena respuesta para cuando las chicas les contaban por qué no querían denunciar a los chulos o testificar contra sus clientes.

Se mantuvo a unos metros de David mientras él llamaba a la puerta, porque había una mirilla. Pero cuando abrieron, se acercó rápidamente, al mismo tiempo que su colega agarraba el picaporte, colocaba un pie delante de la puerta y enseñaba su placa.

—Policía —dijo en voz baja—. Vamos a entrar.

Y le hizo un gesto a la chica para que se quedara callada.

La joven que le había abierto estaba obviamente drogada y parecía asustada. No podía tener más de dieciocho años. Tal vez acabara de llegar y creyera que la policía en Suecia era como la de su país. Que corría el riesgo de que la violaran y le robaran sus ingresos.

—¿Dónde está? —susurró Sara—. *Where is he?* —repitió cuando vio que no le respondía.

La chica señaló una puerta cerrada del pasillo. Sara se posicionó y David la abrió. Al otro lado había una habitación vacía con las persianas bajadas y nada más que dos colchones en el suelo. Delante de ellos, una chica demasiado joven estaba de rodillas haciéndole una felación al arrugado Tegnér. Él la agarraba del pelo con fuerza y mantenía la otra mano unos centímetros por encima de la cabeza, como si estuviera preparado para soltarle una bofetada en cualquier momento. La chica no tendría más de quince o dieciséis años, llevaba el pelo en dos moñitos e iba vestida con unas medias rosas y una camiseta del mismo color con el mensaje *Daddy's girl*. A su lado, en el suelo, había un oso de peluche enorme, la bolsa de H&M y un recibo.

—Policía —le dijo Sara a la chica, que interrumpió la felación y miró a Sara y David con ojos ausentes. Durante unos segundos pareció insegura, pero después giró la cabeza y continuó con lo que estaba haciendo. Y el Barón le dio una palmadita alentadora y miró a Sara a los ojos mientras no dejaba de sonreír.

Sara se acercó y apartó a la chica. Después empujó a la chica hacia David y se volvió a por Tegnér.

—¿Cuántas veces van? ¿Cien?

—¿A que es guapa?

—Como tenga menos de quince años te vas a enterar.

—Tiene dieciocho. Lo tengo por escrito.

—Se ve perfectamente que no es así.

—A mi edad uno no ve la diferencia entre catorce y dieciocho, como te puedes imaginar.

Y le sonrió.

Lo más probable es que fuera verdad. Seguramente se librara con esa explicación. Sobre todo si el juez era alguien como él. Un hombre mayor, blanco, heterosexual y engreído. Siempre se mostraban muy comprensivos con sus justificaciones y sus excusas.

Tegnér tendría algún mensaje en el que la chica confirmara que era mayor de edad, y a sus años en teoría es difícil distinguir entre los catorce y los dieciocho.

Eso era lo que más le fastidiaba a Sara. Que los abusadores simplemente seguían haciendo lo mismo. Daba igual las veces que los pillaran sus colegas y ella.

Volvían a aparecer, sin más. Sonriendo felizmente.

David llamó a su contacto de los servicios sociales para que se encargaran de la chica. Sara sabía que eran ambiciosos y que hacían un buen trabajo, siempre y cuando las chicas estuvieran dispuestas a recibir ayuda. David ayudó a la joven a levantarse.

—Espera —dijo Tegnér—. No os la llevéis. Tendré que terminar primero.

Sara se volvió hacia él y vio cómo miraba a la chica con una sonrisa, mientras tiraba despacio del prepucio hacia delante y hacia atrás sobre el glande.

Tardó un segundo en comprender lo que estaba haciendo, era tan asqueroso que no pudo interpretarlo de primeras. Después, por puro reflejo, le asestó un puñetazo. Lo golpeó justo en la mandíbula, y oyó el crujido cuando el puño aterrizó.

22

Le dolían los nudillos, y David se negó a hablar con ella en el camino de vuelta a la ciudad, así que Sara tuvo tiempo de sobra para reflexionar sobre lo que acababa de ocurrir. Dos veces en tan poco tiempo. Pero, si era sincera, no podía decir que estuviera arrepentida. Tanto Vestlund como el Barón se merecían lo que les había pasado. Nadie más iba a pelear por las víctimas, de modo que ¿cómo podía estar mal lo que había hecho? Entendía muy bien el argumento de que los policías no debían ejercer la justicia por su cuenta y responsabilizarse de castigar a los criminales, pero cuando no había otra cosa que los controlara, ¿cómo iba a estar mal tratar de hacer algo?

¿Se lo contaría David a Lindblad? Puede. ¿Y qué pasaría entonces? Era difícil saberlo. Pero ¿de verdad que lo importante eran las consecuencias laborales que hubiera para ella y no que la sociedad se encontrara en el estado en el que se encontraba? Que, si acaso, iba retrocediendo lo que habían avanzado generaciones anteriores.

A medida que la rabia contra el Barón se iba disipando, el asesinato de Stellan volvió a asaltar sus pensamientos.

¿Un acosador loco, un ladrón sorprendido o un antiguo ciudadano de Alemania del Este al que le había destrozado la vida? ¿O habría algo más tras todo aquello?

Independientemente de quién fuera el asesino, con toda seguridad el motivo se podía conectar con el posible espionaje de Stellan. Era la única parte de su vida que podía explicar su muerte violenta. Los espectadores y los ladrones no iban por ahí pegándole tiros en la cabeza a una leyenda de ochenta años. O sea, la vía del espionaje.

Sara lo tenía claro.

En los extractos del registro que había podido consultar gracias a Hedin habían anotado los nombres de tres informantes del bloque del Este que nunca habían ido a la cárcel: tras los nombres en clave de Geiger, Koch y Kellner se escondían Stellan, un tal Stiller y un

Schulze. Como David conducía, Sara pudo dedicarse a buscar en internet. Y encontró una veintena de personas de una edad que podría encajar. ¿Quiénes serían? ¿Y sabrían ellos quién era Ober, el jefe de la red cuyo nombre Hedin no supo facilitarle? Si alguien había activado la red de espionaje, ¿no debería ser Ober? ¿Habría matado alguno de los tres a Stellan para ocultar algún secreto del pasado? ¿Habría amenazado Stellan con desvelar algo? ¿Cómo encontraría a los otros tres?

Le llevaría bastante tiempo tratar de localizar la respuesta por sí misma, sobre todo si debía hacerlo además de su trabajo habitual. Miró de reojo a David, que seguía con la cara larga, y llamó a Hedin.

—¿Qué Stiller y qué Schulze son? —dijo Sara en cuanto la mujer contestó.

—¿Cómo?

—Kellner y Koch. Apuntó que sus nombres reales eran Schulze y Stiller, pero hay decenas de hombres de esa edad con los mismos apellidos. ¿A quiénes buscamos?

—Sabes que no te lo puedo decir.

—Dígame solo dos nombres entonces, los que quiera.

Hedin no respondió, pero al menos parecía que se lo estaba pensando, puesto que no se había negado categóricamente.

—Si encuentro a las personas que son, es probable que también encuentre algo que le resulte interesante para su investigación. Le prometo que lo compartiré con usted si se da el caso.

Un largo silencio. Sara sabía que tenía a Hedin a punto de morder el anzuelo.

—Solo dos nombres, los que quiera. Eso no es punible.

—Hans —dijo Hedin—. Y Jürgen.

—Dígame una ciudad también, la que sea.

—Estocolmo. En Stora Skuggan. Y Tranås.

—¿Sabe a qué se dedican ahora?

—El de Tranås es cura. El otro se ha jubilado, era economista del Gobierno Civil, creo.

Sara colgó sin darle las gracias a Hedin y llamó a Anna. Había empezado a mostrar interés sobre la línea de investigación de la RDA. David miró a su colega de reojo. Seguro que se preguntaba qué estaba haciendo, pero si no quería hablar con ella, entonces podía hacer lo que quisiera.

—¿Diga?

Anna contestó con la misma concisión de siempre.

—Sé el nombre de dos de los IM. Quien haya disparado a Broman podría ir tras ellos también. O igual fue uno ellos el que lo hizo. Si no, puede que sepan algo importante sobre el asesinato.

—Vale. ¿Cómo se llaman?

—El primero se llama Hans Schulze. Vive aquí, en Estocolmo. En Stora Skuggan. Y el otro…

—¿Hans Schulze?

—Sí —dijo Sara, que se dio cuenta por el tono de voz que a su amiga le sonaba aquel nombre.

—Espera un momento. —Oyó el sonido de teclas—. Claro, con razón me sonaba. He estado mirando un montón de informes en busca de pistas, y ayer fue una patrulla a casa de un Hans Schulze.

—¿Ayer?

—Sí, justo ayer. Ayer por la noche. Alguien informó de un ruido, dijo que sonaba como un disparo. Así que fue una patrulla, pero al parecer solo se trataba de una señora mayor que tenía la tele demasiado alta.

—¿Hablaron con alguien?

—Espera… Solo con la hermana de Schulze, que se negó a abrir la puerta. Estaba asustada. De modo que se marcharon antes de que le entrara el pánico.

—Anna, ve cuanto antes. Nos vemos allí.

Sara colgó y miró a David.

—Te acerco —dijo él sin dirigirle la mirada. Parecía que continuaba enfadado, pero era obvio que aún había entre ellos algo de lealtad.

AL VER QUE nadie abría la puerta, llamaron a un cerrajero. Sara quería entrar trepando hasta una de las ventanas, pero Anna la detuvo. O había ocurrido algo o no había ocurrido nada. Que esperaran un poco no cambiaría mucho las cosas.

Sara aceptó a regañadientes. Y por supuesto el cerrajero tardó una hora en llegar y no tuvo el orgullo profesional de disculparse.

El cartero se presentó en la casa mientras el cerrajero estaba trabajando y Sara tuvo que enseñarle la placa para tranquilizarlo. Pero entonces el hombre quiso sacar fotos y colgarlas en Instagram, y Sara logró que cambiara rápidamente de opinión.

Una vez entraron en el piso, se encontraron al que suponían que era Schulze muerto en un sillón.

Le habían disparado.

No supo muy bien si era por una cuestión generacional o personal, pero el hombre no tenía pin en el móvil, así que Sara pudo entrar y mirar el historial de conversaciones inmediatamente. Una sola llamada el día anterior, y antes un par de llamadas a la semana. No era un gran conversador telefónico. Sara le pidió a Anna que comprobara el número y ella le respondió con una mirada de hastío.

—¿Crees que no se nos habría ocurrido? —le dijo.

Después volvió a llamar a Brundin, del Säpo, el Servicio de Inteligencia Sueco. Otra víctima mortal que era un antiguo informante, ahora seguro que le contaban lo que tuvieran. Pero Brundin se negó. No podía ni confirmar ni desmentir que tuviera información sobre un Hans Schulze, y por lo demás no hizo ningún comentario.

El pastor, Stiller, vivía a las afueras de Tranås, en la provincia de Småland, pero resultó que la localidad pertenecía a otra provincia, la de Östergötland, porque su iglesia se encontraba en el municipio de Ydre, al otro lado de la frontera provincial. Anna logró que la policía de Linköping enviara una patrulla con las luces azules encendidas y que prometieran concederle protección policial hasta que encontraran al asesino. Después de Schulze, se tomaron en serio la amenaza contra Stiller.

Luego Anna y Sara esperaron a los técnicos criminalistas.

—A Stellan y Schulze los mencionan como espías de la RDA en el libro de Hedin. ¿Qué te parece? —dijo Sara haciendo un gesto hacia el cadáver—. ¿Te crees ya que pueda estar relacionado con el espionaje?

Anna guardaba silencio. Lo que significaba que sí creía que Sara tuviera razón. Mientras esperaban a que llegaran sus colegas y se pusiera en marcha la maquinaria habitual, echaron un vistazo por el piso.

Era una casa extraña, en una antigua torre. Con estucado y suelo de madera. El edificio albergaba tres o cuatro pisos, con cada entrada en partes distintas de la torre y habitaciones a varias alturas. En ese, el dormitorio y el cuarto de baño estaban en la planta alta, y la cocina y el salón en la de abajo. En el dormitorio había una cama individual perfectamente hecha. Un radiodespertador en la mesita de noche. La cocina era espaciosa, con una mesa de madera muy amplia. A juzgar por el frigorífico y los estantes, allí no vivía ningún *gourmet*. Pudin de sangre, gachas de arroz, patatas, salchichas.

En el salón, las paredes estaban completamente cubiertas por estantes con CD de música clásica. El equipo de música seguía encendido. Linn, constató Sara. Martin era un audiófilo y ella lo había acompañado a la feria Hi-Fi varias veces, así que controlaba un poco del tema. Linn era una marca de expertos. Cara. Pero no había nada más en la casa que fuera lujoso, de modo que parecía que la música y el sonido eran el único vicio del difunto. Había muchos discos de Deutsche Grammophon, de todos los grandes compositores y de muchos de los que Sara nunca había oído hablar. Sea como fuere, ahí había una similitud con Stellan, el amor por la música clásica. No había demasiada gente de la generación de Sara con el mismo interés.

A aquel melómano llamado Schulze le habían disparado en la rodilla, además de los tiros letales de la cabeza. La herida de la rodilla suponía una diferencia con el asesinato de Stellan. Como si el asesino hubiera tratado de sonsacarle información a Schulze. ¿Lo habría conseguido? ¿Quién querría muertos a estos hombres viejos, tanto tiempo después? ¿Y por qué?

O quizá no era tanto tiempo después, pensó Sara. ¿Serían las ejecuciones una consecuencia de algo que había estado sucediendo todo ese tiempo? ¿Sería cierto que la Guerra Fría nunca había terminado? ¿Qué fue lo que le había contado Hedin sobre eso?

Si la Unión Soviética y la RDA habían desaparecido, ¿quién sería el responsable?

Sara se volvió hacia Anna.

—¿Cómo encaja Agneta en todo esto?

—¿Tal vez haya visto algo que no debía y la hayan quitado de en medio?

—¿Que viera al asesino? Pero ¿por qué tenían que llevársela? ¿Por qué no se limitaron a pegarle un tiro y dejar el cadáver, como con Stellan y Schulze?

—¿Igual sabía algo? ¿Crees que sabía que Stellan era un espía?

—No. Agneta no.

A Anna le sonó el teléfono.

—¿Diga? En Stora Skuggan. Otro asesinato, identificado como espía de la Stasi... Gracias a Sara... Está aquí conmigo.

Anna se quedó escuchando durante un minuto, después colgó y se dirigió a Sara.

—Tenemos que ir al camping de Ängby.

23

A PESAR DE que nadie había dicho que fuera urgente, Anna iba a ciento diez kilómetros por hora. Cuando se acercaban al camping vieron a Bielke, el jefe de la investigación, esperando al otro lado de la barrera.

¿Habrían encontrado a otra víctima?

¿O habrían logrado localizar a Agneta?

Seguro que no le habían preparado una fiesta sorpresa a Sara. Así que, ¿qué hacía allí?

Se bajaron y lo siguieron a lo largo de la hilera de casitas rojas de la entrada hasta una caravana enorme rodeada de vehículos similares de distintos países. Esta tenía matrícula alemana, toldo y tumbonas, pero las cortinas estaban corridas. Dentro estaban escuchando música alemana.

Bielke llamó a la puerta y un hombre corpulento abrió con una mano a la espalda y lo que Sara identificó como un chaleco antibalas bajo la chaqueta del chándal. Al otro lado de la puerta había un detector de metales que pitó cuando los tres pasaron, y tuvieron que dejar sus armas reglamentarias antes de que otra puerta interna, de metal macizo, se abriera.

El interior de la caravana era completamente distinto al de un alojamiento vacacional.

A los lados se extendían mesas fijas a la pared que estaban abarrotadas de equipos de radio, varias pantallas e hileras de ordenadores. Había un archivador y algo que parecía un minilaboratorio. En el centro había una mesa de reuniones que tal vez también hiciera las veces de mesa para comer. Una cocinita y dos literas eran lo único que recordaba la función original de la caravana. Las paredes que daban al exterior eran tan gruesas que Sara supuso que las habían reforzado, quizá blindado. «Una autocaravana para situaciones de guerra —pensó Sara—. Encajaría en una película de Mad Max.»

A la mesa había dos mujeres de unos sesenta años y un hombre un poco más joven. Él era esférico y debía de pesar ciento cincuenta kilos por lo menos. Una de las mujeres tenía el cabello blanco e iba vestida entera del mismo color. La otra tenía una melena corta y canosa, llevaba vaqueros y una chaqueta que le quedaba fatal. La de pelo blanco le hizo un gesto a Sara para que tomara asiento. Los otros dos la observaron en silencio. No parecía que Anna les interesara en absoluto, notó Sara.

—¿Sara Nowak? —preguntó la mujer del pelo blanco.

—Sí, soy yo —respondió en su inglés de niña buena con un acento británico casi exagerado.

—Soy la doctora Breuer y él es el doctor Strauss —dijo la mujer de pelo blanco en un inglés con mucho acento—. Somos del BND, el Servicio Federal de Inteligencia alemán. Y ella es la señora Brundin, del Säpo, vuestro servicio de inteligencia.

La palabra Säpo sonaba muy graciosa en inglés con acento alemán, pensó Sara antes de percatarse de que Brundin tenía más o menos el aspecto que se había imaginado.

Malhumorada y desconfiada.

Un vestigio del Säpo más burocrático.

—¿Conocías a la familia? —dijo Breuer.

—Sí —respondió Sara.

—¿Jugabas con las hijas? —Sara asintió—. ¿Cómo eran?

—Como todos los niños. A veces buenas, a veces malas. Aunque creo que ser familia de Stellan Broman no era cualquier cosa. Fue el hombre más famoso de Suecia durante un montón de años.

—Pero ¿no viste nada raro?

—¿Como espías y desconocidos misteriosos? No. Siempre había gente nueva en la casa. Muchos invitados y muchas fiestas cuando él no estaba trabajando. ¿Os puedo preguntar una cosa?

—No —respondió Brundin.

—¿Qué? —dijo Breuer.

—¿Por qué estáis aquí? ¿Era un espía?

Para sorpresa de Sara, el policía corpulento del chándal les puso encima de la mesa algo para picar. Salchichas y queso. Pero solo Strauss se sirvió un poco.

—Tu amiga Anna le ha contado a su jefe que tienes una teoría sobre que el asesinato está relacionado con la Guerra Fría —dijo Breuer.

—Es una teoría —contestó Sara, aunque a sus ojos era la única plausible, sobre todo después de esta visita.

—¿De dónde la has sacado?

—De un libro de Eva Hedin.

Brundin puso los ojos en blanco de una forma tan exagerada que no habría tenido cabida ni en un espectáculo de pantomima.

—Hedin… —dijo Brundin.

—¿Y qué dice ella? —preguntó Breuer sin hacerle caso al comentario.

—Decidme qué sabéis vosotros primero —dijo Sara.

—Es secreto —respondió Strauss mientras se hurgaba en la boca con un palillo.

—Muy bien —dijo Sara, y decidió callarse.

Durante un buen rato.

—Recuerda que eres policía —dijo Breuer.

Y Sara permaneció callada.

—Nowak, responde a la pregunta, por favor —ordenó Bielke. Pero no sirvió de nada. Sara seguía guardando silencio.

Hasta que Breuer se rindió.

—Vale. Me imagino que tu catedrática tiene la misma información que nosotros —dijo—. Así que te lo puedo contar. Stellan Broman aparece en los archivos de la Stasi como un IM, un colaborador informal. Su nombre en clave era Geiger. Hay cientos de antiguos informantes y espías por todo el mundo que nunca han tenido que rendir cuentas ante la justicia, pero la mayoría no están activos. Creíamos que Stellan Broman tampoco.

—¿Por qué lo estabais vigilando entonces?

—No lo estábamos vigilando.

—¿O sea que es casualidad que estéis aquí ahora mismo?

—Estábamos vigilando un número de otro país —dijo Breuer.

—Que inesperadamente llamó a la casa de los Broman —añadió Strauss.

—No sabíamos que le habían disparado cuando vinimos aquí —se defendió Breuer—. Al pasar por la casa vimos la cinta policial.

—¿Y quién llamó a Stellan?

—Eso no podemos desvelarlo. Pero tenemos razones para creer que también han activado a una antigua pieza clave de aquella época, un terrorista que carga con muchas vidas sobre su conciencia. Y creemos que puede estar de camino hacia aquí ahora mismo. Así que necesitamos más información sobre Broman —dijo Breuer—. Necesitamos entender qué relación hay entre las personas que estamos vigilando y un antiguo IM en Suecia.

—Y por eso debemos averiguar por qué le han disparado —remató Strauss—. Y quién.

Se quedaron en silencio en el centro de operaciones móvil. Sara miró a su alrededor. ¿Tendría el Servicio de Inteligencia Sueco equipos tan avanzados?

Recorrió con la mirada una pantalla en la que había varias ventanas abiertas. Lo que podía ver eran periódicos alemanes y suecos, y todos los artículos hablaban de una explosión en Alemania el día anterior. Cinco alemanes y dos suecos habían muerto cuando explotó una carretera. «Explosión misteriosa», «Siete muertos en una autopista alemana», «¿Accidente o bomba? Investigan posibles conexiones con atentados» rezaban algunos de los titulares.

—¿Este homicidio está relacionado con Stellan? —preguntó Sara señalando la pantalla con los artículos mientras miraba a Breuer, a quien había identificado como la líder.

—¿Por qué iba a estarlo? —preguntó la mujer de blanco.

—La conexión sueco-alemana. Podría tratarse de un atentado terrorista, y acabáis de decir que los terroristas que estáis vigilando han empezado a moverse.

—Sin comentarios —dijo Strauss.

—Como ya te han dicho, están aquí por la llamada que le hicieron a Stellan —dijo Bielke—. Cuando repasamos la lista telefónica de los Broman no encontramos ninguna llamada entrante, a pesar de lo que nos habían contado la hija y nuestros colegas alemanes. Así que comparamos los números de teléfono.

—Una idea brillante del conde Bielke —dijo Breuer con generosidad.

—Y resultó que tenían dos líneas —prosiguió él—. El número que conocían los amigos y otro secreto, al que nunca habían llamado, por lo que ha podido comprobar la compañía telefónica. El teléfono del despacho tenía un número diferente al de los otros teléfonos de la casa.

—¿Qué dice el Säpo? —preguntó Sara—. Intenté averiguar si tenían un expediente de Stellan, pero Brundin se negó a responder. ¿A lo mejor vosotros le imponéis más respeto?

—Frau Brundin es una gran conocedora de la Guerra Fría y del contraespionaje de la época, y ha sido de gran ayuda —dijo Breuer—. Pero yo por supuesto no puedo hablar sobre qué información tiene o deja de tener el Säpo.

—Pero gracias a nuestra información el Säpo y la policía sueca pueden vigilar puertos, trenes y aeropuertos —dijo Strauss.

—Va a entrar al país de todas formas —murmuró Breuer.

—Sabéis que han matado de un disparo a otro antiguo espía, ¿verdad? —dijo Sara—. A Kellner. Ayer. Pertenecía a la misma red, que creo que es como se dice.

—Bielke nos lo ha contado —asintió Breuer.

—Hedin dice que un tal Ober es el que dirige la red —continuó Sara—. Pero no tienen ningún nombre. ¿Vosotros sí?

Miró a Breuer, a Strauss y a Brundin, los observó detenidamente para ver si captaba algo en sus rostros. Algún movimiento casi imperceptible, una mirada rápida, una breve vacilación. Era casi como jugar al póker, buscando señales en los gestos y las caras de tus contrincantes. A Sara le había quedado claro que la información era la moneda de cambio en ese mundo y que no se desvelaba más de lo estrictamente necesario. Al contrario de como trabajaba ella con sus colegas.

—No —dijo Breuer—. Se destruyeron muchos expedientes cuando cayó el Muro.

—¿Sabéis algo de Ober?

—Sabemos que fue el que reclutó a Geiger y que se veían en la casa de Geiger para la entrega de información y para temas de formación ideológica.

—¿En su casa?

—Con bastante frecuencia.

—Entonces ¿yo podría haber visto a Ober?

—Es muy probable —dijo Breuer—. Por eso te hemos pedido que vengas. Para que nos ayudes a identificarlo.

—¿Sabéis algo más? ¿De qué tipo de persona estamos hablando?

—Era un radical. Responsable de los contactos con ciertos grupos palestinos de la época. Ayudaba a los terroristas europeos a llegar a los campamentos de la zona. Y creemos que proporcionó alojamiento y dinero a terroristas de Alemania del Este aquí, en Suecia. Vuestra tierra se convirtió un poco en un refugio para los extremistas del mundo en los setenta.

—Los teníamos controlados —dijo Brundin.

—¿Estos terroristas siguen activos? —preguntó Sara señalando los artículos en la pantalla.

Strauss asintió.

—Suponemos que la llamada fue una señal para que Geiger estuviera preparado —dijo Strauss—. Pero ¿cuáles fueron las instrucciones que recibió? ¿Por qué le dispararon?

Sara recordó el encuentro con Lelle Rydell, pero le costaba imaginárselo como un espía de Alemania del Este. Lo que quizá era la tapadera perfecta. Parecer inofensivo y sin interés en la política.

—¿Ober es el siguiente? —dijo Sara—. ¿Deberíamos darnos prisa?

—O tal vez Ober sea el que está acabando con todos —contestó Breuer.

—En ese caso, la pregunta es por qué —dijo Strauss mirando a Breuer como si estuviera esperando que ella evaluara su aportación.

Sara observó a Bielke, que miraba de reojo a la malhumorada Brundin. Seguro que prefería que la línea de investigación hubiera sido otra. Lo que fuera con tal de no meterse en territorio del Säpo.

—El número ese de otro país —dijo Sara—. Has mencionado antes a grupos palestinos, ¿te refieres a Septiembre Negro y similares?

—Y a otros como el IRA o ETA. Y la RAF. Pero muchos de Oriente Medio. Y bastantes de los que estaban activos en aquellos años han continuado trabajando por cuenta propia para varios pagadores. Actualmente hay nuevos actores que se han sumado a los antiguos activistas. Digamos que comparten los mismos intereses. Odio hacia Israel, Estados Unidos y Occidente.

—¿Al Qaeda y Estado Islámico?

—Ese tipo de organizaciones.

Llamaron a la puerta. Sara se estremeció, y los alemanes dirigieron la mirada a una pantalla que al parecer estaba conectada a una cámara de seguridad.

Fuera de la caravana se veía a un hombre con el torso desnudo y unos pantalones cortos de Adidas al lado de un chico de unos doce años. El policía corpulento sacó la pistola y se la escondió a la espalda, pasó la puerta de seguridad y la cerró antes de abrir la puerta exterior.

—¿Queréis jugar al voleibol? —dijo una voz con acento de la provincia sureña de Västergötland.

—No hablo sueco —contestó el policía en alemán.

—¿El voleibol? —dijo el hombre de Västergötland también en alemán, aunque algo rudimentario.

—No. Lo siento. Mi mujer está enferma —respondió el policía en inglés.

—OK. Disculpa. Que se mejore. —El hombre que lo había invitado a jugar mezcló el inglés y el alemán para despedirse. Se volvió a cerrar la puerta y el policía entró.

Sara se dirigió a Breuer.

—Te tengo que preguntar una cosa. ¿Qué espiaba Stellan? ¿Qué información podía pasarle a Alemania del Este? Si no era más que un presentador de televisión.

—A la RDA le encantaban los perfiles culturales —respondió la mujer—. Les aportaba credibilidad, podían «guiar a las masas» en la dirección que señalara la Stasi. Y los hombres como Broman, que se relacionaban con la élite, podían mejorar la imagen de la RDA y recopilar información sobre suecos de alto rango y sus puntos débiles. Política, sexualidad, adicciones y cosas así.

—Te puedo leer unas líneas —dijo Strauss y sacó una carpeta de uno de los archivadores. Cuando localizó el documento que buscaba, tradujo el contenido al inglés—: Evaluación de IM Geiger: «G es completamente leal a nuestra causa, simpatizante con mucha devoción, rozando el fanatismo. No duda en tomar medidas drásticas en nombre de la paz y la causa socialista».

—No tenía esa imagen de Stellan. Para los ciudadanos suecos era un señor amable, y yo lo veía sobre todo como un adicto al trabajo.

—Cuando se desvela que alguien es un espía, su entorno es el que más se sorprende —dijo Strauss.

—La mujer ha desaparecido.

Breuer se volvió hacia Anna.

—Sí.

—¿No hay rastro de ella?

Anna negó con la cabeza.

—¿Qué le parece a tu fuente? —le preguntó Breuer a Sara—. La catedrática.

—Nada. Solo le preocupan los espías de la Stasi.

Breuer se quedó mirando a Sara unos instantes.

—¿Qué pasa? —dijo Sara—. ¿Agneta también era una espía de la Stasi?

—No, creemos que no.

—¿Entonces?

—No lo tenemos muy claro.

—¿Está muerta?

—O ha huido del país. Cuando todo empezó a ponerse feo.

—Hay una cosa a la que no habéis respondido.

—¿Qué?

—¿Qué implica que hayan llamado a Stellan?

—Que está sucediendo algo muy peligroso.

24

AZULEJOS VERDE AGUAMARINA con un toque mediterráneo, toallas de diseño, sauna de vapor con espacio de sobra para cuatro personas y una bañera enorme con vistas magníficas al parque Vasaparken. Todo el césped y la pista de deportes a tus pies. La vida de la gente desarrollándose ante los ojos de los que tienen dinero como en un anfiteatro.

Y ese era solo uno de los cuartos de baño, el que había dentro del dormitorio principal. O *master bedroom,* como lo llamaban ahora. Con un *walk-in closet,* en la neolengua burguesa. Y una cama de matrimonio descomunal. Sábanas de seda brillante en colores pastel.

Había un baño más pequeño en el pasillo y probablemente un aseo en alguna parte. En la parte trasera de la planta se encontraban los dos dormitorios para los niños y un invernadero.

Las paredes estaban cubiertas de fotografías artísticas, que era como se las llamaba cuando iban firmadas y enmarcadas y eran carísimas. «Arte para los inseguros», pensó Sara. Reconocía algunas fotos, y vio otras que estaban bien encuadradas, o como se dijera.

En una de las paredes más pequeñas había guitarras. Seguro que caras. Tal vez fuera un mausoleo para los sueños marchitos de rockero del marido. No había rastro de las antiguas ambiciones musicales de Lotta; ella siempre tocaba en los finales de curso, según recordaba Sara. Tocaba con una técnica tan correcta y tan fría que todos los adultos se quedaban absortos mientras que los jóvenes se aburrían, celosos de que recibiera tanta atención.

El piso debía de medir más de doscientos metros cuadrados. La mayor parte era un espacio abierto con la cocina, el salón y un despacho, todo en uno. Un balcón recorría toda la pared que daba al parque. Pero era bastante estrecho, comprobó Sara con regocijo. No era tan profundo ni estaba tan aislado como su terraza, aunque tal vez esa fuera la intención. Ver y que los vieran. Mostrar el lugar que ocupaban en la jerarquía.

Cuando Sara llamó, Lotta la invitó a su casa junto a Malin. Sara se había dado cuenta de que muchos propietarios de casas bonitas estaban deseando invitar a gente por cualquier motivo. Quizá porque querían mostrar lo que tenían.

Sara nunca invitaba a nadie a la suya salvo a Anna, a pesar de que vivía en un piso más grande que el de cualquier persona que hubiera visitado. No es que fuera modesta, sino que no le gustaba la gente.

Lotta tenía una máquina de café en casa, una auténtica máquina profesional con la que preparaba unos *flat white* perfectos. Como un *latte*, pero con menos leche. Que estaba riquísimo. Sara nunca había conseguido hacer un café con leche sin que le quedara un regusto amargo. Maldita Lotta.

Aunque su amiga de la infancia hubiera sabido que Sara vivía en un piso más ostentoso que ella, no le habría importado, así funcionaban los más privilegiados. Era imposible superarlos. Nunca sentían envidia, quizá fuera eso lo peor de todo.

En la mesita junto al sofá había documentos de una funeraria, folletos con distintas variedades de ataúdes y arreglos florales. Además de cuartillas con poemas y salmos, fotos de Stellan y un cuaderno con una lista interminable de nombres, probablemente los invitados para el entierro. Un recuerdo de la finitud de la vida, en medio de todo el éxito material que las rodeaba.

—Me lo han confirmado —dijo Sara—. Agentes del Servicio Secreto Alemán. Vuestro padre era informante de la Stasi. Malin, cuando oíste el teléfono fijo, era una llamada del extranjero. De gente relacionada con grupos terroristas. Una llamada que desencadenó todo esto.

—Sara —dijo Lotta—. Tú has pasado muchísimo tiempo en casa. Un montón de veranos viviste prácticamente con nosotros. ¿A ti te parece verosímil?

—No lo sé. Pero el BND cree que puede estar conectado con el coche que ha explotado en Alemania. ¿Lo habéis leído? Había una bomba bajo la carretera.

Lotta negó con la cabeza y Sara no sabía si eso significaba que no lo había leído o que no creía que pudiera estar relacionado con la muerte de su padre.

—Están buscando a la persona que reclutó a Stellan —dijo Sara—. Pero solo tienen el nombre que usaba como tapadera. Piensan que pueden estar organizando algún tipo de reunión.

—Me cuesta bastante creérmelo. Es posible que consiguieran involucrarlo de la forma que fuera, pero no lo veía como espionaje, te lo aseguro. Mi padre era un poco inocente. Pensaba que todo el mundo era bueno. Tal vez lograran que se sintiera importante, que le inflaran el ego, que le hicieran creer que estaba mejorando el mundo.

—Lo más importante es localizar al resto de la red de espías. Sobre todo al líder. Su nombre en clave era Ober. ¿Os suena de algo? ¿Ober?

—No —dijo Malin.

Lotta se quedó con la mirada perdida, parecía concentrada y ausente a un tiempo. Transcurrieron unos segundos y después negó despacio con la cabeza.

—Por lo visto era alguien que iba a ver a vuestro padre a casa. Allí reclutó a Stellan, lo fue adoctrinando y después recogía los informes. ¿Recordáis a alguien que pasara mucho tiempo en vuestra casa? Alguien que se sentara a hablar con vuestro padre a solas. Es muy probable que estuviera allí por la noche, cuando ya os habíais ido a dormir, pero como ocurrió durante muchos años, no puede tratarse de una persona completamente desconocida. ¿Hay alguna cara más familiar que otras?

—Es que había muchísima gente que iba y venía por casa. Siempre nueva.

—Es cierto que algunos iban más que otros. Jefes de televisión, colegas de papá, personalidades del mundo de la cultura, algún que otro ministro, varios ejecutivos. Pero iban cuando tenían invitados. De lo contrario era bastante retraído.

—¿Recordáis a alguien que hablara sobre política?

—No. No recuerdo a nadie —dijo Malin.

—Bueno, todo el mundo hablaba de política entonces —replicó Lotta—. ¿No te acuerdas de los programas infantiles? Eran puro adoctrinamiento.

—¿Podríais hacer una lista de los nombres de la gente que pasaba más tiempo en vuestra casa?

—¿Formas parte de la investigación ahora? —dijo Lotta mirando desafiante a Sara, que se cortó un poco. Era evidente que no le gustaba que le dieran órdenes, pero tampoco podía mentir.

—No —dijo Sara—. No oficialmente. Pero estoy echando una mano porque conocía a Stellan.

—Estamos muy liadas con el entierro de nuestro padre ahora mismo. Si los responsables de la investigación nos piden que les ayudemos, lo haremos, pero no podemos dedicarles mucho tiempo a ocurrencias sin sentido.

—No vais a tardar nada —dijo Sara, casi con tono suplicante, pero Lotta ya se había decidido. Sara no sabía qué decir. No tenía autoridad como policía para pedirles nada, y al parecer tampoco había reunido el aplomo suficiente a lo largo de su vida como para plantarle cara a su amiga de la infancia.

—¿Habéis visto los vídeos? —dijo Malin, puede que para romper el silencio—. La verdad es que nuestro padre estaba grabando a todas horas.

—No creo que grabara encuentros secretos con un espía —replicó Lotta mordaz—. Si es que los tuvo.

Pero Sara no lo veía tan improbable.

Los vídeos. A veces Malin no era tan tonta.

Si Ober había sido un invitado habitual en casa de los Broman, tal y como afirmaban los alemanes, entonces no era descabellado que apareciera en una grabación.

Debía tener otro motivo para estar allí, necesitaba presentar una fachada inocente. Habría sido raro que Stellan se abstuviera de grabar a una persona en particular si estaba grabando al resto. Seguro que Ober hacía cuanto podía por mezclarse con todos los amigos, los colegas y los asistentes a las fiestas.

Los vídeos de Stellan...

25

Sara pasó por encima de la cinta policial y se dirigió hacia la casa. Trató de asimilar la imagen que tenía ante sí, pero aún le costaba ver el hogar de los Broman como un lugar donde se había cometido un crimen.

Al mirar hacia el agua tuvo que detenerse. Le volvió el recuerdo de las tres niñas en el muelle lanzando bocadillos y riéndose.

Carcajadas alegres, fuertes.

Uno de los motivos de la alegría de Sara era que no había tenido que bañarse, ahora lo recordaba. De niña le daba miedo el agua, por lo que pudiera haber bajo la superficie. Peces, anguilas, culebras de agua, algas, chatarra, ramas cortantes, cadáveres.

Sentía angustia solo con el olor del protector solar, y seguía sintiéndola ya de adulta. Porque lo asociaba con el baño, suponía Sara. Incluso aunque nunca se bañaran en la parte del muelle donde pasaban el rato. Al menos no por lo que recordaba.

No les llegó a contar a las hermanas nada sobre su miedo, porque sabía que eso las habría llevado a pedirle sin cesar que saltara, a que aguantara la respiración bajo el agua, a que nadara entre los juncos.

Recordó lo hambrienta que estaba cuando lanzaban los bocadillos. Pero la risa y la solidaridad con las hermanas eran más importantes que las necesidades de su cuerpo.

Una tontería, pero aun así Sara sonrió al pensar en ello.

Luego detuvo la mirada en la cabaña de pesca. La reducida construcción junto al agua que también hacía las veces de casa para invitados, con literas fijadas a la pared, un baño de compostaje y una cocinita.

La cabaña en la que habían vivido Sara y su madre. Como por gracia de los Broman.

Tan cerca de la feliz familia, y al mismo tiempo tan alejadas de ella.

Era como pasarse una fiesta entera sentado en el pasillo.

La casa tan pequeña que tanto le costó dejar cuanto tuvieron que mudarse.

Se acercó y echó un vistazo por la ventana. Con la luz del sol le resultaba difícil ver el interior; se intuía la mesa del cuarto de estar y un sillón. ¿Tenían siquiera televisión? Sara no estaba segura.

Se alejó de la casita y de todos los recuerdos de la falta de espacio y las riñas con su madre, Jane. Dio un rodeo hasta la parte trasera de la casa de los Broman y levantó una lobelia. Dentro de la agrietada maceta blanca había una llave de repuesto. Como siempre. Sara volvió a la entrada y atravesó el umbral de la puerta.

Se detuvo en el vestíbulo y se empapó de los olores otra vez, como el día anterior. Olía exactamente igual que antes. Ahora se fijó en que la antigua gorra rosa de beisbol de Malin descansaba en el perchero. Estaba raída y un poco manchada de tierra. Quizá Agneta se la hubiera quitado a la hija, que seguro que había tenido decenas de gorras después de aquella.

Las hermanas siempre habían tenido toda la ropa que querían. Ropa cara, de marca. Sara recordaba la vergüenza que sentía delante de las hermanas, que tanto estilo tenían a la hora de vestir. Fue peor cuando tuvo que empezar a ponerse la ropa usada de Malin y Lotta. La mejor ropa de la temporada pasada, algo que los demás en el colegio por supuesto que comentaban. Ropa bonita, cara. Pero ropa de segunda mano. Sara se avergonzaba y sentía orgullo a un tiempo.

Probablemente fuera idea de Agneta, que creía que estaba haciendo una buena acción. Que así conseguía que las tres amigas fueran más iguales.

Los otoños no solo implicaban comentarios de sus compañeros sobre la ropa heredada. Implicaban ante todo que Malin y Lotta volvían con sus amigos habituales, los que habían pasado el verano en lugares lejanos y exóticos.

¿Sería verdad que solo los veranos fueron tan mágicos? En todo caso, todos los buenos recuerdos que albergaba eran de esa época. En un sol incesante. En lo que al tiempo se refiere, ese verano de calor ininterrumpido le traía a la memoria su infancia tal y como ella la recordaba. Pero con el cambio climático en mente pensarlo era verdaderamente aterrador.

El asesinato de Stellan se le antojaba como una tragedia inconcebible en la tierra prometida. Enfrentaba la inocencia y la felicidad de la infancia con el mundo asqueroso en el que todos vivíamos ahora. Un mundo en el que podían asesinar al Tío de toda Suecia.

Como si hubieran asesinado a Papá Noel.

Los finales súbitos e inesperados habían marcado toda su niñez.

Como el día que Jane le dijo de repente que se mudaban, metió a Sara y todas sus pertenencias en un taxi y se marcharon. Sin el menor de los avisos.

Por la mañana Sara vivía en una cabaña en el mundo de las hadas y por la noche en un apartamento alquilado de poco espacio en un suburbio de hormigón. Y no tardó en darse cuenta de que en el nuevo colegio los lazos con la familia Broman no eran nada de lo que presumir. Al contrario, castigaban con dureza cualquier alusión a su antiguo mundo.

Una nueva realidad que la había convertido en quien era hoy de muchas más formas que su anterior vida.

Los años fueron pasando y un día invitaron inesperadamente a Sara a la graduación de Malin. Se imaginó que habría sido Agneta la que había metido su nombre en la lista, pero ella aceptó encantada la invitación. ¿Tal vez todo pudiera volver a ser como antes?

Pero no.

Malin no le habló a Sara, y el resto de los invitados sonreían burlonamente al ver su gorro de graduación de un instituto tan alejado, en medio de la nada. Así que Sara terminó emborrachándose y desmayándose.

Una verdadera catástrofe.

Pero eso fue entonces. Tenía que volver al presente.

O en realidad no. A fin de cuentas, iba a escarbar en el pasado. Solo que no en el suyo, aunque sí que existía cierta conexión.

¿Qué podría quedar? ¿Imágenes, fotos, vídeos, artículos?

Un hombre como Stellan debería haber documentado su vida bajo los focos. Sara recordaba lo importante que era para él señalar en todo momento lo normal y corriente que eran todos los grandes hombres y mujeres con los que se codeaba. Lo poco que pensaba en que se rodeaba de ídolos y estrellas mundiales.

Como siempre, la vanidad se volvía más evidente cuanto más tratabas de ocultarla.

Sabía desde que era niña que las paredes del despacho estaban cubiertas de fotos de Stellan con distintos famosos. Por allí podía empezar.

Y en aquella época prácticamente todas las familias tenían un señor álbum de fotos. Los Broman también debían de tener uno. Sí, sobre todo los Broman.

Además, tal y como habían dicho las hermanas, Stellan grababa mucho.

¿Seguirían por allí los vídeos?

¿Dónde?

Sara echó un vistazo rápido al interior de los armarios y las cajas del despacho, del salón y de la cocina antes de continuar escaleras arriba hacia la segunda planta.

Pero se detuvo y regresó a la cocina. Algo le había llamado la atención.

¿Estaba relacionado con el caso?

Volvió a abrir el armario de la limpieza.

Aspiradora, recogedor, cubo, mopa. Y en el cubo un par de guantes verdes de fregar con un nombre.

«Jane.»

Los guantes de su madre seguían allí. Probablemente los Broman hubieran contratado a una empresa de limpieza.

¿Cómo habría sido para Jane limpiar y preparar la comida en una casa por la que correteaba su propia hija mientras jugaba con las niñas? Con gente de las altas esferas. ¿No era bastante raro en realidad que Jane y Sara vivieran en la parcela?

Lo de tener al servicio viviendo contigo era un poco de británicos del siglo XIX. Como en *Downton Abbey*, pero sin una dramaturgia que embelleciera la realidad.

¿O era más honesto?

Hoy en día los trabajadores del hogar se marchaban al terminar porque los sirvientes tenían sus propias empresas y se mantenían a un lado. No hacía falta que la división de clases fuera tan patente.

Pero ¿quizá los Broman buscaban precisamente eso?

Sara se sentía como la hija de la sirvienta, la bastarda de la chacha. Y se dio cuenta de que era una sensación que había experimentado muchas veces. Trató de sentirse orgullosa.

Como no lo conseguía, se centró en los dormitorios de la segunda planta.

En el antiguo cuarto de Malin encontró el anuario del primer año de instituto. El instituto de Bromma, al que Sara nunca pudo asistir.

A diferencia de Sara, Malin se había dejado los anuarios antiguos en casa de sus padres. No tendría mucho interés en desenterrar el pasado. Al menos todavía no. Pero, dentro de poco, el inminente deterioro externo se pondría en marcha y comenzaría la huida hacia los recuerdos de su juventud.

Sara volvió a sentir remordimientos por el regocijo que experimentaba. No tenía nada en contra de las hermanas Broman adultas. Le eran desconocidas y, en ese sentido, carecían totalmente de interés. Le hubiera gustado ver grietas en la fachada de las niñas, y las críticas de los demás alumnos que había hecho Malin en el anuario eran un atisbo al alma adolescente de su amiga.

«Fea», «tonta», «pringada» o un corazón rojo o lila, una línea difícil de interpretar debajo de un nombre o simplemente una cruz encima de la cara.

No había muchos con buena nota.

«No hay juez más severo que un adolescente», pensó Sara. El recordar lo complicados que son los adolescentes alivió el sentimiento de culpa hacia Ebba. Sara no era la única responsable de que las cosas fueran como eran entre ellas.

Hacia el final del anuario estaba la clase HS3 y sintió una punzada al encontrar unos cálidos ojos castaños.

Martin en sus últimos años de adolescente, antes de que empezaran a salir. Cuando aún todas las chicas del instituto competían por él.

Incluso Malin había estado enamorada de él. Y Lotta hizo lo que pudo. Pero al final fue Sara la que se quedó con él.

Hojeó las últimas páginas del anuario, donde figuraban todas las asociaciones y los clubs. Vio a Martin en el grupo de teatro, en el consejo de estudiantes y en *Nemo saltat sobrius,* la asociación de literatura. ¿Qué hacía allí? Si nunca le habían interesado los libros. Seguro que se metió porque Nemo era exclusiva y solo se podía acceder a través de una selección y rituales secretos, un Olimpo para los más populares. En un club de literatura los libros no eran tan relevantes, no en el instituto.

Sara dejó el anuario y continuó hacia el cuarto de estar en el sótano.

Otro fenómeno que se había extinguido con la llegada de los años ochenta: la necesidad universal de tener un cuarto de estar en cada casa. Abajo, en el sótano, sin preocuparse por el moho o el radón.

Allí encontró lo que buscaba.

No solo una decena de álbumes de fotos, sino también innumerables cajas con rollos, una antigua cámara Super-8, un proyector y una pantalla.

Además, había una televisión vieja de tubo que ya estaba averiada cuando Sara era niña. ¿La habría guardado Stellan como un recordatorio de su grandeza de antaño? Qué raro.

Al ver el proyector, Sara sintió que en su fuero interno se abría la puerta de una habitación que llevaba mucho tiempo cerrada.

Vio ante sí a Stellan con la cámara, grabando todo lo que ocurría en la familia, y a Malin y Lotta incómodas durante las interminables tardes de visionado de grabaciones. Visionados que Sara adoraba. Poder participar en la vida de ensueño de la familia, poder compartir sus viajes, ver más del mundo a través del objetivo de la cámara de Stellan, fantasear con que eludía modestamente las preguntas de sus compañeros envidiosos sobre cómo era posible que se codeara con el famoso Tío Stellan.

Sara no creía que Stellan hubiera sacado la cámara en sus charlas secretas, que hubiera documentado cada aspecto de su vida, independientemente de lo privado que fuera, como un *video blogger* actual.

Pero tal vez podía empezar por echarle un vistazo a quien solía pasar por casa de los Broman en los setenta y en los ochenta. Si Ober veía a Geiger tan a menudo, seguro que salía ahí. Pero ¿cómo sabría quién era? Sara no tenía ni idea.

Montó el proyector y la pantalla. Cuántas horas habría pasado allí tumbada escuchando el ruido de la pálida grabación que avanzaba repiqueteando. En ocasiones se quedaba dormida mientras Stellan no paraba de hablar. Cuando se despertaba a veces estaba sola con él y, o había seguido contando historias sin darse cuenta de que se había dormido, o se había terminado el vídeo y él la miraba sentado con una sonrisa amable.

Colocó la primera película en la bobina delantera, que se encontraba en un brazo que había que inclinar. Después enganchó el rollo de película en las ranuras y las ruedecitas que lo impulsaban. Lo pasó por detrás de la lente y lo subió hacia la bobina vacía que había acoplado en el soporte trasero.

Después echó las cortinas de las ventanas que quedaban justo debajo del techo. Se dio cuenta de que allí estaba bajo el nivel del suelo, como en una tumba simbólica. La completaban las flores de los arriates que se veían en el exterior de la casa. A dos metros bajo tierra, ¿con qué se iba a encontrar?

El primer rollo comenzó a dar vueltas y en la pantalla blanca apareció la imagen cuadrada de colores pálidos de la familia Broman junto al puente del estrecho de Kalmar.

Evidentemente le habían alquilado una casita de verano a un granjero en la isla de Öland, y Stellan consideró que el hombre y su esposa eran lo bastante exóticos como para dedicarles varios minutos de vídeo. El granjero entrando al establo, el granjero conduciendo el tractor, la mujer ordeñando las vacas. La imagen se estremeció un poco cuando Malin acercó la mano al hocico de un ternero y gritó de miedo porque el animal sacó una gigantesca lengua rosa y le dejó la mano chorreando de saliva. Sara supuso que Stellan se había reído del susto de la niña, de ahí el leve temblor. ¿Así era? ¿Uno de esos padres de antaño que se regocijaban de esas cosas? Para los cuales los niños eran más un entretenimiento que una responsabilidad.

Los granjeros de Öland tal vez no fueran los principales sospechosos de espiar para Alemania del Este, pensó Sara, y pasó a otro rollo.

Un día normal de verano en la casa de los Broman. Agneta en la cocina. Jane al fondo con la aspiradora. Después, el jardín. Malin y

Lotta sentadas en el balancín, Sara en el césped con los brazos extendidos muy rectos y un andar entrecortado.

«Robot.»

Un juego muy habitual cuando eran pequeñas.

Sara andaba como un robot y obedecía a las hermanas. Ir en busca de juguetes, robar dulces de la cocina o simplemente dar vueltas y vueltas haciendo sonidos mecánicos hasta que a Lotta se le ocurría alguna orden.

Un juego raro.

Ninguna de las hermanas hacía nunca de robot.

Sara volvió a dejar el rollo en la caja. ¿Se podían sacar copias de los vídeos? ¿Los quería?

¿Querrían verlos sus hijos? Independientemente de cómo se pudieran interpretar y lo que se viera de los juegos, no dejaban de ser una parte muy importante de su infancia.

Luego, un rollo con la celebración del solsticio de verano y una serie de caras. Agneta, las hijas, un Lelle Rydell joven junto al alegre sexteto que formaban Tage Danielsson, Monica Zetterlund, Lena Nyman, Magnus Härenstam, Brasse Brännström y Eva Remaeus. Y tres invitados desconocidos. Pero cuando Sara les hizo una foto con el móvil y se la mandó a Lelle Rydell, el hombre los identificó rápidamente.

Resultó que las caras eran de Netan Stenberg, productor legendario de la sección de entretenimiento de SVT, Gigi de Lyon, la reina del teatro privado sueco durante décadas, y Lasse Warg, el mayor productor de entretenimiento de los setenta y los ochenta.

En definitiva, un solsticio de verano con toda la élite del entretenimiento sueca.

«Fiesta de verano – 85» ofrecía un grupo más diverso: Lennart Bodström, el ministro de Asuntos Exteriores al que cesaron por negar el escándalo de los submarinos, Ebbe Carlsson y Harry Schein. Lillen Eklund, que acababa de convertirse en el campeón europeo de boxeo de peso pesado. Parecía visiblemente incómodo en aquella compañía. Después hizo su entrada Lill Lindfors y, para disfrute de los invitados, hizo una variación de su gag de perder la falda, que se había visto en la final de Eurovisión de ese año, en primavera. Se le cayó la falda y, cuando el resto de invitados entendieron lo que estaba haciendo, rompieron en un estruendoso aplauso. Sara veía el fervor en los aplausos sin sonidos y las bocas que gritaban aclamando la actuación.

Cuántas caras, cuántas personas, cuánto tiempo.

Tan encantados de estar allí, de participar, de pertenecer al grupo.

Todo aquello ya no existía.

Sara buscó el año 1985 en la Wikipedia.

En la Unión Soviética, Chernenko había muerto después de apenas catorce meses como secretario general y le sucedió Gorbachov. En Noruega se celebraba el juicio contra el espía Treholt. El caso Bofors estaba en pleno apogeo. Una bomba en el aeropuerto de Frankfurt mató a tres personas e hirió a cuarenta y dos; la Yihad islamista asumió la autoría. Los servicios de inteligencia franceses hundían el barco *Rainbow Warrior* de Greenpeace y murió una persona. En diciembre, Palme anunció que realizaría una visita oficial a la Unión Soviética en la primavera de 1986. Clamor de indignación entre los militares del país. Ataques terroristas palestinos en los aeropuertos de Roma y Viena.

¿Qué era de Sara por aquel entonces?

Vivía, pero en otro mundo. En 1985 Sara y Malin tenían diez años, y Lotta, doce.

En los vídeos, la moda de la época se veía reflejada perfectamente en la ropa y los peinados de las hermanas. Pelo cardado, colores pastel, montones de pulseras.

Después desfiles en Berlín Este. Imágenes de las calles. Lugares de interés turístico.

Los vídeos antiguos carecían de sonido, y Sara se dio cuenta de que la primera vez que se interesó por el cine mudo fue en casa de los Broman. Le seguían encantando las expresiones exageradas de las viejas películas mudas. Colores pálidos, movimientos entrecortados y la sensación tan rara de ver a gente hablando sin que emitieran ningún sonido.

Un parque extenso, una torre de televisión y un monumento gigantesco. Parecía Berlín, justo lo que decía la caja. Luego una recepción. Un coro de niños, espectadores con banderas suecas y de Alemania del Este, Stellan aceptando un premio. Agneta a su lado, pero dos pasos por detrás, como siempre. En cambio, Malin delante junto a su padre. De modo que probablemente fuera Lotta la que grababa.

Una cena en un amplio salón con retratos inmensos de los héroes de la revolución y banderas enormes de Alemania del Este. Otra vez parecía que era Lotta la que grababa. Por lo que se veía, se organizaban de la siguiente forma: si era importante que Stellan apareciera en el vídeo, entonces la hija se encargaba de la cámara.

¿Quiénes eran el resto de los invitados? Potentados de Alemania del Este, pero ¿serían sencillamente gente de la cultura o también pertenecerían a los servicios secretos? En la RDA parecía que los dos mundos se fusionaban con frecuencia.

¿Quizá Hedin pudiera identificar a algunos?

Las horas fueron transcurriendo y Sara estaba sumida en un pasado que cada vez le resultaba más enigmático, a pesar de que ella también había participado.

Ropa, gafas y peinados de otro tiempo. No lo veía desde una perspectiva nostálgica o de culto, como en las películas de los años setenta y ochenta. Sino más aterrador, con un tono aciago.

Incluso los patrones de movimiento y las posturas corporales eran diferentes, y Sara pensó en las películas suecas de esos años en las que la gente hablaba más como en las comedias de los cuarenta que como los habitantes de Estocolmo del siglo XXI.

Se le antojaba muy raro volver a aquella época con las soluciones en la mano. Saber cómo cambiaría todo. Que la Guerra Fría tocaría a su fin. Internet. El once de septiembre.

¿Podría haber cambiado el curso de la historia algo de lo que se hizo entonces?

Como es lógico, Stellan y sus amigos quisieron evitar el colapso de Alemania del Este. Si los que estaban en el poder en la RDA hubieran sabido lo que iba a suceder, ¿habrían endurecido sus políticas?

En el siguiente vídeo, Sara aterrizó en una fiesta magnífica en la casa de los Broman. Algo así como una temática de *El gran Gatsby*.

Esmóquines blancos, una *big band*, cócteles. En la caja del rollo había escritas a mano listas con nombres, que Sara imaginó que incluían a los invitados. Filas y filas de nombres y trabajos: Min. de Defensa, Min. del Interior, Min. de Comunicación, Bofors, Ericsson, Asea, Uni. Estocolmo, Uni. Uppsala, Sv Tele, Sv Radio, SJ, SAS, FMV, F13, F16. Así que no eran solo famosos. Sara supuso que Agneta había sido la encargada de escribir las listas, ya que la letra era femenina. Tal vez no tuviera ni idea del doble propósito que cumplían.

Vio a Eric, el padre de Martin, entre los invitados. Pues claro. Un director ejecutivo de éxito que vivía en el mismo barrio. Se preguntó qué diría Eric Titus si supiera que se había dejado engañar por un colaborador de la Stasi.

Después un vídeo de una Nochevieja en la que habían llenado todas las habitaciones de la casa con nieve falsa y todos iban vestidos con ropa deportiva de invierno. Fiestas de las que se habló durante mucho tiempo.

Y más vídeos, pero con acontecimientos no tan grandiosos.

Noches de cartas, cenas, reuniones con menos personalidades del mundo del entretenimiento y más hombres con aspecto de negocios. Fumando en pipa, debatiendo, sudando, unos cuantos con el cubata bien agarrado. Gente pasando por el fondo o aparcados con chicas rubias por los rincones. Hombres de mediana edad con trajes mal cortados, con cigarros sin filtro y peinados extraños. Los prejuicios de Sara la llevaron a pensar en que tenían aspecto del Este. Y ella confiaba en sus prejuicios.

Se quedó observando a los hombres y se dio cuenta de que necesitaba ayuda. Solo podía llamar a una persona: Eva Hedin.

La catedrática jubilada se mostró dispuesta a ayudar, al parecer había terminado de trabajar. Le contó que no podía recibir mensajes multimedia en el móvil, pero que el correo le iba bien. Así que Sara fotografió la pantalla y le mandó las imágenes a Hedin. Puede que no fuera muy seguro enviarlas por internet, pero era una manera rápida de conseguir ayuda.

Pusieron nombre a tres caras: Alekséi Grigorin, Yuri Dimitri y Jerzy Dudek. A los tres los expulsaron más adelante y los declararon

189

persona *non grata,* y los tres habían ocupado anteriormente puestos tapadera en varias embajadas del Este. Grigorin había sido el primer secretario de la legación, pero en realidad era el segundo al mando del KGB. Dimitri había sido agregado naval, pero era el jefe del servicio de inteligencia GRU en Estocolmo, y Dudek fue el secretario de la embajada en Checoslovaquia.

Los contactos con diplomáticos del Este no eran nada extraordinario por aquel entonces, le aclaró Hedin. Por una parte, Suecia mantenía una actitud neutral. Política de no alineamiento en tiempos de paz, con vistas a neutralidad en la guerra. Al no posicionarse en la lucha ideológica entre comunismo y capitalismo, no resultaba más raro tener trato con rusos, checos o alemanes del Este que con americanos y británicos.

Y por supuesto también ayudaba que los rusos y los polacos fueran buenos compañeros de bebida. Generosos con el vodka, entretenidos cuando entonaban sus nostálgicas canciones e impresionantes en cuanto a su nivel de tolerancia al alcohol. Ya por el solo hecho de presenciar cómo un secretario segundo de la embajada vaciaba él solo dos botellas enteras merecía la pena invitarlos.

Sara le envió a Hedin fotos de todos los participantes, y ella le respondió con una larga lista de nombres y cargos. Secretarios de Estado, directores ejecutivos, ministros, encargados, gestores públicos, polemistas, redactores, autores, artistas. Todos los que podían influir en la imagen del este, según la investigadora.

Una descripción más descarnada era que en la casa de Tío Stellan la Stasi, el KGB y el GRU podían desmelenarse y relacionarse de cerca con los peces gordos del Partido Socialdemócrata.

Antes de que Hedin pudiera continuar, a Sara le llegó una notificación de un mensaje. Después de disculparse, se alejó el móvil de la oreja y lo leyó.

Era de Anna.

«Hemos hecho público que Agneta Broman ha desaparecido.»

Vale.

Quizá sirviera de ayuda. Si se hubieran llevado a Agneta, los secuestradores ya deberían haber dicho algo. No estaba de más que la noticia saliera en los medios.

Sara se acordó de que Hedin seguía a la espera y volvió a colocarse el teléfono junto a la oreja.

—Perdone, me acaba de llegar un mensaje… ¿Hola?

Había colgado.

Comprensible.

De todos modos, había aprendido mucho sobre los invitados de las fiestas de Stellan y sobre su forma de pensar. No se trataba tan solo de que si eras una persona con éxito pudieras asistir. Había un propósito concreto.

Sara se guardó el móvil y echó mano de la pila de álbumes de fotos. Allí había la misma mezcla de políticos, famosos y viajes familiares. París, Londres, Berlín.

Además de los artistas más reconocidos y bastantes famosos extranjeros, parecía que todos los primeros ministros de Suecia habían pasado por la casa de los Broman. En una fiesta, una cena, un almuerzo o un café. Habían documentado las visitas con cuidado: Erlander, Palme, Fälldin, Ullsten, Carlsson y Bildt. Solo faltaba Göran Persson. Y después de su mandato no se volvieron a dar ese tipo de reuniones en la casa de Tío Stellan.

Y entonces vio algo que casi la dejó sin respiración: Mijaíl Gorbachov. Acompañado de Ingvar Carlsson.

En un álbum de 1991, había una decena de fotos que inmortalizaban el acontecimiento. Primero, el señor y la señora Broman recibieron al primer ministro sueco y al presidente soviético delante de la casa. Luego venían fotos de cuando Stellan les enseñaba el jardín, seguidas de imágenes de la cena, que al parecer se alargó hasta bien entrada la noche. Las mesas estaban decoradas con banderas suecas y soviéticas y guirnaldas azules y amarillas. Había bastante aguardiente. Pero después de los platos calientes no quedó nada más documentado.

Claro, también los líderes mundiales necesitarían desconectar de vez en cuando.

Sara recordaba la visita de Gorbachov a Estocolmo. Era la fiesta nacional y, al igual que otras miles de personas, había acudido a la ciudad para ver al presidente y ganador del Nobel de la Paz. Entonces no se podía ni imaginar que el legendario líder iría a casa de los

Broman por la tarde. Esa casa en la que Sara había pasado tanto tiempo jugando. Le parecía raro que no hubiera recibido al rey. Pero lo buscó en Google y vio que no se trataba de una visita oficial, así que quizá eso lo explicara.

Tan solo unos meses después de aquel día en casa de los Broman, Gorbachov e Ingvar Carlsson perdieron el poder.

El siguiente álbum que abrió se titulaba «Bromma 1982».

Una joven Agneta Broman con un vestido de verano servía la comida en el jardín, con la cara prácticamente oculta tras unas gafas enormes. Monturas de los setenta. Los ochenta aún no se habían instalado en su rostro.

¿Sabía lo que se traía entre manos Stellan?

¿Le importaría?

¿Dónde se encontraba ahora?

¿Daría frutos el llamamiento a la ciudadanía?

Agneta era la pieza del rompecabezas que Sara no sabía dónde colocar. Si también le hubieran disparado, ¿dónde estaba el cadáver? Si había huido durante el asesinato, ¿por qué no daba señales de vida? Si la había secuestrado el asesino, ¿por qué?

¿Qué estaría haciendo en ese preciso instante?

26

«Desaparece la mujer de Stellan.»

«¿Dónde está Tía Agneta?»

«¿Asesinada?»

Bajo el último titular habían publicado su antigua foto del carné de conducir. El cartel con los titulares en el exterior del 7-Eleven del este de Södermalm solo hablaba de ella, igual que las portadas de los diarios que la gente estaba leyendo al sol.

Notaba el contorno de la pistola contra el muslo. Podía necesitarla si, contra lo que esperaba, alguien la reconocía, así que la llevaba a mano en el bolsillo.

Una mujer mayor con una chaqueta al calor del verano no le llamaba la atención a la gente. Se dio cuenta de que el desinterés del mundo jugaba a su favor; y prefería sin duda el anonimato, no solo por su misión.

Podía leer «Tía Agneta» por todas partes.

De repente se había convertido en importante dentro del flujo de noticias sensacionalistas. Por primera vez en su vida.

Y, por desgracia, en un momento muy poco oportuno.

Precisamente cuando más necesitaba ser invisible, empapelaban el país con alarmantes titulares amarillos que le gritaban a la ciudadanía para que estuviera alerta por si la veían.

Con la mejor de las intenciones, por supuesto. «Ayudemos a encontrar a la mujer del padre de la patria. La segunda madre de todo el país.»

Nunca llegó a serlo en todos los años en los que su marido había dominado los medios de comunicación. Entonces quedaba relegada a un segundo plano, todo giraba en torno a él. Y en todos los reportajes que hacían a la familia, se centraban en las hijas junto a su padre.

Pero ahora a los periodistas de la prensa amarilla les convenía describir a Agneta como una figura materna para todos los que crecieron entre 1965 y 1990.

No se atrevía a comprar periódicos, aunque habría estado bien saber qué otras fotos habían publicado de ella. Esperaba que su nuevo aspecto bastara como camuflaje.

Lo esperaba, pero tenía que comprobarlo.

Llevaba el pelo gris prácticamente rapado, iba sin maquillaje y se había puesto unas gafas de cerca con una montura muy gruesa. Una chaqueta nueva, una barata de H&M, para gastar lo menos posible de su fondo de guerra.

Le gustaba el corte de pelo. Era como volver a ser joven. La instrucción, los campamentos de prácticas, el estado de alerta constante. La inquietud y el compromiso. El mismo corte de pelo que llevaba en aquella época, cuando sentía una pasión desmedida por las cosas. Cuando tomó las decisiones que guiaban las acciones del presente.

Se preguntó qué dirían sus hijas si la vieran así. Ahora que se había quitado la máscara de madre que se dedicaba a organizar fiestas y de ama de casa. ¿Serían capaces de entender quién era? ¿Lo que era?

¿Qué pensarían sobre su infancia cuando la verdad sobre sus padres saliera a la luz? Que hasta cierto punto habían formado parte de una fachada, peones en el juego de Agneta. ¿Cambiaba eso algo? ¿Verían su infancia de otra forma? Seguro que sí, pero ¿cómo?

Recordaba que, cuando se destapó la gran red de espionaje rusa en Estados Unidos, en 2010, y expulsaron a los espías después de casi veinte años con identidades falsas, al menos uno de los hijos de unos espías se quedó en el país para continuar con su carrera como pianista. Decidió convertir su vida inventada en real, porque era lo que había creído todo ese tiempo.

Pero ¿qué vida de Agneta era la real?

Claro, es que de eso se trataba. Con todas las lealtades secretas y las dobles intenciones no resultaba muy sencillo saber qué era cierto.

Si es que algo lo era.

Solo le cabía esperar que sus hijas continuaran con su vida, bajo sus propios términos. Que no asumieran las decisiones equivocadas de sus padres. Agneta estaba dispuesta a hacer todo lo posible para que sus nietos se libraran. A ponerle fin a la maldición. El pecado original del traidor.

Dio a luz a sus hijas cuando aún estaba absorta en la misión, la lucha por la paz. Las tuvo como parte de la tapadera, lo sabía.

Era injusto para ellas. Eso también lo sabía. Pero los nietos le llegaron cuando todo había acabado. O cuando ella creía que todo había acabado. Cuando se atrevió a convertirse de verdad en Agneta Broman.

No quería perderlos como sentía que había perdido a sus hijas, o al menos el derecho a decir que era su madre. Porque las había engendrado con un objetivo, no por el bien de las niñas. Tampoco por el suyo.

Los nietos eran la prueba de que la vida normal y corriente vencía a la larga a las ideologías. Habían crecido al margen de las amenazas y las alianzas oscuras que caracterizaron la vida de Agneta. La Guerra Fría y las viejas discrepancias les eran completamente ajenas. Eran un símbolo de la vida real. La vida en la que también ella había empezado a creer.

La plaza Mariatorget estaba a rebosar de gente. Turistas asiáticos, chicas jóvenes con el pelo de colores y *piercings* en la nariz, cincuentones barbudos del barrio de Södermalm con el trasero plano y camisetas en las que se podían leer nombres de marcas de guitarra. Tuvo la suerte de encontrar un hueco en uno de los bancos del parque y aprovechó para disfrutar del sol y descansar un poco. Pero ya había llegado el momento.

Una pelota rodó en su dirección. Se levantó, la recogió y se acercó a Hugo.

—¿Es tuya?

—Gracias.

El mérito de que Hugo diera las gracias no era de Malin; la hija no se había preocupado demasiado por la educación de los niños. Era Agneta la que siempre prestaba atención a que dieran las gracias y le estrecharan la mano. Y a que preguntaran si se podían retirar de la mesa.

Pero lo más importante era que Hugo no la había reconocido. Aunque acababa de pasar una semana entera con ella.

Agneta esperó a que su nieto volviera con Malin. Metió la mano en el bolsillo de la chaqueta en busca del objeto que había cogido de casa, su arma secreta, que le ayudaría si se tropezaba con algún obstáculo. Casi podía sentir la fuerza que contenía. Después lo apartó y agarró la culata de la Makarov, que también llevaba en el bolsillo. En el otro portaba la Smith & Wesson de Kellner. Si la prueba no salía bien, tendría que escapar rápidamente. Con un disparo al aire bastaría. O en alguna pierna, para que también se oyera un buen grito de angustia.

Como era de esperar, su hija estaba sentada hablando con una amiga y llevaba un *latte* en la mano con aquella manicura tan cuidada. A su lado descansaba un bolso que costaba como dos lavadoras.

Hugo señaló a Agneta y la hija le dirigió una mirada distraída, pero no reaccionó. Perfecto.

Repasó la lista de cosas pendientes:

Ver a sus nietos para recordar por qué estaba haciendo lo que estaba haciendo: completado.

Poner a prueba su nuevo aspecto en un lugar comprometido: completado. La gente más cercana a ella no la había reconocido.

Ya no era nadie. Era invisible.

Por si acaso, pasó por delante de Malin y su amiga al marcharse. Con el rabillo del ojo vio que la hija la miraba directamente pero no la reconocía. Agneta soltó la pistola, sacó la mano del bolsillo y volvió a subirse la cremallera.

Ahora no tenía que preocuparse por que alguien la pudiera reconocer. Era libre para actuar como quisiera.

Ahora podía centrarse en el próximo encuentro.

27

EL PISO ENTERO estaba a oscuras cuando Sara llegó a casa. Se veía un resplandor por debajo de la puerta del cuarto de Olle, pero el resto de las luces estaban apagadas. Su hijo solía quedarse despierto jugando hasta que le decían que parara. Sara no había llegado a decidirse sobre qué le parecían los videojuegos. Le había prohibido los más violentos, y le había dejado muy claro a Martin que tampoco podía comprárselos, aunque fueran para él. Tenían que predicar con el ejemplo. Pero no sabía qué pensar de las horas que pasaba jugando a juegos inofensivos. Al fin y al cabo, ¿no era un pasatiempo como otro cualquiera? ¿Le habrían controlado el equivalente al tiempo de pantalla si se dedicara al coleccionismo de sellos? ¿O al fútbol? ¿Acaso Zlatan no se convirtió en el jugador que era por las interminables horas que dedicó a entrenar? O Björn Borg en su época, que se pasaba los días y las horas golpeando la pelota de tenis contra la puerta de un garaje. ¿En qué se diferenciaban los videojuegos de otros intereses? Sara caminaba por el piso mientras reflexionaba. Aunque las noches ya eran muy claras, la casa era tan grande que seguía teniendo que encender algunas luces.

Ebba estaba otra vez de fiesta de graduación, recordó Sara. Había fiestas todas las noches. Y le daba la sensación de que eran mucho más salvajes que las de su época. Más alcohol, más sexo, quizá también drogas.

Se encontró a su marido durmiendo en el sofá, con su adorada guitarra Martin en el regazo. El mismo nombre que su dueño, aquello tenía que significar algo, como siempre decía él.

¿Así se pasaba las tardes cuando ella no estaba?

¿Tocando acordes para mantener vivo su sueño roquero? La guitarra había costado cuarenta mil coronas, así que Sara la retiró con cuidado para que no se le cayera al suelo, o se le escurriera y acabara tumbado encima.

«Cuarenta y tres mil coronas por una guitarra que apenas sabe tocar», pensó. Como si ella alquilara la mayor sala del teatro Dramaten para contar un chiste.

Martin soltó un ronquido y Sara lo miró. Tenía el mentón lleno de babas. No era una imagen muy agradable.

Su conquista.

¿Se habría esforzado hasta el punto que lo hizo por estar con él si Lotta no se lo hubiera intentado robar?

A decir verdad, no lo sabía. Lo que era innegable es que la decisión de conquistarlo había afectado a su vida.

Ebba y Olle.

Los años en los que Martin trataba de convertirse en artista y vivían de su sueldo.

Cuando vendió la empresa y se mudaron a aquel ático gigantesco.

El tiempo que pasaba con sus suegros y sus cuñados.

Sin Martin, nada de eso existiría en la vida de Sara.

De repente, se sintió avergonzada. Intentó deshacerse de la sensación de que su marido era ante todo una prueba de que había derrotado a las hermanas. La venganza por una infancia en desventaja. Era ella quien se había ganado al chico del que Malin estaba enamorada y Lotta había tratado de conquistar.

¿Era Martin solo un símbolo de que Sara tenía que ganar siempre?

Y, de ser así: ahora que había ganado, ¿qué iba a hacer con él?

Martin fue una parte del idilio en Bromma. Vivía apenas a unas manzanas de distancia y pasaba mucho por allí con sus amigos en bici, después en ciclomotor y en moto y, finalmente, en coche. Iban a mirar a Lotta, mientras que Malin y Sara los miraban a ellos. Chicos mayores. Martin cursaba octavo y ella y Malin iban a sexto cuando Jane dejó repentinamente el trabajo en casa de los Broman y se llevó a su hija a Vällingby a una semana de que terminara el curso. Mientras sus compañeros de clase cantaban *Den blomstertid nu kommer*, Sara estaba sentada sola con un plato de cereales de miel en un apartamento vacío donde resonaba el eco. En ese momento pensaba que no volvería a ver a su amado, pero en realidad la mudanza no había pulverizado sus planes amorosos, solo los había retrasado unos años.

Sara recordaba los celos que sintió al oír el rumor de que Martin se había acostado con Lotta. En la fiesta de graduación de Malin, la misma fiesta en la que ella se había caído redonda. Ya tenía algo con Martin por entonces, pero si se hubieran acostado aquella noche, quizá se habría quedado en otro amor adolescente más que hubiera durado unos años antes de que rompieran. Cuando Lotta se metió por medio fue cuando la cosa se puso seria, de una forma completamente distinta.

Ahora que había vuelto a la vida de las hermanas no pensaba rendirse. Martin era suyo.

Se pasó el verano entero sintiéndose desgraciada porque Lotta la había suplantado, hasta un día que se estaba desmaquillando después de un pase de modelos en el patio de luces de los grandes almacenes NK. Se miró en el espejo y pensó que, si valía como modelo para la mejor agencia de Estocolmo, entonces quizá debería sentirse más segura de sí misma.

Así que llamó a Martin y le preguntó si quería tomarse un café. Y resultó que sí quería. Al principio el ambiente era un poco extraño, como expectante, probablemente por lo que había ocurrido durante la fiesta de Malin. Pero no parecía que ninguno de los dos quisiera dejar al otro, los dos albergaban esperanza.

Y al cabo de más o menos una hora se relajaron y después continuaron quedando.

El tomar conciencia de que tenía el poder de decidir sobre su propia vida fue determinante para Sara. Fue lo que la llevó a dejar la carrera de modelo después de unos años. Comenzó a practicar deportes de lucha y se leyó un montón de libros de autoayuda escritos por charlatanes para recuperar el control sobre su existencia. Fue cambiando de trabajos en cafeterías, atención domiciliaria, empresas de mensajería y de vigilancia, hasta que comprendió que quería ser policía. Por aquel entonces ya vivía con Martin y él iba tirando en el mundo del entretenimiento. Su caché más habitual eran cervezas gratis, así que pagaban el alquiler conjunto con el sueldo de Sara.

Durante esos años apenas tuvo contacto con su madre. En realidad, lo retomó a regañadientes cuando nacieron los niños. Ahora sabía que la razón de la ruptura tenía que ver consigo misma, con lo mucho que se avergonzaba por lo que se había enfadado con su madre.

Pero nunca llegó a comprender la razón de marcharse de Bromma. En lugar de limpiar y preparar comida en casa de Stellan y Agneta, Jane estuvo limpiando colegios durante el resto de la infancia de Sara. ¿Era mejor? ¿Se habría sentido inferior a los Broman porque se encargaba de su suciedad, porque dependía de ellos? Si precisamente gracias a ellos había conseguido trabajo, a pesar de que era joven, estaba embarazada y acababa de aterrizar huyendo de la dictadura polaca.

Sara sacó el portátil y metió los nombres de las hermanas en el cuadro de búsqueda. Se convenció de que lo hacía porque era necesario para la investigación, pero sabía que no era cierto. Lotta y Malin habían comenzado a reconcomerle el cerebro de nuevo, y quería encontrar la forma de distanciarse de ellas. Liberarse de su influencia.

Ya en la segunda página de resultados acerca de Malin aparecieron artículos, blogs y debates en foros sobre sus contribuciones como presentadora de *Burbujas de verano.* Sara lo leyó todo con detenimiento. Malin era un desastre, miraba a la cámara equivocada, hacía preguntas ridículas a los invitados y no entendía las respuestas. Por lo demás, la mayoría de los enlaces trataban sobre los programas en los que había trabajado tras la cámara, y ahí las opiniones eran más variadas. Y había un montón de fotos de grupo de famosos y fiestas de la televisión. Además del hilo reglamentario del foro Flashback, en el que hombres solitarios compartían de una forma repugnante cotilleos y fantasías sobre mujeres famosas con las que nunca podrían estar. En este caso, el nombre de Malin aparecía bajo el título «¿Dónde se han metido?».

Las fotos grupales de Lotta eran solo de contextos serios, si es que una fiesta se podía considerar un contexto serio. De la Agencia de Cooperación, de otras organizaciones de ayuda, de la semana de Almedalen, de alguna gala televisiva benéfica, de la gala de los premios Guldbagge. El resto eran innumerables enlaces sobre el trabajo de la Agencia, sobre comités en los que había participado, sobre su carrera en el movimiento deportivo y demás. Lo único negativo fueron varios artículos sobre la ayuda a organizaciones que, según los autores, apoyaban el terrorismo, y ahí a Lotta le tocó ser el chivo expiatorio como directora general.

Dejó de navegar por internet al oír un bufido extraño. Soltó el portátil y se acercó al ruido. *Walter*, el gato, estaba brincando por la cocina. Arañaba el suelo con las garras, saltaba, se daba la vuelta y regresaba al mismo sitio. Se quedaba quieto esperando, luego sacaba una pata, soltaba un zarpazo y volvía a dar vueltas. Entonces Sara vio que había cazado un ratón. Aquello era muy frecuente en Gamla Stan, había roedores por todas las tuberías y las paredes. Al menos no era una de esas ratas gigantescas de las cloacas. En ese caso, habría sido la rata la que hubiera cazado a *Walter*.

Después paró el juego. El gato abandonó al ratón, se dirigió a su cuenco de comida y empezó a comer; estaba hambriento después del esfuerzo físico.

Sara se acercó a mirar. El gato le había atravesado el cuerpo con varios mordiscos y ahora estaba dolorido. Moribundo y sufriendo. Tal vez se alargara. *Walter* ya no le prestaba atención. Sara suspiró, no le apetecía en absoluto, pero sacó una bolsa de plástico y un martillo. Después le dio la vuelta a la bolsa, recogió el ratón y le dio de nuevo la vuelta. La colocó en el suelo y lo mató de un golpe. Detestaba hacerlo, pero no quería que muriera con el dolor, y tampoco quería pedirle a su marido que se encargara del ratón. Le parecía algo del siglo XIX.

Walter no reaccionó al golpe. Se limitó a salir tranquilamente de la cocina sin volverse.

A Sara le resultaba difícil encajar todos sus rasgos. Por un lado, era un gato adorable, el más bueno del mundo; le encantaba que lo acariciaran y nunca había mordido a nadie. No se iba cuando se lo colocaban en el regazo. Por otro lado, era un sádico asesino y un torturador de ratones.

Tiró al retrete el cadáver del ratón y la bolsa ensangrentada a la basura. Cuando iba por el pasillo observó que seguía saliendo un resplandor por debajo de la puerta de Olle. ¿Se habría quedado dormido sin apagar la luz?

Sara abrió la puerta y vio a Olle en el ordenador. Por encima del hombro, en la pantalla había dos chicas desnudas de pechos enormes que se turnaban para chupar un pene negro gigantesco. Olle cerró de golpe la tapa del portátil en cuanto oyó que se abría la puerta.

—¿Qué pasa? —dijo estresado.

—Iba a apagarte la luz —respondió Sara, conmocionada—. ¿Estabas viendo porno?

—No.

—¿Es que no sabes que abusan de la gente?

—¡Vete!

—Hay mejores representaciones del sexo, si quieres verlo. Pero eso de ahí es pura humillación a la mujer.

—¡Que te vayas!

Su hijo se levantó de un salto de la silla y la echó del cuarto. Sara le habló a través de la puerta.

—No estoy enfadada —intentó decirle.

Sin respuesta. Era como si hubieran levantado un muro invisible entre los dos. Si no lo aclaraban en ese momento, quizá el muro se quedara allí para siempre.

—Olle, de verdad creo que deberíamos hablarlo. —Hizo una pausa para que contestara. No lo hizo—. No hay por qué avergonzarse. Pero es que es una industria horrible.

Seguía sin respuesta.

Mierda.

Quizá el muro ahora fuera mucho más alto.

Estaba claro que se avergonzaba. Y que se había enfadado. Que tu madre te pillara con algo sexual… No había nada peor. Además, sabiendo que lo que habías hecho estaba mal. Olle era perfectamente consciente de lo que Sara opinaba acerca de la industria del porno. Pero es que era tan accesible, tan fácil encontrarlo. Y a los adolescentes les interesaba muchísimo. Le resultaba raro guiar a su hijo al «buen» porno; una madre no debe inmiscuirse en la vida sexual de sus hijos. Siempre y cuando no tuvieran preguntas, claro está. Preguntas normales. No preguntas sobre dónde encontrar películas porno que merecieran la pena.

Y Sara estaba convencida de que todo estaba relacionado. El porno y la prostitución. Era como si Olle hubiera entreabierto la puerta a un mundo que ella sabía que era asqueroso y deprimente. Un mundo que ella deseaba con todas sus fuerzas que no existiera.

Comprendió que debería hablar con Martin sobre lo que había pasado. Para que él pudiera tener una charla con su hijo, inmediatamente, ahora que todavía era relevante. Martin había sido un chico adolescente, y seguro que sabía mucho mejor cómo se comportaban a esa edad. Si lo amenazaban con prohibírselo por completo, se volvería aún más tentador.

Cuando Sara fue al sofá para despertar a su marido, el móvil de Martin emitió un parpadeo en la mesita. Pensó que sería Ebba, que querían que fueran a buscarla. Siempre avisaba a Martin en esos casos. En parte porque Sara solía estar trabajando, en parte porque era mucho más fácil conseguir que su padre la llevara y la trajera.

Levantó el teléfono de Martin y tocó la pantalla. Un nuevo mensaje. Metió el código de desbloqueo y abrió la aplicación para ver el más reciente. De un número de prepago.

Un mensaje multimedia.

Un primer plano de unos genitales femeninos con un *piercing*. Y una mano de largas uñas con esmalte turquesa que abría los labios para una vista completa.

Sara no sabía qué pensar.

Subió en los mensajes. No era la primera foto de una vulva que recibía Martin. Cinco del mismo número durante las últimas semanas.

Sara buscó en Google el número de teléfono. No estaba registrado, pero apareció en una página con el nombre «Nikki X - Escort de lujo».

Sara miró a su marido y después a la foto de la vulva. Y otra vez a Martin.

Una escort.

Se quedó totalmente en blanco. Trató de pensar, pero estaba totalmente bloqueada.

Dejó con cuidado el móvil, levantó la preciada guitarra de Martin y la estrelló contra la mesita de modo que quedó destrozada.

Su marido dio un salto, pero para entonces Sara ya estaba en el vestíbulo con las llaves en la mano.

Martin.

Con una prostituta.

Con una puta.

Sara nunca usaba esa palabra para referirse a las chicas que conocía en el trabajo.

Pero Nikki X era una puta.

Una puta de mierda.

La responsabilidad era por completo de Martin. Era él el que estaba casado y tenía hijos. Era él el que le pagaba a una mujer por sus servicios sexuales.

Pero, aun así, Nikki X era una puta.

Sara se sintió como una idiota. Muy idiota.

Ingenua, tonta, imbécil.

La autosuficiente y recta Sara Nowak, que condenaba a todos los hombres que pagaban por servicios sexuales y se compadecía de sus mujeres y familias, pero que en el fondo creía de alguna forma que las responsables eran ellas. Las mujeres habían escogido al hombre equivocado con el que compartir su vida. Sara siempre había pensado que prefería vivir sola a casarse con un hombre al que se le pasara siquiera por la cabeza la idea de pagar por mantener relaciones sexuales.

Ahora se daba cuenta de que no era una cuestión de moral, sino de autoengaño.

Sara salió corriendo hacia la plaza de Kornhamnstorg.

No tenía ni idea de adónde ir.

¿Al trabajo?

¿Y si llamaba a David? ¿Estaría preparado para escucharla sin juzgarla? ¿Sin que Sara sintiera que la habían derrotado? Su madre quedaba completamente descartada.

¿Dónde debería ir? No quería deambular entre desconocidos, ni borrachos ni enamorados felices.

Quería que la dejaran en paz. En Lilla Nygatan, una de las calles que salían de la plaza, había un hotel. Bien. Tenía que meterse en algún lado.

Sara rodeó Forex y giró hacia Lilla Nygatan. Comprobó que llevaba la cartera en el bolsillo para pagar la habitación. Lo único que le preocupaba era que pudiera destrozarla.

—¡Dejadme en paz!

Sara reconoció inmediatamente la voz de Ebba. Provenía de la plaza que quedaba a su espalda, se dio la vuelta y regresó a toda prisa. Cuando llegó a Kornhamnstorg vio a su hija. Acababa de salir del metro y la seguían dos chicos corpulentos.

—¡Puta, puta, puta! —coreaba uno mientras daba palmas, como una grotesca animadora en solitario.

—Venga, va, ¡espera! —le gritaba el otro.

—¡Que me dejéis en paz! —volvió a gritar Ebba.

Entonces el que cantaba como una animadora la alcanzó y le tiró del pelo.

—¡Calientapollas! Ven aquí ahora mismo.

Al segundo siguiente cayó de espalda gritando de dolor. Sara se había abalanzado sobre él, le dobló el brazo, se agachó y se lo pasó entre las piernas. Después se puso de pie y lo levantó al tiempo que lo empujaba hacia delante. Una técnica de krav maga que nunca había probado fuera del gimnasio, pero que parecía que funcionaba estupendamente. El chico gritó al perder el control de su cuerpo, salió volando por los aires y luego se estrelló contra el suelo.

Sara no pudo contenerse y le soltó una patada en la barriga mientras seguía tumbado para que no se defendiera. Antes de que al otro le hubiera dado tiempo a comprender lo que había sucedido, Sara lo agarró del cuello y le dio un rodillazo en el plexo solar. Empujó la cadera con fuerza para darle un impulso extra y el chico se desplomó a sus pies.

—¡Ni se os ocurra acosar a las chicas así! —gritó Sara con la cara a escasos milímetros de la del muchacho que se encontraba más cerca.

—¡Mamá! —dijo Ebba—. ¿Qué haces…? ¿Qué haces aquí? ¿Me estabas siguiendo?

—No, vengo de esa calle —dijo Sara señalando hacia Lilla Nygatan—. Te he oído gritar.

—¡Pero no puedes pegarle a la gente!

—¿Preferirías que te hubieran atacado? No tienes ni idea de lo que son capaces los cerdos como estos, de la mierda que he tenido que ver.

—¡Pues si tan horrible es cámbiate de trabajo, así no vas por ahí agrediendo a la gente! ¡Está claro que no puedes más!

Ebba se marchó furiosa. A su casa, comprobó Sara tranquilizándose. Esta vez estaba bastante segura de que la ira de su hija hacia ella se había visto reforzada por la impresión de que la hubieran atacado. Al igual que Sara, a pesar de que Ebba no había llegado a darse cuenta del todo de lo vulnerable que era.

Se dirigió a los muchachos abatidos. El que había salido volando al menos se había sentado y el otro se había puesto de pie, aunque seguía con la mano en la barriga. Al chico del suelo le sangraban la nariz y la frente.

—Solo estaba protegiendo a mi hija —dijo Sara—. Os habéis comportado como unos cerdos. Pero si queréis poner una denuncia, os puedo ayudar.

—No, no pasa nada.

—Estoy sangrando.

—Ahora lo arreglamos —le dijo su amigo—. Venden tiritas en el 7-Eleven.

—OK —dijo Sara y volvió a su casa. Tenía que volver. Le parecía que el mundo entero se le estaba desmoronando y que dependía de ella tratar de pararlo.

Primero el asesinato de Stellan y ahora Olle viendo porno, Martin infiel y dos jóvenes acosando a su hija.

¿Qué narices estaba pasando?

En el mismo instante en el que abrió la puerta del piso, Ebba salió del baño y se metió en su cuarto dando un portazo.

—¿Qué estás haciendo?

Martin salió del salón con lo que quedaba de la guitarra en la mano. Parecía desolado, pero a Sara le costaba sentir compasión.

—Pregúntale a Nikki X.

—¿A quién?

—La que te manda fotos de su coño.

Las palabras surtieron efecto.

—¿Qué dices?

—Creía que te había escrito Ebba, así que he mirado el mensaje y me he encontrado con un reconocimiento ginecológico en la cara. Y no era el primero.

Martin no respondió.

—¿Cuánto tiempo llevas con esto? ¿Dónde la has conocido? ¿Y cómo narices eres capaz de pagar por mantener relaciones cuando sabes lo que veo cada día?

—¡Para! ¡No he pagado por mantener relaciones! No me he acostado con nadie que no seas tú desde que estamos juntos.

—Eso no es lo que muestran las fotos. Aunque no se la hayas metido, está claro que lo habéis hecho por teléfono.

—No, eso no es cierto. Es una chica que está intentando firmar un contrato con Go Live, y cree que esa es la forma de conseguirlo.

—¿Un contrato? ¡Si es una prostituta!

—Puede ser. Pero también canta y compone.

—¿Y te manda fotos de su vulva para conseguir un contrato con tu empresa?

—Sí, parece que cree que las cosas funcionan así.

—¿Y de dónde ha sacado esa idea?

—Con la experiencia que ha tenido con los hombres, no sería raro que crea que todos piensan con la polla.

—Bueno, es que es así.

—Nunca la he animado a que me las mandara. Míralo tú misma, no le he respondido a ningún mensaje.

Martin le enseñó la pantalla del móvil y subió hacia arriba. Solo había mensajes recibidos de Nikki X, ninguno que hubiera enviado él.

—¿Entonces eres una inocente víctima a la que le mandan las fotos sin su consentimiento?

—Sí.

—¿Y se puede saber por qué las estás guardando? No, no hace falta que digas nada, ya lo sé.

—Sí, claro que tengo que decir algo, porque es que te estás inventando tu propia realidad. Las he guardado por si la cosa degeneraba, se volvía peligrosa y tuviera que denunciarlo a la policía. Quiero tener pruebas del acoso.

—¿Y por qué no lo has hablado con tu mujer? Tu mujer que es policía.

—Porque ibas a reaccionar exactamente como estás reaccionando ahora y a pensar que me gustaba.

—Pero después te habría escuchado, tal y como estoy haciendo ahora.

—Demuéstrame que me estás escuchando y que me crees.

—¿Puedo ver el teléfono?

Martin le dio el móvil. No había llamadas hacia o desde el número en todo el historial. Y los mensajes eran solo de ella.

Sara decidió creerlo, pero se mostró escéptica ante la elección de guardar las fotos. Martin quedaba absuelto, al menos de momento.

—Me encantaba —dijo su marido levantando los restos de la guitarra. Un Martin destrozado con una Martin destrozada.

28

EN REALIDAD ESTABAN en plena noche, pero las luces del amanecer ya iluminaban el piso. Agneta esperaba sorprenderlo y estaba preparada para que opusiera una fuerte resistencia.

Pero lo único que encontró fue una vivienda vacía.

Allí había estado viviendo.

Ober.

Encima de la tienda de licores, entre una gasolinera y un restaurante tailandés, en un insulso apartamento de un dormitorio. Pero con unas vistas preciosas al agua.

Allí, los transbordadores amarillos viajaban continuamente entre Vaxholm y las islas de alrededor. En ese momento reinaba la tranquilidad. El mar estaba en calma, pero Agneta se imaginó que durante las tormentas otoñales las olas debían de alcanzar mucha altura en el puerto.

Uno se encontraba en el centro del archipiélago, aunque en tierra firme. Entendía perfectamente a la gente que quería vivir allí. Antes solo pensaba en lo lejos que quedaba aquello del centro de la ciudad. Al fin y al cabo, en Bromma también tenían vistas al agua. Pero allí la sensación era diferente, otro tipo de calma.

Agneta había planeado subir por el balcón y entrar desde ahí, pero resultó que era fácil forzar la cerradura de la puerta principal. Con la pistola en una mano, había ido abriendo la puerta muy despacio. Preparada para un ataque.

Pero no pasó nada.

Y al entrar se encontró con un silencio absoluto.

Dado que desafortunadamente se había difundido la noticia de la muerte de Stellan, Ober debía de haber huido y se habría escondido en alguna dirección segura. La alternativa era que se hubiera marchado para encontrarse con Abu Rasil y que todo estuviera en marcha ya.

Agneta esperaba que no fuera así.

Ahora se encontraba allí, maravillándose por lo mundana que podía llegar a ser la vida de un espía. Repasó el frigorífico y la despensa. Leche fermentada y crema para el café. Queso de cabra. Un montón de cereales y de muesli.

Luego el cuarto de baño. Medicación para úlceras gástricas y limpiador de dentaduras postizas en el armarito del baño. Una toalla de Sunwing de 1991 y otra roja más pequeña con una etiqueta que rezaba «trasero». En el dormitorio había una cama bien hecha con una colcha burdeos por encima. El modelo individual sugería que toda esperanza de compartir la vida con alguien había desaparecido.

En el salón encontró el mando de la televisión y el del aparato de vídeo sobre un paño de ganchillo en la mesita. Un sofá de dos plazas y un sillón de tela de color marrón apagado. A pesar de todo, se había preparado para recibir visitas. Una estantería con novelas policiacas, biografías y libros sobre fauna y naturaleza.

Después Agneta volvió a registrar el apartamento en busca de cualquier cosa que pudiera estar relacionada con Geiger y la red de espías. Nada de compartimentos secretos ni agujeros tras los azulejos, por lo que podía ver. Pero bajo el estante inferior del armario del fregadero, Ober había colocado una caja envuelta en una bolsa de basura negra, y dentro de la caja encontró un viejo radiotransmisor. De metal verde con ruedas y botones.

¿Cuánto tiempo habría estado usándolo?

¿Y por qué lo conservaba aún?

¿Seguiría activo después de tantos años, o simplemente había mantenido la esperanza? En cualquier caso, la radio era comprometedora, así que Agneta se la llevó. Otros podrían seguirle el rastro.

Tenía que encontrar a Ober antes de que lo encontraran otros.

¿Qué conllevaba que la muerte de Stellan se hubiera hecho pública?

¿Qué pensarían sobre su desaparición?

Y si conectaban el asesinato con la red de espías, ¿encontrarían a Ober? ¿Les contaría Ober todo?

O tal vez Ober se hubiera escondido porque estaba decidido a completar a toda costa la misión que juró llevar a cabo: la devastación del Occidente en decadencia.

29

SARA SE DESPERTÓ temprano, inquieta. Los acontecimientos del día anterior la habían dejado estremecida. Al final todo había terminado bien, si es que creía a Martin. Ebba estaba en casa, a salvo, se había librado de una posible agresión. Y, en cuanto a la guitarra, podían comprar una nueva.

No eran ni las seis, pero ya no podía dormir, así que se puso la ropa de deporte y salió a correr. Los pantalones cortos de Elsa de *Frozen* que Ebba había desechado y una camiseta que rezaba «CEO Speedwagon». Incluso una banda de aficionados necesitaba promoción. A una hora tan temprana solo había despiertos otros corredores, así que a Sara le traía sin cuidado la ropa que llevara.

Rodeó Kungsholmen corriendo y, para variar, hizo los giros hacia la derecha; apenas una hora más tarde se sentó sudorosa en el muelle del ayuntamiento y recorrió con la mirada el agua resplandeciente y los barcos blancos que se dirigían a las islas del lago Mälaren, a Mariefred y a Strängnäs. Pensó en Breuer y en Strauss. Y en la explosión de la carretera alemana que tanto les interesaba.

¿Estaría relacionado con el asesinato de Stellan? Si fuera así, ¿cómo?

¿Quién podría saberlo? ¿Tenía ella información que alguien pudiera ayudarle a interpretar? La muerte de Stellan seguramente estaría relacionada con su pasado.

¿Quién podría ayudarle si Brundin, del Säpo, se negaba a echarle una mano?

Solo se le ocurría una persona.

Como iba con la ropa de deporte y estaba junto al ayuntamiento, atravesó el centro de la ciudad haciendo *footing* hasta llegar a Södermalm. Continuó hasta el extremo este del barrio y notó cómo se le volvía a empapar la camiseta de sudor. Cuando vio el portal de Hedin, pensó en que tal vez la investigadora no estuviera despierta a esas horas. Cuando se jubilara, Sara no tenía intención de levantarse antes de las once. La calle estaba desierta, así que nadie reaccionó cuando apoyó la frente en el cristal y se asomó por la ventana de Hedin, en la planta baja.

Ah, pues sí que estaba despierta.

A través de la ventana de la única habitación pudo verla sentada en la cocina, escribiendo. La antigua catedrática no se inmutó cuando Sara golpeó el cristal, pero ella no se rindió. Comenzó a aporrearlo. Cada vez más fuerte hasta que la mujer se acercó y abrió la ventana.

—Estoy trabajando —dijo Hedin haciendo el amago de volver a cerrar, pero Sara la detuvo.

—Esto es más importante —dijo.

Se agarró al marco de la ventana, salto y entró de un salto. Aterrizó sobre la barriga en el alféizar de la ventana y se deslizó hasta el suelo. No fue una entrada muy digna que se diga. Después se puso de pie y miró a Hedin.

—La explosión en Alemania.

—¿Qué?

—¿Cómo está relacionada con Stellan?

—No lo sé.

Hedin se dio la vuelta y regresó a la cocina.

—Te has enterado de la explosión, ¿verdad?

—No.

Hedin mantenía la mirada fija en un libro abierto lleno de subrayados mientras golpeaba las teclas con los dedos. El texto era en alemán. Estaba rodeada de fotocopias de documentos de archivos y decenas de recortes de varios envases —arroz, avena, muesli— que había recortado para utilizar el reverso como tarjetas. El ordenador podía tener perfectamente más de diez años, y la impresora era una de tipo matricial que descansaba al otro lado de la mesa. Sara no pudo evitar pensar en los pocos gastos que debía tener la mujer.

—El sitio se llama Hattenbach —dijo Sara después—. La carretera ahora es un cráter. Han muerto seis personas, creo.

—¿Hattenbach?

Hedin sacó un viejo atlas y pasó algunas páginas.

—El paso de Fulda —dijo soltando el libro—. *The Fulda Gap*. Fukuyama estaba muy equivocado.

—¿Eso qué significa?

Sara reconoció el término —*Fulda Gap*—, pero no recordaba a qué se refería.

—Todo el mundo creía que la Tercera Guerra Mundial comenzaría en el Paso de Fulda —dijo Hedin—. Al este de Fráncfort, en la frontera entre el oeste y el este. Hay dos valles que parecen diseñados para invadir con tanques. Los corredores conducen directamente al corazón de Alemania Occidental, a la zona del Rin donde se encuentran las bases estadounidenses más importantes de la OTAN. Se han escrito montones de libros sobre el tema, han hecho películas, incluso juegos de mesa. ¿Es que en el colegio no os enseñan nada hoy en día?

Sara no sabía si la contaba entre los alumnos de hoy, pero decidió hacer caso omiso de la pregunta.

—¿Podría estar relacionado con Stellan Broman? —dijo—. Es que ocurrió justo al mismo tiempo, y en los dos casos hay conexiones con la Guerra Fría.

Hedin permaneció en silencio.

—¿Por qué alguien iba a poner una bomba ahí ahora? —prosiguió Sara.

—Puede haber mil razones distintas. Las lealtades cambian de bando continuamente y el enemigo de ayer es el amigo de hoy. ¿Sabías que la sede del Servicio de Inteligencia Alemán de Pullach pertenecía a las Waffen-SS? —dijo Hedin—. Y su máximo dirigente, Gehlen, fue un nazi devoto y jefe de espionaje durante la guerra. Su especialidad era la Unión Soviética, y pensaron que encajaría a la perfección en la Alemania Occidental de la posguerra. En aquella época, el pasado nazi no pesaba tanto.

—No tenía ni idea.

—Hay muchas cosas que no sabéis.

Sara no tenía claro si se refería a la policía, a los estudiantes o a toda la humanidad salvo ella misma.

—¿Sabes lo que deberías hacer? —dijo Hedin—. Deberías hablar con alguien que tenga más conocimientos sobre temas militares internacionales. Yo investigo dentro de Suecia.

Sara se sorprendió un poco cuando Hedin sacó el móvil. Se esperaba un Dialog viejo con dial rotatorio.

—Buenos días, soy Eva Hedin. ¿No teníais a un experto en Fulda y Alemania?

Se quedó a la escucha y asintió.

—Sí, perfecto.

Tomó el reverso recortado de una caja de té y anotó algo.

—¿Y crees que responderá? —dijo aún al teléfono—. Muy bien. Lo va a llamar una agente de policía. No creo que le quiera decir por qué, pero supongo que estáis acostumbrados, ¿no?

Por primera vez desde que la conocía, Sara la vio sonreír.

—Muchas gracias por la ayuda, y gracias por la maravillosa reunión anual. Fue una conferencia muy interesante. Una pena que Theutenberg no pudiera asistir. Adiós, adiós.

Hedin colgó y miró a Sara.

—Tore Thörnell. Coronel jubilado. Tal vez te pueda echar una mano.

—¿A quién has llamado?

—A Christer Hansén.

—¿Es militar?

—Es el presidente de la asociación Ojos y Oídos de Suecia.

—¿Y qué es eso?

—Una asociación para aquellos que han trabajado o están interesados en el servicio secreto, sobre todo desde un punto de vista histórico.

—¿Y tú eres miembro?

—Sí —respondió Hedin un tanto desconcertada, como si Sara le hubiera preguntado si respiraba—. He dado varias conferencias. Aquí tienes el número. Ahora, vete.

Hedin le tendió el trozo de caja de té con el número, se sentó y comenzó a repiquetear otra vez en el ordenador. Ni siquiera respondió cuando Sara se despidió.

En la calle, lo primero que hizo fue comprobar si el número estaba registrado. No lo estaba. Según la aplicación, solo otras cuatro personas lo habían buscado, así que no parecía que lo usaran mucho. Después llamó.

—Thörnell —contestó una voz vieja y grave.

Sara se presentó, le dijo que un tal Christer Hansén le había facilitado el número y que esperaba que pudiera responderle a unas preguntas sobre la Guerra Fría y el Paso de Fulda. Él le prometió que haría cuanto pudiera y le pidió que se pasara por su casa dentro de una hora. Número 16 de la calle Bergsgatan, el código era 1814.

—¿1814? —dijo Sara—. El último año de guerra en Suecia.

—Oficialmente —dijo Thörnell antes de colgar.

UNA HORA ERA tiempo suficiente para volver a casa corriendo y darse una ducha antes de tomar la línea 3 de autobús en dirección a Kungsholmen. Todos se habían marchado a clase y al trabajo, así que tenía la casa para ella sola. Cuando abrió el agua y se quitó la ropa de deporte, se paró a pensar en la noche anterior, y en lo dramática que había sido para su familia. Seguro que los demás creían que había reaccionado de una forma exagerada y que se había metido donde no la llamaban. Ella solo pensaba en que quería protegerlos a todos. A los miembros de la familia por separado, pero también a la familia al completo, como una unidad. Pero ¿debía hacerlo a su manera? ¿Le costaba aceptar que los demás tuvieran su propia voluntad? Solo quería lo mejor para ellos.

Cerró el grifo de la ducha, se frotó con la toalla y se quedó un buen rato mirándose en el espejo del cuarto de baño. Esa era ella. Sara Nowak. Madre de dos hijos, policía, residente de Gamla Stan. De joven no se habría podido imaginar todo lo que le iba a suceder. ¿Estaba satisfecha con su vida? ¿Se arrepentía de algo? ¿Algo que sentía que debería haber hecho? ¿Le quedaba algún propósito por cumplir? Muchos sueños de su infancia y su juventud, sin duda, pero sobre todo se había dado cuenta de que iban cambiando a lo largo de la vida, y que ya no tenían nada que ver con trabajos maravillosos o con el éxito o la fama. Ahora soñaba con la felicidad de sus hijos, con seguir sintiéndose bien y con que alguien se hiciera cargo del mundo para que volviera a ir en la dirección correcta.

La reflexión ante el espejo hizo que se retrasara. Cuando vio la hora, se puso lo primero que encontró, pasó de maquillarse y salió corriendo a la parada del autobús. Tenía que llegar puntual.

Al cabo de seis minutos de trayecto en autobús y dos minutos de paseo, Sara llegó al número 16 de Bergsgatan. Un antiguo edificio de piedra, suntuoso y de color rosa salmón, con ventanas saledizas, balcones y hermosas vistas a la iglesia de Kungsholm. Marcó 1814 y la puerta se abrió.

«Oficialmente —pensó. Y después—: *Voi ch'entrate...*»

El hueco de la escalera resonaba de aquella manera tan característica de los edificios antiguos y distinguidos. Un eco grave, cálido. Ni frío ni duro como en los edificios del proyecto del millón de viviendas.

No cabía duda de que lo habían construido pensando en gente adinerada. Cada planta tenía tres puertas: una doble de mayor tamaño y otras dos más pequeñas. En varias plantas, una de las puertas pequeñas seguía siendo una entrada lateral para la puerta doble, y al principio seguro que la usaban como entrada para la cocina y el personal de servicio. Sara dedujo que construyeron la casa con un piso grande y otro más pequeño en cada planta; uno para los comerciantes ricos y excelencias, y otro para los funcionarios más anónimos, que aun así recibían una vivienda en una ubicación con unas vistas preciosas por encima de la iglesia hasta la bahía.

Cuando el coronel Thörnell le abrió la puerta, Sara pudo confirmar sus teorías. Detrás de él vio un piso gigantesco con paredes recubiertas de madera y techos de estuco.

—Sara Nowak —se presentó al tiempo que le tendía la mano.

Él se la estrechó y la dejó pasar.

El coronel jubilado era un caballero de unos setenta años, con el pelo peinado hacia atrás, un bigote discreto, una rebeca verde musgo, una camisa blanca y corbata. Y zapatos dentro de casa. Iba impecable incluso en plena ola de calor. Recordaba un poco a un galán de película de los cuarenta. Un Cary Grant de pelo blanco.

—¿Quieres café? He preparado la mesa en el salón.

Sara entró y dio un respingo al ver un movimiento con el rabillo del ojo, pero rápidamente cayó en la cuenta de que no era más que un espejo que cubría toda la pared del vestíbulo. Un signo de vanidad que no encajaba con la imagen más bien estricta del coronel.

Pasaron a un salón con una ventana saslediza que daba a los árboles de la iglesia, cinco ventanas en fila ligeramente arqueadas hacia fuera. El sol daba de pleno, así que Thörnell se acercó para correr las cortinas.

Sofá, sillones y mesa de estilo neoclásico. Sara no fue capaz de determinar si los muebles eran antiguos de verdad o solo los habían fabricado para que lo parecieran. En las paredes había retratos al óleo de caballeros adustos, algunos con uniforme, otros de paisano y otros con sotana. Unos diplomas y unos telegramas enmarcados, en inglés y en francés, por lo que pudo ver.

—¿El Paso de Fulda? —dijo Thörnell, que evidentemente estaba acostumbrado a ir al grano. Porque lo cierto es que no parecía que tuviera mucha prisa. La calma en el majestuoso piso era palpable, casi física.

—Sí —respondió Sara—. Tengo entendido que se esperaba que, de haber una Tercera Guerra Mundial, empezara allí.

—Correcto. Hay varios supuestos, pero el de Fulda era el más probable según, entre otros, la OTAN. Por eso se reforzaron muchísimo las fronteras allí, aunque igual decir eso es quedarse corto. Incluso con armas atómicas. Alemania se arriesgaba a convertirse en el escenario de una guerra absolutamente devastadora.

—¿La explosión de ayer está relacionada con la Guerra Fría? Ocurrió justo en esa zona.

—Pero la Unión Soviética y la RDA hace mucho que no existen, como ya sabes.

—Rusia no es menos agresiva —dijo Sara como tentativa.

Thörnell se reclinó en el sillón con el café en la mano.

—Lo que ocurrió en Alemania ocurrió en un terreno histórico, pero no tiene por qué significar que esté relacionado con la historia. En Europa central casi todos los lugares son históricos. Dos guerras mundiales y una serie de dictaduras sangrientas, tanto de derechas como de izquierdas. Te arriesgas a encontrarte con un cadáver si levantas cualquier piedra.

El silencio se apoderó de la estancia y Sara se dio cuenta de que no se colaba nada de ruido del exterior. El tráfico no debía de ser tan tumultuoso por la zona de la iglesia, pero no se oían ni coches ni niños ni sirenas. Estaba muy bien aislado.

—Tal vez haya leído que han asesinado a Stellan Broman, el antiguo presentador —dijo Sara.

—Le dispararon en su propia casa —contestó Thörnell mirando por encima del hombro, como si considerara la posibilidad de que le pudiera ocurrir lo mismo.

—Y ha salido a la luz que fue informante de la RDA —dijo Sara esperando la reacción del coronel.

—Continúa —dijo Thörnell con calma.

—Me preguntaba si la explosión de Alemania podría estar conectada de alguna forma con el asesinato de Stellan. Los dos son actos violentos que pueden relacionarse con la Guerra Fría.

—¿Y eso qué tiene que ver conmigo?

—¿Ve alguna conexión? ¿Por qué me han mandado Hedin y Hansén para que hable con usted?

Thörnell la miró como un profesor mira a su alumno favorito cuando no se sabe la respuesta a una pregunta. Sorprendido, decepcionado, casi dolido.

—Debo confesarlo —dijo Sara—. No sé qué hacía usted, salvo que era coronel. ¿Cómo es que sabes tanto sobre Fulda y la Guerra Fría?

—No tengo por costumbre especular sobre los motivos de los demás, pero no sería descabellado que Hansén tuviera en mente mi especialización tan particular. No creo que Hedin lo sepa, no somos muy públicos en mi Cuerpo. Pero supongo que por eso llamó a Hansén.

—¿Y cuál es su Cuerpo?

—Digamos que durante muchos años trabajé con ciertos objetivos internacionales.

—¿Y eso qué significa?

Thörnell sonrió. Parecía que apreciaba la franqueza de Sara.

—Era oficial de enlace en los servicios de inteligencia militares, destinado en la sede de la OTAN en Bélgica. Mira, ya sabes una cosa que solo conocen media docena de personas en Suecia.

—¿Y por qué me lo cuenta a mí?

Sara no pudo evitar sentir una pizca de sospecha. Hedin le había ayudado desde el principio y ahora se encontraba con el coronel secreto, que sin dudarlo la había recibido en su casa y le estaba respondiendo las preguntas. ¿Tendrían otros motivos para ayudarle o estaba Sara tan acostumbrada por su trabajo a gente que se resistía y se negaba a colaborar que había olvidado cómo funcionaban las personas normales? ¿O es que simplemente había acertado al encontrar a Hedin? Tal vez Sara podría haberle sacado provecho al compromiso de Hedin contra los antiguos colaboradores de la Stasi. A veces era verdad que se podía tener suerte.

—Porque hace quince años que me jubilé —dijo Thörnell—. Y para hacerle un favor al bueno de Hansén. Cuando me pide algo así, colaboro, pero por lo general no reconocería ni tan siquiera haber estado en el extranjero, solo en Mallorca.

El coronel se permitió una sonrisa.

—De niña era amiga de las hijas de Stellan, y recuerdo que a veces celebraban grandes fiestas en su casa con un montón de gente. A muchos los reconocíamos también los niños: gente de la televisión, famosos. Pero me he enterado de que había otras personalidades importantes. Políticos que llegaban al rango ministerial, empresarios, investigadores y a veces también militares. Además de espías del Este.

—Tenía una red de contactos muy amplia, desde luego.

—¿Usted fue alguna vez?

Thörnell se había quedado un poco boquiabierto, pensó Sara.

—Buena pregunta —dijo—. Creía que íbamos a hablar del Paso de Fulda, pero, por supuesto... Sí, me reuní con Stellan Broman en su casa un par de veces. En un contexto amistoso. La verdad es que era una persona muy hospitalaria.

—¿Solo un par de veces?

—Sí, nunca me han entusiasmado las fiestas. Y ya por entonces sospechaba que había una segunda intención tras todo aquello.

—¿Lo denunció?

—Si lo hubiera hecho, sigue siendo material clasificado y no puedo ni confirmarlo ni desmentirlo.

—¿Y qué sabía usted que quisiera averiguar un informante de Alemania del Este?

—Buena pregunta. Lo que la RDA hubiera querido saber.

Thörnell se quedó pensativo unos instantes.

—La postura de Suecia hacia la OTAN, por supuesto —dijo después.

—¿Si íbamos a ingresar en la OTAN?

—Más bien hasta qué punto ya habíamos ingresado.

Sara recordaba haber leído sobre la larga colaboración de Suecia con la OTAN, una colaboración que en realidad solo se mantenía en secreto de cara a la población sueca, y de la que la Unión Soviética estaba obviamente al tanto. Un periodista lo había revelado. Una colaboración que había sido altamente secreta durante décadas y que suscitó un encendido debate cuando se descubrió, pero que enseguida cayó en el olvido. La cuestión de la neutralidad había quedado obsoleta, como Sara suponía que lo habría expresado el coronel.

Le parecía que el asesinato de Stellan se estaba transformando en algo mucho más serio de lo que habría podido imaginar. Tan serio que no era capaz de concebirlo. Sobre todo, cuando tenía que pensar en su verdadero trabajo. Todas las personas que necesitaban su ayuda y todas las que se molestarían porque se había inmiscuido en una investigación que no le correspondía. En realidad, era una falta disciplinaria, pero aliviaba su conciencia al decirse a sí misma que no estaba de servicio en ese momento. Estaba preguntando sobre un viejo amigo de la familia en su tiempo libre. Y, cuanto más averiguaba, más le preocupaba que sus colegas no lograran descubrir la verdad. No sabía qué hacer. Si rendirse o continuar en contra de lo que dictaba el sentido común.

—¿Eso era todo? —dijo Sara, que sentía que había averiguado más de lo que era capaz de asimilar.

—La visión general —respondió Thörnell—. Pero cuanto más detallada fuera la información, mejor. Los ejercicios de la OTAN, cómo y quiénes los habían planeado. Si Occidente también quería atacar bajo la protección de un ejercicio. Bueno, y lo relacionado con la capacidad real de la OTAN, claro. ¿Las estadísticas de Occidente sobre sus recursos eran fiables o las estaban exagerando como sospechábamos que hacía el Este? ¿O estábamos ocultando nuestras fuerzas para despistarlos? Luego también quería saber cómo eran los planes de Occidente para enfrentarse a una invasión, porque eso afectaba muchísimo sus planes de guerra. En resumidas cuentas, todo sobre las estrategias secretas de la OTAN y sus defensas era de interés para la RDA, como Stay put y similares.

—¿Stay put?

—He hablado demasiado.

Para un hombre del porte tranquilo y controlado de Thörnell, el leve tono de vergüenza en su voz era el equivalente al grito de angustia de una persona normal.

—Para nada. Cuénteme.

—No puedo, por desgracia.

—Soy policía.

—Pero no militar.

Thörnell le agradeció a Sara que se hubiera interesado por lo que pudiera saber un viejo soldado y la acompañó al vestíbulo. Él se detuvo allí y la miró a los ojos.

—¿Sabes que estás pisando territorio histórico? —dijo.

Antes de que a Sara le hubiera dado tiempo a contestar, Thörnell metió dos dedos en el marco del espejo del vestíbulo y empujó. Sara vio que su reflejo desaparecía cuando el antiguo coronel apartó hacia un lado el cristal con ligereza. Dentro aparecieron dos habitaciones con estanterías, escritorios y viejos teléfonos de baquelita negra.

—Aquí se reunía el mando de la Stay behind sueca —dijo Thörnell haciendo un gesto hacia el espacio oculto.

—¿Los que asesinaron a Palme?

—No, no asesinaron a Palme. Era responsabilidad suya organizar una defensa tras las líneas enemigas, en caso de que el país fuera ocupado.

—¿Antes solo se pensaba en eso? ¿En que podían invadir el país?

—Los primeros fueron Dinamarca, Noruega, Bélgica y Holanda durante la guerra. Polonia y Checoslovaquia durante la Guerra Fría. Y Hungría y Alemania del Este. Todos los países al otro lado del telón de acero tenían tropas soviéticas en su territorio. De modo que sí, la invasión era una amenaza muy real.

—¿Y qué debía hacer la Stay behind si invadían Suecia? —dijo Sara mientras examinaba el equipo tan anticuado.

—Organizar la resistencia. El sabotaje.

—¿Esto no es también alto secreto?

—Solo te estoy contando cosas que están a disposición del público.

—¿Ha mantenido este espacio por si volviera a ser útil?

—En ese caso, unas máquinas de escribir viejas no serían de mucha ayuda. Es un recordatorio de que la historia siempre está presente. Tal vez gracias a lo que ocurría en esta sala no nos arrastraron al otro lado del telón de acero y pudimos continuar viviendo en libertad.

—Pero ¿la Stay behind no se activaba solo si ocupaban Suecia?

—Se trataba de oponer resistencia. Los rusos sabían que todos los países se estaban preparando de esta manera, pero mientras pudiéramos mantener en secreto quiénes lo organizaban y con qué recursos contaban, entonces teníamos un as en la manga. Y funcionó, a pesar de todos los Wennerström y Bergling.

—¿Qué diferencia había entre Stay behind y Stay put?

—Buen intento —dijo Thörnell riéndose.

Salieron al recibidor. El coronel colocó el espejo en su sitio y Sara volvió a verse la cara.

Tenía una mirada decidida.

Como si se le hubiera ocurrido algo.

Y se le había ocurrido.

30

Conducía por la E18 en dirección a Norrtälje, pero en lugar de tomar la salida, Agneta continuó hacia Kapellskär. Luego se desvió a la izquierda hacia Räfnäs. La posibilidad era remota, pero no pensaba que Ober hubiera conseguido otro refugio con el paso de los años, puesto que todo lo que una vez fue había desaparecido con una rapidez alarmante. Tanto es así que algunos se habían creído que podían llevar una vida ordinaria y olvidarse de la real. Olvidar quiénes eran realmente.

Además, Ober no tenía ninguna razón para pensar que ella conociera su escondite. En una ocasión lo usó para reunirse con Geiger y luego ella se enteró de que habían quedado en la casa de verano de la hermana. En Räfnäs. Más adelante, en un contexto completamente diferente, preguntó cómo se llamaba la hermana y le resultó sencillísimo atar cabos.

Habían pasado más de treinta años, pero tenía mucha información de aquella época. Nombres, lugares, el aspecto físico de la gente, anécdotas, relaciones familiares, preferencias personales. La cuestión era si le serían de utilidad ahora.

Aparcó en el puerto de Räfnäs, desde donde partían los barcos hacia las islas del norte del archipiélago y donde tenía su embarcación Salvamento Marítimo. Había un quiosco para los veraneantes con ganas de dulces y más allá se veían casitas rojas de pescadores. Encima del aparcamiento había una parada de autobús y el punto de reunión de la localidad. Al parecer, Ober le era leal al archipiélago.

Se quedó en el coche mientras consultaba el viejo mapa de taxi que llevaba en la guantera desde mucho antes de que existieran las aplicaciones de mapas.

El número 5 de Karlsrovägen. Debían de ser las viviendas al otro lado del caminito que bordeaba el agua. Había un edificio más alto y otros de menor tamaño. Usó el espejo retrovisor para poder seguir mirando la casa sin tener que girarse. Quizá lo mejor fuera entrar a hurtadillas por la parte de atrás. ¿Sería demasiado cauteloso? Si alguien la viera podría sospechar, allí había gente por todas partes.

Se miró en el espejo retrovisor. No, no la iba a reconocer. Estaba demasiado cambiada con el pelo corto y sin maquillaje. Mejor entrar desde la calle y llamar a la puerta. En verano había mucha gente, veraneantes que salían en barcos, amigos que venían de visita, gente que alquilaba casas durante una semana o dos. Agneta podía ser una visitante que se había equivocado de puerta, una mujer mayor que necesitaba entrar al baño con urgencia o una turista que se había enamorado de la zona y quería comprar una casa. Ober no tenía motivos para sospechar. Al contrario, tenía motivos para comportarse con normalidad, ya que probablemente fuera una cara conocida por esos lares y no quisiera llamar la atención.

Cuántas veces había estado en su casa. Cuántas horas había pasado con su marido. Cuánto tiempo le había dedicado a Geiger. Adoctrinando y formando a su recluta.

¿Era todo culpa suya? ¿Cómo habría sido su vida si Ober no hubiera logrado reclutar a una persona tan devota como Geiger?

Subió los escalones de la entrada, agrietados y sin pintar. Mejor aporrear bien la puerta, como quien no tiene nada que ocultar. Dio un golpe en la puerta sin vacilaciones.

Y enseguida oyó pasos al otro lado.

Una mujer.

La hermana.

Había cierto parecido, del modo en el que se parecen los hermanos. Por muy distintos que fueran unos hermanos, la forma de la nariz o una manera de fruncir los labios revelaban la verdad sobre el parentesco. Dos individuos hechos por las mismas personas, aunque los creadores hubieran muerto hacía largo tiempo.

—Disculpe, ¿por casualidad tendría un teléfono que pudiera usar? El mío se ha quedado sin batería y se suponía que había quedado en el puerto con mi hija, pero no sé dónde se ha metido.

—Claro, pase.

La hermana se dio la vuelta y entró en la casa. Agneta la siguió.

El vestíbulo era diminuto y después se llegaba a la cocina, que parecía hacer las veces de cuarto de estar. El mobiliario era viejo y

224

estaba en malas condiciones, como solía ocurrir en las casas de verano. Los muebles y la tapicería pasaban allí el invierno y quedaban expuestos al frío y a la humedad. Cosas que llevaban décadas sin usarse, pero que seguían en su sitio porque siempre habían estado allí. Cacas de mosca y telarañas. La vajilla cascada y con manchas, cubiertos dispares, vasos que nunca quedaban limpios por más que se lavaran. En medio de la habitación, una mesa amplia con pilas de periódicos y libros. Un sillón con un reposapiés y una ventana que daba al jardín.

Agneta miró a su alrededor.

Una sartén le valdría.

Antes de que a la hermana le hubiera dado tiempo a darse la vuelta, le asestó un golpe en la nuca con la sartén. La mujer se desplomó y Agneta pensó inmediatamente en cuánta violencia podría soportar una persona mayor. ¿La habría matado con un golpe tan fuerte?

Ató a la mujer a una silla por si acaso y después le tomó el pulso y comprobó que respiraba. Sí, sí, estaba viva.

La casa tenía las paredes finas y había mucha gente desplazándose por Räfnäs. Buscó una camiseta y la cortó en tiras con las tijeras de la cocina. Después sacó la pistola, le colocó el cañón en la sien a la hermana por si se despertaba y le llenó la boca con las tiras. Después seleccionó una más larga y se la ató alrededor de la cabeza, tapándole la boca.

La hermana tardó bastante en despertarse.

Casi una hora.

Mientras esperaba, Agneta se escondió en un dormitorio. Había colocado a la mujer de forma que, si contra todo pronóstico alguien iba a visitarla, ella podría sorprender al intruso y volver a utilizar la sartén. O la pistola.

Mientras tanto, reflexionó sobre cuáles serían sus próximos pasos. No recordaba mucho de su entrenamiento y no le apetecía nada torturar. ¿Tal vez bastara con amenazarla? Esperaba que sí.

—¿Dónde está? —dijo Agneta cuando la hermana por fin volvió en sí.

No respondió y Agneta trató de recordar cómo se llamaba. ¿Lisbeth? ¿Berit? ¿Betty? Ese tipo de detalles siempre ayudaban, pero estaba completamente en blanco. ¿Por qué nunca les habían enseñado a lidiar con la pérdida de memoria? El cuerpo no era lo único que se deterioraba. El cerebro también se iba estropeando.

—¿Dónde está? —repitió.

La hermana se limitaba a negar con la cabeza.

Agneta miró a su alrededor y se le ocurrió una idea. Aquel método de tortura en concreto no se usaba en su época, pero parecía que tenía mucha fama en la actualidad. Se acercó a la estufa de leña en busca del cubo de agua que había allí y un paño de cocina. Llevó el cubo junto a la mujer atada y le echó hacia atrás la cabeza tirándole del pelo. Después le cubrió la cara con el paño y le vertió agua por encima.

No tenía ni idea de si lo estaba haciendo bien, pero el submarino era el submarino, pensó para sí. Muy agradable no podía ser.

Cuando se tomó un descanso, la hermana masculló algo a través de la tela.

—¿Estás intentando decirme dónde está? —dijo Agneta, y justo entonces recordó el nombre de la hermana. Elisabeth.

Elisabeth negó con la cabeza y le lanzó una mirada cargada de odio. Agneta se encogió de hombros y continuó. Más agua, durante más tiempo, con pausas más cortas.

Cuando la hermana resoplaba tanto que a Agneta le preocupaba que de verdad pudiera perder el conocimiento, hacía una pausa más larga.

Mientras la mujer intentaba recuperarse, Agneta buscó en los cajones de la cocina. Algunos de los cuchillos eran muy aterradores. Los colocó en la mesa y se quedó observando a Elisabeth, que le devolvió una mirada feroz.

Agneta estaba a punto de escoger un cuchillo cuando la hermana empezó a mover la cabeza y la boca para indicar que quería hablar.

Agneta se acercó y le sacó las tiras de tela de la boca.

—*Pass auf!* —gritó Elisabeth con todas sus fuerzas, y en ese mismo instante Agneta oyó un ruido a su espalda. Se volvió rápidamente y alcanzó a ver una silueta que desaparecía.

Joder.

La vieja la había engañado. Había oído los pasos del hermano y fingió que quería hablar, pero solo para avisarlo.

Debería apuñalarla con el cuchillo, pero era más importante atrapar a Ober.

Agneta noqueó a la mujer con la culata de la pistola, salió corriendo por la puerta y rodeó la esquina de la casa. Vio a Ober allí mismo, bajando hacia el puerto.

Lo siguió, preguntándose si tendría un coche aparcado cerca o si se lanzaría a alguno de los barcos.

Pero no hizo ninguna de las dos cosas.

Se detuvo en el llano de asfalto entre el quiosco y los barcos y se volvió hacia ella con una sonrisa. Agneta buscó a tientas la pistola, pero él se limitó a contemplarla.

—¿Qué vas a hacer? ¿Dispararme? ¿Delante de todo el mundo?

Agneta miró a su alrededor. Familias con niños, jubilados, jóvenes. Gente por todas partes.

Tenía razón.

Volvió a hundir la pistola en el bolsillo. En ese momento él la reconoció, a pesar de su nuevo aspecto.

—Eres tú —dijo. Se quedó impactado. Él siempre supo que había gente como ella que formaba parte del juego, que podían estar buscándolo, pero nunca se imaginó que Agneta fuera uno de ellos.

—¿Para quién trabajas? —dijo.

Ella no respondió.

—¿Siempre has…?

Agneta se dio la vuelta y se dirigió al coche. Él se quedó allí plantado. A salvo, pero desconcertado. Perplejo.

Se volvió a montar en el coche. ¿Cómo demonios iba a resolver aquello?

Ahora sabía quién era ella. Podría llamar a la policía o contactar con sus superiores. Los que habían activado la antigua red de espionaje. Con toda probabilidad, gente despiadada que podría ir a por su familia.

Por el espejo retrovisor vio que Ober daba unos pasos cautelosos en dirección a la casa, probablemente ocupado tratando de procesar lo que implicaba aquello. Que se había librado. Que era ella la que iba tras él. Que todo se había puesto en marcha.

¿Estaría al tanto de su misión, sabría para qué los iban a utilizar a él y a los otros?

Ahora nunca confesaría. Pero tenía que eliminar esa posibilidad. Entonces se decidió.

Arrancó el motor.

Metió marcha atrás.

Y pisó a fondo el acelerador.

En todo momento con Ober en el punto de mira, y hasta que no faltaron unos centímetros él no se volvió hacia el ruido del motor.

Probablemente no entendiera lo que estaba sucediendo.

Alcanzó los sesenta kilómetros por hora antes de llevárselo por delante. Eso debería bastar. Un golpe sordo y el coche se bamboleó cuando las ruedas traseras pasaron por encima del cuerpo.

Frenó y oyó los primeros gritos de terror al bajarse. Vio la sangre que manaba de debajo del coche.

—¡Ay! ¡Dios mío! ¡Dios mío! ¿Cómo… cómo ha pasado? ¡Se me ha ido el coche!

Después se dirigió al gentío que se estaba formando y prosiguió con tono implorante:

—Se me ha ido el coche…

Y funcionó. Una chica empezó a consolarla.

—No es culpa suya.

Un hombre de mediana edad con pantalones cortos y la camisa desabrochada se había arrodillado para mirar debajo del automóvil. A lo lejos, Agneta vio que dos hombres del barco de salvamento se acercaban corriendo. El hombre de los pantalones cortos se retiró y Agneta se agachó para meterse debajo.

Se arrastró hasta que tuvo la boca junto al oído de Ober.

—¿Dónde os vais a ver?

Él la miró de soslayo con los ojos inyectados en sangre. Tenía la respiración entrecortada y emitía estertores.

—Tengo a tu hermana atada en la casa, ¿no quieres salvarla?

Y entonces se lo contó.

Cuando terminó, Agneta le apretó el cuello con los dedos para detener el riego sanguíneo al cerebro. Apretó con todas sus fuerzas, tanto que se le empalidecieron los nudillos. Y Ober estaba demasiado débil como para oponer resistencia.

—Se está muriendo —gritó con todo el pánico que fue capaz de reunir en la voz. Y cuando se quedó completamente inmóvil, salió a rastras de debajo del coche y se volvió a poner de pie.

—¡Llamad a una ambulancia! —chilló a los transeúntes—. Voy a por ella. Se me ha ido el coche…

Después del ejercicio improvisado de desinformación se marchó del puerto, pero giró a la derecha en dirección a la casa en lugar de esperar a la ambulancia, que no llegaría hasta dentro de al menos media hora.

Tuvo que abandonar el coche y calculó con frialdad que el nombre del dueño no conduciría a la policía a ninguna parte. Debía irse. Rápido.

Estaba dispuesta a utilizar la pistola para escapar, pero no fue necesario.

Mientras se alejaba, miró a través de la ventana del maletero de la ranchera. Allí, bajo una manta, descansaba su Kaláshnikov. Seguro que le resultaría útil, pero no se atrevió a sacarlo. Se convertiría en un misterio para la policía, al igual que el dueño del coche.

Puso todo su empeño en caminar tranquila y de forma controlada. La gente en el puerto estaba como hechizada por la sangre y el cadáver bajo el coche. Nadie gritaba, nadie iba tras ella.

Dentro de la casa, la hermana seguía atada, pero consciente. Agneta pensó que ella sí que habría tratado de escapar. Tal vez Elisabeth estuviera conmocionada, tal vez contaba con que su hermano fuera a rescatarla. No estaba claro. Pero Ober no volvería a salvar nunca nada ni a nadie.

—¿Las llaves del coche? —dijo Agneta, y la hermana hizo un gesto hacia la encimera de la cocina. Parecía que había aceptado la derrota. De un gancho que había por encima de la encimera colgaba un juego de llaves con un viejo muñeco de plástico de BP. Un Renault. Agneta era un poco escéptica respecto a los coches franceses, pero tendría que conformarse.

Descolgó las llaves y de pronto dudó acerca del nombre de la hermana. ¿Sería Elsie?

Luego sacó la pistola, le colocó el cañón en la frente a Elisabeth o como se llamara y apretó el gatillo.

Si no le hubiera dado tantas vueltas a lo que podría haber sucedido y si no hubiera terminado con Ober, probablemente no se habría molestado en eliminar a la hermana. Y se habría buscado un montón de problemas.

Al fin y al cabo, parecía que ella había colaborado con Ober en su empresa. Quizá incluso supiera lo que estaba en marcha. Quizá le hubiera ayudado a conseguirlo.

Había aguantado lo bastante como para permanecer callada durante la tortura y fue lo bastante inteligente como para avisarlo cuando se presentó la oportunidad.

Una soldado.

Celosa y leal.

¿Qué padres enfermos habrían tenido para criar dos hijos así?

En el borde de la parcela encontró un viejo Renault 5 de color beis.

Lo abrió, comprobó la palanca de cambios y la de mando. Del retrovisor colgaba un banderín con colinas verdes que rezaba «Kåseberga».

El coche arrancó sin problemas.

Seguramente tendría que deshacerse de él al cabo de una hora por si acaso, pero primero quería regresar a Estocolmo.

Por fin sabía dónde tendría lugar el encuentro, pero no le quedaba mucho tiempo.

31

DE MUY MALA gana, Ebba había accedido a ver a su madre en Caffè Nero, frente a su instituto. Eran los últimos días de clase, así que Sara no se molestó en comprobar si Ebba tenía la hora libre de verdad. La Guerra Fría, el asesinato de Stellan y el posible acto terrorista: nada pudo mantener sus pensamientos alejados de la noche anterior. Creía que si intentaba hablar con Olle solo empeoraría las cosas y había decidido creer a Martin, pero le parecía que debía intentar acercarse a Ebba otra vez. A veces la relación mejoraba cuando madre e hija tomaban caminos separados y cada una vivía su vida, pero Sara no quería que hubiera tanta distancia entre ellas. Cuanto mejor fuera la relación cuando Ebba se marchara de casa, más fuerte sería el vínculo entre ellas, creía Sara.

Pidió un café con leche, pero su hija no quería nada cuando llegó y se sentó enfrente, enfadada y con actitud desdeñosa.

—¿Qué quieres? —dijo Ebba cuando por fin abrió la boca, después de haberse quedado sentada mirando por la ventana un rato. Sara había podido contemplarla en silencio. Una mujer joven atractiva, iluminada por el sol de principios de verano, lista para comenzar su propia vida, la que ella escogiera. ¿Qué sueños y objetivos tendría? Le había hablado de estudiar Derecho, Empresariales, de estudiar en el extranjero. ¿Serían ideas propias o las habría tomado de sus compañeros? A veces, el colegio al que asistías y los amigos de la adolescencia podían afectar más a tu trayectoria vital que los padres. A Sara le parecía que estaba mal, pero pensó que Ebba no vería con buenos ojos cualquier cosa que dijera en ese momento.

—Quería que habláramos de lo de ayer para explicarte que no te estaba espiando, que confío en ti y que solo la emprendí con los chicos esos porque quería protegerte. Les dije que podían denunciarme si querían, pero no quisieron.

—Me dan igual los chicos. Pero no hacía falta que los atacaras de esa forma. Yo me las arreglo bien. ¿Crees que no me las he tenido que ver con tíos asquerosos antes?

—Sí, claro…

—No sé en qué mundo te has criado —la interrumpió Ebba—. Pero hoy en día no se puede hacer nada sin que haya cerdos que te la quieran meter y sin que haya brujas que te llamen zorra.

—Pero ¿entiendes que solo quería ayudarte?

—No quiero que me ayudes. ¿Cómo me las voy a arreglar más adelante entonces?

—Es que no te hace falta. Arreglártelas, quiero decir.

—¿Vas a estar detrás de mí toda la vida?

—Solo tienes diecinueve años.

—Me las he arreglado muy bien yo sola desde que tenía doce. Quiero un café.

Ebba se levantó y se dirigió al mostrador para pedir un café con leche. Mucha leche. Luego regresó con la bebida de color claro y se volvió a sentar.

—¿Creías que estaba en casa todas las noches que tú trabajabas y que papá estaba fuera actuando?

Sara sintió una punzada en el corazón. Vio ante sí a una Ebba de catorce años en clubs nocturnos. Ebba percibió la angustia en la mirada de su madre.

—Tranquila. Me has enseñado muy bien cómo funcionan los tíos. Salía por el centro, pero siempre con amigos, siempre alerta.

—¿Amigos? Pero serían niñas como tú, ¿no?

—No hacía falta más. Las niñas pueden gritar altísimo.

—¿Crees que he sido una mala madre?

—No —dijo Ebba, y soltó una carcajada—. No peor que otra gente. Solemos comparar a nuestras madres y me he dado cuenta de que hay quien está peor. Mucho peor. Además, creo que una madre te irrita más cuanto más se parece a ti.

¿Desde cuándo era su hija tan sabia? La desafiante, adolescente Ebba. Sara no sabía qué decir. En medio de aquella sorpresa sintió que una nueva tranquilidad crecía en su interior. Quizá después de todo las cosas salieran bien.

—¿Qué le ha pasado a la guitarra de papá? —preguntó Ebba interrumpiendo los pensamientos de su madre. Sara la miró y no supo qué responder.

—Estaba hecha pedazos —continuó—. Y papá no quería decirme nada. Me contó que se le había caído al suelo, pero no se habría quedado así solo por un golpe. Y después, al ver que no estabas en casa por la mañana, pensé que habríais discutido.

—Había salido a correr.

—¿Y la guitarra?

—Se ha roto.

—Ya, y que lo digas, si lo he visto. Pero me pareció raro que papá no estuviera más triste. Le encantaba esa guitarra.

Sara no supo qué decir. Guardó silencio. Se bebieron el café y luego Ebba dijo que tenía que regresar al instituto. Sara sospechó que no eran precisamente las clases por lo que quería volver. La última semana de instituto no querías perderte ni un segundo de lo que parecía la cúspide de la vida. Una razón más para alegrarse de que Ebba le hubiera concedido esta audiencia.

Sara le pudo dar un abrazo y mientras permanecía en la acera observando cómo cruzaba la calle, pensó que había conseguido acercarse un poco más a ella a pesar de todo.

Al mismo tiempo tenía algo que la reconcomía.

«Me pareció raro que papá no estuviera más triste.»

Ebba tenía razón.

¿Por qué Martin no se había puesto más triste o se había enfadado más cuando ella le hizo añicos la guitarra?

¿Porque tendría remordimientos?

Sara hizo cuanto pudo por apartar la duda. Trató de centrarse en el trabajo, pero fue Tío Stellan el que ocupó su lugar, junto con todo lo que había averiguado en la casa del coronel jubilado, Thörnell. Necesitaba hablarlo con alguien.

Esta vez Hedin le abrió la puerta. O había terminado de trabajar o sentía curiosidad por lo que le hubiera contado el coronel.

—¿Qué te ha dicho? —fue lo primero que le preguntó cuando se sentaron en su salón-dormitorio, ella en el borde de la cama y Sara en el único sillón. No parecía que Hedin recibiera muchas visitas.

—En realidad no mucho —contestó Sara—. Me ha confirmado que Stellan Broman tenía una vida social muy intensa y que él mismo había estado en su casa un par de veces, pero que después dejó de ir.

—Debió de imaginarse el objetivo de las fiestas, teniendo en cuenta su posición.

—Pero me ha dicho una cosa de la que se ha arrepentido y me ha entrado curiosidad por saber qué es. «Stay put.»

—¿Qué es?

—Algo relacionado con los planes de defensa secretos de la OTAN, si es que me he enterado bien. Pero se ha negado a contarme nada más. Es lo único con lo que se ha mostrado reservado.

—Además de todo lo que ni siquiera te ha mencionado —dijo Hedin, que evidentemente tenía razón.

—¿Qué es Stay put? —preguntó Sara.

—Ni idea. Espera un momento.

Hedin se dirigió a la cocina y empezó a buscar en los armarios y los cajones. Sara se dio cuenta de que no podía hacer mucho para ayudarle y se quedó sentada en el sillón. Solo Hedin entendía su sistema. «Espero que haya dejado instrucciones para que alguien pueda continuar la investigación cuando se muera», pensó Sara.

Miró a su alrededor. En las paredes colgaban unos cuadros, Sara estaba convencida de que Hedin los había heredado. Un prado y un monje tocando un cuerno. Dos marcos pequeños con fotografías de niños. Quizá fueran sobrinos, a Sara no le daba la impresión de que Hedin tuviera hijos. Un tablero de corcho con resoluciones de las instituciones públicas, artículos de periódico y las normas de la comunidad. La cama con una colcha de rayas anchas, una lámpara de pared, la mesita de noche con una pila alta de libros… y otras dos más al lado, en el suelo.

A Sara le apetecía más café, pero no quería interrumpir a Hedin. Así que se adormeció en el sillón con la cabeza hacia un lado, de forma que se despertaba cada tres minutos porque estaba incómoda, la giraba para el otro y seguía durmiendo. La carrera matutina y el estallido emocional de la noche anterior le estaban pasando factura.

Al cabo de una hora la investigadora gritó desde la cocina:

—¡Aquí está!

Sara tardó varios segundos en recordar dónde se encontraba. Después se levantó, dio un paso en la dirección equivocada, se dio media vuelta y se dirigió a la cocina, un poco grogui todavía.

Hedin estaba ante el ordenador y le hizo un gesto hacia la pantalla, donde el navegador mostraba un artículo del archivo del *Dagens Nyheter*. Sara se inclinó para mirar. El artículo estaba fechado el jueves trece de marzo de 1986 y llevaba el título «Bombas aunque nos quejemos». Hedin le señaló una imagen en la esquina inferior derecha, de un hombre en una carretera que le enseñaba una tapa de alcantarilla al reportero.

—El pie de foto —dijo Hedin.

Sara leyó en voz alta:

—«Según el programa Stay put, los civiles deben permanecer en sus pueblos en caso de guerra para no obstaculizar el tráfico militar. Así que se colocarán bombas bajo la calzada en las carreteras de acceso a las poblaciones.»

Se volvió hacia Hedin.

—¿Siguen allí las bombas? ¿Por qué?

—Y arriba también —fue lo que le respondió—. Después del subtítulo que dice «El Paso de Fulda».

Sara siguió leyendo.

—«Por encima de la llanura planean helicópteros estadounidenses de color verde en dirección a la frontera entre la Alemania Occidental y la Oriental, a unos veinte kilómetros al este. Al norte y al sur se alzan montañas alrededor de un valle de treinta kilómetros de ancho, más conocido en lenguaje militar como el Paso de Fulda. Aquí, en medio de la Alemania dividida, se encuentra Hattenbach, con sus jardines y sus callejuelas, sus antiguas casas entramadas: un pueblo de muñecas idílico y seguro como otros miles en Alemania Occidental.»

Sara miró a Hedin.

—Hattenbach... Pero si es donde ha estallado la bomba.

Luego continuó leyendo:

—«En el Paso de Fulda es donde se librarán las primeras batallas devastadoras si estallara una Tercera Guerra Mundial, según los estrategas. "Me quedé conmocionado", recuerda Hans Schäfer, de Hattenbach, sobre el día en el que, tres años atrás, comprendió el destino que les estaba reservado a él y a sus vecinos en una futura guerra. En la televisión, generales estadounidenses hablaban sobre la importancia de dificultar el avance del enemigo inmediatamente después de que estallara la guerra. En Texas, los oficiales estadounidenses ensayaban en una maqueta cómo utilizar las bombas atómicas para convertir un pueblecito de la Alemania Occidental en un obstáculo radioactivo. Eran unas imágenes que impresionarían a millones de ciudadanos de Alemania del Este, pero que entre los habitantes de Hattenbach impactarían con particular fuerza. Según se veía en el modelo, era su pueblo el que sería destinado al exterminio.»

—Mira, aquí tienes un buen resumen —dijo Hedin—: «Durante 1983 y 1984, en Alemania del Este se habló y se escribió mucho sobre el Paso de Fulda. Justo allí, se adivinaba por los documentos militares filtrados, la población civil corría un riesgo extraordinariamente alto de que la sacrificaran las tropas amigas».

—Y con esto tuvieron que vivir —dijo Sara—. Cada día.

—No querían que se lo recordaran —dijo Hedin—. Aquí lo cuentan: «La única manera de vivir con el miedo es negarlo». Y mira.

Sara entrecerró los ojos para ver la pantalla:

—«Estaban enfadados —relata Hans Schäfer de sus vecinos—, no por la guerra, no por el mando militar americano, sino porque se lo hicieron saber.»

—También hay un documental de CBS, la cadena americana, *The Nuclear Battlefield*. Por lo visto hablan de Hattenbach como la zona cero de una guerra nuclear. Stay put no se generalizó hasta los años ochenta, pero parece que todas las partes estaban de acuerdo en que se volviera a olvidar. No se ha escrito prácticamente nada desde 1986.

—Pero la bomba de ayer en Hattenbach no era atómica. No aniquiló el pueblo entero, solo una parte de la carretera.

—Probablemente se tratara de una prueba —dijo Hedin—. Alguien quería demostrar que las amenazas del pasado siguen vigentes.

—¿Y también siguen allí las bombas atómicas? ¿Las pueden detonar? ¿Y cuántas hay?

—No lo sabemos.

32

Sara la llamó para contarle lo que había averiguado, pero Anna se limitó a contestarle que estaba ocupada, que si podían hablar más tarde. Estaban buscando a antiguos acosadores de Stellan y habían recibido más de doscientos avisos de gente que decía haber visto a Agneta, desde Boden hasta Bangkok. Quizá Bielke se contentara con que los alemanes se encargaran de los aspectos más dramáticos del caso.

A Sara le habría gustado pasarle la información para apartar de su mente todo lo relacionado con el asesinato y la Guerra Fría, con la seguridad de que Anna y sus colegas llegarían hasta el fondo del asunto, pero por el tono de su amiga entendió que unas bombas enterradas en Alemania era algo demasiado fantasioso para su gusto. Si la información sobre los espías conducía a alguna parte, tendría que encargarse ella por su cuenta, pensó Sara. Ya había ido demasiado lejos en su investigación personal. Pero ¿y si estaba tras la pista correcta? ¿Podría asumir la responsabilidad de haber dejado la muerte de Stellan sin resolver?

Al pensar en Stellan los recuerdos la llevaron a la casa de Bromma, a su infancia y a Martin, que no se había entristecido demasiado porque Sara le hubiera hecho añicos la guitarra. Se lo imaginaba con hordas de chicas que querían ser artistas y que le enviaban fotos de sus cuerpos desnudos. ¿Cómo se iba a resistir Martin? Chicas que se le ofrecían, cuerpos bonitos y jóvenes. Chicas que lo escuchaban y eran comprensivas. No como ella.

Sabía que esos pensamientos no eran particularmente constructivos y que no tenían mucho que ver con la realidad. Aunque hubiera algo de cierto en ellos, no le servía de nada atormentarse de ese modo. Se planteó acudir antes al trabajo para tener otra cosa en la que pensar, pero se dio cuenta de que no se distraería en absoluto si se sentaba sola con un café esperando a David durante varias horas.

¿Qué podía hacer?

Pensó en lo que había hablado con Hedin y comprendió que debía averiguar más. A Agneta le debía al menos el intentar descubrir la verdad sobre la muerte de Stellan.

La caravana seguía en el mismo lugar. Se acercó y llamó a la puerta. Como no respondía nadie, volvió a llamar y gritó en inglés:

—¡Policía! ¡Abrid!

Apenas pasaron unos segundos antes de que el policía alemán abriera la puerta. Debían de tener prisa por callarla, puesto que el hombre se había olvidado de cerrar la puerta interior. «Qué descuidado», pensó Sara. Se abrió paso para entrar y él se apartó. Desde luego, estos campistas no querían llamar nada la atención.

En el centro de operaciones móviles, Breuer y Strauss estaban sentados cada uno frente a una pantalla. Parecía que Strauss estaba repasando listas de pasajeros de aerolíneas y Breuer revisaba imágenes de cámaras de seguridad de aeropuertos. Los dos se giraron hacia Sara cuando entró.

—*Ruhig, bitte.* —dijo Breuer, que se levantó haciendo un gesto para que se marchara. Después cambió a su inglés con aquel acento tan marcado—. ¿Por qué has venido? No deberías estar aquí.

—Sé lo que es Stay put —dijo Sara—. Sé que la bomba en Alemania está relacionada con Stay put.

—¿Y?

—Los que están investigando el caso no creen que haya ninguna conexión con la RDA y la Guerra Fría. Están buscando a antiguos acosadores, así que no os van a ayudar. Pero yo sí puedo ayudaros.

Breuer seguía con una mano levantada para que se marchara.

—Estamos acostumbrados a arreglárnoslas por nuestra cuenta —dijo.

—Piensa que yo conozco a la familia. Estaba siempre en su casa. Puede que haya visto cosas interesantes.

Breuer intercambió una mirada con Strauss.

—Siéntate —dijo con brusquedad mientras miraba a Sara, que asintió y se acomodó en la mesa de reuniones frente a Breuer. El policía que parecía un perro guardián volvió a ocupar su lugar junto a la puerta.

Strauss se acercó con una carpeta beis que dejó en la mesa delante de Sara.

—Firma antes —le ordenó Breuer cruzándose de brazos y reclinándose en el asiento.

—¿Qué es? —preguntó Sara mirando el texto en alemán.

—Un documento de confidencialidad.

Confidentiality papers. Sara se preguntó si realmente se llamaban así, pero comprendió lo que significaba.

—No entiendo lo que pone —dijo.

—Pone que no le puedes contar a nadie lo que hemos hablado sin acabar en la cárcel.

—Eso no lo podéis decidir vosotros.

—En este caso sí. Firma o vete.

Sara dudó. Probablemente solo hubiera una forma de descubrir la verdad sobre su ídolo de la infancia y el padre de sus amigas. De modo que firmó y les devolvió los papeles.

—Stay put no es ningún secreto —dijo Breuer en cuanto colocaron el documento en el archivador—. Es público desde los ochenta.

Puede que fuera cierto, pensó ella. El artículo del *Dagens Nyheter* era de 1986.

—Pero nadie lo ha relacionado con la bomba que acaba de estallar en Alemania —dijo—. Y no querríais que nadie lo hiciera, ¿verdad?

No le respondieron.

—¿La que estalló fue una de esas bombas? —preguntó Sara—. ¿Hay más?

—No lo sabemos.

—¿Y qué tiene que ver Stellan Broman con las bombas?

—No lo sabemos.

—¿Qué sentido tiene que firme un documento de confidencialidad si lo único que contestáis es que no lo sabéis?

Breuer se limitó a mirarla, completamente inmóvil. Sara se levantó para marcharse.

—Vale —dijo Breuer haciéndole una seña para que volviera a sentarse—. Lo que sabemos es que la gente que llamó a Geiger ha obtenido información sobre los antiguos sistemas de defensa de la época del telón de acero.

—¿Cómo?

—Se trata de viejos grupos revolucionarios que recibían ayuda de Alemania del Este y que siempre han tenido vínculos fuertes con los revolucionarios de Oriente Medio.

—¿Por qué se lo cuentas? —le preguntó Strauss a Breuer. Lo dijo en alemán, así que Sara no estaba muy segura de a qué se refería.

—Si nos va a ayudar entonces... —respondió Breuer, también en alemán, pero Sara no entendió el final de la frase.

Strauss se quedó callado un momento, pero parecía que aceptaba la explicación.

—¿Los palestinos son los responsables de las bombas? —dijo Sara, pensando en los grupos palestinos que habían estado activos en su niñez. Terroristas a ojos de unos, combatientes por la libertad para otros. En cualquier caso, mataron a gente. Y los niños reproducían en los recreos lo que veían en las noticias. Sara tenía un vago recuerdo de jugar a secuestrar aviones en el patio del colegio cuando más se hablaba de los secuestros. Exigía que liberaran a los prisioneros, sin llegar a comprender lo que significaba aquello.

—No —dijo Breuer—. Creemos que no, pero es posible que obtuvieran la información en los ochenta y que alguien la haya revendido a grupos islamistas ahora. Para conseguir dinero para su lucha o para enriquecerse. O tal vez se trate de alguien que se haya radicalizado y se haya dado cuenta de que es un arma poderosísima contra Occidente.

—Alemania del Este era muy hábil para infiltrarse en la Alemania Occidental y la OTAN, incluso en la cúpula —dijo Strauss—. Como Rupp y Guillaume, puede que hayas leído algo sobre ellos. La CIA, gracias a los Archivos Rosenholz, es la única que tiene una ligera idea de cuánta información logró sacar la Stasi. Muchos de estos datos, sobre todo los relacionados con los sistemas de armas, se pusieron a la venta cuando cayó el Muro. Y muchos más después del colapso de la Unión Soviética. Es posible que grupos revolucionarios hayan recibido una parte como venganza. Entre otros, la OLP, el Frente Popular, Septiembre Negro o el FPLP.

—¿Y Stellan?

—Creemos que la red de espionaje de Alemania del Este aquí contaba con información importante sobre las cargas explosivas. Su ubicación o cómo se activan, o algo por el estilo.

—Necesitaban un país neutral para ocultarlo, fuera lo que fuera —añadió Strauss—. Durante la Guerra Fría, Suecia fue un punto de encuentro para un montón de grupos terroristas, sobre todo de Alemania Occidental y Palestina, pero tras ellos llegaron también terroristas italianos, franceses, españoles y japoneses para coordinar acciones. Aquí podían reunirse sin que los molestaran, gracias a la ingenuidad de nuestra policía.

Sara pensó en la intransigente Brundin del Säpo y le hizo gracia la imagen que tenían los alemanes de esa generación de agentes de inteligencia.

—La mayor parte de los IM vivieron ocultos aquí después de la caída del Muro —dijo Breuer—. Han descubierto a muy pocos, no han detenido a ninguno y vuestros servicios de inteligencia han clasificado sus expedientes. Tal vez alguno aún conserve su convicción política y quiera ayudar a darle una lección al Occidente en decadencia.

—Muchos amigos de la RDA arden en sed de venganza —dijo Strauss—. Creen que su país de ensueño fue traicionado. Que se disolvió después de una gran traición. Como una teoría moderna de la puñalada en la espalda.

—Vuestro servicio de inteligencia clasifica todo como confidencial para ocultar lo que se les escapó en aquella época —intervino Breuer.

—Pero ¿por qué habéis venido? —preguntó Sara, que acababa de caer en la cuenta de algo en lo que no había pensado hasta ese momento—. Os pusisteis en marcha antes de saber que Stellan había muerto, así que no vais tras la pista del asesino. Y os habéis quedado a pesar de que ha muerto, así que tampoco ibais tras Stellan. ¿A quién buscáis entonces? ¿A quien hizo la llamada?

Sara comprendió que había dado en el clavo. Nada podía superar la sensación que experimentaba cuando la intuición cooperaba con el intelecto.

Breuer permaneció callada un buen rato antes de tomar la palabra.

—No sé cuánto conoces de este mundo. Redes terroristas, acciones internacionales, colaboraciones entre grupos de distintas partes del mundo. Todo se basa en vínculos personales. Solo confías en quien conoces. Creemos que los que compraron la información sobre las cargas explosivas han enviado a alguien que conoce personalmente al contacto en Suecia para poner todo en marcha. La información de hace treinta años requiere vínculos de hace treinta años.

Sara dio un respingo cuando le pusieron una taza de café delante. La taza parecía extraordinariamente pequeña en la mano del policía corpulento, que a pesar de su envergadura se había movido y había preparado el café sin que ella se diera cuenta de nada. Se preguntó si los demás se habrían percatado. Claro que sí. Al fin y al cabo, eran policías. Sara se inclinó hacia delante y le dio un sorbo a la bebida caliente.

—Uno es leal a los viejos amigos —continuó Breuer—. No se lucha por otro país, no por una ideología, sino por la persona con la que has entrenado, a la que le has salvado la vida, la que te la ha salvado. Alguien del que sabes que dependías, del que quizá sigas dependiendo. Los secretos que compartís son lo que os unen.

—¿Entonces era Stellan el que iba a pasar la información? Pero ¿por qué seguís aquí si está muerto?

—Sigue habiendo alguien que viene a por la información.

Sara esperó unos segundos para asimilar aquellas palabras.

—¿Y queréis atrapar a quien hayan enviado?

—*Genau*. Eso es.

—¿Quién es?

Los dos alemanes volvieron a intercambiar una mirada rápida. Parecían de acuerdo.

—Abu Rasil —dijo Breuer—. Bueno, ese es uno de sus nombres. Abu Omar, Doctor El-Azzeh, Abu Hussein. El hombre responsable de una decena de atentados terroristas espectaculares en los años setenta y ochenta. Carga con más de ochocientas vidas sobre su conciencia. Ha mantenido un perfil bajo durante muchos años, pero creemos que lo han activado de repente. Atraído por quien vendiera la información, porque Geiger y Ober solo confían en esa persona y no le darían la información a nadie más.

—Pasó mucho tiempo en Alemania del Este, invitado por el Partido Comunista, y se llevó a alemanes del Este y a simpatizantes de otros países a los campamentos de prácticas que organizaba en Oriente Medio.

—O al menos eso se rumorea —dijo Strauss. Breuer le lanzó una mirada de desaprobación.

—¿También a suecos? —preguntó Sara—. ¿Stellan fue a los campamentos? ¿Y Ober?

—Uno de los dos. O los dos. Y así se estableció el vínculo personal. Abu Rasil es el único que puede recibir la información, así que tienen que enviarlo a él. Algo por lo que le pagarán muy bien, no me cabe duda.

—¿Y al que buscáis es a él?

—Cuatro atentados terroristas en suelo alemán. Sin contar la última bomba.

—Breuer lo persiguió en los ochenta y estuvo muy cerca de atraparlo —dijo Strauss—. Desde entonces ha pasado desapercibido.

—Pero al menos se paralizaron sus planes —dijo Breuer—. Creemos que tenía en mente perpetrar un ataque terrorista espectacular en protesta por la reunificación alemana.

—Y ahora parece que quiere vengarse. Stay put es un recordatorio perfecto de las antiguas contradicciones y de cómo Estados Unidos consideraba a los ciudadanos alemanes peones insignificantes en el juego político. Muchos están deseando ver una ruptura así entre Estados Unidos y Europa.

—Pero ¿cómo podéis estar seguros de que viene? Si Stellan ha muerto.

—Podría haber otra persona en la red que le pase la información. Por ejemplo, aún no habéis localizado a Ober.

No, no lo habían encontrado. Sara se lo tomó como algo personal, pese a que no era su responsabilidad.

—Tal vez sea para bien —dijo Strauss—. Tal vez Ober nos conduzca hasta Abu Rasil.

—Una pregunta —interrumpió Sara—. Por lo que hemos visto, sí que pueden detonar las bombas. ¿Qué necesitan de aquí?

Breuer la miró durante un buen rato.

—Debo recordarte el documento de confidencialidad que has firmado. Si cuentas cualquier cosa sobre lo que te digamos, estarás infringiendo varias de las leyes más importantes de la UE y podrías enfrentarte a una pena de treinta años de cárcel. Estamos hablando de la seguridad de toda la Unión Europea. ¿Lo entiendes?

—Sí.

Breuer recorrió la caravana con la vista, como si estuviera buscando algo con la mirada. Después respiró profundamente.

—Stay put era el último recurso de la OTAN en términos de defensa contra el Pacto de Varsovia. Bombas bajo la calzada, pero también bombas atómicas de menor tamaño que podían transportar individuos. Ya han retirado las cargas atómicas de Alemania Occidental. La que detonaron era una carga más pequeña, destinada a cortar el camino en la fase inicial de una guerra. Quizá las dejaran allí porque nunca han confiado en Rusia, ni tan siquiera después de que se disolviera la Unión Soviética.

—El problema es que la Unión Soviética lo sabía todo sobre nuestras defensas —añadió Strauss—. Gracias a sus espías y sus topos.

—Y al movimiento por la paz en Occidente —puntualizó Breuer—. Que localizó instalaciones de misiles, minas, almacenes de munición, controles de carretera y cabezas nucleares. Como hicieron pública la información, cayó en manos de los integrantes del Pacto de Varsovia, que pensaron que debían responder con la misma moneda. Es decir, que el movimiento por la paz más bien impulsó la carrera armamentística con sus acciones.

—Los rusos se volvieron paranoicos con la presencia de las tropas americanas en el oeste —dijo Strauss—. Se suponía que los efectivos militares se encontraban allí para defender a Europa, pero según la lógica rusa también las podían utilizar para atacar. La doctrina fundamental era que Hiroshima había demostrado que los yanquis querían hacer uso de las armas que poseían.

—Como habían alcanzado un equilibrio de terror, los países del Pacto de Varsovia respondieron a las medidas de la OTAN y, por supuesto, querían que la réplica fuera aún peor para intimidarles. La carrera armamentística los llevó a enterrar sus propias cabezas nucleares. Pero nunca hemos averiguado dónde.

—Alemania del Este no consiguió la información, porque la Unión Soviética quería tener el control total. No confiaban en sus estados vasallos, al tiempo que les exigían que los obedecieran a ciegas.

—Los dos bandos estaban en una competición continua y, según desertores soviéticos, la Unión Soviética no solo enterraba bombas para volar carreteras, sino también otras lo bastante potentes como para asolar territorios enteros.

—Bombas atómicas.

—¿Que siguen enterradas? —dijo Sara. Alzó una mano para pararlos, para detener el flujo de información o frenar ideas inoportunas. Pero al parecer el agente corpulento lo interpretó como una seña de que quería más café, porque le llenó la taza. Breuer continuó.

—Los rusos dicen que ya no queda nada, pero no tienen ningún documento que lo demuestre. Luego Putin se ríe e insinúa que tienen cargas atómicas en medio de Estados Unidos. Tanto la Unión Europea como Estados Unidos han solicitado que se les permita consultar los archivos soviéticos, pero se les ha denegado la petición. Ninguna presión diplomática ha servido de nada y no quieren poner en peligro el suministro de petróleo y gas de Rusia, así que nadie se atreve a llegar demasiado lejos.

—¿Y lo que pensáis es que la Unión Soviética estaba dispuesta a usar las bombas atómicas?

—Los del Pacto de Varsovia sabían que necesitaban una victoria rápida si llegaban a invadir. Debían ocupar Alemania Occidental antes de que a la OTAN le diera tiempo a movilizarse, preferiblemente en una fase inicial. Pero también necesitaban un plan alternativo por si fracasaban. ¿Qué sucedería si la OTAN llegaba a Alemania Occidental? El Pacto de Varsovia se vería amenazado y por extensión también la Unión Soviética. Siempre han querido tener estados tapón entre ellos y sus enemigos, como demostraron las invasiones de Hitler y Napoleón. Es un miedo muy arraigado en el imaginario colectivo ruso: no más guerras en su territorio. La estrategia era una defensa ofensiva, fuera de territorio soviético. Estaban dispuestos a recurrir a cualquier medida para evitar una invasión. Y en ese caso, destruir toda Europa Central era una solución.

—¿Podría haber pasado? —dijo Sara.

—Sí —respondió Breuer—. Desde luego. De hecho, lo raro es que no ocurriera.

—Pero aún no es tarde —dijo Strauss—. Si Abu Rasil descubre cómo detonar las bombas.

—¿Y por eso viene aquí? —resumió Sara, sobre todo para sí misma.

—Probablemente ya se encuentre en el país —dijo Breuer—. Y está esperando la luz verde de sus pagadores. En cuanto estén listos para detonar las cargas, le avisarán, y él, a su vez, le hará una señal a su contacto en Suecia para que se vean y le entregue la información necesaria.

—¿Y eso puede ocurrir en cualquier momento?

—En cualquier momento.

33

Sara tomó el tranvía de Nockeby y después el metro desde Alvik. Acabó en un vagón con una clase entera de estudiantes con sus gorros de graduación. Gritaban, cantaban, se reían y vociferaban. Iban corriendo de un lado para otro, abrazándose. Se comportaban como si fueran los dueños del mundo entero.

Y así era.

Al menos ahora.

Sara decidió pensar en otra cosa.

Era la primera vez que sentía que se enfrentaba a algo que escapaba a su control desde que empezó a trabajar de policía. No sabía nada ni sobre espías ni sobre terroristas ni sobre cómo detenerlos. Sabía mucho sobre Stellan, pero al parecer no lo más importante: su vida secreta.

Debían de haberlo eliminado porque sabía demasiado. Si podía identificar a Abu Rasil, entonces quizá supusiera una amenaza. ¿Sería Ober el que le había disparado?

Ober, el que una vez lo reclutó.

¿Y si ya no necesitaban a Stellan y, cuando volvieron a activar la red, él se convirtió en un testigo molesto? ¿Y si le hubiera dicho a Ober que ya no creía en las antiguas doctrinas? ¿Y si simplemente se negó a participar en el futuro atentado terrorista?

Sara casi esperaba que fuera así. De ese modo, resultaría más fácil aceptar la traición de Stellan a ella y a todos los ciudadanos suecos.

Una vez en el piso, no cayó en la cuenta del hambre que tenía hasta que no se preparó el almuerzo. En el salón, la guitarra rota le recordó a Sara los descubrimientos de la noche anterior y las explicaciones. Y también el comentario de Ebba.

A la preocupación por las bombas atómicas la sustituyó la preocupación por una catástrofe en su vida privada.

Sentía que no podía confiar del todo en Martin. Y quería poder confiar. No limitarse a razonar para adoptar la actitud más sensata, sino sentir con todo su cuerpo que estaba convencida.

No empezaba a trabajar hasta dentro de unas horas, así que resolvió investigar un poco más a Nikki X. Tomó el metro en dirección a Tekniska högskolan, pasó por delante de la iglesia ortodoxa de San Jorge y cruzó la calle hasta el 7-Eleven, donde compró una SIM de prepago que metió en el móvil del trabajo. Después fue paseando hacia el norte, se detuvo a cierta distancia del número 125 de Birger Jarlsgatan y escribió un mensaje: «Tengo ganas. ¿Cuánto cobras por ir a casa?».

Menos de medio minuto después recibió la respuesta: «Cuatro mil».

Sara contestó: «¿Puedes ahora?».

«¿Dónde?»

«Blendavägen 27, Täby.»

«Tardo media hora.»

Quizá fue una tontería usar la dirección de Danne, el amigo de Martin, pero fue la primera que se le vino a la cabeza; se encontraba lejos del centro y quería sacar a Nikki X de su piso cuanto antes.

Mientras esperaba, Sara cayó en la cuenta de que Nikki tal vez no viviera ya en el piso en el que estaba registrada. En ese caso, no habría servido para nada. Pero al cabo de diez minutos un taxi se paró en la puerta y salió una chica de unos treinta años muy maquillada y en forma. Con una falda corta, un escote pronunciado y unos tacones de aguja altísimos.

En cuanto el taxi se marchó, Sara introdujo el código de la policía y entró. Sabía que en la puerta del piso pondría «Hansson», y cuando la encontró llamó al timbre, esperó medio minuto y después forzó la cerradura y pasó dentro.

Un fuerte olor a perfume. Un vestíbulo pintado de blanco con zapatos de tacón de aguja en filas totalmente rectas. Imágenes de cuerpos desnudos en blanco y negro. Una cortina blanca en la puerta que conducía al salón y la cocina. En el pasillo, otra puerta que Sara entreabrió.

Una ventana con las cortinas echadas, una cama y sábanas de seda, una pila de toallas, rollos de papel higiénico, botes de aceites y lubricantes, un bol con condones. ¿Habría estado Martin allí?

Sara sabía que en realidad era inútil, pero aun así se puso a buscar huellas de una visita de Martin. Bajo la alfombra, bajo la cama, entre las sábanas, en el armario. Se preguntó qué estaba haciendo, pero no era capaz de parar. Le resultaba casi hipnótico buscar un rastro que no quería encontrar. Si se hubiera llevado el equipo, podría haber tomado pruebas de las manchas que había en las sábanas y en las paredes, pese a que el cuarto olía a limpio. Pero puede que inventarse una historia para enviar unas muestras de ADN al laboratorio para investigar a su marido fuera demasiado.

Al cabo de veinte minutos le llegó un mensaje al número de prepago.

«Estoy aquí.»

«Bien. He salido a sacar dinero. Tardo diez minutos.»

Así ganaba algo de tiempo.

Ya había revisado la habitación.

Si estaba interpretando bien las manchas de las paredes y las sábanas, el cuarto de los polvos estaba completamente empapado de semen, mientras que el resto del piso parecía limpio. Nada de puteros por allí.

Sara entró en el dormitorio.

Todo blanco, con accesorios lilas y verdes.

La cama de Hästens. Almohadas, mantas y velas de Versace y Hermès. Y en el armario solo ropa de marca. Trajes, vestidos, jerséis, rebecas, faldas. Un marcado estilo femenino.

Una decena de bolsos de Prada, Marc Jacobs y Louis Vuitton, entre otros.

Ropa interior brillante y cara. Incluso medias de liga y un corsé o *teddy*, o como se llamara. Tal vez fuera para clientes de días enteros o fines de semana. En cualquier caso, no era el tipo de ropa interior que Sara usaba.

Quizá por eso Nikki X estaba en el móvil de su marido. Porque a Martin siempre le habían gustado esas cosas. Pero nunca había conseguido que ella se las pusiera.

¿Habría renunciado a follar con otras si ella se hubiera puesto ropa interior sexi un poco más a menudo? No, no podía ser por una cosa tan insignificante.

El motivo sería otro.

Si es que no estaba diciendo la verdad, claro.

En el salón se fijó en un objeto que había en el escritorio de la esquina. Un iMac con un teclado, un micrófono y una mesa de mezclas. Abrió un cajón y encontró un cuaderno con lo que parecían letras de canciones escritas a mano.

Delusion. Cold. Promise to live.

Mierda, sí que era cierto que quería ser artista.

Sara estaba pensando en si encender el ordenador para escuchar las canciones de Nikki cuando oyó una llave en la cerradura de la puerta principal. Por puro reflejo se metió en el baño y cerró la puerta.

Después entró alguien en el piso.

Alguien con tacones altos. Debía de ser Nikki.

Sara miró en el móvil la línea de prepago. Diez mensajes furiosos y después cinco llamadas perdidas. Tenía el teléfono en silencio y no se había enterado de la vibración.

¿Qué iba a decir si la chica la descubría? ¿Que la habían avisado por un allanamiento de morada y que cuando llegó la puerta estaba abierta?

Oyó pasos en el salón y después le pareció que Nikki entraba en el dormitorio. Todo lo sigilosamente que pudo, Sara fue de puntillas hasta la puerta principal, la abrió y salió. Volvió a entornar la puerta sin llegar a cerrarla y percibió unos pasos detrás de sí, saliendo del dormitorio.

—¿Hola? —dijo una voz de mujer dentro del piso.

En lugar de salir a toda prisa, Sara subió una planta.

Nikki salió al rellano y se detuvo —quizá sorprendida de que la puerta no estuviera cerrada— y después continuó hasta el portal. Sara supuso que no vio nada sospechoso, porque volvió enseguida y cerró la puerta.

Por si la escort se quedaba vigilando a través de la mirilla o de la ventana que daba a la calle, Sara permaneció allí durante media hora.

Después no debería de haber peligro. Se cubrió la cara con la mano y salió a la calle, tan rápido como pudo en dirección al centro.

Mientras se preguntaba qué narices estaba haciendo.

Estaba en el coche con David en Malmskillnadsgatan tratando de concentrarse en el trabajo, pero sus pensamientos no la dejaban tranquila. Stellan, Agneta, Ober, la bomba en Alemania, Abu Rasil. ¿Qué había pasado en realidad y qué sería lo siguiente?

Sara se quedó observando la noche de verano mientras reflexionaba. Tenía muchas horas para pensar durante el turno. Mucha espera. David ya no parecía tan enfadado con ella. Incluso le compró un café cuando se acercó al 7-Eleven más próximo. Pero seguían guardando silencio juntos, como siempre. Era muy fácil perder la concentración si te dedicabas a hablar, además de que podías llamar la atención. Se oían voces en la calle, pero si se quedaban callados, la mayoría de las veces la gente que pasaba no se daba cuenta de que estaban en el coche. Sara se alegraba de que las cosas fueran mejor entre ellos. Sabía que había ido demasiado lejos, pero con todo lo que veían resultaba complicado no pasarse de la raya, al menos de vez en cuando.

Algunos coches se pasaban horas circulando sin llegar a pararse. O los conductores no se atrevían, o lo que los excitaba era mirar y fantasear. Sentirse sucios. O sentir que las mujeres de allí eran sucias. Y que podían ser suyas en cuanto quisieran.

Mientras esperaban la oportunidad de que hubiera una infracción clara, Sara comenzó a consultar las matrículas en el registro de vehículos. Los nombres que obtenía los buscaba en merinfo.se y después seleccionaba la opción de «ver quién habita esta vivienda». Más de la mitad de los hombres que iban y venían conduciendo vivían con su mujer y, en algunos casos, con hijos ya adultos. Los hijos menores de edad no aparecían en la página web, pero seguro que muchos de ellos los tenían.

¿Qué dirían al llegar a casa? ¿Pensarían en el polvo por el que habían pagado mientras cenaban? ¿Cuando sus hijos querían jugar con ellos? ¿Qué explicación les daban por haber llegado tarde? ¿Le echarían las culpas al trabajo o a una cerveza con los colegas o a que estaban en el gimnasio?

¿Cómo se justificaban a sí mismos el haber pagado por acostarse con alguien?

¿Con que su vida sexual había muerto con los hijos?

¿Que solo buscaban un poco de emoción?

¿Que en realidad no querían hacerlo?

¿Que había sido una tontería?

Sara había oído todo tipo de excusas. En la mayoría de los casos, la humillación de ser detenidos iba seguida de rabia hacia los policías que los habían pillado. «Me habéis destrozado la vida» era la reacción más frecuente.

Como si Sara y sus colegas los hubieran obligado a infringir la ley. Como si la policía los obligara a aprovecharse de mujeres rumanas. A escupirles, pegarles, violarlas a cambio de dinero en el asiento trasero de un coche o contra una lápida del cementerio de la iglesia de San Juan.

Un flamante Volvo V90 que había dado cinco o seis vueltas se decidió de repente. El conductor se metió en el caminito junto a la entrada del metro, justo al otro lado de donde se encontraban el coche de Sara y David con cristales tintados.

El Volvo se detuvo a la altura de Jennifer, una mujer norteafricana cuyo nombre real era obviamente otro. Sara conocía bien a las mujeres de por allí. Jennifer siempre había rechazado la ayuda que le habían ofrecido y se negaba a ponerse en contacto con asociaciones de mujeres, pero sin volverse agresiva, como sucedía con algunas chicas que veían peligrar sus ingresos o que estaban preocupadas por lo que les pudieran hacer los chulos si las veían hablando con Servicios Sociales. Casi siempre recibía a los clientes en su piso de Söder, una guarida que Sara suponía que le había proporcionado un chulo. Jennifer solo iba a Malmskillnadsgatan cuando le hacía mucha falta el dinero.

El hombre del coche bajó la ventana del asiento del copiloto y Jennifer se acercó, se inclinó y habló con él. Mientras negociaban, Sara tecleó la matrícula en el registro de vehículos.

Johan Holmberg. Residente de Vasastan. Mujer y al menos un hijo en los últimos años de la adolescencia. Tal vez tuviera otros más jóvenes. Sara lo buscó en Google y encontró sus perfiles de LinkedIn y Facebook. Jefe de proyecto en una empresa de construcción. Entrenador de un equipo de niños, así que probablemente tuviera un hijo más pequeño.

—Tenemos una compra.

Sara dejó el móvil al oír la voz de David. El Volvo salió de Malmskillnadsgatan hacia el sur y después giró a la derecha. David lo seguía despacio mientras avisaba a los colegas que tenían cerca de que estaban en movimiento. Sus colegas Pål y Jenny se quedaron atrás, a la espera del siguiente arresto.

Holmberg pasó entre los rascacielos de la plaza Hötorget y se desvió a la derecha por una calle estrecha. Pasó muy despacio por delante de una óptica, una tienda de moda, unos multicines y el hotel Scandic, y después descendió al aparcamiento de la plaza.

—¿No irá a…? —dijo Sara.

—Igual solo quiere aparcar el coche y llevársela al hotel —dijo David antes de informar a sus colegas por radio.

Los siguieron hasta el aparcamiento, pero se detuvieron en la planta superior, cuando el Volvo continuó hacia la planta baja. Después salieron del coche y se separaron. Sara fue por las escaleras y David descendió por la rampa del coche.

Sara salió de las escaleras justo cuando Holmberg apagó las luces del coche. Había aparcado en una esquina al fondo, lo que indicaba que efectivamente prefería hacerlo en el aparcamiento antes que llevársela al hotel.

Sara se puso en cuclillas para mirar bajo los coches. No tardó en ver los pies de David aproximándose y se inclinó hacia delante entre los vehículos para llamar la atención de su colega. Le hizo un gesto hacia la esquina donde había aparcado el coche y le señaló el reloj, lo que significaba que le dieran un poco de tiempo a Holmberg.

Por desgracia debían permitirle al putero que empezara antes de interrumpirlo, de lo contrario lo negaría todo y sería prácticamente imposible procesarlo. Sara y sus colegas necesitaban pruebas irrefutables, aunque prefirieran detener a los puteros en el acto.

El coche comenzó a moverse y Sara le hizo una señal a David de que había llegado el momento. Se acercaron silenciosamente al Volvo, echaron un vistazo al interior y vieron la espalda del hombre en el asiento trasero. Movía las caderas adelante y atrás con rápidos empujones.

David retrocedió un poco para obstaculizarle el paso al putero si trataba de escapar. Sorprendentemente, muchos salían huyendo y le dejaban el coche a la policía. Una mala decisión que tomaban presa del pánico.

Sara estaba preparada con el martillo rompe cristales cuando puso la mano en la puerta y dio un tirón. El pestillo no estaba echado, así que no tuvo que romper la ventana. Se limitó a gritar:

—¡Policía!

Holmberg interrumpió el vaivén de caderas y se dio media vuelta hacia ella. Entonces Sara pudo ver a Jennifer debajo, con la barriga aplastada y con el hombre agarrándola con fuerza del cuello, presionándole la cabeza contra una sillita de niño que había al otro lado del asiento.

Un cincuentón de pelo ralo con los ojos vidriosos como platos que no parecía entender lo que estaba sucediendo.

Sara tuvo que hace un esfuerzo por controlarse. No debía permitir que le afectara emocionalmente, ya que entonces empeoraría el desempeño de su trabajo. Pero no podía contenerse.

Sacó a Holmberg de un tirón, lo lanzó contra el suelo de hormigón y le plantó la rodilla en la nuca de un golpe, para asegurarse de hacerle daño. Y después David le colocó las esposas. Sara le dejó los pantalones bajados al hombre mientras se inclinaba dentro del coche para ver cómo se encontraba Jennifer.

—¿Estás bien?

—Sí. Estaba siendo bastante violento, pero estoy bien.

Volvió a ponerse las bragas, salió del coche y se arregló la ropa. Sabía lo que tocaba. La policía le tomaba declaración y le pedía que hablara con un trabajador social, y cuando ella rechazaba la ayuda se podía marchar.

—No he hecho nada —dijo Holmberg—. Hacerlo en el coche no es ilegal.

—Es ilegal pagar.

—¡Yo no he pagado nada!

Sara miró a Jennifer.

—¿Ha pagado?

Jennifer no respondió, se limitó a sacar tres billetes de quinientas coronas.

—Me han dejado el coche —dijo Holmberg—. Un amigo. Me llamo Johansson.

—¿Así que no es tu coche? —preguntó Sara.

—No.

Sara se agachó y le palpó los bolsillos. En el trasero de los pantalones chinos encontró una cartera negra.

—¡No puedes tocar eso! —gritó él—. ¡No es mía! ¡Me la he encontrado!

Sara sacó un carné de conducir de un tal Bo Johan Holmberg con el mismo aspecto que el del detenido. Le enseñó el carné al hombre, que suspiró y pareció darse por vencido.

—¿Puedo subirme los pantalones? —preguntó irritado.

—¿Niegas haber pagado por mantener relaciones?

—No —dijo Holmberg—. Lo reconozco. Y quiero que me envíen la carta a mi apartado de correos.

—¿No a casa? —preguntó Sara. Le molestaba que tantos se libraran, que los clientes empedernidos supieran exactamente qué hacer para poder continuar. La carta de la policía se enviaba, a petición suya, al trabajo o, como en este caso, a un apartado de correos que se habían procurado con el propósito de recibir ese tipo de notificaciones. Así que pagaban las multas y pronto volvían a las calles, listos para humillar a otra mujer. Sara sabía que su cometido no era castigarlos, sino solo atraparlos. Que ya era bastante importante.

Pero le molestaba.

Muchísimo.

Después de que Holmberg confesara y aceptara la notificación de sanción, lo soltó.

Otro padre de familia más que se iba directo de la calle de las putas a casa. Sara se preguntó si pensaría en la cara de Jennifer aplastada contra la sillita de niño la próxima vez que le abrochara el cinturón a su hijo. Seguro que no.

AL TERMINAR EL turno, volvieron a la comisaría para cambiarse de ropa y tratar de relajarse. Aunque se hubieran ido curtiendo con los años, nunca habían llegado a sentirse indiferentes. Era imposible.

Todas esas tragedias eran demasiado tristes como para que se convirtieran en rutina.

La impotencia amenazaba constantemente con apoderarse de ellos, pero intentaban estar pendientes de las mujeres a las que habían ayudado. Sara necesitaba recordarse que su trabajo sí que marcaba una diferencia, y David y ella empezaron a hablar sobre casos antiguos, sobre chicas que sí que habían aceptado la ayuda de Servicios Sociales o de algunas de las asociaciones de mujeres que había para las víctimas de explotación sexual. A veces recibían cartas de las chicas que habían dejado la prostitución, en ocasiones de menores que habían logrado reconducir su vida después de su intervención. Sara y David estaban de acuerdo en que no necesitaban que les agradecieran nada, pero el recordatorio de que su trabajo no era en vano les resultaba muy valioso.

Podían cambiar las cosas.

Podían ser útiles.

A veces, al menos. Y eso bastaba para continuar.

—Salud —dijo David acercándole una taza de café humeante. Sara la aceptó y brindó con él.

—Salud —dijo Sara, que recibió una sonrisa tímida de su colega.

Beber café en plena noche era raro, pero terminar el turno con una taza de café caliente se había convertido en una costumbre. Casi como un ritual, un chute de cafeína para despertarse de un mal sueño. Esa noche hicieron eso mismo.

Tal vez David se hubiera abierto un poco porque sentía que habían realizado un buen trabajo. En el fondo, los dos tenían el mismo grado de compromiso con su labor, solo se diferenciaban un poco en el temperamento.

—Tenías razón —empezó a decir Sara mirando a David a los ojos. Pero le costó continuar, tardaba demasiado en intentar encontrar las palabras y la terminó interrumpiendo un zumbido.

El móvil le estaba vibrando dentro del bolso y Sara lo sacó. ¿Le habría pasado algo a Pål y Jenny?

No.

Era Eva. Apellido desconocido.

Tenía el número guardado en los contactos del móvil y pertenecía a una de las chicas de Malmskillnadsgatan que peor paradas habían terminado. Eva solía ejercer su profesión en portales o callejones para no perder tiempo desplazándose. Así compensaba lo poco que cobraba con más volumen de trabajo.

Sara había visto a los clientes de Eva. Gordos, viejos, sucios, agresivos y mezquinos. Con los peores estilos de vida. Había tratado de ayudarle, o simplemente sentarse con ella a hablar, pero Eva siempre se había negado.

Y ahora aparecía su nombre en la pantalla del móvil. Por primera vez.

—Tú también conocías al cerdo ese, ¿verdad? —fue lo primero que dijo Eva—. ¿Quién lo ha asesinado?

—¿A quién? —dijo Sara.

—Al cerdo de la tele. Tío Stellan. Quiero darle las gracias a quien lo haya matado. Y tú deberías saberlo, que eres madero.

—¿Por qué quieres darle las gracias?

—¿Tú qué crees? Seguro que lo sabes perfectamente.

—¿El qué?

—Lo que hizo —respondió Eva, cortante.

—¿Stellan? —dijo Sara—. ¿A qué te refieres?

—Lo que les hacía a las niñas. ¿A qué narices me iba a referir?

Sara recordó que una vez, hacía mucho tiempo, le había hablado de su vida a Eva en un intento de ganarse su confianza. Iba bien hasta que mencionó que de niña pasaba mucho tiempo en casa de los Broman. En ese momento Eva escupió al suelo y se marchó.

—¿Podemos vernos? —preguntó Sara.

—No. Estoy trabajando.

—Te pago. Quinientas por media hora hablando contigo.

—¿Quinientas? ¿Por media hora?

—Quince minutos.

—Diez. ¿Dónde?

—El McDonald's de Vasagatan. Dentro de un cuarto de hora.

—Vale, me da tiempo.

—¿Qué fue lo que hizo?

Sara empezó dándole el billete después de que se sentaran cada una con su bandeja de comida rápida industrial. Los clientes que las rodeaban no se fijaban en ellas. Estaban demasiado borrachos, demasiado cachondos, demasiado sedientos de violencia. Totalmente entregados a reconfortarse con grasas trans porque parecía que iban a terminar otra noche más en solitario.

Eva se comió unas patatas y miró a Sara.

—¿O sea que no lo sabes?

—No.

—¿Y de verdad eras amiga de la familia?

—Estaba allí a todas horas. Y vivía en la casa de al lado.

—Sí, sí, ya me lo has dicho. Pero también me has dicho que eres del barrio. ¿Cuál de las dos versiones es cierta?

—Nos fuimos de Bromma cuando yo tenía trece años. A Vällingby.

—Así que eres la niña fina del extrarradio —dijo Eva con una sonrisa sombría—. Y yo soy la chica fea del barrio fino.

—¿Del barrio fino?

—Yo también soy de Nockeby. ¿No te lo había dicho? No, claro, no suelo ir contándolo por ahí.

Sara trató de asimilar las palabras de Eva. No había nada de su aspecto que revelara esos antecedentes.

—Por eso caí en sus garras —dijo antes de quedarse en silencio.

—Cuéntamelo —dijo Sara—. Te he pagado.

—Sí —respondió Eva—. Ya va siendo hora de que alguien lo sepa. Yo solo tenía trece años. Trece. Me lo encontré en la plaza un día; yo había comprado flores y él me contó que tenía un montón de flores diferentes en su jardín. Y yo me quedé impresionada, claro.

O sea, es que era Tío Stellan, que me estaba hablando a mí. Nos encontramos en varias ocasiones más y me invitó a su casa. Me dijo que tenía dos hijas de mi edad. Pero cuando llegué allí no estaban en casa. Solo él.

Eva hizo una pausa.

—Joder, imagina si no hubiera ido. Una decisión de mierda y…

—Continúa —dijo Sara.

—Yo era una niña muy buena. De una casa formal y anticuada. No sabía nada del mundo. Siempre había sido una estudiante excelente. Se me daban mal los deportes, pero muy bien la lengua y la geografía, ya sabes. Quería ser profesora o diplomática. —Soltó una carcajada—. Diplomática… Lo mismo debería enviar mi currículum al Ministerio de Exteriores, ¿eh?

Sara observó el rostro surcado de arrugas de Eva, los brazos llenos de moratones, los dientes que le faltaban. La mirada ausente de la heroinómana.

—¿Qué pasó en casa de Stellan?

Eva terminó de masticar y alejó la bandeja.

—Me violó.

¿Violar?

¿Tío Stellan?

¿El padre de Malin y Lotta?

Sara no sabía qué pensar.

—Me enseñó el puto jardín y me contó cómo se llamaba cada flor de mierda. Malvarrosa y amarilis y yo qué sé qué más. Luego nos sentamos al sol y hacía un calor horroroso, así que me preguntó si quería algo de beber. Pero tuvo que añadirle lo que fuera, porque me quedé grogui del todo. Me dijo que nos pusiéramos a la sombra y me llevó a un cobertizo. Y entonces sacó una cámara y me desnudó. Después fui notando sus manos asquerosas por todo el cuerpo y dentro de mí, y él se desnudó y… me violó. Estaba sangrando y lloraba, pero no paró.

—¿Y lo grabó?

—Todo. Con la cámara esa de mierda. Una Super-8 o como se llame. La cámara fue casi lo peor de la historia. Los primeros años me daba tanto miedo que el vídeo se difundiera que me faltó poco para suicidarme. Pero después, cuando empecé a fumar y a beber para acallar el miedo que me daba que mis padres lo supieran, me asqueaba todavía más. Que se sentara ahí a hacerse una paja viéndose violar a una niña.

—¿Y no se lo contaste a nadie?

—¿Tú qué crees? Me daba vergüenza. Me sentía asquerosa. Una mierda. Mis padres no me habrían creído jamás. Y los maderos tampoco.

Eva escupió unas patatas masticadas al suelo.

—Y después… —prosiguió— … cuando terminó, se vistió y se marchó, y ya está. Yo me quedé allí llorando y a punto de vomitar. Llena de sangre. Me había destrozado la vida. Él me había destrozado la vida. Solo quería morirme. Cuando por fin me volví a vestir y me fui a escondidas, él estaba de rodillas en su jardincito plantando cebollas. Hasta me sonrió, me guiñó un ojo y me dijo que podía volver cuando quisiera. Debería haberle clavado la azada en la cabeza. Al menos me habría quedado algo de autoestima. Joder, trece años, no me podían ni imputar cargos. No hubiera ido a la cárcel.

Hizo otra pausa.

—Me dejé mi nueva bici rosa allí. Me dolía demasiado como para sentarme en el sillín. Y no sentía que me la mereciera después de lo que había hecho.

—Después de lo que él había hecho —dijo Sara, y Eva le lanzó una mirada rápida—. ¿Sabes si se lo hizo a más gente?

—La primera vez no era, eso te lo puedo asegurar. En tres décadas que llevo en la calle he visto cómo se comportan los viejos salidos. No era la primera vez. ¡¿Y tú qué coño miras?!

Eva clavó la vista en un niñato borracho que le sonreía. Ella le lanzó el refresco a la cara y el muchacho se puso furioso, apretó los puños y se levantó. Cuando Sara le enseñó la placa de policía se calmó. Pero se marchó con el clásico «puta de mierda».

—Lo peor vino después —dijo Eva, eructando por la comida—. Un día el viejo asqueroso llamó a mis padres y les preguntó por mí. Me dijo que si quería ir a una fiesta. Me horrorizaba que les contara a mis padres lo que había pasado, así que hice lo que quería. Fui allí, me dieron un vaso de vino, aunque tenía solo unos catorce años, y me sentó en un sofá al lado de otro viejo verde que me sonreía y no dejaba de rellenarme el vaso. Cuando estaba borracha, me llevó a alguna habitación y me violó. Yo lloraba y le decía que no, pero dio igual. Cuando se fue me dejó trescientos pavos en la cama. Me quedé el dinero y lo guardé en una caja en casa. Se me revolvía el cuerpo cada vez que veía la caja. Luego, un día saqué el dinero y me fui al centro a comprarme ropa. Me hice famosa al día siguiente en el instituto por la ropa nueva y me sentí un poco mejor. Mientras fuera bonita por fuera podría ocultar lo sucia que me sentía por dentro. La siguiente vez que llamó el cerdo, yo solo pensaba en todo lo que iba a comprarme si me daba más dinero. Así que volví a ir. Con otro viejo verde. Y después una vez más. Y otra. De todos modos, yo ya no valía nada, así que no creía que hubiera mucha diferencia. Pero ¿sabes qué era lo peor?

—No.

—Unas amigas me preguntaron que de dónde sacaba el dinero. Y me las llevé allí. Dos o tres chicas, a las que también violaron y machacaron. Les destrocé la vida. Y todo lo que querían era comprarse ropa bonita.

34

SARA NO HABÍA podido dormir. Martin se había pasado la noche roncando, pero eso no solía impedirle conciliar el sueño. A diferencia del resto, a ella le parecía que los ronquidos eran agradables, y casi le resultaba más fácil dormir cuando oía a su marido haciendo temblar las paredes. Entre ronquidos, todo se volvía aún más silencioso. El tamaño del piso evitaba que les llegara al dormitorio el ruido de los bares que tenían debajo.

Sara se había quedado contemplando el techo, un artesonado de madera oscura. Uno de los muchos magníficos detalles que a Martin le importaban más bien poco, pese a que había pagado tantísimo dinero por la casa. Sara había aprovechado para disfrutar de tener a toda la familia junta, y cayó en la cuenta de que no sabía cuántas noches así le quedaban. Y lamentó no haber tenido el sentido común de apreciar esas oportunidades lo bastante hasta ahora.

Pero, sobre todo, no dejaba de darle vueltas a lo que Eva le había contado. Le había resultado difícil aceptarlo, pero Sara pensaba que habría sido una falta de respeto hacia Eva desecharlo sin más. ¿Habría alguna forma de comprobar si era cierto?

Sara se pasó dos horas dando vueltas en la cama, pensando en todo, pero después se levantó. Y comprendió que debía averiguarlo, ante todo por su propio interés.

Así que volvió a la casa. El castillo de cuento de su infancia. Que era el lugar de un crimen al que ella en realidad no debía acudir.

Miró a su alrededor, pero no había nadie en la calle tan temprano. Aun así, se agachó un poco cuando pasó por delante de la casa de CM, que estaba muy pegada a la calzada; la casa a la que llamaban «la fábrica» cuando eran niñas por el nombre tan raro del rifle de su dueño. Qué curioso que siguiera recordando aquella tontería. Era obvio que uno no podía escoger lo que recordaba.

Rodeó la casa de los Broman y fue a por la llave a su lugar habitual. Después abrió la puerta y entró.

Qué diferente le parecía la casa después de todo. Del paraíso perdido al lugar de un crimen, y ahora a una fortaleza fantasmal que albergaba un secreto. Una casa del terror.

Stellan Broman había grabado cómo violaba a una chica muy joven. Si la historia de Eva era cierta, Sara no creía que Stellan se hubiera deshecho del vídeo.

Y llevaba bastante tiempo trabajando con la prostitución callejera para estar convencida de que sí que era cierta.

También llevaba bastantes redadas a delincuentes sexuales y a usuarios de pornografía infantil como para saber que ese tipo de gente nunca se deshacía de sus colecciones. Era una especie de fijación. Podían tener miles y miles de vídeos y fotografías, muchos más que tiempo para verlos, pero aun así querían más. Casi como una manía.

Como si fueran los últimos litros de agua en la Tierra.

Pero ¿dónde habría escondido el vídeo?

Sara ya había registrado la casa y había visto todas las grabaciones que había encontrado. A veces, el método consistía en ponerle una etiqueta diferente al vídeo —algo aburrido como «Conferencia sobre el parque nacional Sarek» o «Vacaciones en caravana»— y esconderlo a plena vista entre otras grabaciones.

Pero Stellan debía de haberlos guardado en otro sitio.

Comenzó por arriba.

El ático estaba atestado de muebles viejos y cajas de cartón con adornos de Navidad, decoraciones de Pascua, cosas de verano y ropa que se les había quedado pequeña a las hermanas. Encima de una caja estaba el jersey de Wham que llevaba puesto Malin una de las veces que le dijo a Sara que no podía volver a su casa porque sus amigas de verdad ya habían vuelto. Un lunes de agosto en el que habían comenzado las clases.

Como si ella no lo supiera ya. Todos los años pasaba lo mismo a final de verano.

Agneta también había empezado a guardar cosas de los nietos, comprobó Sara. Cajas y cajas de ropa de bebé, biberones, peluches, baberos. Prendas de Mini Rodini, de Elodie Details e incluso de Gucci. Todo cuidadosamente doblado y etiquetado. También había fotos de cada nieto cuando era bebé en sus respectivas cajas.

Pero nada de vídeos.

En el garaje, latas de aceite, productos de limpieza y aerosoles de pintura alineados en los estantes, y los neumáticos de invierno envueltos en plástico y apilados. Herramientas y dos cojines viejos para niños. Ningún compartimento secreto, ningún vídeo.

En el sótano estaban el cuarto de la caldera, que apestaba a aceite, el lavadero, el cuarto de estar sin ventilar y una habitación de invitados con olor a moho. Y una despensita oscura.

Recorrió las habitaciones metro a metro. No parecía que contuvieran ningún escondite secreto. Al final se dejó caer en el sillón del cuarto de estar y miró la hora en el móvil.

Había tardado casi tres horas.

Y nada.

Tenía que repensarlo. Todo se basaba en la idea de que Eva contaba la verdad y Sara había decidido creerla. De lo contrario, no habría nada que buscar.

Que no lo hubiera encontrado no era raro de por sí. Si Stellan había grabado una violación, lo más probable era que hubiera escondido muy bien el vídeo. Un rollo de película no ocupaba demasiado. Ni siquiera el de una Super-8.

Tenía que volver a registrar la casa en busca de un compartimento secreto. Abrir cualquier tipo de envase del tamaño suficiente. ¿En qué habitación habría guardado Stellan su oscuro tesoro?

¿En el cobertizo? Allí es donde tuvo lugar la agresión.

No, probablemente quisiera guardarlo en la casa, pensó Sara. Al menos a ella le parecía que así lo tendría más controlado.

En la cocina no. Tampoco en el salón. Así que o en el ático o en el sótano, pero ya los había registrado.

Miró a su alrededor.

¿Por qué no en el cuarto de estar?

Al fin y al cabo, era donde tenía el proyector. Ahí podía encerrarse.

Sara recordó que Stellan necesitaba pasar horas sin que lo molestaran para trabajar cuando las hermanas y ella eran niñas.

Y en esas ocasiones se iba al cuarto de estar.

Si veía los vídeos allí, ¿no era más fácil guardarlos en el mismo lugar?

Sara recorrió la habitación con la mirada. Se levantó y volvió a golpear las paredes, prestando atención por si sonaba a hueco. Después cambió de sitio los muebles, miró debajo de las alfombras y palpó la tapicería del sofá y del sillón.

Tenía que estar allí, en alguna parte.

Pero ¿dónde?

¿Dentro de la lámpara?

No cabrían.

¿En el equipo de música?

Un momento.

La televisión.

La vieja televisión de tubo.

Ahí cabía perfectamente un rollo de película. Incluso varios. ¿Y por qué la habría mantenido todos estos años si no?

Sara siempre había pensado que Stellan la guardaba como un panegírico de sus años de grandeza. Pero ahora ya no lo creía.

Viéndolo desde el punto de vista de un adulto, ¿por qué iba a dejar Stellan una televisión rota acumulando polvo año tras año? El resto de los objetos de la casa habían sido seleccionados cuidadosamente. ¿Por qué no deshacerse del aparato y ya está?

Porque tenía valor.

El contenido.

Sara fue al garaje y cogió todos los destornilladores que encontró.

Después retiró la parte trasera del aparato.

Y allí estaban.

No un rollo.

Varios.

Sacó la caja que se encontraba más arriba y leyó lo que ponía. «Madeleine. 1.» Luego sacó el proyector, montó la pantalla y empalmó el rollo de película.

Se dio cuenta de que estaba nerviosa. Preocupada por lo que iba a ver. Pero debía verlo. Así que bajó la intensidad de la luz y puso en marcha el vídeo.

La imagen parpadeaba y se estremecía, y los colores habían palidecido con el tiempo. Stellan grababa con la cámara en la mano y puede que parte del movimiento se debiera a su excitación. Estaba en el cobertizo, en la parte trasera de la casa, y lo que estaba documentando era el cuerpo de una mujer joven.

O más bien el cuerpo de una niña.

No tendría más de catorce o quince años, pensó Sara.

Le había subido el fino vestido de verano hasta la barbilla, de forma que a la niña solo le quedaban las bragas y el sujetador. La cámara se fue deslizando despacio por el cuerpo. En la imagen apareció una mano masculina que se metió detrás de la espalda de la niña. La mano de Stellan, con aquella alianza de oro tan ancha. Al poco se cayó el sujetador al suelo y Stellan acercó la cámara al pecho. Se los acarició con la mano, los agarró y los manoseó de una forma casi clínica que le revolvió el estómago a Sara. Durante un breve instante, la cámara subió al rostro de la niña y reveló unos ojos ausentes pero asustados.

Después Stellan bajó el objetivo hacia las caderas y Sara vio que le había bajado las bragas más allá de las nalgas. Fue tirando despacio de la prenda hasta dejar al descubierto la entrepierna. Cuando le abrió las piernas con la mano para tocarle el sexo, Sara tuvo que apartar la mirada. Después de todo lo que había visto en la Unidad de Prostitución, todos los hombres desagradables con una sexualidad perturbada que usaban los cuerpos de las mujeres como trozos de carne, se había creído inmune.

Pero no podía soportarlo.

Una chica tan joven.

Y ese estudio gélido, casi inhumado del cuerpo. Intentó volver a mirar, pero sentía nauseas. Estaba a punto de vomitar.

Se asombró y se alegró por su reacción a un tiempo. Al menos a aquello no era indiferente.

Pobre chica.

O chicas.

Eva estaba convencida de que había más.

Y es cierto que había un montón de rollos de película.

Sara comprendió por qué Stellan había colocado tableros de contrachapado en el cobertizo, por qué no quería que ni las hijas ni Sara pudieran ver el interior. Por qué interrumpieron tan abruptamente sus juegos de espías.

Echó un vistazo a la pantalla y vio el metesaca frenético típico de las películas porno. En un cuerpo joven, claramente nada dispuesto. Probablemente sin ningún tipo de experiencia sexual. Lo último que se veía en la imagen era la mano de Stellan cogiendo una toalla colorida.

Entonces llegó su reacción. Sara vomitó. Directamente en la alfombra del cuarto de estar.

Qué desgraciado más asqueroso.

Cerdo de mierda.

Recorrió con la mirada todas las cajas con rollos película que había guardadas en el escondite secreto.

¿A cuántas les habría destrozado la vida de aquella forma?

Chicas que seguro que nunca se atrevieron a denunciarlo. No a un adulto, no a un hombre tan conocido y respetado.

¿Habrían volcado todo el odio sobre sí mismas?

¿Habrían creído que la cosa funcionaba así? Bienvenidas al mundo de los adultos. Tu cuerpo ya no es tuyo.

El silencio lo había hecho posible, pensó Sara.

¿Cuándo sucedía? ¿En las horas en las que todos pensaban que Stellan estaba con sus flores y sus plantas? ¿Sería el pasatiempo una simple tapadera? ¿Por eso había contratado a un jardinero? ¿Para ocultar el hecho de que lo único que hacía Stellan Broman en su jardín era violar a niñas?

Sara se fue en busca de un cubo y una mopa para limpiar el vómito. No por consideración hacia Stellan y su cuarto de estar, sino porque apestaba muchísimo y necesitaba quedarse allí un poco más.

Puso unos vídeos más, pero después no tuvo fuerzas para seguir. Solo vio el principio de cada uno. Algunas chicas parecían borrachas, otras aterrorizadas, y otras tenían un aire desafiante. Pero también a ellas les cambiaba la mirada al final. Vacía, resignada, devastada.

Al parecer, lo había hecho durante años. Algunas chicas volvían, pero eran considerablemente mayores.

En vídeos posteriores, Stellan tomó la costumbre de documentar con gran meticulosidad sus rostros primero. Tal vez le excitara más que también fuera suya esa parte de sus cuerpos, objeto de sus deseos. Siempre lo hacía igual. Les agarraba la barbilla y les giraba la cabeza delante de la cámara. Como si estuviera inspeccionando un animal en una subasta. Alguna de las chicas lo miraban inseguras, pero la mayoría bajaban la vista. Nadie miraba a cámara.

Sara reconoció un par de caras. Del colegio. Le sacó fotos a la pantalla con el móvil para buscarlas más tarde si fuera posible. Pero no fue capaz de ver todo lo que había en el escondite. Tal vez tampoco fuera necesario.

Otros vídeos, en cambio, estaban etiquetados con nombres masculinos. Y las fundas que los contenían estaban algo más gastadas, como si hubieran estado expuestos a la humedad. Pero los rollos de película parecían intactos. Así que cuando se hartó, Sara colocó uno de los rollos con nombre masculino en el proyector.

¿Había hecho lo mismo Stellan con chicos?

Cuando el vídeo empezó a reproducirse, resultó que no. El lugar de grabación ya no era el cobertizo, sino el cuarto de invitados de la casa.

La habitación donde Sara había dormido alguna vez. ¿Stellan había grabado sus agresiones también allí? Volvía a estar a punto de vomitar.

Pero el que aparecía en la imagen no era Stellan, sino varios hombres. Sobre todo de mediana edad o un poco mayores. Y ya no sostenía la cámara con una mano temblorosa, sino que parecía que estaba fija, como en un trípode. Un encuadre más completo a un poco más de distancia.

Pero las chicas parecían las mismas. Aunque ya no eran tan pasivas. Se las veía más indiferentes y bastante más borrachas. A veces casi inconscientes.

También eran los hombres los que dirigían esos vídeos, daba la impresión de que les ordenaban a las chicas que se giraran hacia un lado u otro, que fingieran estar excitadas y deseosas, que hicieran cosas humillantes.

Vídeo tras vídeo de las niñas de Stellan con hombres adultos. Hombres mayores, a veces. Sara les hizo fotos con el móvil.

En el quinto rollo de película con hombres salió una cara que reconocía. No del colegio, como algunas de las chicas, sino de televisión. Había formado parte del gobierno, si no recordaba mal. Un alto cargo ministerial. Y Sara lo estaba viendo ahora violar a una niña. Muy excitado, porque terminó al cabo de dos minutos. Y una vez que se vistió, sacó su cartera y dejó un billete de cincuenta en la almohada junto a la chica inmóvil. Después se marchó.

Un ministro.

Sara se vio obligada a comprobar si había más personas de alto rango en las grabaciones. Colocó rollo tras rollo, veía el principio, les sacaba fotos a los hombres con el móvil y anotaba los nombres de las etiquetas.

Reconoció enseguida a dos de los perpetradores.

Primero a Thorvald Tegnér. Juez del Tribunal Supremo. El anciano al que Sara había agredido en la casa de citas de Solna, pero que no la había denunciado. Y después un ex primer ministro. Que al parecer tenía una predilección por las chicas particularmente jóvenes. A juzgar por su aspecto poco envejecido, los vídeos eran de antes de que tomara posesión de su cargo, tal vez antes de que se convirtiera en líder del partido. Pero así sería cómo trabajaba Stellan, acumulando pruebas acusatorias de toda la gente posible dentro de los círculos adecuados. Nunca se sabía dónde podían acabar. Sara supuso que esta grabación les debió resultar muy útil a Stellan y sus superiores.

Se quedó sentada un buen rato mirando la foto del ex primer ministro. Había estado casado, Sara lo sabía. Tenía un poco de aire a padre de la patria. ¿Cómo había conseguido alguien como él dividirse en dos caras tan distintas? Entonces se percató de que había algo raro en la imagen. Se veía un borde oscuro en la esquina superior derecha. Comprobó el resto de grabaciones de los abusos. También lo tenían. A veces el borde era más ancho, a veces más estrecho, pero estaba en prácticamente todos los vídeos.

Como siempre, Sara no podía rendirse si había algo que no entendía. Salió del cuarto de estar y subió al cuarto de invitados de la segunda planta. Cuando entró en la habitación y se encontró con la cama que acababa de ver en tantas violaciones notó un mareo. Sintió que le fallaban las piernas y pensó que se iba a caer. Pero miró a su alrededor, sacó el móvil y se puso a comparar con las fotos.

Parecía que habían grabado los vídeos desde arriba, con una cámara que debía estar en la pared.

O detrás de la pared.

Sara arrastró una silla y examinó la pared empapelada con un patrón de medallones. Allí, en el centro de uno de los medallones, había un agujero. Apenas tenía unos centímetros de diámetro. Metió el dedo y palpó. Nada. Golpeó la pared y luego salió a investigar desde fuera. Solo había pared, y unos metros más allá, la puerta del dormitorio del señor y la señora Broman. Sara entró en la habitación y miró la pared lisa que daba al cuarto de invitados. Había un armario empotrado a cada lado.

Pero la habitación no parecía tan profunda como debería. Sara midió a pasos la distancia entre las puertas en el pasillo. Veintitrés. Después midió la distancia de la puerta a la pared del cuarto de invitados. Cinco. Y luego la distancia correspondiente en el dormitorio. Doce.

Faltaban seis.

Se acercó a la pared del dormitorio y la golpeó. No parecía muy gruesa. Después abrió el armario de la derecha.

La ropa de Agneta.

En el armario de la izquierda, la de Stellan.

Sara sacó toda la ropa y examinó el armario izquierdo. Y no tardó en darse cuenta de que uno de los lados se podía apartar. Cuando miró detrás del tablero, descubrió un espacio estrecho donde cabía justo una persona. O un trípode. Y arriba, bajo el techo, había un agujero en la pared que daba al cuarto de invitados.

El borde oscuro de los vídeos no era más que una parte de la pared que se veía si la cámara no estaba bien orientada hacia el agujero. O sea, que ahí era desde donde Stellan había grabado a sus invitados haciéndolo con chicas muy jóvenes. Para poder chantajearlos. En nombre de potencias extranjeras.

No cabía duda de que él se había aprovechado de las chicas primero y que después las había obligado a tener relaciones con otros hombres, y también lo había grabado.

Tal vez quería destruirlas mentalmente para convertirlas en herramientas dóciles. Tal vez le excitara destrozarlas.

¿Así fue como espiaba? ¿Ofreciéndoles a hombres influyentes tener relaciones con chicas jóvenes para tener poder sobre ellos?

El asqueroso Stellan. Stellan el cerdo.

Además, lo que había visto le hizo cuestionar toda su niñez, todas las horas en aquel blanco castillo encantado, y entonces comprendió que podía haber otro motivo para asesinar a Stellan.

La venganza.

Cada una de las chicas a las que había grabado tenían una razón para vengarse. También sus seres queridos.

Necesitaba ayuda para identificar a los hombres, pero debería poder localizar a algunas de las chicas por su cuenta. Sacó los anuarios del instituto de las hermanas. Fue consultando las fotos que había tomado de las agresiones mientras pasaba las páginas de una clase a otra.

Y encontró a tres.

Camilla Skagerborg, Carin Larsbo y Maria Jonsson.

Tres niñas normales de secundaria. Parecían contentas en las fotos de clase. Después Sara las buscó en anuarios de cursos posteriores.

Solo quedaba Carin.

No se la veía contenta. Una delgadez anoréxica, bolsas en los ojos y una mirada que parecía pedir perdón al objetivo de la cámara.

Cuando Sara terminó, bajó al cuarto de estar y lo recogió todo. Seguía oliendo a vómito. El olor le iba muy bien a la habitación, pensó Sara.

Comprobó que todo estaba en orden antes de irse.

Acababa de limpiar la casa de los Broman, al igual que su madre. Pero al menos lo que había limpiado era su propia mierda.

35

Vällingby, la ciudad ABC. Cuando se creó fue un orgullo, un símbolo de la Suecia moderna y progresista. A ojos de Sara era ante todo un monumento a la felicidad perdida.

ABC, de *Arbetsplatser, Bostäder, Centrum*: trabajos, viviendas, centro. Afirmaban que todo se encontraba allí. En edificios modernos, no como las construcciones abarrotadas y de bajo estándar del ruidoso centro de la ciudad. Cuando terminaron Vällingby en los cincuenta, el orgullo de los políticos responsables, los arquitectos y los constructores no conocía límites. Así iban a vivir los suecos. Un joven Olof Palme recién casado se mudó allí con su Lisbeth. Era el futuro: la Suecia optimista, exitosa, eficiente.

Más adelante, Vällingby pasó a asociarse sobre todo con la delincuencia y las casas que se iban vaciando, y a la sombra de la actual escasez de viviendas se había convertido en un suburbio como cualquier otro, pero muy alejado del centro.

Para Sara, mudarse fuera del centro de la ciudad era un fracaso. Una capitulación que ella transformó en una victoria cuando se marchó de Vällingby a Gamla Stan. Su madre, en cambio, le había dicho adiós a Bromma y se había asentado en Vällingby para siempre. Y rechazaba categóricamente cualquier ayuda monetaria que le ofrecieran para la entrada de una casa más cerca del centro. Cada vez que salía el tema, Jane le preguntaba a Sara que por qué quería sacarla de su casa.

Así que llevaba viviendo allí treinta años. En un bloque alto de color blanco y beis. La misma casa en la que Sara había pasado los años más oscuros de su vida.

La sensación de que la habían sacado a rastras de la fiesta, de haber perdido el tren que traqueteaba de camino al futuro con todos sus viejos amigos a bordo. La misión imposible de encontrarse a gusto en un suburbio deprimente durante los delicados años de la adolescencia, cuando todo el mundo en el instituto era un caos emocional ambulante, revolucionado por las hormonas después de un verano solitario.

Jane se había llevado a Sara justo antes de las vacaciones de verano, con lo que la marcha fue aún más traumática. Se había pasado todo el invierno deseando que llegara el verano para volver a tener a las hermanas para ella sola. Estaba a punto de abrir la puerta al paraíso cuando su madre se la llevó al purgatorio.

El timbre sonaba como siempre, pero dentro del piso su madre había cambiado cosas, como era habitual. Que su casa estuviera en constante cambio era lo único estable. Ahora la entrada era de un color amarillo verdoso pálido, con cuadros con varios tipos de fuentes y titulares de periódicos en blanco y negro. Cuadros que Sara supuso que se vendían en tiradas grandes en alguna tienda de marcos. Había un puf gris bajo el perchero y al menos la mitad de los zapatos eran nuevos desde la última vez que Sara estuvo allí. Cierto era que habían pasado varios años, pensó Sara.

Jane salió a la entrada a su encuentro, tan bien vestida como siempre. Sara nunca la había visto en chándal en casa. Falda, blusa, brazalete de oro y un reloj diminuto en una cadena al cuello. Otro peinado nuevo, esta vez muy corto con el flequillo bien lacado y atusado.

Sara la siguió a la cocina. Aunque estaba orgullosísima de su cuidado salón, Jane prefería que se sentaran a la mesa de la cocina. Le sirvió café a su hija y se apoyó en la encimera, como siempre. Sara no se sentó y permaneció de pie. Observó a su madre durante un rato y después tomó la palabra.

—He visto los vídeos —dijo—. De Stellan. —Jane parpadeó y Sara se imaginó que la madre sabía por dónde iban los tiros—. En los que viola a niñas.

Su madre no dijo nada.

—Chicas que iban al colegio con nosotras, conmigo y con Malin y Lotta. Muchas menores de edad.

—Sí.

—Y se salió con la suya. No lo han denunciado nunca, ¿verdad?

—No.

—¿No se dio cuenta nadie?

—Había quien sospechaba.

—Pero ¿no hicieron nada?

Jane negó con la cabeza.

—Tú no hiciste nada.

—Stellan y Agneta me acogieron cuando hui. Cuando te llevaba en la barriga. Era muy joven y estaba completamente sola. No podía decírselo a la policía. ¿A quién habrían creído? ¿Al Tío Stellan de Suecia o a una refugiada polaca?

—Pero otra persona sí que lo podría haber denunciado. Le podrías haber pedido a alguien que fuera a la policía.

—Me daba miedo que me echaran del país. Conocía a mucha gente poderosa.

—¿Sabías que lo grababa? Podrías haberte llevado uno de los vídeos y entregarlo. Si limpiabas allí, sabías dónde estaba todo.

—Estás hablando como un policía. Quiero hablar con una hija.

—¿Qué quieres decir? ¿Que debería mostrarme comprensiva con lo que hizo?

—No. Pero sí con cómo fue para el resto.

—¿Los que os callasteis y permitisteis que continuara?

—Yo no estaba segura del todo. Solo esperaba que no fuera tan horrible como me parecía.

—Era peor. Mucho peor. Deberías alegrarte por no haber sido una de las víctimas.

Sara observó a su madre, que apartó la mirada. Y en ese momento, al darse cuenta de la verdad, sintió que la sacudía un tsunami mental.

Clavó la vista en Jane.

—A ti también te lo hizo —dijo—. Abusó de ti.

La madre miró a Sara a los ojos, como si quisiera consolarla y tranquilizarla.

—Solo al principio. Después me hice demasiado mayor.

—¿Al principio? ¿Cuando yo acababa de nacer? ¿Te violó después de que yo naciera?

—Lo importante era protegerte.

—¿Protegerme? ¿Dejando que creciera a su lado?

Sara se debatía entre sentimientos de una ira desmesurada y una compasión impotente.

¿Qué era peor? ¿Lo que le había sucedido a su madre o lo que le habría podido suceder a Sara? ¿O que Jane dejara que él se aprovechara de ella?

Sara se dio cuenta de que estaba pensando como el enemigo. Estaba culpando a la víctima. Evidentemente, Stellan no tenía derecho al cuerpo de Jane solo porque vivieran en su casa.

—En cuanto te miró de esa forma, me marché de allí contigo —dijo.

—¿Cómo?

Era como si no le salieran las palabras. No era capaz de mirar a su madre. Podía tomarla de la mano, pero eso no significaba nada comparado con todo lo que quería decirle, todo lo que quería preguntarle.

—¿Por eso nos mudamos?

—Se lo vi en la mirada. Un día ya no eras una niña. No para él. Acababas de cumplir trece años y vi cómo te observaba. Tú no tenías ni idea. No podías saberlo. Pero cuando te invitó a que fueras al cobertizo supe que ya no estabas a salvo. No podría protegerte si seguíamos allí. Teníamos que irnos.

—¿Por eso pasó tan rápido?

—Nos mudamos enseguida. En aquella época era más fácil conseguir un piso. Llamé a Servicios Sociales y les dije que mi novio me había echado y que estaba sola con una hija adolescente. Nos dieron el piso el mismo día.

—¿Por eso nunca has querido mudarte?

—Después de ti, este piso es lo más bonito que he tenido. Nos salvó la vida. Y pensar que entonces se podía conseguir un piso tan rápido, aunque estuvieras soltera y sin trabajo.

Sara se avergonzó de todos los años de enfado con su madre. Por cómo la había castigado con el silencio y la distancia. No le salían las palabras, pero se dio cuenta de que tenía que confesarse.

—Siempre he pensado que estabas celosa de Stellan y Agneta —dijo mirando a su madre a los ojos—. Que por eso les hablabas de una forma tan cortante.

Al ver que Jane no parecía sorprendida, Sara sintió una punzada en el corazón.

—Un lobo solo te puede morder si permites que se acerque —dijo Jane.

Sara sacó una silla y se sentó. No sabía dónde detener la mirada.

Lo rápido que puede cambiar la vida. Una muerte inesperada, una información sorprendente, nuevos puntos de vista. El gran trauma de la vida de Sara, la mudanza desde Bromma, de repente era su salvación. El ídolo al que había echado de menos era un monstruo que estuvo a punto de devorarla también a ella.

—Pero ¿qué te parecía que yo pasara tanto tiempo con ellos?

—¿Qué iba a hacer? Tenían tantas cosas que yo no podía ofrecerte...

—Pero yo era tu hija. ¿No querías que pasara la mayor parte del tiempo contigo?

—¿Tú te sientes así con tus hijos?

Sara no sabía qué responder. Estaba claro que nunca había comprendido a su madre, nunca había tratado de entenderla.

—Los hijos hacen lo que les viene en gana —dijo Jane—. Intentar forzarlos a que te quieran solo mata el amor.

—Pero tú siempre has sabido que te quiero, ¿verdad?

—Eso no es tan importante. Lo importante es que una madre quiera a sus hijos.

36

Un HUECO DE la escalera que resonaba y puertas azul pálido, la mayoría con pegatinas de alarma.

Sara se acercó a la puerta en la que se leía «A & J Holmberg», entreabrió el buzón y sacó la carta que el cerdo de Holmberg había pedido que le mandaran al apartado de correos.

Sara se había asegurado de no usar pegamento para que a la mujer le resultara fácil abrirlo. A juzgar por su perfil de LinkedIn, trabajaba bastante desde casa. Con suerte hoy sería uno de los días en los que se quedaba allí.

Se inclinó y escuchó a través de la ranura del buzón. Pues sí, parecía que había alguien escribiendo en un ordenador. Dejó caer la carta dentro y se marchó.

Se sentía un poco mejor. Al salir a la calle le costaba menos respirar.

Era demasiado tarde para detener a Stellan, pero aún había cosas que podía hacer, pensaba mientras se dirigía al coche. Con la carta que había entregado. Quería hacer lo mismo con cada putero que pillaran a partir de ahora. Todos esos hombres que creían que bastaba con pagar las multas y seguir igual.

Nada era igual.

Aquel sentimiento se había arraigado en Sara con fuerza.

Justo cuando se montó en el coche, la llamaron al móvil.

—Nowak.

—Hola, soy Mazzella. Del centro. No sé si te acuerdas de mí, estábamos sentados juntos en la fiesta de Navidad de hace varios años.

—Ah, sí, claro que me acuerdo de ti.

«No.»

—Te quería hacer una pregunta, si no te pillo mal.

—Por supuesto.

—Una tal Mia Hansson ha puesto una denuncia por allanamiento.

—Vale.

Mia Hansson, alias Nikki X. Aquello no pintaba bien.

—Como no le han robado nada, iba a archivar la denuncia, pero entonces me ha parecido reconocer a la mujer de las imágenes.

—¿Imágenes?

—Sí. Es que Hansson tiene una cámara de seguridad en su casa.

«Mierda. Joder. Mierda.»

—Estaba viendo las imágenes y la ladrona es exactamente igual que tú, Nowak. Es muy raro. ¿Se te ocurre alguna explicación? ¿Sabes si tienes una doble?

—No, no tengo una doble. Soy yo.

—Ah, ¿sí?

Mazzella trató de parecer sorprendido, pero no era muy buen actor.

—Estuve allí. Pero no forcé la entrada. La llave no estaba echada. Llamé y después vi que la puerta estaba entreabierta, y como a la tal Mia la han amenazado, temí que le hubiera pasado algo. Así que entré. Pero no había nadie, y me volví a ir. Es que se dedica a la prostitución. Y tiene unos cuantos clientes muy desagradables.

—Ya veo. Entonces, ¿la habían amenazado?

—Sí.

—¿Quién?

—Un cliente asqueroso.

—¿Y lo ha denunciado?

—No, me enteré por una chica de la calle. Siempre se vigilan unas a otras.

—Así que la puerta estaba abierta y entraste porque Mia estaba amenazada, ¿no?

—Sí.

—¿Y has escrito un informe?

—No. Todavía no.

—Si la han amenazado deberíamos tomárnoslo en serio. ¿Y si le pasa algo?

—Tienes razón. Me pondré a ello.

—Muy bien. Oye, Nowak.

—¿Qué?

—¿Crees que podría archivarlo entonces?

—Sí, claro. Y sería mejor que Mia Hansson no supiera que estuve allí. Puede que no lo entienda y necesitamos que las chicas confíen en nosotros.

—Sí, me lo imagino. Bueno, igual nos vemos en la próxima fiesta de Navidad.

—Desde luego que sí.

Y colgó.

«Cámara de seguridad.»

«Mierda.»

«Ojalá no se lo haya contado a Lindblad.» A su jefa le encantaría saberlo.

El nudo que sentía en el estómago no se relajó cuando le llegó un mensaje indignado de Martin.

«¿Dónde te has metido? ¡La carrera de graduación!»

37

La multitud, las expectativas desmesuradas, la alegría.

El sentimiento de comunidad: estamos juntos.

El patio del instituto estaba tan lleno de gente como un vagón de metro japonés. Todos mirando a las escaleras y a las enormes puertas. Llevaban carteles de estudiantes y globos, sus gorros de graduación amarillentos por el paso de los años y botellas de espumoso. El consejo de estudiantes había contratado un DJ con un equipo de música gigantesco que pinchaba las canciones seleccionadas cuando las clases salían corriendo del edificio.

Cuantísima gente. ¿De qué se alegraban tanto? Sara no podía entenderlo. La graduación solo significaba que la parte más fácil de la vida se había terminado. ¿Era para celebrarlo?

Gente por todas partes, calor y olores. Algunos llevaban demasiado perfume, otros tenían muy mal aliento y muchos olían a sudor. Humo de cigarros. El hedor de las bocas llenas de *snus*. Alguien se había tirado un pedo con sigilo. Los seres humanos no son agradables en manada.

Sara estaba presente físicamente, pero sus pensamientos los monopolizaban Stellan, Holmberg y Nikki X. Tenía que espabilar. Había estado a punto de perderse el gran día de su hija y sospechaba que Ebba casi se esperaba que no apareciera. Después de todos los años de trabajo y dedicación a los demás, Sara temía que su hija pensara que no le daría prioridad a ella. Y desde el acercamiento del día anterior en Caffè Nero no quería perder lo que había conseguido, bajo ningún concepto.

Al menos había llevado el cartel de marras. A pesar del estrés. Había un montón de empresas pequeñas que hacían los carteles de estudiantes mientras uno no tenía más que esperar, y Sara había elegido una foto de Ebba de bebé y la había guardado en el móvil hacía mucho tiempo. Solo tenía que mandársela a la empresa e indicar el texto. También vendían globos a un precio desproporcionado. Sara se fijó en que no había sido la única que había llegado tarde.

Así que allí estaban, esperando a su hija, que saldría corriendo del instituto y de la infancia. Corriendo hacia sus padres cuando en realidad los estaba abandonando. Para ella, la vida comenzaba ahora. ¿Qué mundo le aguardaba?

Sara sentía que era su responsabilidad arreglar todo lo que estaba mal. Conseguir que el viaje de Ebba fuera más sencillo que el suyo. Estaba orgullosa de haberle podido conceder unas expectativas mucho mejores. Al mismo tiempo, no podía evitar sentir un poco de envidia de su hija. Se iba a librar de muchísimas cosas. Y tampoco pudo evitar pensar que Ebba y Olle eran bastante desagradecidos. No tenían ni idea de lo afortunados que eran.

Por otro lado, las chicas estaban mucho más expuestas hoy en día. Ya no se trataba solo de chicos revolucionados por las hormonas en el instituto y de tipos babosos por la calle. Ahora también estaban en internet, en una versión mucho más agresiva.

Los nubarrones de preocupación se disiparon cuando llegó la hora.

La clase de Ebba salió corriendo por las escaleras al son de *We are the champions* de Queen. Gritando y dando saltos de alegría, con los puños en alto, levantando los brazos en el aire y bailando un poco. Todos los chicos iban en traje y las chicas de blanco. Aplausos y vítores de los familiares que los esperaban. Después la clase se dirigió corriendo a la muchedumbre en busca de sus padres y de sus hermanos.

Por primera vez en años, Ebba parecía feliz de ver a sus padres. Sara esperaba que su hija conservara ese sentimiento también en el futuro.

Ebba abrazó y besó a su madre, a su padre y a su hermano, luego soltó un grito de alegría y salió corriendo a la calle, hacia las carrozas estudiantiles que los aguardaban.

Mientras observaba a su hija, Sara se abrazaba a Olle, con el que podría quedarse un poco más de tiempo.

Le sonó el móvil. Un número oculto, pero aun así contestó.

—Sara.

—Hola. Soy Åsa-Mia. Lindblad.

«Pero por Dios… En la graduación de Ebba…»

—¿Sí?

—¿Qué tal?

—Bien.

—Pareces enfadada.

—No, mujer.

—Vale, estupendo.

—¿Qué querías?

—En primer lugar, me gustaría decir que haces un trabajo maravilloso.

Sara no respondió.

—De verdad —prosiguió Lindblad—. Eres una policía muy competente y estás haciendo una contribución tremenda a la sociedad. No sé cuántas veces me habré podido deshacer en elogios hacia ti delante de jefes y colegas.

—¿Pero?

—Sin peros. Eres muy buena. Acepta el cumplido.

—¿Solo me has llamado para eso?

—¿No te parece bastante? ¿Qué más quieres?

—Dime lo que pasa.

Martin le indicó a Sara que Olle y él se querían marchar. Sara les hizo un gesto para que no la molestaran. Tenía que oír qué quería la pesada de Lindblad.

—A pesar de mis cumplidos, a pesar de todo lo bueno que digo sobre ti, vas y haces esto.

—¿El qué?

—Bueno, ¿tú qué crees? Un allanamiento por el que te han denunciado.

—No ha sido allanamiento. La puerta estaba abierta.

—Me negaba a creerlo cuando me lo han contado. «No, mi Sara no», les dije. Nunca. Pero he visto las imágenes de la cámara de seguridad. Estoy tan, tan decepcionada… Tú me has decepcionado.

—¿Decepcionado? ¿Y por qué?

Sara hizo un aspaviento y al mover los brazos les dio un golpe a unos padres orgullosos.

—Porque me has puesto en un aprieto terrible. Yo siempre te he defendido, sin importar lo que hubieras hecho o cómo te hubieras comportado. Y ahora con esto también me has metido a mí en problemas.

—¿Cómo narices te voy a meter en problemas?

—Que un policía infrinja la ley nos perjudica a todos.

—Que no he infringido la ley.

—Mazzella me miraba como si no pudiera creerse que no tuviera controlada a mi unidad. Lo que has hecho es indefendible. Y fue una sensación espantosa.

Martin se cansó y empezó a caminar. Sara iba un poco por detrás, con el móvil al oído.

—He hablado con Mazzella —dijo Sara—. No pasa nada.

—¡Tú no tienes que hablar con Mazzella!

—¿Por qué no? Era yo la que salía en las imágenes y él el que las ha recibido.

—Tiene que ser a través de mí.

—¿Y por qué?

—¡Estamos en el mismo equipo, Sara!

—¿El mismo equipo?

—Sí. A veces eres un poco pesada, pero me caes muy bien. Y ahora haces esto. Estaba completamente desconsolada. Muy dolida. Y como siempre me he puesto de tu parte, también me afecta a mí tu insensatez.

—Que les den. ¿Qué más da?

—Una denuncia como esta es lo último que nos hace falta.

—Ella no sabe que soy policía.

—Pero nosotros sí. Están muy disgustados contigo, Sara. Los de dirección. La imagen que tienen los ciudadanos de la policía es sumamente importante, ya lo sabes. Muchos están enfadadísimos. Pero he encontrado una solución.

—Genial —dijo Sara, que sabía que lo que se le hubiera ocurrido a Lindblad sería lo contrario de genial.

—Puedo conseguir que se calmen si demuestras un poco de buena voluntad. Si demuestras que sabes que te has equivocado.

—¿Cómo?

—Tienes que dimitir. Es terrible. Qué pena que decidieras meterte en este marrón, pero me alegro de haber encontrado una solución.

—¿Solución?

—Sí.

—Pero si no hay ningún problema.

—¿Qué dices? ¿Cómo que no hay ningún problema? ¡Cometer allanamiento de morada y que te pille una cámara de seguridad!

—La puerta no estaba cerrada, ya te lo he dicho. Y la habían amenazado. Es una escort. Prostituta. Se supone que tenemos que ayudarles.

—No puedo hacer la vista gorda. Estaría cometiendo una falta. Me despedirían —dijo Lindblad.

—Pues claro que no te despedirían. Se va a pasar. Ya se han olvidado del tema.

—Lo siento, Sara. Esto es demasiado serio.

—Entonces, ¿tengo que dimitir?

—Es la única solución.

—¿Y tú no dirás nada?

—Probablemente pueda mantenerlo en secreto.

—¿Y los posibles jefes también?

—Si haces como te he dicho y demuestras buena voluntad, sí.

—¿O sea que sí que podéis hacer la vista gorda? ¿Los jefes que tanto se han enfadado y tú? Pero ¿solo si hago lo que quieres?

—Lo único que queremos es ayudarte.

—Bueno, pues vais a tener que hacer la vista gorda, porque no pienso dimitir.

38

LA RECEPCIÓN HABÍA ido muy bien y Ebba estaba contenta. Sus abuelos paternos le habían hecho regalos muy caros.

Además de un nuevo teléfono móvil y joyas de Cartier, el padre de Martin le había dado las llaves de un coche, un VW Bubbla Cabriolet de color chocolate metalizado. Ebba gritó y se lanzó a darle un abrazo a su abuelo, y a su abuela otro rápido y solícito.

Un coche flamante era un regalo demasiado ostentoso, pensó Sara, y no pudo evitar acordarse del libro de bolsillo con poesía sueca que le he había dado Jane como regalo de graduación. Era lo que se podía permitir su madre, pero lo había escogido con esmero y cariño. Jane no leía mucho, pero le encantaba Tranströmer. Sara no dudaba de las buenas intenciones de sus suegros, pero sí que cuestionaba si era razonable. Y se preguntó dónde aparcaría Ebba el nuevo coche. Vio ante sí montones de multas de aparcamiento, que Martin pagaría diligentemente.

Después de que le entregaran las llaves, Ebba se escapó para cambiar los asientos para la cena, de forma que los abuelos Eric y Marie se sentaran en la mesa principal. Love y Mia, de su clase, quedaron relegadas a una mesa en una esquina, al fondo.

Al parecer, era facilísimo comprar el amor.

Sara buscó a su madre entre el hervidero de gente que había en el gran salón. Vio pasar a familiares, amigos, vecinos y colegas de Martin. Habían acudido incluso algunos antiguos socios de Eric. Morenos y de pelo cano con sonrisas confiadas. Sara casi nunca veía sonreír a su madre.

Jane estaba sola con un paquete envuelto en las manos.

—¿Es para Ebba? —preguntó Sara.

—No lo quiere —dijo Jane.

—¿Cómo? —Se puso hecha una furia de inmediato—. ¿Te ha dicho eso?

—No, pero después de que le hayan regalado un coche esto es ridículo. Mejor no darle nada.

—Pues claro que lo quiere. Eres su abuela.

Sara miró el paquete que llevaba su madre. Rectangular y duro.

—¿Sabes qué? —dijo—. Un libro le va a resultar mucho más útil que un coche. Dáselo.

Jane recorrió el salón repleto de gente con la mirada y un gesto difícil de interpretar. No parecía muy convencida del valor de su regalo.

Sara sabía que su abuela, la madre de Jane, había transformado su vestido de novia en un vestido para su hija como regalo de graduación. Para que fuera guapa y agradara. Un libro era mucho mejor. Y más duradero. Sara aún podía recitar muchos de los poemas.

—Espera —dijo, y se acercó a la estantería. Buscó un poco y sacó *Poesía sueca*, una gruesa edición de bolsillo azul oscuro, que estaba a punto de desmoronarse por los años y el desgaste. Volvió con Jane y le enseñó el libro.

—Mira, está que se desmonta. Y lo sigo teniendo después de treinta años.

Jane examinó la colección de poemas y miró a los ojos a Sara, se quedó pensativa un segundo.

Después se alejó y dejó el paquete en la mesa de los regalos.

Sara miró a su hija, que era el centro de atención, rodeada de gente que le sonreía. Se acercó y le dijo:

—Ve a darle un abrazo a tu abuela.

Y así hizo Ebba, sin saber lo que significaba el abrazo en realidad.

Sara alcanzó a su hija cuando estaba volviendo con sus amigos y le susurró al oído:

—Gracias.

Ebba se detuvo y la miró.

—¿Por qué?

—Por darle las gracias a la abuela. Un día te darás cuenta de que su regalo es el mejor.

—¿Un día? ¿Por qué me estás hablando siempre del futuro? Vivo en el presente.

—El tiempo pasa muy rápido. Si solo vivimos en el presente puede que la vida se nos escape de las manos.

—Sí. O que te la pierdas.

—No quería estropearte la noche. Solo… Ya lo entenderás cuando tengas hijos.

—Puede. Si es que los tengo. Pero ¿no puedo olvidarme del tema esta noche y celebrar mi graduación?

—Sí, claro.

Sara le sonrió a su hija y le acarició la mejilla, esperando que Ebba no pensara que su madre se estaba comportando como una tonta.

Ebba hizo el amago de darse la vuelta, pero se detuvo.

—Mamá.

—¿Qué?

—Mírame.

Y Sara la miró. Llevaba un vestido plateado reluciente, el gorro de graduación y tacones de diez centímetros. Y los ojos le brillaban.

—¿Estoy guapa?

—Sí, muy guapa.

—¿Soy una buena persona?

—¿Qué? —A Sara le sorprendió la pregunta—. Pues claro que sí. Una muy buena persona.

—¿En qué sentido?

—Eres sensata, amable, inteligente, ambiciosa, guapa, tenaz, muy tenaz, y divertida… ¡Eres buena en todos los sentidos!

—Gracias. Es todo mérito de papá y tuyo. Vosotros habéis hecho esto.

Ebba dio una vuelta delante de su madre para enseñarle el resultado de sus esfuerzos. Luego se rio y volvió corriendo con Carro. Abrazó a su amiga y después hizo sonar una campana para que la gente la escuchara, y comenzó a acomodar a los invitados, que tenían expresiones alegres, en sus asientos.

Ahora que veía a su hija feliz siendo el centro de atención, Sara se sentía capaz de perdonar a su marido por mimarla tanto.

LA FIESTA FUE un éxito y Sara agradeció haber tenido el sentido común de pedir el día libre.

Martin y el padre de Carro eran los encargados de la fiesta y la habían organizado por todo lo alto. Habían alquilado uno de los salones del palacio Nootska. Lámparas de cristal, tapices y paneles de madera con decoración dorada. El personal de servicio iba de blanco y negro. Todos los participantes llevaban esmoquin y vestidos de cóctel. Demasiado jóvenes para un atuendo tan formal, pero visiblemente orgullosos. Discursos y canciones en honor de Ebba y Carro.

Un discurso excesivamente largo de Eric, en el que se centró en el brillante futuro de Ebba dentro de la industria sueca. Y para terminar brindó en su nombre y en el de su mujer. Marie, la abuela, sonrió y se unió al brindis.

La invitación prometía barra libre y quizá por eso los padres tenían que marcharse a casa después de medianoche.

Martin insistió en pagarle un taxi a Jane. Salieron a la calle y paró uno, acordó un precio con el conductor y pagó por adelantado. Pero cuando Sara y Martin se despidieron y se dirigieron a la salida, ella se dio la vuelta y vio que Jane se bajaba del coche y se dirigía al metro.

—¿Nos tomamos un vino? —dijo Martin sentándose en la terraza del Hilton, donde siempre escogía el más caro de la carta. A Sara le daba igual.

—¿Sabías lo del coche? —preguntó, y Martin tardó unos segundos en entender a qué se refería.

—No —dijo, pero parecía más impresionado que enfadado—. Menudo regalo.

—¿No debería habernos preguntado primero?

—Es su dinero. Puede hacer lo que quiera con él.

Martin nunca cuestionaba o contradecía a su padre.

—No quiero que Ebba piense que la vida es así —dijo Sara—. Que a todos les dan un coche y les montan una fiesta de lujo cuando se gradúan. Muy poca gente vive así.

—¿Y no crees que es bueno que nuestros hijos puedan tener esta vida? Cuando el mundo es como es, está muy bien que seamos capaces de darles una infancia y una adolescencia seguras y con las mejores condiciones posibles.

—Creo que así no están bien preparados para la vida. Si se acostumbran a que se lo sirvan todo en bandeja.

—Esta noche no, cariño —dijo Martin sonriendo—. Nuestra hija se ha graduado.

Después se inclinó y la besó.

—Nuestra hija —repitió mirando a Sara a los ojos.

Se bebieron el vino, después pasaron por delante de las obras eternas de Slussen y se fueron a casa.

Sara abrió las ventanas y escuchó el murmullo de la noche veraniega en las terrazas. La gente que disfrutaba de la vida y de los demás. Expectativas, esperanzas, felicidad.

Martin abrió una botella de vino, pero al cabo de diez minutos los dos se habían quedado dormidos delante de la televisión.

39

«¡La sinfoníía suena fuerte y distinguida!» La voz de Loa Falkman hizo temblar el salón. Sara se incorporó asustada para ver de dónde provenía el escándalo. La canción era de las noticias de la mañana en la televisión, que seguía encendida. Echó mano del mando a distancia y la apagó. ¿De verdad era necesario gritar canciones tan temprano?

En el otro extremo del sofá, Martin estaba tumbado roncando sonoramente. Sara lo tapó con una manta y después se llevó a la cocina los vasos con los restos de la noche anterior. Se preparó un café y unos huevos revueltos. Comida un poco de resaca, aunque tuviera un dolor de cabeza moderado por las tres copas de vino.

La recepción y la fiesta de Ebba habían terminado. El alivio se le mezcló con una tristeza insistente por el capítulo de su vida que había llegado a su fin, por el hito que había superado. Ya sabía que anhelaría mucho esa época con los niños.

Al menos ahora podía volver a centrarse en Tío Stellan. Aunque solo fuera para distraerse. Buscó las fotografías que había hecho en el cuarto de estar y se las envió por correo a Hedin. Para su sorpresa, la llamó enseguida, a las seis y media de la mañana.

—¿Qué son esas fotos? —preguntó.

—De los vídeos de Stellan. Hombres teniendo relaciones con chicas jóvenes. ¿Los reconoces?

—El de la primera foto es Per Dieden. Ministro de Justicia en los ochenta. El de la siguiente es Gösta Boström, director gerente de Svea Marin.

—¿Eso qué es?

—Un grupo industrial que construía equipos de defensa. Como las embarcaciones ultrarrápidas de asalto. El de la tercera foto es Mats Cajderius. El redactor jefe del *Svenska Dagbladet.* ¿Y a todos estos los han grabado en casa de Stellan Broman teniendo relaciones con chicas muy jóvenes? —dijo Hedin—. La clásica trampa de miel.

—El mismo Stellan violó a las niñas primero para dejarlas destrozadas. Después las emborrachaba o las drogaba y dejaba que estos hombres se aprovecharan de ellas.

—Para poder chantajearlos.

—Y mire la quinta foto —dijo Sara mientras ella también le echaba un vistazo al pez gordo. El ex primer ministro.

Cuando Hedin por fin respondió, no parecía muy sorprendida.

—Eso explicaría por qué los gobiernos conservadores no han terminado con la política de neutralidad cuando han estado en el poder —se limitó a decir.

Sara hizo lo posible por digerir aquel comentario.

Pero no le resultó fácil.

¿De modo que esos vídeos habían dictado la política de seguridad sueca durante décadas?

Claro, ¿por qué si no habían mantenido los gobiernos conservadores una doctrina en la que no creían? ¿Por qué si no iban a ejecutar una política que detestaban?

La sexualidad depravada de un solo hombre había decidido el destino de nueve millones de ciudadanos suecos.

—Entiendo lo del primer ministro —dijo Sara—. Pero ¿por qué querría Stellan chantajear a los demás?

—Para tener más informantes, ampliar la red, demostrarles a sus superiores lo bueno que era. O para sonsacar alguna información concreta. Influir en la toma de decisiones.

—¿Qué tipo de información? ¿Qué decisiones?

—Neutralidad, ya te digo. Era muy importante en la lucha por ganarse la simpatía de los ciudadanos. Información sobre defensa. Decisiones políticas. El reconocimiento de la RDA como un estado soberano. Quizá los vídeos ayudaran a que eso saliera adelante. En ese caso, sería un gran triunfo para la red de espionaje. Conseguir que reconocieran una dictadura brutal cuando el resto de naciones occidentales se negaban. Piensa en los cientos de personas que asesinaron cuando intentaron escapar del país. Mientras que nosotros veíamos al primer ministro sueco estrechándole la mano al opresor con una sonrisa.

Sara negó con la cabeza. Pero era obvio que Hedin tenía razón. Teniendo en cuenta todo lo que se le seguía ocultando al pueblo sueco —la verdad sobre el escándalo del ministro Geijer, la organización secreta IB, el espionaje en el hospital de Gotemburgo o la colaboración con la OTAN—, estaba claro que habría muchísimas más cosas que nunca se desvelarían. Y tal vez ese fuera el mayor escándalo de todos.

¿Debería hablar con la prensa? Si le pasaba la información al Säpo, se limitarían a clasificarlo como confidencial y desaparecería. Sara quería que saliera a la luz, que se supiera todo. No solo que Stellan Broman fue un espía, sino cómo trabajaba y todas las chicas de las que había abusado, y cuyas vidas había destruido.

Ante todo, quería que la gente supiera lo que aquellos hombres tan respetados habían hecho. No solo habían violado a niñas, también habían permitido que poderes extranjeros ejercieran su perversa influencia. Se convertiría en un escándalo con todas las letras.

—Esto lo sabía el Säpo —dijo Hedin.

—¿Lo de las niñas? —preguntó Sara.

—He repasado los expedientes que pude consultar y encaja con lo que contaban.

—¿Cuándo los ha repasado?

—Ahora. En la cabeza.

—¿Tiene memoria fotográfica?

—Soy observadora.

—¿En qué sentido encaja?

—Los expedientes de Stellan del *Ministerium für Staatssicherheit* de la RDA, es decir, la Stasi, mencionan la moral decadente de sus métodos de trabajo, y en los expedientes del Säpo han ocultado las partes sobre su forma de trabajar y los nombres de las personas implicadas. Pero en cierto momento dicen que consideraron llamar a Servicios Sociales, a lo que renunciaron por el riesgo de que se desvelara que conocían la identidad de Geiger como colaborador informal. Y Servicios Sociales solo actúa en casos de espionaje cuando hay involucrados...

—Menores.

—Eso es.

—O sea, ¿que le permitieron que continuara cometiendo actos repulsivos por miedo a que alguien averiguara que sabían que era un espía?

—Más o menos. Y supongo que por eso han sido tan cuidadosos a la hora de ocultar partes bastante extensas de su expediente. No por consideración con él, o con un poder extranjero que ya no existe, sino para esconder sus propios métodos de trabajo. ¿Las has localizado? A las chicas. ¿Cómo les va?

—Tengo algunos nombres —dijo Sara—. Voy a intentar encontrarlas. Pero, oiga, otra cosa. Las fundas de los rollos de película con los hombres estaban más usadas. Los vídeos en los que salía Stellan estaban en mejores condiciones, lo que tiene que significar que los guardaban en lugares distintos. Pero cuando los encontré estaban todos juntos. ¿Por qué?

—Porque la Guerra Fría ha terminado. O al menos eso creía él.

—¿Lo habrán matado por los vídeos? ¿Como venganza?

—¿Una de las chicas?

—¿O algún ser querido? ¿O alguno de los hombres? ¿Y si hubiera empezado a amenazarlos otra vez con los vídeos?

—Independientemente del motivo, parece innegable que se merecía que le pegaran el tiro —dijo Hedin antes de colgar.

Sara se quedó sentada pensando en todo aquello, con el café que se le enfriaba en la taza y los restos de huevos revueltos quedándose resecos en el plato.

—Buenos días.

Martin entró en la cocina, se acababa de despertar y tenía el pelo alborotado, aún con la ropa de la fiesta del día anterior. Le dio un beso a Sara en la mejilla y miró esperanzado hacia la cafetera.

—¿Hay café?

—Hay de todo, pero no aquí.

Una broma vieja de cuando los niños eran pequeños que le había acudido a la cabeza y se le había escapado por la boca. Martin esbozó una sonrisa amable pero breve al reconocer la broma. Hay de todo, pero no aquí.

—Me he preparado un café instantáneo —dijo Sara.

—Entonces necesitas café de verdad —dijo mientras ponía en marcha la cafetera, una Moccamaster amarillo chillón. Él fue el que escogió el color, lo justificó con que «el amarillo alegra». Claro que sí, pensó Sara.

—Ayer fue muy bien —dijo Martin sentándose frente a ella.

—Superbién —respondió Sara—. Lo organizasteis estupendamente.

—Lo organizaron las chicas. Los padres solo pagamos.

—Pues lo pagasteis estupendamente —dijo Sara sonriendo.

—¿No te vas a volver a acostar? —preguntó Martin—. Trabajas de noche, ¿no?

—Tengo que hacer unas cosas.

Se levantó, fue a por su portátil y se sentó en el salón con una taza de café recién hecho. Luego empezó a buscar las direcciones y los números de teléfono de la gente de los vídeos.

Cajderius vivía en Strängnäs, que quedaba demasiado lejos para ir si Sara entraba a trabajar por la noche. Dijera lo que dijera Lindblad.

Per Dieden había fallecido en 2005 y la viuda le dijo que no quería hablar con la policía.

Gösta Boström vivía en una residencia de Lidingö babeando, según el indiscreto trabajador interino que la atendió por teléfono. El antiguo director general del grupo industrial Svea Marin tenía una demencia senil muy avanzada y no se podía contactar con él.

El ex primer ministro estaba muerto, no había mucho que hacer al respecto. Al siguiente violador lo había reconocido sin ayuda. Había salido mucho en la prensa en su momento, pero sobre todo se lo había encontrado en el trabajo. Como putero.

Henrik Carlsson Lindh.

Evidentemente, estaba mucho más joven en el vídeo. Guapo y de cabello castaño, a diferencia de la figura encorvada de ahora. Pero tenía la misma mandíbula pronunciada, las mismas cejas altas y los párpados medio caídos. La misma sonrisa soñolienta.

Sara lo había buscado en Google y había descubierto que fue secretario del Ministerio de Exteriores, que no tenía familia y que había publicado sus memorias, *Al servicio de la verdad y de la belleza*. También encontró su dirección y se decidió.

Una ducha y cuarenta minutos más tarde se presentó ante la casa del agresor.

Número 3 de Stureparken.

Conforme a su posición social.

Lindh recibió a Sara con pantalones de traje grises, zapatos relucientes, un batín y fular lila por dentro de la camisa. Se sentó frente a ella en el conjunto de sofás gustaviano y le sonrió con amabilidad. Era obvio que la había reconocido y no parecía avergonzarse lo más mínimo de que su invitada lo hubiera detenido en repetidas ocasiones.

—Bienvenida. ¿Te llamabas Nowak? ¿Puedo preguntar qué es lo que he hecho ahora?

—Ahora no —dijo Sara—. Hace treinta años.

—Uy —contestó Lindh—. Pero ¿eso no ha prescrito? ¿No se supone que lo bueno de envejecer es que se olvidan y se perdonan todos tus pecados?

—Trabajaste en Exteriores —prosiguió Sara.

—En el Ministerio de Exteriores. Así es.

—Como secretario. ¿Qué me puedes decir de Per Dieden, Gösta Boström y Mats Cajderius?

—Dieden era ministro de Justicia. Un inepto. Es un misterio que lo mantuvieran en el cargo. Boström creo que era el director general de una empresa industrial. Yo no trataba con él. Es posible que participara en una de aquellas delegaciones, cuando Suecia busca mejorar sus relaciones comerciales y envía al primer ministro, al rey y a una serie de hombres de la industria con carteras de pedidos en el bolsillo. Rara vez conduce a alguna parte, pero la familia Wallenberg respalda a sus defensores y por eso continúan. ¿Quién más has dicho? ¿Cajderius? Un periodista de poca monta. No era ningún columnista relevante. ¿Por qué preguntas por un grupo tan particular?

—Todos ellos, al igual que tú, aparecen en vídeos teniendo relaciones con chicas menores de edad.

—¿Con o sin consentimiento? Me refiero a la aparición en los vídeos.

—Sin consentimiento. Los guardaron con la idea de chantajearos.

—¿De verdad tu unidad se encarga de casos antiguos?

—Esto no está relacionado con la Unidad de Prostitución, sino con el asesinato de Stellan Broman.

—¿También era un amante de la juventud?

—Él lo organizaba todo. Doblegaba a las chicas y las ofrecía como objetos a pervertidos.

—¿Es posible que sienta que me estás juzgando? ¿No es bonito el amor en cualquiera de sus formas?

—¿Cómo funcionaban?

—¿Las relaciones con las chicas?

—Las trampas de miel. ¿Cómo funcionaban?

—Yo no he caído en ninguna trampa.

Sara sacó el móvil y le enseñó el vídeo con Lindh y su víctima.

—Qué pareja más guapa —fue lo único que dijo.

Sara lo miró a los ojos y paró el vídeo.

—Una adolescente. Quizá no llegara a los quince. ¿Qué habría pasado si lo hubieran hecho público? Tu carrera se habría terminado, ¿no?

—Nunca he hecho nada de lo que no me pudiera responsabilizar o que amenazara la seguridad del reino.

—¿Cómo usaron esto? ¿Qué te obligaron a hacer? ¿Qué te obligó Stellan a hacer?

—Nada. Nada en absoluto. No eran trampas. Solo eran relaciones naturales e inocentes con chicas hermosas. La sexualidad es un regalo maravilloso. Algo que tú seguro que has olvidado con todos los sinvergüenzas que ves en el trabajo.

—Cuéntame cómo era. Desde un punto de vista meramente práctico.

—Cariño, esto ya ha prescrito.

—Para mí no.

—Un caballero no revela sus secretos amorosos.

—Un caballero no viola a niñas.

—Uy, la inspectora de policía se ha pasado de la raya. Gracias por la visita, pero ahora tienes que marcharte.

—Cuéntamelo. No me voy hasta que me lo cuentes.

—¿De verdad está relacionado con el asesinato? ¿O es que te excita oírlo? —Lindh tenía un destello de exaltación en la mirada—.

Parece que has guardado los vídeos en el teléfono. ¿Es posible que tengan un efecto estimulante?

—Voy a serte muy sincera. No formo parte de la investigación. Esto es personal. Voy a resolver el asesinato, cueste lo que cueste, y si no me cuentas lo que sabes, le voy a dar los vídeos a la televisión y a la prensa. No creo que quieras que tu obituario se manche con un escándalo así. Me lo puedes contar. Como bien dices, ya ha prescrito.

Lindh entornó los ojos. Al cabo de un rato, se inclinó hacia delante, sonrió un poco y dijo:

—Eran tiempos maravillosos.

Sacó dos vasitos de cristal y sirvió un líquido castaño de un decantador. Luego alzó el vaso para brindar, se lo llevó a la boca y dio un sorbo.

—Un grupito de iniciados estábamos al corriente de que Stellan Broman podía conseguir chicas jóvenes. No sé cómo nos conocimos, al fin y al cabo, por aquel entonces no había internet. Pero supongo que sería gracias a conversaciones confidenciales a altas horas de la noche, después de un buen número de copas. Cuando se rompió el hielo fue como encontrar un alma gemela, así que acabamos viéndonos con bastante frecuencia. Sabíamos que podíamos hablar con libertad. Compartíamos consejos entre nosotros.

Sara hizo una mueca, pero cuando se percató de que Lindh estaba perdiendo el hilo trató de contenerse.

—Es posible que el origen fueran las fiestas de Stellan. Eran espectaculares. Y había muchísimas mujeres guapas, además de las personalidades más conocidas y más poderosas del país. Se podría decir que por lo general las mujeres en las fiestas de Stellan eran muy… accesibles. Y a veces se aprovechaban de ellas. Pero para nosotros, los que ante todo apreciábamos la belleza intacta de la juventud, el bueno de Stellan nos organizaba encuentros a solas en su casa.

—Para grabaros.

—Bueno, él no presentó así la idea, pero echando la vista atrás ahora he llegado a la desafortunada conclusión de que ese era el objetivo.

—¿Te llegó a enseñar los vídeos?

—No, pero no habría cambiado nada. Puse al tanto de mis inclinaciones a mis jefes y no tuvieron ninguna objeción. Solo me pidieron que fuera discreto. Por aquel entonces podías permitirte algún que otro desliz, no hay más que ver el escándalo de Geijer. A esos señores el gobierno los defendió con uñas y dientes.

—¿Cuánto se prolongó todo esto?

—No lo sé —respondió Lindh al cabo de unos segundos en silencio—. Creo que tuve trato con Stellan durante un par de décadas. Pero no recuerdo durante cuánto tiempo estuvo organizando las citas.

—Eras funcionario del Ministerio de Exteriores cuando Suecia reconoció a la RDA como estado soberano. ¿Tuvo esto algo que ver con los vídeos?

—Naturalmente que no tenía nada que ver con mis romances. Mis escapadas eran un asunto privado; la RDA, política internacional. No creo que una simple inspectora alcance a comprender la magnitud de lo que digo.

—Pero conocías a Stellan, que estaba a sueldo de Alemania del Este y, mientras que tú pasabas los días en el trabajo y las noches en casa de Stellan, tu ministerio logró que Suecia aceptara la RDA como un Estado de pleno derecho. Mucho antes que otros países democráticos.

—Stellan Broman era un gran amigo de la RDA y supo presentar sus argumentos con fuerza y de forma convincente. Si se lo transmití a mis colegas fue porque le vi sentido, no porque Stellan me hubiera amenazado con hacer públicos unos vídeos privados míos. Entonces la política sueca no funcionaba así.

—Estoy empezando a entender cómo funcionaba, sí.

40

—EMPEZÓ CUANDO ESTÁBAMOS en París.

Una sensación de irrealidad.

Una ola de náuseas que le recorría el cuerpo.

París.

Sara había localizado a Camilla en Uppsala. La única que pudo localizar de las chicas que había reconocido en los vídeos. Carin se había suicidado a los veinte y Maria se había mudado a Estados Unidos. No sabía quiénes eran las demás.

Camilla fue la que propuso que se vieran lo antes posible y Sara había llegado en tren unas horas más tarde. Y cuando se reunió con ella en el exterior de la Estación Central parecía que estaba deseando hablar, como si tuviera la necesidad de expresar algo doloroso que la atormentaba desde hacía mucho.

—¿El viaje a París antes de séptimo? —dijo Sara—. ¿Al que fuisteis Stellan, Lotta y tú?

—Sí.

El viaje a París al que Sara quiso ir.

Insistió, discutió, imploró y rogó. Stellan la había invitado, pero con la mudanza a Vällingby se suspendió. Jane la había salvado.

—Lotta y él se habían peleado —dijo Camilla—. Y Lotta se encerró en una habitación, así que él y yo tuvimos que compartir la otra. Solo una noche, hasta que Lotta se calmara. Pasamos el día por la ciudad y luego salimos a cenar. Me tomé un par de copas de vino, pese a que era muy joven. Pero él me dijo que en Francia todos los niños bebían vino en las comidas. Y cuando volvimos al hotel se quería dar una ducha. Dejó la puerta abierta y después volvió a la habitación completamente desnudo y me dijo que yo también debería ducharme. No me atreví a contradecirlo y él siguió hablándome mientras me desvestía. Incluso me siguió a la ducha y me observó todo el tiempo. Cuando me estaba duchando al menos pude correr la cortina, pero cuando tuve que salir me pasó una toalla y vi que estaba empalmado. Después noté sus manos por todo el cuerpo. Y entonces me empujó contra el lavabo y me penetró desde atrás.

Camilla hizo una pausa. Parecía tan distante como presente.

—Yo era virgen, tenía solo trece años —prosiguió—. Y me dolió muchísimo. Grité, no podía contenerme. Pero él me hablaba en un tono tranquilo, como si nada. No tardó mucho en terminar, y luego noté que me corría sangre y semen entre las piernas. Dijo que quizá debería volver a ducharme, incluso abrió el agua. Cuando salí, después de media hora llorando y vomitando en la ducha y limpiándome la entrepierna hasta que me salió sangre, estaba dormido. De espaldas a mí, roncando. No tenía dónde ir, no hablaba francés, por supuesto no tenía teléfono móvil, así que me acosté también. Todo lo alejada de él que pude. Esperando que cuando me despertara todo fuera un sueño. Solo para despertarme en medio de la noche porque me estaba violando otra vez. Cuando protesté, me tapó la boca con la mano y siguió. Me revolví y traté de escabullirme, pero era demasiado fuerte. Cuando terminó, volvió a dormirse, y yo debería haber salido corriendo a recepción para que llamaran a la policía. Pero me quedé allí tumbada. Y por la mañana, cuando me violó por tercera vez, ya no opuse ninguna resistencia.

—¿Y después? –dijo Sara, aunque en realidad no quería oír más.

—Nada. Salimos a la calle a desayunar. Estaba de muy buen humor, me habló sobre París y su programa de televisión y todos los invitados famosos que habían tenido. Y yo sentada allí. Muerta de miedo porque me hubiera podido quedar embarazada. Aterrorizada. Más avanzado el día apareció Lotta, pero no podía contarle lo que había pasado. Es que era su padre. Y era Tío Stellan. No me iba a creer nadie. Y una vez de vuelta en Bromma, me invitaba a su casa varias veces al mes y me presentaba a distintos amigos. Todos se aprovecharon de mí. Algunos no eran terribles, pero otros eran… peores. La enfermera del colegio me dio la píldora anticonceptiva, le conté que tenía un novio al que quería mucho. Cuando llegó la hora de cambiar de instituto, busqué una rama que no existía en Estocolmo y la solicité. Enfocada al diseño gráfico, en Uppsala. Mis padres se preguntaban por qué, no querían que me mudara a otra ciudad. Pero me mantuve firme, monté algún que otro número.

Tenía la salvación a mi alcance. Mi madre se dio cuenta de que era importante para mí, así que al final dejaron que me mudara. Y allí pude comenzar desde cero, convertirme en otra persona. Casi había conseguido olvidar a Stellan cuando leí que había muerto. Tengo una familia y de hecho trabajo en temas de diseño gráfico, me gusta, quizá porque me salvó del monstruo de Bromma. Me resulta más fácil volver aquí ahora que se ha muerto, no hay riesgo de que me lo encuentre.

El viaje a París.

El viaje por el que había sentido tantísimos celos de Camilla.

No sabía qué decir. Se limitó a extender el brazo en busca de la mano de Camilla y se la apretó.

Y Camilla le devolvió el apretón.

41

M<small>ALIN SEGUÍA EN</small> casa sin ir al trabajo, conmocionada por el asesinato de su padre y la desaparición de su madre. Pero dijo que se veía capaz de desplazarse hasta el trabajo de la hermana. Así que al cabo de veinte minutos Sara estaba en la recepción de la Agencia Sueca Internacional de Cooperación al Desarrollo, avisando de su presencia, y seis minutos más tarde Lotta bajó a por ella. Malin entró al mismo tiempo por la puerta giratoria.

La cantina estaba justo al lado de la recepción. Primero un espacio con distintos bufés y después cuatro filas para pagar. Sara tenía hambre, pero no parecía que las otras dos quisieran comer algo, así que no dijo nada.

Le divertía cómo la gente que pasaba a su lado se volvía a mirar rápidamente a Lotta, a veces involuntariamente. Le hubiera encantado saber qué opinaban de su amiga de la infancia. ¿Sería buena jefa? Lotta era la que mandaba ya cuando eran niñas, pero Malin y Sara nunca se habían dedicado a opinar en secreto como subordinadas en el mundo adulto. La gente siempre tiene una opinión sobre sus jefes que está deseando compartir con sus iguales. Rara vez viajan los puntos de vista hacia arriba. Como cuando eran pequeñas.

La oficina de Lotta era amplia, espaciosa y estaba amueblada con piezas claras. De aire escandinavo. Y tenía vistas precisamente a SVT. El antiguo lugar de trabajo de Stellan y el actual de Malin. Esa era la parte del mundo que pertenecía a los Broman, profesionalmente hablando.

—¿Sobre qué querías hablar? —dijo Lotta.

Sara se había llevado su iPad. Había pasado desde el móvil uno de los vídeos de violaciones y la calidad no era la mejor. Un vídeo de una Super-8 grabado con un móvil y reproducido en una pantalla más grande. Pero tendría que servir.

No dijo nada antes de empezar el vídeo. Pero observó atentamente los rostros de las dos hermanas.

Malin abrió los ojos de par en par y al cabo de varios segundos apartó la vista.

—¡Para! —dijo cuando vio que Sara no detenía la grabación.

Pero esta vez Sara no la obedeció.

—¿Por qué nos enseñas esto? —dijo Lotta apartando la tableta—. Apenas unos días después de que hayan matado a nuestro padre.

—Porque está relacionado con el asesinato.

—Pero no formabas parte de la investigación, ¿no?

—Vuestro padre grabó violaciones a chicas menores.

—Ella no es menor de edad.

—Tiene menos de dieciocho años.

—Y no se ve que la esté sujetando o amenazando —dijo Lotta—. Está ahí tumbada voluntariamente.

—¿Qué cría de dieciséis años decide acostarse con un cincuentón?

—Las hay. Créeme.

—Podemos ver más vídeos. En varios se observa perfectamente que las chicas están aterrorizadas. Y en otros, borrachas.

—¡No es verdad! —exclamó Malin—. Papá no haría nunca una cosa así.

—Pues parece que sí que lo hacía.

—Seguro que así es como lo reclutaron —dijo Lotta—. Le tendieron una trampa. Ahora entiendo por qué podría ayudar a la Stasi.

—¿Quieres decir que lo engatusaron para que hiciera esto?

—Sí, está claro —dijo Lotta—. Mi padre era una víctima, al igual que las chicas.

—¿Quieres ver más? —dijo Sara, que le costaba digerir la frialdad de su antigua amiga.

—Mira tú, si es lo que te pone. Pero no con nosotras.

—Es difícil entenderlo —dijo Sara—. ¿Verdad?

—Porque no es cierto —contestó Malin—. Está sacado de contexto.

—No. El contexto es una violación.

—¡Calla!

—¿Y qué vas a hacer con esto? —preguntó Lotta—. ¿Se lo vas a dar a la prensa?

—Esto es interesante en dos sentidos. Para la investigación de asesinato, como posible motivo. Y para nosotras tres, que crecimos con Stellan.

—¿Posible motivo? —dijo Lotta—. ¿Quién va a matar a un antiguo polvo después de treinta años? ¿Y por qué? ¿Quién no se ha acostado con un desgraciado alguna vez en su vida? Admitámoslo, a ojos de esta chica nuestro padre era un viejo. Pero esas cosas pasan. Era muy conocido y tal vez le pareciera emocionante, pero luego se arrepintió, lo cual es comprensible. Pero no ha matado a mi padre de un tiro por eso.

—¿No ves que está abusando de ella?

—Para serte sincera, la reconozco del instituto. Era especial. Muy provocadora en cuanto a lo sexual. Iba buscando chicos mayores.

—¿Y qué?

—No quiero decir que sea culpa suya, sino que hay que entender que a mi padre aquí lo habían seducido. Seguro que le insistió bastante.

—¿De verdad no ves que está asustada?

—Solo insegura. Sería el primero al que conquistaba y no sabía cómo comportarse.

—¡¿Conquistar?! ¿Estás loca?

—No te puedes hacer una idea de la cantidad de mujeres que se querían acostar con Stellan Broman —dijo Lotta—. Te olvidas de que en ese momento no había muchos famosos, y a los que había prácticamente se les rendía culto. Los canales de televisión eran dos, así que todo el mundo veía los mismos programas.

—No entiendo cómo no sentís nada de comprensión hacia estas chicas.

—Sí que la sentimos —prosiguió la hermana mayor—. Pero esto es de hace treinta años y ahora estamos en el presente, y a mí me acaban de ofrecer un trabajo nuevo que dejaría de ser mío si esto sale a la luz.

—Deberías estar enfadada con tu padre, no conmigo.

—¿Ya no estáis con la misma línea de investigación? —dijo Lotta—. ¿Qué ha pasado con el tema del espionaje?

—Está conectado con esto. Otros vídeos.

Se quedaron calladas.

—¿Qué quieres? —dijo Lotta clavando la vista en Sara. Malin se limitó a negar con la cabeza y a apartar la mirada—. Sabes que esto puede afectarme como figura pública. ¿Quieres algo a cambio de tu silencio o de qué va esto? ¿Tu obsesión enfermiza con nuestra infancia? ¿No va siendo hora de que madures?

—Yo… Creía que querríais saberlo.

Sara empezó a plantearse qué era lo que realmente la había llevado a enseñárselo.

—No, gracias. No cambia nada y tampoco es que mejore las cosas. Leo y Sixten no dejan de preguntar por su abuela y no sé qué decirles. Esto es de hace varias décadas. No somos niñas, sino adultas que tenemos que tratar de lidiar con el hecho de que nuestro padre ha muerto y nuestra madre ha desaparecido. Y cuando digo «somos» quiero decir Malin y yo, no tú, Sara.

Lotta tenía razón. Sara se avergonzó. Se había pasado de la raya. ¿Sería que simplemente no había olvidado el sentimiento de inferioridad de la niñez y había creído que podía vengarse ahora? Tenía que dar marcha atrás, pero no quería reconocer su motivación personal ante Lotta.

—De acuerdo. Pero me gustaría preguntaros si sabéis de algo que esté relacionado con estos vídeos que pudiera ser de utilidad para la investigación. ¿Ha habido amenazas? ¿Alguna de las chicas amenazó con denunciarlo?

—Pero si ni tan siquiera formas parte de la investigación, ¿no? —Lotta se acercó a la ventana y bajó los hombros.

—Si trabajas con putas —dijo Malin.

—Quiero resolver el asesinato —contestó Sara.

—Hay que tener valor para venir a enseñarnos un vídeo así tan solo unos días después de que hayan asesinado a nuestro padre —dijo Lotta dándose la vuelta—. ¿Saben tus jefes que lo has hecho? ¿O es como una *vendetta* privada? Si el vídeo no forma parte de la investigación, lo has sacado de un lugar privado y entonces habrías violado la privacidad de una casa. Y nos habrías intentado chantajear.

—Pensé que querríais saber quién era vuestro padre.

—Sabemos quién fue nuestro padre —dijo Lotta—. Para nosotras.

—Siempre nos has tenido envidia —interrumpió Malin—. Nuestra madre siempre nos decía que teníamos que portarnos bien contigo y jugar, por compasión. Y luego vienes a decirnos que nuestro padre era un espía y ahora que también era un pervertido. ¿Qué te pasa?

—Os tenía envidia —dijo Sara con sinceridad—. Cuando éramos niñas. Pero ya veo que no tenía motivos para ello.

—Deberías estar más agradecida por lo que nuestros padres hicieron por ti —dijo Lotta.

—¿Porque podía estar en vuestra casa? ¿Porque jugabais conmigo dos meses al año cuando vuestras amigas estaban de viaje? ¿O porque le dieron la oportunidad a mi madre de limpiaros la casa y ocuparse de vuestra mierda? Gracias, muchísimas gracias.

—Porque no te denunciaron.

—¿Por qué?

—Por el cobertizo.

Sintió que las palabras la golpeaban como una patada.

—¿Qué pasa con el cobertizo?

—Que intentaste prenderle fuego.

—¿Qué?

—Cuando me fui a París con mi padre y Camilla.

Sara se quedó callada.

—¿Te creías que no nos habíamos enterado? —dijo Malin—. Te vio mi madre.

—Disculpadme —dijo Lotta—, pero tengo que trabajar.

Sara se levantó y se marchó. Conmocionada.

El cobertizo.

De modo que lo sabían.

Siempre lo habían sabido.

Aquellos recuerdos que había tratado de apartar y bloquear. Cómo había ido en metro desde Vällingby hasta Bromma, se había cambiado al tranvía de Nockeby y luego había ido a pie el último tramo hasta la casa. Con un plan, o más bien un sentimiento que la impulsaba.

El día con el sol brillando en el cielo y vientos muy fuertes. En el que las nubes se desplazaban rapidísimo por el aire. Y en el que ella se había sentido más viva que nunca.

Jane trabajaba casi a todas horas el primer verano después de la reciente mudanza para reunir dinero para los muebles, la comida y el alquiler. Sara no conocía a nadie en Vällingby y su madre le había prohibido que llamara a los Broman. El recuerdo de ella sentada en aquel piso que resonaba de vacío, sin amigos, sin nada que hacer, mientras la reconcomían los pensamientos de lo bien que se lo habría pasado en París.

Y el deseo creciente de vengarse, de reclamar justicia.

La Sara de cuarenta y cuatro años vio ante sí a la Sara de trece abriendo el cobertizo de los Broman y sacando una botella. La agitó para asegurarse de que había suficiente.

Alcohol de quemar, con el que roció la fachada.

La Sara adulta no podía detener a la joven, a pesar de que eran la misma persona.

¿O acaso no?

Una de ellas le había prendido fuego y había salido corriendo, y la otra volvía a notar cómo golpeaban el suelo la suela de sus sandalias baratas mientras ella se alejaba a toda prisa de la casa de los Broman por las calles vacías en verano.

Exaltada por la venganza por el viaje a París que no fue, porque los veranos con los Broman se habían terminado. Los días siguientes revisó los periódicos.

Un incendio provocado en casa de Stellan Broman debería ser noticia. Haría a Sara importante.

Pero nunca salió nada. El fuego nunca llegó a producirse.

42

Espía o no, a Stellan le había disparado una persona a la que le había hecho daño. Una chica de las que había violado o alguien cercano. Sara estaba convencida.

Esa sería la última vez que iría a la casa. No era capaz de soportar verla más.

Casi podía oír los gritos desesperados de las chicas de las que abusaron. El jadeo de los hombres que las violaron.

La imagen que tenía de su infancia era una mentira envuelta en recuerdos veraniegos de color de rosa. Se dio cuenta de que detestaba la casa.

¿La había detestado siempre? ¿Solo que de manera diferente, por otras razones?

El precinto policial seguía en su sitio. Una cinta azul y blanca que informaba al mundo de que había sucedido algo terrible, pero también de que alguien se estaba ocupando de ello. «Al otro lado de la cinta se encuentra el horror. A este lado no hay peligro. Hemos confinado la delincuencia a este lugar.»

Sara rodeó la casa y miró hacia el lago. Le volvió a la mente la imagen de las tres niñas en el muelle. Tres niñas que lanzaban bocatas al agua y se reían histéricas.

Pero ahora lo recordaba. Ahora era capaz de reconocerlo. No solo el hambre que sentía.

Sino también que eran bocatas que su madre les había preparado. En lugar de comérselos, los tiraron al lago riéndose. Y después le pidieron a Jane que les hiciera más. Que también terminaron en el agua.

Sara miró a los ojos a su madre, pero apartó rápidamente la vista.

Eran las once de la noche, pero aún había luz en el exterior. Jane debería haberse marchado a dormir. Debía levantarse temprano para preparar el desayuno.

Pero no podía.

Porque tenía que hacer más bocatas.

Y aquel olor pegajoso y dulzón a protector solar que lo impregnaba todo. Tan relacionado con la humillación de su madre. Sintió las manos de Stellan sobre su cuerpo, untándole despacio la crema mientras le decía lo importante que era protegerse del sol.

Y después se sentaba allí con las hermanas y se unía a todo lo que hicieran, aunque implicara despreciar a su madre.

Sara volvió al presente, rodeó la casa y abrió la puerta.

Aquella casa tan grande, vacía. Resultaba extraño y desolador.

¿Había llegado a estar habitada? Costaba creerlo, a pesar de que ella misma había pasado allí parte de su vida.

Flotaba un aroma estanco. El calor del verano desprendía el olor de las paredes, el suelo y los muebles. Las fragancias de todos los objetos y de los materiales, que ya no se mezclaban con una presencia humana. No olía a la comida preparándose, al humo del tabaco, a café, a frentes sudorosas en verano o a perfume.

¿Qué pasaría con la casa?

¿Seguiría viviendo allí Agneta sola si es que regresaba? ¿Qué harían las hermanas en el peor de los casos?

Vender, Sara estaba convencida.

No eran muy sentimentales.

Probablemente la casa significara más para ella que para Malin y Lotta.

¿Viviría ella allí?

Nunca.

Ahora no.

Pero hubo un momento en el que habría sido un sueño hecho realidad.

Sara se movía por la casa con cuidado. La invitada eterna, cuyo lugar no era aquel. El silencio le resultaba pesado. La luz no alcanzaba todos los rincones y la poca claridad del día que llegaba le estimuló la imaginación.

El parqué crujió y las paredes emitieron un chasquido.

Sintió una presencia.

Alguien cerca.

Como un eco débil, le pareció oír un murmullo del pasado. Sonidos lejanos que quedaban de todas las fiestas. Los invitados felices. Las vidas que se destrozaron.

Un saxofón solitario se abrió paso entre el ruido y el bullicio.

Desde el salón se oía la voz ronca de una *femme fatale* olvidada. El tintineo de los vasos que retiraba el personal contratado.

Alguien que vomitaba en el cuarto de baño de invitados.

El último baile antes del amanecer. Parejas solitarias se mecían al ritmo del suave *jazz*. El ronquido de los invitados que dormían en los sofás y bajo las mesas.

Alguien se tropezaba en unos cristales rotos y manchaba de sangre la alfombra blanca del vestíbulo.

Nada de lo que sucedió en la casa era lo que parecía.

Tendría que haberlo incendiado todo. Igual que se derribaban las casas de los asesinos en serie o de los líderes nazis, en un intento de exterminar el mal. Las energías malvadas, como diría Anna.

Sara fue dando vueltas y mirando a su alrededor. Cuando vio el álbum con el título «Graduación de Malin» no pudo contenerse.

Lo abrió y encontró fotos de la carrera de graduación en Bromma, la que también habría podido ser su carrera. Seguida de una recepción en casa y una fiesta por la noche. Su regreso al amparo de la familia Broman, que había terminado de una forma muy lamentable.

Vio una versión más joven de sí misma junto a Stellan. Martin unos asientos más allá.

Sintió que había algo entre Martin y ella cuando se volvieron a ver durante el aperitivo. Le había resultado facilísimo hablar y reírse. De repente, la diferencia de dos años no era nada, y ninguno de los dos parecía querer separarse del otro. Pero resultó que los alejó una distribución de los asientos para la cena poco comprensiva.

Su amor de la infancia. ¿Y si hubieran continuado hablando esa noche? Si no hubiera perdido el conocimiento y Lotta no hubiera podido intentarlo en paz.

¿Sería ese el motivo por el que Sara sentía que debía estar con Martin? ¿Para derrotar a Lotta, a la que él había rechazado cuando iban al instituto? Pero lo volvió a conquistar en la fiesta de graduación de la hermana y lo dejó en cuanto él se enamoró.

Tal vez Martin hubiera sido una presa fácil después de aquello. Veinte años, con el corazón roto y necesitado de consuelo y seguridad. En cambio, para Sara había sido una victoria.

Martin era suyo.

Pero ¿ahora?

Cuanto más claro y firme se volvía el pasado, más se desdibujaban las figuras del presente, más irreal le parecía su vida. ¿De verdad estaba viviendo en el presente? ¿No en el pasado?

¿No nos quedamos todos en nuestra juventud? Cuando las emociones eran más intensas, cuando todo era importante y posible, cuando todos éramos eternos. Eternamente guapos o eternamente feos, eternamente buenos o eternamente malos. Menos temporales y corrientes.

Dejó el álbum de graduación y sacó el de «Janina 1972». Lo abrió y examinó las fotografías de una joven Jane. Muy joven. Con ropas que debían de ser de Polonia. Después fotos con ropa nueva, probablemente sueca, que seguro que le dieron los Broman; eran más del estilo de Agneta. Janina. Jane. La madre de Sara. Con una sonrisa feliz que desaparecía hacia las últimas fotos.

Sara volvió a comprobar el título en el lomo del álbum.

1972.

Estaba mal.

Su madre llegó a Suecia en 1974. Stellan lo había escrito mal. Qué raro. Sara siempre había pensado que era un pedante, pero la empleada del hogar no le parecería tan importante.

Miró la fila de álbumes de fotos y pensó en la infancia de la que había sido testigo, pero de la que en realidad nunca llegó a formar parte. Y ahora sabía que debía sentirse infinitamente agradecida.

«Siempre nos has tenido envidia.»

Sara asintió para sus adentros. Poco a poco fue tomando forma una decisión.

No podía deshacer nada, pero sí que podía cambiar de opinión. En el ático revolvió las cajas hasta que encontró lo que buscaba. Se llevó la caja entera al jardín y la colocó en el césped, a una distancia segura de los arbustos y los árboles. Después fue a la cocina y abrió el armario que sabía desde que era niña que contenía acetona. En el jardín vació la botella entera en la caja y después le prendió fuego. Encendió la caja de cerillas entera. Era como un soplete en miniatura. Un fuego menor que encendió uno mayor.

Las llamas brotaron de la caja.

Busnel, Chevignon, Moncler, Lyle & Scott.

Sara había perdido la cuenta. Pero la ropa cara de la adolescencia de Malin y Lotta ardía muy bien. Desprendía un olor acre, punzante.

En los ochenta nadie se preocupaba por evitar los productos químicos en la ropa.

Sara se dio la vuelta y contempló la baldosa, la primera de las doce que conformaban el sendero hacia el cobertizo.

Las baldosas que Stellan llamaba «los doce pasos hacia una vida mejor».

Las palabras tenían un sentido completamente distinto ahora. El cobertizo representaba otra cosa.

Optó por caminar junto a las baldosas mientras dirigían sus pasos al cobertizo. Al abrir, casi esperaba ver a Stellan con alguna de las niñas allí dentro.

Un rastrillo, el cortacésped, un bidón de gasolina. Perfecto.

Levantó el bidón para comprobar si quedaba gasolina. Casi lleno.

Después desenroscó el tapón y vació el contenido por los muebles del cobertizo. Se giró con el bidón en la mano para que las paredes se mojaran bien. De abajo arriba. Se salpicó los antebrazos de gasolina. No podría eliminar el olor de la ropa. Le daba igual.

Cuando el bidón estaba casi vacío, lo tumbó en el suelo, para que el fuego alcanzara la gasolina que quedaba. Luego metió la mano en el bolsillo, pero recordó que había usado todas las cerillas.

Típico.

Bueno, bueno. Solo tenía que ir a por más. Si sabía perfectamente dónde lo guardaban todo los Broman.

Una vez en la cocina se dio cuenta de que tenía muchísima hambre.

No recordaba la última comida que había hecho. Ah, sí, los huevos revueltos al amanecer.

Abrió la puerta del frigorífico y repasó lo que contenía. Algo que nunca se habría atrevido a hacer en el pasado.

Solo tenía que servirse lo que quisiera. Pero no había mucho que le llamara la atención.

Botellas de agua mineral, un tetrabrik de leche abierto, margarina, queso, paté y salami. En los cajones de abajo, una bolsa de ensalada, zanahorias ecológicas, cebollas y patatas. Sara se metió dos lonchas de salami en la boca. Le bastaría para saciar el hambre más acuciante.

La leche aún no se había puesto mala, así que sacó el tetrabrik. Mejor bebérsela que dejarla ahí para que se agriara. Cerró la puerta mientras masticaba el salami y se llevaba la leche a la boca. Le divirtió ver la mezcla de cosas importantes e intrascendentes que había en la puerta del frigorífico Miele. Avisos de la compañía eléctrica sobre un corte de luz previsto que ya había ocurrido, fotos de los nietos, datos de contacto del médico de familia, un imán con la imagen de san Antonio y una hoja de calendario para el mes de junio.

«M y L vuelven» habían anotado en el día que dispararon a Stellan. «Nietos» toda la semana anterior, «Teatro» al principio del mes y «Facturas» al final. «Dentista» aparecía en uno de los días de la semana siguiente. No quedaba claro para quién era, pero de todas formas la consulta se perdería.

Y en cada domingo habían escrito «Joa». ¿Qué era «Joa»?

Sara sacó el móvil y marcó el número de Malin.

Lotta era la que más sabía sobre sus padres, pero Sara no tenía fuerzas para hablar con ella ahora. Supuso que Lotta sería capaz de adivinar lo que estaba haciendo incluso por teléfono.

¿Contestaría Malin después de haberles enseñado la grabación en la sede de la Agencia de Cooperación? Claro que contestaría. Seguro que no se había molestado en guardar el número de teléfono de Sara, así que no tendría ni idea de quién la llamaba.

Malin cambió el tono de voz cuando oyó quién era, pero al menos le contó que «Joa» era Joachim, el jardinero de los padres. Sara le preguntó si iba todos los domingos, y la hermana pequeña se lo confirmó. Cada domingo desde que ella tenía memoria.

Después le gritó a alguien al otro lado de la línea y colgó sin decirle adiós.

Aunque Sara tenía otras cosas en mente que no eran la falta de educación de su amiga de la infancia.

Cada domingo desde que Malin tenía memoria.

Pero Joachim apareció el día que dispararon a Stellan.

Era un lunes.

En la encimera de la cocina descansaba la antigua agenda de teléfonos, con un teléfono dorado estampado en la portada. Dentro las páginas iban marcadas en el borde con letras en orden alfabético. La misma agenda de cuando las hermanas eran pequeñas, la mayoría de los números los habían escrito hacía varias décadas. Tal vez Stellan y Agneta, al igual que el resto, habían empezado a guardar los nuevos números en el móvil, pero de todas formas habían conservado la versión antigua. Y puesto que Joachim llevaba tanto tiempo trabajando para la familia, allí estaba. En la pestaña «J».

Sara se acercó al teléfono de la pared, marcó el número y le saltó el contestador automático. Una voz que reconoció como la de Joachim se disculpaba porque no podía contestar y remitía a un número de teléfono móvil. Intentó llamar a ese también. Dio tono de llamada, pero no contestó nadie.

¿Por qué había acudido a la casa el día equivocado? Justo el día en el que asesinaron a Stellan.

Sara buscó el número de Joachim en internet y averiguó su apellido.

Joachim Böhme.

Sonaba alemán.

Es verdad que Jocke siempre había tenido un poco de acento…

Tenía la misma sensación de cuando le iba a salir el cuarto as en un river jugando al Texas Hold'em. Volvió a buscar a Joachim Böhme en internet y vio que vivía en Vaxholm.

Aquello resolvió todo.

«Uno no recorría todo el camino de Vaxholm a Bromma todas las semanas durante décadas solo para cortar el césped», pensó Sara. ¿Para qué tener un jardinero cuando al mismo Stellan le encantaba hacer ese trabajo? ¿Qué clase de jardín urbano al uso precisaba del trabajo dedicado de dos hombres?

El problema de reclutar y adoctrinar a Geiger fue que Tío Stellan era muy famoso. Todas las horas de formación de las que hablaba Ober, el líder de la red, ¿cómo lo consiguieron sin que los observaran, sin levantar sospechas en su entorno?

Horas y horas mientras cultivaban, regaban, plantaban, podaban. Debates ideológicos interminables. Lecciones.

Joachim Böhme era Ober.

Mientras salía de la casa a medio correr, marcó el número de Breuer.

A treinta metros de distancia, Agneta Broman seguía con la mirada la carrera de Sara hacia el coche.

En la mano tenía el móvil de Joa.

En la pantalla se podía leer: «Llamada perdida: Broman».

Y Agneta pensó: «Corre, querida Sara, aléjate de la casa. De lo contrario, te meterás en problemas».

43

MOVILIZARON A LAS fuerzas especiales. Redada en Vaxholm.

Estaban recogiendo el equipo mientras revisaban mapas e imágenes de satélite, comprobaban las condiciones y planeaban la táctica. Saldrían dentro de noventa segundos.

Nadie estaba acelerado, nadie estaba nervioso.

Solo alerta.

Sabían que el objetivo podría ser el autor de dos asesinatos y que, en ese caso, estaría armado y sería potencialmente peligroso. Pero, como siempre, la seguridad de los que se encontraban alrededor era lo prioritario. Por lo general, las cosas salían bien, pero solo si asumían que podían salir mal.

Sara, Breuer y Strauss ya iban en el BMW de los alemanes saliendo del centro de la ciudad. Sara había querido salir antes porque creía que las fuerzas especiales se desplazarían mucho más rápido que ellos. Pero Strauss conducía a 160 por la E18 en dirección a Norrtälje. Iba cambiando de carril y casi rozando a los otros coches cada vez que cambiaba. Sara se movía de un lado para otro como si fuera en una montaña rusa.

Strauss llevaba todo el tiempo una mano en el claxon para que los coches que tenía delante se apartaran. Sara hubiera preferido que mantuviera las dos manos en el volante.

Llamó a David y le avisó de que quizá llegara un poco tarde. Que se había visto obligada a intervenir para ayudar a los servicios de inteligencia alemanes. Esperaba que David aceptara la explicación, pero no le pareció que la entendiera demasiado. Se limitó a contestarle que él no podía salir solo, que qué se había creído.

Cargada de esperanzas y remordimientos de conciencia a partes iguales, Sara terminó la llamada y después se centró en el GPS del móvil. Estaba segura de que sabía llegar a Vaxholm, pero no quería arriesgarse. Era muy fácil equivocarse con la salida. Cuando se desviaron por la 247, comenzó a preocuparle que Strauss mantuviera la misma velocidad en una carretera más estrecha, pero se distrajo cuando le sonó el teléfono.

Era Anna, que le contó que había buscado el nombre de Joachim Böhme de cara a la redada y había una coincidencia en el Hospital Universitario de Uppsala.

Resultó que el Böhme que buscaban se encontraba allí, muerto después de que lo atropellaran en la costa de Roslagen. Y en el coche con el que lo habían arrollado, habían encontrado un AK-47 cargado.

—Está muerto —dijo Sara.

—Mierda —contestó Breuer.

—¿Quién lo ha atropellado? —le dijo Sara a Anna.

—No lo sabemos —respondió—. Voy a mirarlo.

—¿Y el Kaláshnikov? ¿Qué significa?

—Que debemos andarnos con muchísimo cuidado —dijo Anna antes de colgar.

Sara no pudo evitar sentir un poco de satisfacción al ver que Anna y su jefe por fin se tomaban en serio su idea. Y que ni tan siquiera se hubieran opuesto a que acompañara a los alemanes.

—Deberíais haber localizado a Böhme hace mucho tiempo —le dijo Breuer a Sara. Como si fuera responsabilidad suya.

—La cuestión es qué papel desempeñaba —dijo Strauss—. ¿Es la tercera víctima del mismo asesino o ha intentado eliminar al resto, pero ha fracasado?

—Pero ¿quién? —preguntó Breuer.

—¿Podría ser un mero accidente? —dijo Sara.

Breuer se limitó a mirarla.

Parecía que no.

Antes de que le diera tiempo a decir nada más, Anna volvió a llamar.

—He hablado con Cederquist, que fue el primer agente en la escena del crimen. Por lo visto, a Böhme lo atropellaron marcha atrás en el puerto de Räfnäs. Fue una mujer mayor, se la veía confusa y a punto de que le diera un ataque de nervios.

—¿Un accidente?

—Eso parecía, pero cuando la policía llegó había desaparecido.

—¿Y el AK-47?

—No tienen ninguna explicación.

«Una mujer mayor que parecía confusa», pensó Sara.

Igual que con Kellner.

¿Sería una casualidad?

—Y el coche estaba registrado a nombre de un tal Lennart Hagman, en Sollentuna —dijo Anna—. Pero vive en Tailandia y lleva sin venir a Suecia veinte años.

—¿Eso qué significa?

—No lo sé. Pero aquí viene lo mejor: los testigos del atropello le han contado a la policía que Böhme le dijo «Agneta» a la mujer que lo atropelló.

ATADA A UNA silla y asesinada de dos disparos.

El *modus operandi* coincidía con los asesinatos de Kellner y Geiger, mientras que Ober había muerto de otra forma.

¿Se trataba de asesinos distintos o de uno solo que había cambiado de método?

Breuer había conseguido información de una precisión aterradora sobre cuatro personas en Räfnäs que tenían algún tipo de relación con Alemania del Este. Un antiguo director de teatro que participó en festivales de cultura de los años setenta y dos artistas de mediana edad que visitaron el Berlín oriental en los ochenta y fueron a clubes clandestinos. Pero, lo más importante, allí vivía Elisabeth Böhme, que se había criado en la RDA y era hermana del difunto Joachim Böhme. Así que se dirigieron directamente a su casa.

Como nadie les abría la puerta, Strauss simplemente la forzó de una patada. La casita no era muy espaciosa y no tardaron en encontrarla. La hermana de Ober. Le habían disparado en la cabeza y había un cubo de agua con varios trapos mojados a su lado.

Strauss y Breuer registraron la casa antes de dejar que Sara llamara a Anna para contarle que habían descubierto un cadáver.

Luego dejaron el trabajo policial a sus colegas y se fueron a sentarse en el puerto.

Strauss compró un cucurucho para él y un sándwich de helado para Sara. A Breuer ni le preguntó. Puede que por experiencia. Sara aceptó el helado, lo dejó en el banco y se olvidó de él.

Recorrió aquel lugar idílico con la mirada.

El archipiélago, el sol y las gaviotas. Familias con niños, turistas curtidos en Roslagen y jóvenes que partían hacia las islas, quizá para trabajar en algún restaurante de por allí.

—¿Agneta? —Sara miró a Breuer.

Ni ella ni Strauss dijeron nada.

—Anna me ha contado que Ober llamó Agneta a la mujer que lo atropelló. ¿Se referiría a Agneta Broman? —Seguían sin responderle—. ¿Era Agneta? ¿Sabéis algo?

—Todo es posible —dijo Breuer.

—¿Por qué haría una cosa así? ¿Para vengarse de la muerte de Stellan? Si es que fue Ober el que lo mató.

—Es posible —respondió Breuer antes de hacer una pausa de unos segundos.

—Pero Agneta Broman no era solo la mujer de un informante de la Stasi.

«¿Entonces?»

¿Qué más podría ser Agneta? Antaño la mujer del hombre más conocido de Suecia y la bella anfitriona de todas sus fiestas. Además de la madre de dos niñas malvadas y luego una abuela amantísima de sus nietos.

¿Por qué arrollar a Böhme?

Su jardinero.

El colega espía de su marido con el nombre tapadera de Ober.

—¿Sabes lo que es un ilegal? —dijo Breuer.

Sara negó con la cabeza.

—Es un espía infiltrado. Que vive con la identidad de otra persona en otro país, pero espía para su patria.

—¿Quieres decir que Agneta...?

Breuer echó mano de su bolso blanco, sacó de él una carpeta cerrada con elásticos y se la pasó a Sara.

—Toma, para ti.

Al abrir la carpeta se encontró con la copia de un artículo de una revista del corazón sueca de principios de los setenta, con una nota con la traducción al alemán. El titular rezaba: «Tío Stellan se casa con una joven de Norrland» y el cuerpo de la noticia hablaba de la boda de Stellan y Agneta, donde la describían como una mujer hermosa y reservada del norte que había perdido trágicamente a sus padres en un accidente cuando era niña. El artículo no simpatizaba menos con Stellan Broman por contraer matrimonio con la belleza huérfana, aunque fuera quince años más joven que él.

—¿Y? —dijo Sara.

—Es verdad que la pareja que Agneta señaló como sus abuelos tuvieron un hijo que falleció con su mujer en un accidente, pero la nieta también murió después de muchos años postrada en la cama con daños cerebrales. Alguien subastó la casa entera tras su muerte, y las fotografías de los abuelos y de la joven pareja aparecieron en casa de Agneta Öman, y después en casa de Stellan y Agneta Broman.

Breuer le enseñó una foto de bodas de principios del siglo xx que Sara reconoció enseguida. Estaba enmarcada en el salón de los Broman y era una de las muchas fotografías con las que ella y las hermanas hacían bromas cuando eran niñas. Se inventaban historias sobre las imágenes. Ahora comprendió que no fueron las únicas que se las inventaban.

Luego Breuer sacó otra hoja del montón, de un tamaño aproximado de medio folio.

«Fe de vida» se podía leer.

De una tal Agneta Öman.

Su nombre de soltera.

—Mira la firma —dijo Breuer.

Lo había expedido un párroco en Västerbotten. Jürgen Stiller, el mismo hombre que ahora era cura en Torpa, a las afueras de Tranås. Uno de los IM sobre los que Hedin había escrito y al que la policía de Linköping estaba vigilando.

—El KGB y el GRU se esforzaron en infiltrar a gente de confianza en instituciones y organizaciones que les pudieran resultar de utilidad. Como en este tipo de misión.

—¿Agneta no es de Norrland entonces? —dijo Sara—. ¿También es de Alemania del Este?

Breuer negó con la cabeza.

—Aquí es cuando se complica la cosa. Recuerda que has firmado un documento de confidencialidad. —A Breuer se le trabó un poco la lengua al decirlo—. A los ilegales los usó sobre todo la Unión Soviética durante la Guerra Fría. Infiltraron montones de espías con identidades falsas, en Estados Unidos y Europa occidental. También en Suecia.

—¿Agneta es de la Unión Soviética?

El silencio de Breuer bastó como respuesta.

Era mucho que digerir. Agneta, una espía soviética con una identidad falsa. Había engañado por completo a todo su entorno. A Sara.

—¿Stellan lo sabía? —preguntó Sara.

—No lo sabemos —dijo Breuer.

—¿Y las hijas?

—Desde luego que no.

—¿Estáis seguros?

La alemana le lanzó una mirada por toda respuesta.

—¿Y cuál era su misión? ¿Qué está haciendo ahora? —De repente el silencio de Breuer era mucho más difícil de interpretar—. ¿Sabía Böhme que era una ilegal?

—Hay tres teorías —dijo Breuer—. Que ella mató a Böhme porque él fue el que disparó a Stellan. Pura venganza. O que Böhme intentaba eliminar la red de espías y la misión de Agneta era detenerlo para ayudar a sus protegidos a que completaran su misión y le pasaran la información a Abu Rasil. El KGB solía infiltrar guardias que vigilaban en secreto a los espías para intervenir y ayudarles en caso de necesidad. Guardias de cuya existencia los espías no tenían ni idea.

—¿Y la tercera alternativa?

—Que sea ella la que esté eliminando la red de espionaje. Como dijo Ober.

Sara no sabía qué pensar. Se le vinieron a la cabeza las imágenes de la Agneta Broman de su infancia. Agneta en la cocina, preparándoles bocatas y leche con chocolate a las niñas. En una tumbona en el jardín, con gafas de sol y un libro de Sjöwall-Wahlöö en las manos. En las fiestas, con una copa en una y un cigarro fino Moore en la otra. La siempre sonriente Agneta, que hacía que todos se sintieran bienvenidos. Que consolaba a Sara cuando estaba triste casi más que su propia madre. Pero de una forma práctica, casi brusca.

—¿Por qué? —fue lo único que pudo decir Sara.

—Para detener todo esto. O para eliminar a todos los implicados. Ahora que lo han puesto en marcha no quieren que quede ningún testigo.

—Pero ¿por qué? ¡La Unión Soviética ya no existe!

—Cuando se disolvió la Unión Soviética no cambiaron demasiadas cosas en los servicios de inteligencia. El nombre sí, pero continuaron las mismas personas. Por ejemplo, Robert Hanssen, fue espía durante veinte años, de 1979 a 2002, primero para la Unión Soviética y después para Rusia. A sus ojos no había diferencia, y para el oso ruso tampoco. Piensa que Putin es un agente del KGB. No ha pedido perdón nunca ni ha hecho público ningún archivo, y dentro del antiguo KGB hay mucha sed de venganza. Se van adaptando. Antes controlaban la extrema izquierda europea, hoy en día controlan a la extrema derecha. Las ideologías les dan igual. Solo les importa la *realpolitik*. Y en ese sentido ven a Europa como un pilar para Estados Unidos. Un pilar que hay que eliminar para debilitar al enemigo.

—¿Y entonces? ¿Quieren detonar las bombas?

Le resultaba difícil digerir aquella idea estando rodeados de veraneantes que le rendían culto al sol.

—Recuerda que esto es solo una teoría. Y no creemos que los poderosos de Rusia iniciaran hoy en día una acción así. Pero si alguien más lo intentara, ellos no lo iban a evitar, más bien lo contrario. Como, por ejemplo, si los islamistas hubieran conseguido información sobre las bombas y algún antiguo combatiente de las organizaciones terroristas palestinas estuviera dispuesto a pagar por los códigos. Dudo que los rusos trataran de impedirlo. El presidente podría utilizar el aumento del terrorismo en Europa para justificar normas más estrictas en su país. Y le hace falta ahora que su popularidad está descendiendo y la gente se echa a las calles a protestar. El ver al detestado Occidente humillado por fanáticos furibundos sería como un regalo adicional.

—¿Quieres decir entonces que Agneta trabaja para Rusia?

—El FSB se hizo con todos los recursos de la KGB, es importante que no nos olvidemos de ese dato.

—Pero ¿por qué le iba a ser aún leal a Rusia después de tantos años? Sus hijas y sus nietos están aquí.

—Eran parte de la misión.

—Pero hace mucho que se la encomendaron. Una vida entera junto a su familia debe haberle afectado, ¿no? ¿De verdad se puede fingir durante tantos años?

Sara pensó en sus hijos. No había una sola creencia en el mundo que pudiera llevarla a considerarlos como una mera fachada. No entendía cómo podría alguien escapar de los sentimientos y los instintos que los hijos despertaban.

—A los ilegales les lavaron el cerebro y los entrenaron desde niños. La única verdad que conoce es la que le inculcaron entonces. Lo es todo para ella. Lo único que le preocupa. A menudo, el KGB se hacía con niños huérfanos y los educaba en sus escuelas secretas. Es probable que se identifique con su identidad sueca de niña huérfana. Seguramente vea su vida en Suecia como una preparación para lo que la habían entrenado.

—¿Que es…?

—Situaciones críticas.

Sara se quedó pensando en todo lo que le habían contado, pero era incapaz de comprenderlo. No podía imaginarse a Agneta en ninguna de las tres teorías.

—Entonces hay que encontrarla —dijo al fin—. No solo por ella, sino por todos los inocentes que pueden morir si no la localizamos. Tenemos que dar la alerta. Emitir una orden de búsqueda.

Breuer se quedó pensativa un momento. Después dijo:

—Creo que sí que debéis hacerlo.

44

AL PRINCIPIO ESTABA decepcionada. La habían llamado a secretaría en medio de los ensayos para la celebración de la gran victoria sobre el fascismo. Toda la dirección del partido estaría en el podio y ella estaba deseando demostrar su entrega a la causa. Lo hábil que se había vuelto el grupo después de que hubieran echado a las peores.

Nadia, que no seguía bien el ritmo; Jelena, que cantaba demasiado bajo, e Irina, que no tenía ningún fervor en la mirada.

Sin ellas era perfecto.

Las canciones, los estandartes, las marchas. Las voces claras se fundían en una unidad fuerte, estimulante.

Resultó que habían invitado a grupos del Movimiento de Pioneros a las celebraciones por todo lo alto de Moscú. Por eso entrenaban hasta bien entrada la noche. Por eso se olvidaban del cansancio, del hambre y de la sed.

El sueño de mostrarles a los líderes de Moscú su entrega. La celebración de la victoria lo era todo.

Le encantaba que le dijeran que era un ejemplo a seguir. No por vanidad. Eso sería pequeñoburgués y reaccionario. Sino porque demostraba lo que se podía conseguir con voluntad y disciplina.

Si ella podía, otros también. Despreciaba a todos aquellos que no desarrollaban todo su potencial, que se limitaban.

No había nada imposible.

Todo por el socialismo.

En su día le juró lealtad a ese lema, a participar en cambiar el mundo. Terminar con todos los males. Junto con los jóvenes de otras naciones construirían un nuevo mundo.

Mientras recorría los extensos jardines, miró de reojo su ropa. No siempre era fácil mantenerla limpia cuando estaban ensayando en los polvorientos jardines recubiertos de arcilla seca. Pero uno no debía dejarse superar por los elementos. La apariencia lo decía todo sobre el interior de una persona, y el nuevo mundo no se construiría con manchas y arrugas.

Mirada despierta, postura recta, ropa limpia y planchada. Así se rendía homenaje a los héroes que habían salvado a la patria en la gran guerra y a los hijos que liberaron al pueblo soviético de los grilletes del imperialismo y de la tiranía de los zares.

Se detuvo ante la monumental puerta de madera. ¿Debería llamar? ¿Podía?

Sí. Una pionera era osada.

Golpeó tres veces con su puño níveo y aguardó.

—Pase —dijo una voz grave.

Abrió la pesada puerta y se adentró en la penumbra.

El presidente estaba sentado en una silla junto al escritorio. La luz que irrumpía por la ventanita se le reflejaba en la calva de la coronilla y tenía en una mano un pañuelo para secarse el ojo, que no dejaba de llorarle. Nadie sabía qué le pasaba, solo que el ojo no dejaba de llorarle. Algunos decían que era una herida de guerra, otros que era un castigo por su falta de entrega, y otros pensaban que le lloraba por todos los ciudadanos de los países que el socialismo aún no había conseguido liberar.

Tras el enorme escritorio del presidente había un hombre al que no supo reconocer. Llevaba un uniforme con mucho oro en las insignias que indicaban el rango. La observó con intensidad.

—Lidiya Aleksándrovna —dijo el presidente—. ¿Ama el socialismo?

Vaya pregunta.

—¡Sí, camarada presidente!

—¿Quiere ver triunfar el socialismo?

—¡Sí, camarada presidente!

—¿Qué debemos hacer para que triunfe el socialismo?

—¡Todo, camarada presidente!

—Lidiya Aleksándrovna, ¿quiere contribuir a la victoria final? ¿Quiere consagrar su vida a la más importante de las misiones? ¿Quiere participar en la salvación de la Tierra y de la clase trabajadora?

—¡Sí, camarada presidente!

—La he estado observando, ya lo sabe.

El presidente había hecho algo más que observarla, pero decidió no decir nada al respecto. Todo lo que contribuyera a la victoria final merecía ser soportado. Su sufrimiento no era nada comparado con el del campo de batalla, su cuerpo era una insignificancia en aquel contexto.

—Sí, camarada presidente.

Quizá debería haber protestado, haberse mostrado sumisa. Pero se contentó con ser concisa. No se debía interrumpir a los hombres poderosos con pensamientos personales.

—Es un ejemplo para todos sus camaradas pioneros. La disciplina, la perseverancia, la madurez ideológica de la que hace gala siendo tan joven. Es un modelo y una servidora excelente del socialismo y de la revolución mundial.

—Gracias, camarada presidente. Pero es lo que la Unión Soviética debe exigir de sus hijos e hijas.

—El camarada Bogrov está muy interesado en chicas jóvenes que destacan. Hay tareas de responsabilidad para ellas.

—Me han contado que habla sueco —dijo Bogrov inclinándose hacia delante, como si esperara ansiosamente la respuesta.

—Como todos aquí —dijo Lidiya Aleksándrovna. En Svenskby, el pueblo sueco, todos eran descendientes de emigrantes del país nórdico y habían conservado la lengua. Las autoridades soviéticas no lo veían con buenos ojos, pero habían sido benevolentes y lo habían dejado pasar.

—Pero no todo el mundo tiene sus convicciones —dijo Bogrov—. Y tengo entendido que está sola en el mundo.

—Mi madre falleció sirviendo a la patria y mi padre murió como consecuencia de su traición a la Unión Soviética y a su pueblo.

—Qué desgracia —dijo Bogrov—. Pero todas las desgracias se pueden transformar en algo bueno. ¿Qué opina de su padre?

—Lamento que traicionara a mi patria, pero a un niño no se le juzga por las acciones de sus padres. Al igual que la Unión Soviética libre se rebeló contra la opresión de las ruinas de la Rusia zarista, yo me rebelaré contra las ruinas de la derrota de mi padre y contribuiré a construir una nueva sociedad. A mi madre, en cambio, la echo de menos a veces.

Bogrov se dirigió al presidente Yurchenko.

—Hizo bien en convencerme de que viniera.

El presidente se secó el ojo, a pesar de que justo en ese momento no tenía lágrimas.

Bogrov hojeó un montón de papeles que tenía delante. El presidente sacó una caja de papirosas, pero la volvió a guardar por la mirada que le lanzó el visitante.

—Lidiya Aleksándrovna, ¿quiere consagrar su vida a la idea del socialismo y su potencial? —dijo Bogrov mirando a la chica a los ojos.

—¡Sí, camarada coronel!

La chica había reconocido su rango, pensó el visitante.

—¿Está preparada para dejarlo todo y comenzar una nueva vida? ¿Una en la que anteponga la causa del socialismo y de la Unión Soviética al resto?

—¡Sí, camarada coronel!

—¿Está preparada para dejar a sus camaradas aquí en Ucrania y empezar de cero en otro país?

—¡Sí, camarada coronel!

—¿Promete hacer todo lo posible por cumplir cualquier cometido que la patria te ordene?

—¡Sí, camarada!

—¿Cuánto tiempo necesita para preparar la maleta y despedirse de sus amigos?

—Nada. El sentimentalismo es una señal de debilidad y no debe frenar el progreso de la lucha.

—Lidiya Aleksándrovna, ahora se llama Agneta Öman. Ha nacido y se ha criado en Suecia. Quedó huérfana a una edad muy temprana. Le enseñaremos su historia para que sea lo que cuente cuando la despertemos en medio de la noche, para que sea lo que grite si el enemigo intenta sonsacarle la verdad con métodos físicos. Piense solo en sueco. Su antiguo yo ya no existe. Es Agneta Öman. Y su lealtad por la paz mundial, la victoria final de la clase trabajadora y la causa soviética es absoluta. ¿Lo ha entendido?

—¡Sí, camarada coronel!

45

LA VISTA SOBRE el puente de Västerbron y el barrio de Långholmen era espectacular. Sara nunca había visto su ciudad tan bonita.

La calle estaba en una colina del distrito de Marieberg, muy cerca de la torre del periódico *Dagens Nyheter* y a un tiro de piedra de la embajada rusa. Desde fuera, el edificio confirmaba todos los prejuicios asociados con una construcción del Este: grande, anónima y completamente desprovista de alegría. Pero cuando se entraba por la puerta, la impresión era distinta. Los pisos por sí solos eran aburridos. Los techos tan bajos como los del proyecto del millón de viviendas; las paredes, finas, nada de molduras ni estucados. Pero el paisaje natural al otro lado de la ventana era insuperable y compensaba las carencias del edificio.

Sara sabía que Anna y Bielke tardarían un poco en ponerse al día con todo lo que ella y los alemanes habían descubierto. Pero ella quería seguir, quería averiguarlo todo. También por motivos personales. Las búsquedas en internet solo le enseñaban el trasfondo histórico y había estado pensando un buen rato quién podría ayudarle, quién podría saber más sobre los ilegales y su función actual.

¿Por qué no acudir a uno de los protagonistas de la Guerra Fría en Suecia?

Sara sabía que uno de los antiguos embajadores de la Unión Soviética, Boris Kozlov, seguía viviendo en Estocolmo después de haberse jubilado con la caída de la Unión Soviética en 1991.

Le quedaban unas horas para empezar a trabajar y, cuando encontró el número de Kozlov en internet, lo llamó y el exdiplomático la invitó a su piso de Marieberg sin dudarlo. Tal vez sintiera curiosidad por lo que tuviera que decir. O quizá no fuera más que un jubilado aburrido que añoraba estar en el ajo de la política.

Y como tantos otros invitados, Sara se quedó prendada de las vistas. Magníficas.

—Estaba muy cerca de la embajada —dijo Sara.

—Sí. Entonces me parecía muy bien. Ahora lo importante es que no tengo que verla más.

Tenía razón. Todas las ventanas daban al agua, al parque y al puente. La embajada rusa quedaba detrás del edificio.

—¿Este es el bloque al que llaman Edificio Erlander? —dijo Sara.

—Sí.

—¿Vivía aquí?

—En este piso.

No le quedó claro si era una anécdota que le gustaba contar a Kozlov o si simplemente sabía que a los suecos les gustaba oírla.

—¿Cuánto tiempo lleva viviendo aquí?

—Desde que murió. En 1986. En aquel momento eran pisos de alquiler.

El padre de la patria, Per Albin, vivía en una casa adosada; su sucesor, Tage Erlander, en ese triste rascacielos de hormigón, y su heredero, Olof Palme, en una casita humilde en Vällingby. Parecía que, antes de la Casa Sager, los primeros ministros suecos no habían necesitado una vivienda ostentosa.

Se decía que la compra del palacio para alojar a los líderes políticos del país estuvo motivada por el asesinato de Olof Palme, pero si solo se trataba de una cuestión de seguridad, podrían haber encontrado una solución mejor.

Pero los tiempos cambian. Los líderes de hoy en día se darían la gran vida. Incluso Ingvar Carlsson, que tan corriente era, lo había apoyado, y ni Carl Bildt ni su sucesor, Göran Persson, habían puesto objeciones. Por supuesto. Daba igual si se habían criado en un barrio rico de la capital o en un pueblo humilde, cuando se convertían en primer ministro querían vivir bien.

Kozlov llevó una bandeja con tazas de café y dos vasos grandes para licor llenos de un líquido transparente.

—¿Es vodka? —preguntó Sara, sorprendida de vivir el tópico en la realidad.

—Sería muy descortés que lo rechazaras.

—Tengo que conducir.

Kozlov se limitó a mirarla. Sara resolvió tratar de retrasar la cuestión de la bebida.

—Gracias por recibirme —dijo.

—Uno no le dice que no a la policía.

Sara no era capaz de distinguir si Kozlov lo decía por su experiencia soviética o si solo quería comportarse correctamente en su nuevo país.

—Bueno, ¿cómo puedo ayudarte? —le preguntó el antiguo diplomático antes de beber un poco de café.

—Ilegales —contestó Sara.

Kozlov dejó con cuidado la taza y se reclinó en el sillón.

—¿Qué debería saber sobre ellos?

—Seguro que como embajador sabía prácticamente de todo.

—El cuerpo diplomático no sabía nada. Eso era cosa de los servicios de inteligencia.

Kozlov levantó las cejas de una forma casi imperceptible, como diciendo «quizá».

—Muchos ilegales se quedaron indefinidamente en los países en los que se infiltraron —dijo Sara.

—¿Por qué piensas eso?

—Es de dominio público. Está bien documentado en montones de artículos y libros, donde también cuentan que Rusia se hizo con los ilegales de la antigua Unión Soviética. Sus misiones siguen activas. Y siguen pasándole información a sus controladores.

—Es posible. Pero yo ya no estoy en política.

—Me gustaría preguntarle sobre alguien de su época. Agneta Broman, la mujer de Stellan Broman. ¿Era una ilegal? ¿Lo sigue siendo?

Kozlov alzó un vaso de vodka.

—Salud.

—No, gracias —dijo Sara—. No en pleno día.

—Me ayuda a pensar.

—Pero a mí no.

—No voy a beber solo. Y si no me lo bebo, entonces no recordaré nada, me temo.

Parecía que lo decía en serio. Un antiguo embajador, incluso ministro de Exteriores de la Unión Soviética durante un breve período de tiempo, amigo de Gorbachov y Palme, de Kohl y Blair, que estaba presionando a Sara Nowak para que bebiera. Como un adolescente.

Qué locura.

No le quedaba más remedio que seguirle la corriente.

Sara levantó el vaso. Era grande, debía contener el equivalente a cuatro chupitos. Kozlov se lo bebió de un trago y Sara dio un sorbito. Se mojó los labios.

—Prefiero hablarlo con un poco de comida —dijo Kozlov cuando soltó el vaso—. Vamos a comer y te cuento lo que quieras.

—Necesito saberlo ahora. Si me lo cuenta, podemos salir a comer en otro momento.

—Es difícil concentrarse cuando me miras con unos ojos tan bonitos.

—¿Está coqueteando conmigo?

Sara se quedó pasmada.

—He sido fiel durante cuarenta y cinco años —dijo Kozlov—. Pero ya ha muerto, que descanse en paz.

—Primero Agneta Broman —dijo Sara. Dios santo. Ni en una investigación de asesinato te librabas de tipos salidos. Pero lo que más le molestaba era que parecía que casi todos los hombres estaban salidos menos su marido.

—Ilegales —dijo Kozlov antes de terminarse el café—. Sí, teníamos algunos. —Suspiró—. Y sí, todavía quedan. Pero entonces tenían un objetivo, una misión. Igualar las cosas. Mejorar el mundo, aunque los métodos eran controvertidos. Creíamos en algo. Pero el de ahora no cree en nada. Solo en el poder.

«El de ahora.»

El antiguo embajador no quería ni mentar al actual presidente.

—Para los que gobiernan ahora no ha cambiado nada —prosiguió Kozlov—. Es el mismo imperio. Un poco más pequeño, pero tienen pensado recuperar lo que perdieron. La lealtad a la patria es el eje. El comunismo fue un paréntesis, pero la madre Rusia se mantiene.

—Los ilegales —dijo Sara—. ¿Qué hacían? ¿Qué pueden hacer ahora?

—Recabar información. Pero antaño era de forma preventiva, para que el enemigo no diera una sorpresa. Hoy en día es sobre todo espionaje industrial, secretos de defensa. Todo gira en torno al dinero. La ideología ha muerto.

—¿Para que el enemigo no diera una sorpresa?

—Has tenido que oír en alguna ocasión a los que no dejaban de decir que Estados Unidos y los aliados debían atacar a la Unión Soviética una vez derrotaron a la Alemania nazi. Incluso con bombas atómicas, como en Japón. Para aplastar al malvado Imperio. Nunca lo habrían conseguido, estoy seguro. Solo habría provocado millones de muertos.

—¿Agneta Broman era una ilegal?

Sara sentía que había llegado el momento de presionarlo un poco más para averiguar la verdad.

—No conocía a Agneta. La saludaba en las fiestas de los Broman, era una mujer muy guapa. Pero nunca hablé con ella.

—Eso no responde a mi pregunta. ¿Era una ilegal?

Sara cambió el vaso vacío de Kozlov por el suyo, que estaba prácticamente lleno.

Kozlov hizo un gesto con la mano como si fuera un director que llamaba la atención de su orquesta. Luego se hizo con el vaso de Sara, lo vació de un trago y lo volvió a dejar.

—Te puedo hablar de Desirée.

«La esposa difunta», pensó Sara, y se arrepintió de haberlo engañado para que se bebiera el segundo vaso.

—La ilegal Desirée —continuó Kozlov—. Nació en Ucrania, perdió a sus padres de niña, la reclutaron los servicios de inteligencia por su fervoroso patriotismo. Se crio en Svenskby, en Ucrania, así que siembre había hablado sueco, aunque un poco arcaico. La infiltraron en Suecia con una identidad robada. Como una niña laestadiana del norte de Norrland sin familia. La entrenaron en habilidades sociales, se le encargó que trabajara su apariencia y luego le ayudaron a introducirse en el mundo del entretenimiento de la capital. Después de un par de pedidas de matrimonio de empresarios extranjeros, le toca la lotería. Acude a una fiesta en casa de la personalidad televisiva más conocida del país, donde se reúne toda la élite de la sociedad. Y no solo eso, montan tal espectáculo que se convierten en blancos para todo tipo de influencias. La misión de Desirée se convierte en eso: tiene que mandar información a casa sobre todos los invitados. Hacer que hablen cuando están borrachos, en la cama, fotografiar sus documentos. Averiguar todo sobre su vida.

—¿Agneta?

—Solo te estoy contando la historia tal como la oí del KGB. No tengo ningún nombre de Desirée.

—¿Trabajaba con Stellan?

—Sara —dijo Kozlov poniéndole una mano en la rodilla. Ella la apartó, arriesgándose a que se enfadara. Pero no pareció importarle—. En el mundo del que te estoy hablando, los secretos y el juego doble estaban en el eje de todo. El espionaje y el contraespionaje evitan todo lo posible que dos agentes sepan de la existencia del otro. Hay innumerables ejemplos de espías, informantes e ilegales que han trabajado codo con codo durante años sin saber de los otros. Sobre todo si se trataba de un informante de Alemania del Este y uno ruso, en ese caso no les habríamos hablado de nuestros activos. Era mejor dejar que funcionara como supervisor e informante adicional. Así resultaba más fácil averiguar si había algún agente doble que informara a Occidente o que tratara de filtrar desinformación. No te puedes hacer una idea de lo paranoicos que éramos.

—¿Ustedes espiaban a sus propios espías?

—Lo espiábamos todo.

Kozlov hizo una pausa, parecía absorto en sus ensoñaciones.

—Desirée era especial —dijo—. Espero que esté bien.

—¿Especial? —dijo Sara—. ¿En qué sentido?

Kozlov miró a Sara, como si estuviera considerando cuánto podía contar. Cuánto quería contar.

—Desobedeció a su controlador para ayudarme. Como un gesto entre amigos, nada más. No creo que eso haya ocurrido nunca en la historia de la Unión Soviética.

—¿Qué hizo?

—Sabes que fui ministro de Exteriores, ¿verdad?

—Sí —dijo Sara. Lo sabía. Aunque solo por poco tiempo.

—Cuando depusieron a Gorbachov en el golpe de Estado, Desirée me aconsejó que me posicionara a su favor, a pesar de que fueron sus altos jefes del KGB los que se encargaron de que perdiera el poder. Hice lo que me dijo, Gorbachov recuperó el cargo y como agradecimiento por mi apoyo me nombró ministro. No está nada mal para un granjero kirguís huérfano. Cómo lo supo es algo que desconozco por completo. Luego, por desgracia, Yeltsin se opuso a Gorbachov y, cuando Gorbachov cayó, yo también. Pero gracias a Desirée al menos fui uno de los líderes más importantes del mayor país, del más temido del mundo.

—Impresionante —dijo Sara.

—Pero hoy en día ya no queda nada —dijo Kozlov.

No le resultaba fácil asimilar que Agneta hubiera jugado un papel tan importante en los acontecimientos históricos. La cuestión era si podía estar relacionado con la muerte de Stellan.

—Y si activaran a Desirée ahora —dijo Sara—, ¿cuál podría ser el motivo?

Kozlov echó la cabeza hacia atrás, como pensativo.

—Estoy seguro de que tienen activos mucho más jóvenes a los que recurrir. Y los contactos de Stellan Broman ya no son relevantes. Con lo que debe de tratarse de algo que solo ella puede hacer. Una destreza. O una conexión personal, incluso. Algún acontecimiento presente en otro sector que esté relacionado con su tiempo en activo podría conducir a alguna pista.

—Stay put —dijo Sara. Había firmado el documento de confidencialidad y sabía lo que estaba en juego, pero debía intentarlo. Además, Stay put no era ningún secreto. Se hizo público en los ochenta. Y las palabras mágicas surtieron efecto.

Boris Kozlov esbozó una sonrisa propia de un lobo.

—¿Por qué has venido si ya lo sabes todo?

—¿Esto tiene que ver con Stay put?

—¿El nuestro o el vuestro?

—¿Ustedes tenían uno propio?

—La OTAN tenía Stay put, así que por supuesto que los integrantes del Pacto de Varsovia tenían un Stay put. Fue nuestra respuesta.

—¿Cómo funcionaba? ¿Sigue activo?

Kozlov observó a Sara largo tiempo, luego se enderezó en la silla, miró al techo y empezó a impartirle una lección breve. Sara esperaba que tarde o temprano fuera al grano.

—De la vigilancia de la parte occidental del Paso de Fulda en los setenta se encargaba sobre todo el V Cuerpo Estadounidense, dirigido por el general Starry —dijo Kozlov—. Él argumentaba que había que poder atacar a las fuerzas del Pacto de Varsovia dentro de Alemania del Este, Polonia y Checoslovaquia antes de que llegaran al campo de batalla, para en caso de ataque no tener que recurrir a las armas nucleares que alcanzarían también a sus tropas y a las de Alemania Oriental. Una estrategia que la OTAN adoptó más adelante y que nos llevó a los del Este a instalar la misma respuesta radical: enterramos cargas explosivas en el suelo, en todos los caminos y puntos clave. Pero los responsables no se conformaban con cargas ordinarias.

Kozlov hizo una pausa dramática antes de continuar.

—Se decidieron por cargas nucleares —dijo dejando que las palabras se quedaran flotando en el ambiente—. Para hacer el suelo intransitable y asegurar las fronteras de la Unión Soviética con un amplio borde radioactivo.

—¿Y asolar Europa?

—Un corredor que atravesara Europa, a lo largo de la frontera con el Este. Los militares lo verían como pagar con la misma moneda, a fin de cuentas, teníamos el plan de guerra de la OTAN. Eso te lo puedo reconocer, porque lo encontraron las fuerzas occidentales en la sede de la Stasi en Berlín, cuando cayó el Muro, así que es de dominio público. Los del Pacto de Varsovia sabían perfectamente cómo pensaba la OTAN. Y respondieron.

—¿Entonces ustedes enterraron bombas en el suelo?

—Se podría decir que sí.

—¿Y las bombas atómicas…?

—No las han encontrado nunca. La mayoría de los archivos soviéticos permanecen cerrados, a diferencia de los de la RDA. El KGB y el GRU lograron mantener sus secretos.

—¿Podría haberse filtrado información sobre las bombas de alguna forma? ¿La podrían haber vendido? ¿Tendrían los poderosos rusos de ahora algún interés en que estallaran las bombas?

—Permíteme que responda de una en una. Es posible que hayan vendido la información. La mayoría se vendió cuando la Unión Soviética se disolvió. También podría haberse vendido en Alemania del Este, que al fin y al cabo es el territorio que habría quedado asolado. Pero en ese caso, el número de personas que tuvieran acceso a la información debería ser muy reducido. Y sobre la última pregunta: ¿ganaría algo Rusia si se detonaran las cargas hoy en día?

Kozlov hizo una pausa.

—Sí —dijo al fin—. Los líderes de allí seguro que estarían interesados en que la información sobre las cargas se filtrara. Desencadenaría el pánico y socavaría la estructura social de varios países europeos. Y ya sabes lo mucho que a Ivan le gusta desestabilizar. Y después responsabilizarían a algún grupo terrorista, como por ejemplo una célula islamista que hubiera recibido la información de compañeros palestinos. Sí, no creo que los amigos del Kremlin estuvieran muy desconsolados si sucediera.

—¿Así que a un ilegal ruso le podrían haber encargado perfectamente que eliminara cualquier rastro de esa operación y ayudar a que se realizara? Pero ¿qué tipo de información podría haber aquí para que alguien tenga que venir en su busca?

—Después de ver cómo desaparecía por completo Alemania del Este, muchos ocultaron información importante en lugares neutrales, porque temían que a la Unión Soviética le ocurriera lo mismo. Algunos querían protegerse a sí mismos, otros querían utilizarla como un arma en la lucha contra el desarrollo o simplemente venderla para sacarse una buena tajada. Vendieron todo cuando la Unión Soviética cayó. Tanques, submarinos, portaaviones, cabezas de misiles. Es un milagro que no hayan salido más cosas. O la calidad no era muy buena o hemos tenido muchísima suerte. Pero aún no es tarde. El material de guerra aguanta perfectamente treinta años.

—¿Entonces Desirée custodiaba la información?

—Puede.

—¿Y por qué está eliminando a toda la red de espionaje de Alemania del Este?

—¿La está eliminando?

Mierda. Se había ido de la lengua.

—Que quede entre nosotros —dijo Sara—. Al menos hasta que se haga oficial.

—Nunca lo harán oficial. Da igual cuánta gente muera.

—Pero ¿por qué los está matando?

—Para no dejar rastro. Si me preguntas a mí. Quizá fueran los espías de Alemania del Este los que originalmente recibieron la misión, pero ahora que ya está completada, le toca a ella limpiarlo todo y asegurarse de que nadie pueda contar nada. Después de tanto tiempo no se atreven a confiar en lealtades. O tal vez simplemente estén asustados de que un espía viejo con demencia empiece a hablar en el ocaso de la vida. En los buenos tiempos nadie contaba con que un espía llegara a la vejez, pero ahora hay muchos que sí.

Sara le dio un sorbo al café y trató de formular su próxima pregunta, pero la cabeza le daba vueltas.

Un Stay put soviético. Con cargas atómicas cuyo paradero nadie conocía.

O que pocos conocían.

La gente equivocada.

46

Si ARRASTRABA LOS bastones de senderismo más que llevarlos a buen ritmo, no llamaba la atención. Otra señora mayor que creía que con dos palos podía compensar toda una vida sedentaria. Por el momento nadie había podido imaginarse que la mujer anónima que se había pasado los últimos días dando vueltas por el vecindario era a la que tanto buscaba la policía; la mujer de Tío Stellan, asesinado. Su vecina. Irreconocible. Una completa desconocida en su barrio.

Entonces cayó en la cuenta de que siempre lo había sido. En cierto modo, la fama de Stellan había sido lo que le había otorgado a la calle su identidad. Lo que había marcado la pauta. Si vivías allí, vivías en el barrio de Stellan y Agneta.

Y aun así siempre se sentía como si estuviera de visita, nunca en casa. Como si hubiera pasado todo ese tiempo mentalmente en el vestíbulo esperando a una invitación que nunca llegó.

¿Había estado fingiendo durante tantos años? No, había sido Agneta Broman.

Pero ahora era otra.

Fiel a su misión, Agneta se había asegurado de documentar todo lo relacionado con Geiger. Como ella llevaba de servicio desde mucho antes que los alemanes del Este lograran reclutar a su informante, le había resultado muy fácil identificar las instrucciones de Geiger. Su agencia se había preocupado, clasificaron a Geiger como un reclutamiento arriesgado. Pero los de Alemania del Este estaban contentísimos. Era un fichaje de prestigio con acceso directo a la élite que ostentaba el poder en Suecia. Pero es que les interesaba más que los reconocieran como un Estado de derecho que vencer al gran enemigo.

Agneta estaba convencida de que su familia nunca había adivinado la verdad, y por eso había podido vigilar todo lo que hacía el informante secreto de Alemania del Este. Al principio toda la información iba por escrito, en contra de lo que dictaban las instrucciones.

Pero eso era lo que tenía trabajar con *amateurs*. La ventaja para Agneta era que solo tenía que fotografiar las notas. Cuando Geiger hubo memorizado la información, la destruyeron. Agneta se dio cuenta, pero para entonces ya había documentado todo y lo había enviado.

Por eso sabía, entre otras cosas, dónde se encontraba el «buzón» de Geiger. El lugar público donde el controlador u otros espías podían dejar mensajes. Marcas de tiza en una pared, piedras dispuestas de una manera en concreto en un arriate o una chincheta clavada en una rama, cuyo color representaba un mensaje. «Ponte en contacto con tu controlador», «Todo va según el plan», «Te han descubierto» y así.

El buzón de Geiger se encontraba junto al paseo a la orilla del agua, a unas manzanas de la casa. Giró hacia el sur y se impulsó con los bastones hacia el sendero que atravesaba el bosquecillo. En el cuarto tronco vio que habían quitado un trozo de la corteza. Solo unos centímetros, pero con aquello bastaba.

Después de tres días, por fin había llegado el mensaje.

Había empezado a dudar.

A pesar de que sabía que una parte importante de la misión era la espera, la incertidumbre y cambiar de planes en el último momento. A pesar de que sabía que lo esencial para un agente de servicio era no perder la concentración. No olvidar, no comenzar a dudar, no descuidar las costumbres. Aguardar, estar preparada y después actuar a toda velocidad cuando correspondiera.

Sin embargo, después de tantos años de inactividad debía preguntarse si realmente podía suceder algo. Empezaba a inclinarse por que no pasaría nada.

Pero entonces llegó el mensaje.

«Debemos reunirnos.»

Abu Rasil.

Así que por fin sus pagadores le habían dado la señal de que estaban listos. Y por eso quería encontrarse con Geiger, para recibir los códigos.

Pero no contaba con Agneta.

Desirée.

¿Cuándo fue la última vez? ¿Hace cuarenta años?

En alguno de los campamentos de prácticas, cuando estaban del mismo lado.

Ahora Agneta iba por su cuenta.

Había llegado la hora.

Y estaba preparada.

Volvió con los bastones a casa, teniendo cuidado de no revelar su impaciencia. Abrió con las llaves prestadas. Soltó los bastones y se sintió veinte años más joven de repente. Después revisó lo que había en el frigorífico y en el congelador. No quería descuidar la comida, sobre todo cuando podía ser la última.

Después bajó al sótano y entró en el cuarto de la caldera.

—Filetes de ternera con salsa de nata y confitura de serbas, ¿te parece bien?

Él no respondió, se limitó a mirarla fijamente. Tal vez aún le costara entender que de pronto su vida dependiera de la mujer que acababa de entregarse a él con tanta pasión.

No es que tampoco pudiera responder mucho, allí sentado. Pero al menos podría haber asentido. Ni las cuerdas ni la mordaza le impedían asentir.

—Bueno, de todas formas, es lo que hay —dijo Agneta—. Si quieres puedes tomar vino, yo tengo que trabajar, así que me abstendré.

Agneta no sabía ni tan siquiera si estaba escuchándola.

Miró a su prisionero. Atado y encerrado en su propia casa. La cuestión era qué haría con él cuando llegara el momento.

Lo más fácil sería una bala, pero en realidad él no le había hecho nada, ni tampoco había obstaculizado su misión. Al contrario, le había dado cierta alegría y le había permitido vigilar el lugar de la reunión.

¿Quizá debería dejarlo allí y permitir que la suerte y el azar decidieran su destino?

47

AÚN CON LAS palabras de Kozlov resonándole en la cabeza, Sara atravesó el extenso complejo policial de Kungsholmen.

Agneta una ilegal.

Una ciudadana soviética que había vivido en Suecia con una identidad falsa.

No pudo evitar compararlo con su propia vida cuando sus hijos eran más pequeños. Cómo les había mentido sobre lo que hacía en el trabajo para no asustarlos.

Para protegerlos del mundo asqueroso con el que se encontraba cada día.

¿Habría podido ser espía ella también? ¿Una ilegal? ¿Habría conseguido apagar su verdadero yo por completo para vivir como otra persona?

Mentirles a sus hijos no le había resultado complicado. ¿Habría sido capaz de convivir con gente que no tenía ni idea de quién era?

De no poder decirles a sus hijos su nombre real, de no poder contarles historias de su infancia, solo reproducir recuerdos inventados. O detalles de la niñez de una persona desconocida.

Curiosamente, solo pensaba en los niños. Simular ante su marido no le resultaba tan raro. De todos modos, era algo que se hacía mucho, sobre todo al principio de una relación. Los problemas llegaban cuando dejabas de fingir, cuando querías que te vieran como realmente eres.

Como tantas otras mujeres, Agneta se había adaptado completamente a los intereses y al estilo de vida de su marido. Pero con un propósito concreto, para conseguir algo. Algo que le solicitaban hombres perversos.

Sara entró en el vestuario, se puso la ropa de trabajo, que era mucho más resistente, y se colocó el equipo. Pistola, esposas, porra extensible, espray de pimienta, guantes, una radio muy práctica y una linterna diminuta, pero con un haz de luz potente. A veces les resultaba muy útil deslumbrar a los puteros cuando los pillaban *in fraganti*; generaba más confusión y reducía su capacidad para reaccionar. Había menos que trataban de huir o resistirse con violencia.

—*All the animals come out at night.*

Sara levantó la mirada y vio a David, que acababa de entrar.

—*Whores, skunk pussies, buggers, queens, fairies, dopers, junkies* —prosiguió. Sara no tenía muy claro que *Taxi Driver* fuera una fuente de inspiración adecuada para su trabajo, pero se alegraba de que su colega pareciera querer olvidarse de la discusión que habían tenido.

Cuando bajaron al garaje, Sara se sentó al volante. Tal vez le resultara agradable conducir. Intentar pensar en otra cosa.

Y partieron en dirección a la calle más infame del país.

La parte de Suecia que más similitudes compartía con *Taxi Driver*, sin duda.

—No se ve mucha acción todavía —dijo David mientras Sara miraba a su alrededor.

No era muy tarde, la clara noche veraniega le daba un aspecto muy distinto al de una noche negra de noviembre a aquella calle consagrada a la prostitución. Pero de alguna forma resultaba más lamentable así. Que tanta mugre y tanta brutalidad acontecieran incluso en la bonita Suecia estival. La Suecia que todos habían crecido pensando que era el paraíso.

Las noches claras, mágicas. Las brisas cálidas. Los suecos que se volvían animados y alegres de pronto. Todas las fiestas y las celebraciones, todos los encuentros con gente nueva, todas las terrazas. De repente todo el mundo era abierto, feliz y guapo.

Incluso por esa calle tan tristemente célebre pasaban jóvenes inocentes que habían trasnochado yendo o volviendo de los pubs. O quizá tenían la vista puesta en el ayuntamiento, para darse un baño nocturno en una ciudad desierta y silenciosa. El solo hecho de caminar por Estocolmo en una noche de verano ya era una experiencia prácticamente sobrenatural, pensaba Sara. Siempre y cuando no fueras justo allí.

—No solo era un espía —dijo Sara sin avisar—. También era un delincuente sexual. Se grababa violando a chicas. Y grabó a un montón de hombres violándolas. Para chantajearlos.

—Joder —dijo David—. ¿Tío Stellan?

—La verdad es que se lo merece —contestó Sara—. Que lo mataran de un disparo, quiero decir.

David observó a Sara sin saber qué decir.

—Era exactamente igual que los puteros que vemos todos los días. Aunque peor. Estaba enfermo. ¿Cómo acabas así?

—A mí no me preguntes.

—Y tenía dos hijas de la misma edad que las chicas que violaba.

—Nunca he entendido cómo son capaces de hacerlo. Violan, abusan, humillan. Y luego a casa con la familia.

—Imagina ser su hija.

—¿Ellas lo saben? —dijo David.

—Sí.

—Qué pena que haya muerto —dijo él—. Habría estado de puta madre detener a alguien así.

—¿A un famoso?

—A un viejo asqueroso que creía que podía salirse con la suya siempre.

Se quedaron en silencio, sentados. Observando a las tres chicas que podían ver allí de pie esperando a clientes. Jessica, Irina, Sahara. Nombres inventados, claro.

Cuando salían al principio de la noche, ¿pensaban en que quizá nunca volverían a casa? Por suerte, los asesinatos de prostitutas no eran muy frecuentes en Suecia, pero sí que ocurrían.

Y nadie sabía cuántas habían desaparecido sin que nunca llegaran a buscarlas.

¿Qué se sentiría al ser alguien que no le importaba a nadie?

—Tenemos a uno a punto de picar —dijo David.

Sara le siguió la mirada y vio a un hombre alto y corpulento con una gorra de beisbol hablando con Jessica, la chica negra. ¿Un poco de cháchara antes de decidirse? Comportamiento extraño. Pero Sara estaba segura. Los puteros cambiaban la postura corporal cuando empezaban la negociación. O cuando preguntaban por el precio, más bien. Había quien trataba de regatear o conseguir un poco más por el mismo dinero, pero eran pocos.

El putero de la gorra de beisbol asintió para sí mientras Jessica le respondía.

—¿Sirve de algo? —dijo Sara mientras seguía la conversación a la entrada de la estación de metro.

—¿Que estén de cháchara? —dijo David.

—Lo que hacemos. ¿Sirve de algo? Es que no se acaba nunca. Todo el tiempo aparecen caras nuevas. Las víctimas de la trata no hacen más que aumentar.

—Piensa en cómo sería si no hiciéramos nada.

Una diferencia imperceptible, pensó Sara para sí.

—Empieza el show —dijo David. Sara pudo ver que Jessica y el hombre empezaban a caminar en dirección a la iglesia de San Juan.

David se bajó del coche, se estiró y luego comenzó a seguirlos manteniendo la distancia.

Sara abrió la puerta, pero antes de que le diera tiempo a salir, le sonó el móvil.

Debería haberse apresurado a seguir a su colega, pero decidió quedarse en el coche para contestar. Como si presintiera que se trataba de algo importante.

Era Hall.

Su intendente.

En medio de la noche.

Sara le silbó a David y le hizo un gesto para que esperara.

—Nowak.

—Tom Hall. Yo, eh… Ha llegado a mi conocimiento que te has involucrado en una investigación de asesinato por iniciativa propia. Porque conocías a la víctima.

Maldita Lindblad. Siempre conseguía que el vago de Hall hiciera lo que ella quería, a pesar de que el jefe era él.

—Me he involucrado en… —dijo Sara—. En mi tiempo libre he tenido acceso a información que podía ser relevante y se la he facilitado a la investigación. Anna Torhall, que trabaja en el caso, es una vieja amiga y fuimos compañeras en la Academia de Policía.

—Pero tenías información importante sobre una persona a la que estamos buscando y contactaste con los servicios de inteligencia alemanes, no con los nuestros o con tu amiga la de la investigación.

—Yo... —empezó a decir Sara.

—Eso ya está bastante mal, pero es que además me han informado de que has entrado en casa de un particular y que encima has hostigado a las hijas de Stellan Broman enseñándoles unos vídeos escandalosos de naturaleza sexual en los que aparecía su difunto padre. ¿Es cierto?

Estaba claro que Lotta había resuelto vengarse.

—No forcé la entrada, han archivado la denuncia. Y no he hostigado a Lotta y Malin. Era relevante para la investigación...

—Una investigación a la que no perteneces. Y vídeos que has obtenido de una forma dudosa, probablemente delictiva. Esto es inexcusable.

—Siento que se lo hayan tomado mal. Mis intenciones eran buenas.

—Entiendes que no me queda otra opción, ¿verdad?

Sara no respondió. ¿De verdad lo iba a hacer?

—Estás suspendida con efecto inmediato.

—Estamos en la calle. Hago falta aquí. Estamos a punto de atrapar a un putero.

—Déjaselo a tu colega y vuelve a casa. Ahora mismo. Estás suspendida. Y puede que te despidan si la investigación demuestra que has cometido lo que figura en la denuncia. Deja el arma y la placa.

—¿Ahora?

—No. —Hall dio un suspiro—. Ahora está cerrado. Mañana a primera hora.

—Pero entonces puedo terminar el turno.

—No. Vete a casa. Y si te niegas a acatar la suspensión, entonces serás despedida sin investigación. ¿Te ha quedado claro?

Sara estaba asimilando toda la información.

—¿Te ha quedado claro? —repitió Hall.

—Sí.

48

LAS CALLES Y las plazas pasaban rápidamente, la gente se movía por los espacios públicos a toda velocidad. Coches, bicicletas, pero, sobre todo, peatones. Con ropa de verano, de trabajo, estresados, deambulando. Los actores de la gran urbe.

Lo cierto es que no había ninguna razón para ver los vídeos que estaba analizando el programa, pero aun así Breuer quería seguir el proceso en una pantalla, para asegurarse de que los ordenadores estaban funcionando de verdad. Quizá fuera una actitud anticuada, pero le daba igual.

Juntos, los ordenadores del equipo portátil de la caravana podían examinar seis horas de imágenes de seguridad por minuto. En Pullach, podrían haber trabajado diez veces más rápido. La limitación los obligó a centrarse en las cámaras de los lugares públicos más transitados, las estaciones de metro y los taxis de la ciudad.

Pero, de momento, nada.

Breuer no entendía a esta gente. Todos tenían un número de identificación que quedaba registrado en todas partes, registros que se remontaban a cientos de años atrás y que enumeraban todo lo que le había ocurrido a cada ciudadano, y un principio de transparencia que permitía a quien quisiera que pudiera consultar lo que hiciera falta sobre cualquier persona. Pero cámaras de seguridad no tenían.

Los británicos, que recogían sus paquetes usando solo el código postal como identificación, tenían cámaras por todas partes. Y gracias al reconocimiento facial habían podido detener un buen número de ataques terroristas.

China estaba construyendo su aparato de control con esa tecnología.

Pero en este país postsocialista digno de Orwell, que quedaba a medio camino entre Gran Bretaña y China según Breuer, se negaban a instalarlas.

Por eso los ordenadores no lograron encontrar ninguna cara que coincidiera con alguna de las que podían pertenecer a Abu Rasil que

Breuer había ido reuniendo a lo largo de los años. Cuatro hombres diferentes que podrían ser Rasil. Pero incluso así la posibilidad era remota, porque no tenían ni una sola fotografía que retratara seguro al terrorista. Y todos los que afirmaban haberlo conocido estaban muertos. Era igual que perseguir un susurro, como decía Strauss.

Localizar a Agneta Broman podría ser una forma de llegar hasta Abu Rasil. Pero a ella tampoco la encontraban.

—Ningún resultado en los aeropuertos, estaciones de tren o en los atracaderos de ferris. Ninguno de nuestros informantes tiene idea de dónde está Abu Rasil o de cuál será el lugar de encuentro.

Breuer percibió la duda en la voz de Strauss.

—Pero ¿dicen que Rasil está aquí?

—Sí —respondió Strauss—. Pero ¿no son ilusiones infundadas? Han construido un mito en torno al huidizo Abu Rasil que ha ido creciendo a lo largo de todos sus años de ausencia, así que ahora tiene que haber algo descomunal en marcha que justifique una espera tan larga. Un poco como los cristianos que esperan el regreso de Jesús.

—Te has olvidado de Hattenbach —dijo Breuer.

—Pero ¿y si eso era todo lo que tenían? ¿Y si quedaba una carga nada más?

—En el oeste, sí. Pero no sabemos nada de la parte oriental. Únicamente que las bombas que había entonces eran gigantescas. Y no hay ningún indicio de que ya no estén allí. Solo es cuestión de averiguar quién puede detonarlas y quién está de verdad preparado para detonarlas. La explosión de Hattenbach era probablemente una prueba, para demostrar que sí que podían. Por eso escogieron una carga menor. Quieren que les paguen por las grandes.

Strauss parecía abatido. Aunque había contribuido varias veces a detener un ataque terrorista y se había ocupado de presuntos terroristas, aquello pertenecía a una escala completamente distinta. Cientos de miles de víctimas mortales, tal vez millones.

—No hay más que verlo —dijo Breuer—. Después de todos los atentados terroristas de las últimas décadas en Europa, deberías saber que hay mucha gente que querría detonar las bombas.

—Pero ¿cómo se detiene a una sombra? —preguntó Strauss.

—No olvides lo cerca que he estado varias veces —dijo Breuer—. Sé cómo piensa. Cómo trabaja. Está en el país. La entrega tendrá lugar esta noche o, como muy tarde, mañana por la noche. Créeme.

Pero Strauss no sabía qué creer.

49

SUSPENDIDA.

El castigo en sí no le sentó muy bien a Sara. Nunca había buscado hacer carrera dentro del Cuerpo y no le interesaba lo que sus jefes pensaran de ella. Pero le parecía una idiotez sacar de la calle a una policía con experiencia solo porque Lotta quería fastidiarla. Y lo que más la irritaba era haberse quedado fuera de la investigación. Igual que cuando eran niñas. De repente ya no podía participar.

La investigación de asesinato había resultado tener muchos puntos en común con su vida y su infancia, pero en realidad afectaba a la vida de todos los ciudadanos suecos. Todos habían crecido con Tío Stellan como una figura unificadora, como la única fuerza indivisible del país. Los políticos los engañaban y los deportistas podían defraudarlos cuando llegaba la hora de la verdad, pero siempre podían confiar en Tío Stellan.

Sara le mandó un mensaje a Anna: «Suspendida. Avísame si pasa algo». Y recibió un emoticono de un pulgar hacia arriba como respuesta.

Estaba segura de que Anna no le había dicho nada ni a Hall ni a Lindblad sobre que se hubiera entrometido en la investigación. Ni siquiera a Bielke. Sara estaba tan enfadada con Hall, Lindblad y Lotta Broman como contenta de que Anna fuera su amiga.

Pero ahora estaba libre, muy a su pesar. Sara les había mandado un mensaje a sus hijos diciéndoles que estaba en casa y que quería echar un rato con ellos. Por el momento, ninguno de los dos había respondido.

Mientras esperaba, repasó la situación. Geiger había muerto, Kellner había muerto, Ober había muerto. ¿Qué sería lo próximo?

¿Qué estaba haciendo Abu Rasil?

¿Existiría siquiera?

¿Qué estaba haciendo Agneta?

No, pensó Sara después. No podía pasarse toda la noche dándole vueltas a los Broman. Ya habían ocupado demasiado espacio en su vida.

¿Dónde estaban sus hijos?

Al final, le envió un mensaje a Ebba y a Olle: «¡A casa! ¡Ahora!». Y recibió un mensaje irónico y un emoticono enfadado.

Lo cierto es que no tenía de qué quejarse. Quedarse sentada sin hacer nada estaba muy bien. Si las noches estivales no fueran tan luminosas, habría podido haberse sentado a disfrutar del atardecer. Dejar que la oscuridad fuera envolviendo el piso sin encender la luz. Someterse a la naturaleza. Presenciar el atardecer seguía siendo una de las cosas que más calma infunden, pensaba Sara. Pero ahora tendría que disfrutar de la noche iluminada.

No dejaba de darle vueltas a los pensamientos.

¿Qué habría pasado si Jane no la hubiera salvado de Stellan? ¿Si Stellan también hubiera abusado de ella? Entonces difícilmente se habría convertido en policía. Más bien habría terminado como una de las chicas que tanto ella como sus colegas trataban de ayudar.

¿O habría logrado enterrarlo dentro de sí misma? El movimiento *Me Too* demostró que había muchísimas mujeres que arrastraban historias de abuso que nunca habían contado. Sara podía dar testimonio del sexismo y comentarios desagradables durante su adolescencia, y de compañeros de juego manipuladores en su infancia. Pero se había librado del abuso propiamente dicho. Nunca comprendió lo cerca que estuvo, lo que su madre hizo por ella.

¿De dónde procedía la furia que sentía hacia todos los puteros que se encontraba en el trabajo?

Tal vez fuera una reacción saludable y muy normal a la compra del cuerpo de otras personas, al uso de los demás a su antojo, a menudo incluso siendo violentos con ellos. Una reacción a la misantropía que era tan tangible para Sara y sus colegas. Seguramente esa furia se había ido acumulando a lo largo de los años.

Hacía mucho tiempo trató de mostrar cierta compasión. Se creyó el mito de los hombres solitarios e indeseados que pagaban por mantener relaciones que nunca conseguirían de otra forma. Antes de convertirse en policía, lo veía más bien como un acuerdo entre dos individuos adultos. Pero no había excusas que valieran. Lo aprendió a los pocos días de empezar a trabajar.

Tenía que pensar en otras cosas. Echó mano de la novela que estaba leyendo y se dio cuenta de que llevaba dos meses en la mesita sin que la hubiera tocado. Pero para retomar la lectura tenía que encender una luz y no quería. También creía que le iba a resultar difícil abandonar un mundo inventado cuando en el real estaban ocurriendo cosas tan turbulentas. Sabía que a Anna le encantaba perderse en las novelas solo para poder olvidar la vida cotidiana y sus problemas, pero a Sara no le funcionaba de la misma manera. Necesitaba tener la mente calmada para poder sumergirse en la ficción. Se contentó con tocar el libro. Aquellas tapas duras, la cubierta brillante, tantísimas páginas finas. Pasó las yemas de los dedos por el texto y le pareció notar el débil relieve de las letras impresas, pero puede que solo se lo estuviera imaginando. Se llevó el libro a la nariz y lo olió. Dicen que los sentidos se agudizan cuando uno se apaga, y Sara tenía la sensación de que tanto los dedos como la nariz eran mucho más sensibles que antes. Quizá solo era cuestión de estar atenta.

Pensó que no estaría mal escuchar un poco de música clásica en la oscuridad. Sacó su antiguo violín y colocó el arco sobre las cuerdas, pero no fue capaz de mover la mano.

Tal y como se sentía en ese momento, no podría volver a tocarlo.

¿Por qué? ¿Porque se lo había regalado Stellan? ¿O porque los últimos días habían terminado con los resquicios de alegría y creatividad que le quedaban?

Quería romperlo.

Seguro que no mejoraría nada, pensó para sí. Pero después se dio cuenta de que tampoco empeoraría las cosas.

En todo caso, sería una buena acción. Un recuerdo de Stellan Broman que desaparecería de la faz de la Tierra.

Agarró con fuerza el mástil del violín, alzó la mano y después lo golpeó contra la mesita para que se rompiera en mil pedazos.

Ahora Martin y ella estaban empatados en cuanto a instrumentos. Lo golpeó media docena de veces más contra la mesa para que fuera imposible arreglarlo.

Y después se sentó en el suelo y apoyó la nuca en el borde del sofá.

Se había sentado encima de una astilla del violín que le hizo un corte en el trasero. Pero no tenía fuerzas para moverse.

«Que duela —pensó—. Así sabré que estoy viva.»

Al cabo de media hora sus hijos llegaron a casa. Y se quejaron de que estuviera todo tan oscuro. Olle se sentó en el sofá y encendió la televisión. Sara la apagó. Ebba entró con una bolsa de una tienda veinticuatro horas y sacó un paquete de patatas y una botella grande de refresco de cola. Resacosa, constató Sara, pero se lo pasó por alto a su hija.

—Bueno, ¿qué pasa? —dijo Olle—. ¿Por qué teníamos que venir a casa?

—Para estar juntos un poco. Puede que Ebba se vaya de casa pronto y entonces no podremos estar juntos tan a menudo.

—Genial. ¿Me puedo quedar con su cuarto? Y tú te quedas en tu estudio de Tumba —dijo Olle sonriéndole a su hermana.

—Tumba no tiene nada de malo —respondió Sara sintiéndose demasiado políticamente correcta. Dios santo, sus hijos eran unos críos del centro de la ciudad. Tal vez debería haberlos llevado a ver a Jane a los suburbios con más frecuencia. Ahora los dos tenían una edad en la que sus reprimendas lograban más bien el efecto contrario.

—El apartamento va a estar en Södermalm. Es lo que ha dicho papá.

—¿Eso te ha dicho?

—Ya hemos ido a verlo.

«Pero, por Dios, Martin. Un apartamento…»

—¿Y a mí que me vais a dar? —dijo Olle.

—Pues un teléfono nuevo —le contestó Ebba con una sonrisa socarrona. Y vio que las palabras surtían efecto. Los hermanos siempre sabían qué decir para hacer rabiar al otro. Sara no tenía hermanas, solo a Lotta y Malin, con las que nunca tuvo el valor de ser mala por miedo a que la excluyeran. Había una cierta sensación de seguridad en poder ser malo con alguien sabiendo que siempre permanecería a tu lado.

—¡Si le compráis uno a ella entonces tenéis que comprarme uno a mí! —dijo Olle mirando a su madre.

—No te vamos a comprar un apartamento sin más —respondió Sara.

—¿Y por qué no? —preguntó Ebba—. Papá me lo ha prometido. En algún sitio tendré que vivir.

—Pero es que va a costar varios millones. No puede ser.

—¿Por qué no? Si tenemos dinero. Es igual que si una familia pobre le diera a su hija una tienda de campaña que costara como cien coronas.

—¿Qué dices?

—Proporcionalmente, quiero decir. Para papá, tres millones no son nada.

—Seis millones, porque a mí también me lo tienen que comprar —dijo Olle.

—¿Se puede saber qué os pasa? Pero ¿qué educación os hemos dado?

—Ninguna —dijo Ebba metiéndose un puñado de patatas en la boca.

Aquellas palabras le partieron el corazón.

—Me siento muy culpable por haber trabajado tanto por la tarde y por la noche, pero ¿no podemos intentar recuperar ahora el tiempo perdido? Puedo trabajar menos. Pronto seréis adultos y entonces será demasiado tarde.

—¿Y qué hacemos? ¿Nos vamos al museo para críos de Junibacken?

—Podemos salir a comer —propuso Sara. Ya no eran niños, aunque para ella lo seguían siendo, e ir a un restaurante tenía el grado de adultez apropiado para ellos.

—No merece la pena —dijo Olle —. Si de todas formas nunca va a pasar.

Sara suspiró. Pero no tenía nada que contestarle.

—¿Y no podemos pasar un rato hablando? Sé que he pasado mucho tiempo fuera, pero ¿recordáis lo orgullosos que estabais cuando erais pequeños porque vuestra madre era policía? ¿Ya no lo estáis? —dijo Sara.

—Pero ¿tú crees que es guay tener que oír que tu madre trabaja en Malmskillnadsgatan? —replicó Olle.

—¿Cómo? ¿Quién dice eso? ¿En el instituto?

—Sí.

—Es para hacerse los graciosos —dijo Ebba con cansancio—. Saben que eres policía, pero que trabajas en esa calle. Como las putas.

—¡No digas putas! Es una palabra espantosa. Y diles a los idiotas del instituto que es un trabajo muy importante. Intento ayudar a las chicas de las que nadie más se preocupa. Las someten a cosas horribles.

—Que sí, que sí...

—Seguro que hay más gente que puede ayudarles —dijo Olle—. Gente que no tiene hijos.

—Si, pero justo ahora también estoy intentado echar una mano para encontrar al asesino de Tío Stellan.

—¿Y por qué? Si era un desgraciado.

—¿Quién te ha dicho eso?

—La abuela. Él pensaba que ella era una inútil por ser la mujer de la limpieza.

—¿Eso te ha dicho?

—Sí.

—Pero también cuidaron de ella.

—¿Cómo que cuidaron de ella?

—Mi madre huyó de Polonia. Seguro que os lo he contado, ¿no os acordáis?

—Has empezado a explicárnoslo un montón de veces, pero siempre te salía algo muy importante que tenías que hacer. ¿Por qué huyó?

—Había una dictadura. Y no quería vivir allí. Se había quedado embarazada de mí y mi padre se desentendió de ella. La repudió su propia familia y los comunistas decían que era una indecente. Pretendían quedarse conmigo y meterla en una institución, así que huyó. Y cuando vino aquí puso un anuncio que vio algún trabajador social que quiso ayudarle.

—Ah —murmuró Olle mientras metía la mano en el bolsillo de la sudadera.

—Nada de móviles —dijo Sara, y Olle volvió a guardar el móvil. No podía ser más evidente que la historia no le resultaba muy interesante a un muchacho de catorce años.

—Siento que no hayamos hablado del tema antes, pero recordadlo de vez en cuando. Tenéis muchísima suerte: una familia en la que podéis confiar, una casa maravillosa, no hace falta que os preocupéis por el dinero. Pero vuestra abuela huyó de una dictadura sin una corona en el bolsillo. Y se dedicaba a limpiar las veinticuatro horas del día para mantenernos a las dos. Porque quería que yo tuviera una vida mejor.

—¿Y tú no quieres que nosotros también tengamos una vida mejor?

—Claro.

—Pues deja que papá me compre el apartamento.

Gol a puerta.

—No es lo mismo.

—Yo diría que sí.

—¿Te avergüenzas? —dijo Olle.

—¿De qué?

—De que la abuela fuera la mujer de la limpieza.

—Por supuesto que no.

Cleaning woman.

De repente le vino la frase de una película antigua. ¿Por qué?

Cleaning woman! Cleaning woman!

Evocó un recuerdo. Sara, Malin y Lotta sentadas gritando. *Cleaning woman!* Y después tiraban basura donde Jane acababa de limpiar. Cuando ella lo limpiaba, echaban más cosas en otro sitio que ya hubiera puesto en orden. Y llamaban a Jane.

Cleaning woman! Cleaning woman!

Y su madre venía a limpiar otra vez. Y las niñas se reían.

Sara no había pensado en aquello desde entonces. Ni una sola vez. Una autocensura muy eficaz. Y por lo que podía recordar, Jane nunca había hablado del tema. No se lo había reprochado a su hija. Podría haberle echado un rapapolvo, haberle prohibido que jugara con las hermanas. Sí, debería haberle echado un rapapolvo y haberle prohibido que jugara con ellas.

¿Por qué no dijo nada?

¿Pensaría que Sara se iba a chivar a Stellan y Agneta? ¿Habría empezado a considerar a su hija como a una más de la familia que la había contratado? Se había comportado como uno de ellos, a decir verdad.

Había algo más relacionado con Jane, se dio cuenta en ese momento. ¿Qué era? Algo que no encajaba.

Jane y su infancia…

Ah, sí.

Sara miró a sus hijos. Ebba estaba bostezando y Olle, inmerso en algún juego del teléfono.

—Escuchad, no hace falta que os quedéis aquí sentados conmigo. Voy a trabajar menos, así que tendremos que intentar aprovechar el verano para pasar más tiempo juntos.

Los dos se fueron aliviados a sus cuartos.

Sara vio cómo se marchaban y luego recorrió el salón con la mirada. En esa habitación cabrían varias casitas como en la que su madre y ella habían vivido en la parcela de los Broman. Pudo constatar que sus hijos sí que habían tenido una vida mejor que ella. Al igual que su madre le había dado una vida mejor que la suya.

Sacó el móvil, abrió la lista de llamadas más recientes y marcó el botón de rellamada.

—¡¿Diga?! —contestó Jane con tono irritado, como si Sara la estuviera molestando. Los hábitos telefónicos de su madre eran muy peculiares.

—¿Cómo era él? —dijo Sara.

—¿Quién?

—Stellan. ¿Cómo era?

—¿Qué quieres decir?

—Contigo. Olle me ha dicho que le has contado que se comportaba mal contigo.

—Mal, muy mal…

—¿Sí?

—Estaba siempre muy ocupado. No tendría fuerzas de ser amable con la mujer de la limpieza.

—¿Y todo su discurso sobre la solidaridad con los obreros?

—Nunca oí nada sobre el tema. Probablemente no quisiera molestarme mientras ordenaba, limpiaba y hacía la comida.

—¿Y Agneta?

—Bueno, qué decirte. No creo que tuviera una vida muy fácil. Casada con alguien así.

—¿Te trataba mal?

—No era muy… cariñosa. Un poco dura. A veces parecía que me obligaba a limpiar por las noches para que no pudiera pasar tiempo contigo. No sé por qué. Si ya tenía a sus dos hijas, no entiendo por qué podría estar celosa.

—¿Por qué te quedaste allí?

—Le tenías mucho cariño a las niñas.

—¿Fue por mí?

—Sí. Recuerda lo que te enfadaste cuando nos mudamos.

—Pero entonces no sabía cómo te trataban, ni lo que Stellan les hacía a las chicas. Pero tú sí que lo sabías.

—No lo sabía. Lo imaginaba. Y no quería estropearte tu mundo joven con esas ideas, quería protegerte de que te enteraras siquiera de esas cosas.

Igual que ella había tratado de proteger a sus hijos de lo que veía en el trabajo, pensó Sara. Las similitudes con su madre eran probablemente muchas más de las que quería reconocer.

—Me pasé tantos años enfadada contigo… Me comporté como una cría. Has hecho un montón de cosas por mí y siempre te estaré agradecida, pero es una mierda que el cerdo ese se haya muerto antes de que la verdad saliera a la luz. Deberías haberme dicho algo cuando ya era adulta.

—Que sí, que me he equivocado. Es que no es fácil.

—No quería hacerte sentir culpable. Y entiendo que fuera difícil hablar sobre el tema. Pero, oye, tengo una pregunta. Sobre algo de lo que me avergüenzo.

—No tienes por qué avergonzarte.

—Sí, sí. ¿Te acuerdas de cómo Malin y Lotta volvían a ensuciar cuando acababas de limpiar? Y yo me unía a ellas.

—Bueno, siempre se ensuciaba todo rapidísimo con dos niñas en la casa. Tres contigo.

—Pero lo hacíamos a propósito. En cuanto terminabas con una habitación, entrábamos allí y la ensuciábamos. Y después gritábamos: *Cleaning woman!* ¿Lo recuerdas?

—No.

—De todas formas, quiero pedirte perdón. Estaba fatal.

—A mí me alegraba verte jugando tan bien con las niñas.

—¿Entonces sí que te acuerdas?

—No lo sé. Qué más da ahora.

—Mamá…

—¿Cómo estáis vosotros?

A Jane no le iba mucho hablar sobre sentimientos.

—Estamos bien. Escucha, acabo de recordar una cosa. He estado mirando un montón de vídeos de la familia en casa de los Broman. No los asquerosos con los abusos, sino de viajes, fiestas y su vida diaria. Y álbumes de fotos. Y he visto uno de cuando ya habías empezado a trabajar en la casa, pero el año no estaba bien. Estabas embarazada cuando huiste de Polonia, ¿no?

—Sí. De un hombre asqueroso. Con el que no quería que te criaras.

—Pero el álbum era de 1972. Y yo nací en el 75.

—Pues estará mal.

—No, creo que no. Se veía al antiguo rey en un periódico. Y él murió en el 73, lo he comprobado. ¿Viniste aquí en 1972?

Al otro lado de la línea se hizo el silencio.

—¿Mamá?

Sin respuesta.

Cuando Sara se acercó más el auricular al oído oyó a su madre llorando.

—¿Mamá? —dijo en voz baja—. ¿Qué pasa?

Jane soltó un sollozo y después susurró:

—Lo siento…

—¿Por qué?

Sin respuesta.

—¿Qué más da en qué año vinieras? Aparte de que no estabas embarazada cuando huiste... —Sara se detuvo—. Sino que te quedaste embarazada en Suecia...

Cuando lo entendió sintió una sacudida, como si un tren de mercancías hubiera chocado contra una caravana. Una desolación absoluta. Irremediable.

Jane se quedó embarazada en Suecia. Si llegó en 1972, tenía solo dieciséis años.

A gusto de Stellan.

—Mamá... —susurró Sara.

—¿Qué iba a hacer? Me daba miedo que me deportaran.

—Solo tenías dieciséis años.

—Paró cuando me quedé embarazada. Dices que te he salvado, pero tú me salvaste a mí antes, Sara. Cuando te concebí, él paró.

—Pero entonces Stellan era mi...

Sara oyó a su madre llorando al teléfono como a través de una niebla espesa que lo amortiguara todo.

—Perdón —le decía con voz débil—. Perdón...

Pero Sara no lo entendía.

Perdón.

Por darle un padre.

No. Por darle ese padre.

50

LA VIDA —LA vida de verdad— comenzó el día en el que su madre le habló de su padre.

Lo que le había ocurrido y quién lo había hecho.

El partido y sus funcionarios.

En nombre de la revolución mundial.

Una madrugada llamaron a las cuatro y media, le dijeron que estaba arrestado y se lo llevaron a rastras.

Mucho más tarde, la madre se enteró de que se había pasado tres semanas en una celda gélida. Siempre con hambre, sin manta para abrigarse ni colchón sobre el que dormir. Después fue el juicio. Que duró veinte minutos y consistió principalmente en una lectura en voz alta de las acusaciones.

Lo condenaron por resistencia a la Unión Soviética conforme al artículo 58 del Código Penal de la República Socialista Federativa Soviética de Rusia. Luego se lo llevaron y lo ejecutaron. Arrojaron el cadáver a una fosa común, con otros de la purga.

Una de las muchas purgas.

Su padre siempre le había sido leal a la revolución. Entregado. Predicaba su necesidad y su impacto beneficioso para el país. Pero quiso debatir acerca de los medios de producción, la propiedad colectiva. No se había opuesto a ellos, solo los cuestionó. Por razones de mero romanticismo campesino. Pero Iliá Petrovski, que le guardaba rencor a Víktor Andréyev, no tardó en delatarlo.

Todo esto se le contaron a Lidiya.

Sin apenas disimular su regocijo, Petrovski le contó lo sucedido a la madre de Lidiya, que a su vez se lo transmitió a ella.

Y la madre no le escondió ningún detalle.

Quería que su hija supiera exactamente lo que había pasado. Quiénes eran los culpables. Incluso le contó que Iliá Petrovski le había ofrecido su cama. Lo que le había costado un ojo.

Agneta recordaba haberle preguntado a su madre qué podía hacer para castigar a los hombres que habían matado a su padre.

«Conviértete en uno de ellos», le dijo su madre.

Lidiya creyó haberla oído mal, pero la madre lo repitió. La miró a los ojos y asintió.

«Conviértete en uno de ellos.»

«Consigue que confíen en ti. Aprende todo lo que puedas. Deja que pasen los años. Gánate su confianza. Y en el momento decisivo, véngate. Ataca el sistema entero con todas tus fuerzas.»

Pero una niña no puede hacer nada. Tienes que prepararte. Tienes que curtirte. Empieza por ser la mejor. Haz que se fijen en ti. No descanses nunca.

Alaba al partido por encima de todas las cosas. Promulga su grandeza a cada segundo.

Que te brillen los ojos cuando hables del camarada Jrushchov, del sistema soviético, de los homenajes de los pioneros a las masas trabajadoras y a la dictadura del proletariado. Elogia a los héroes de la Gran Guerra Patria. Apréndete los nombres de todos los generales caídos. No te aprendas los de los que cayeron en desgracia y llevaron a juicio ante el gran Stalin.

Asegúrate de cambiar de opinión en el mismo instante que cambie de opinión el partido. Delata a los camaradas que no den lo mejor de sí o que duden del sistema soviético, siempre superior. Identifica a los amigos que puedan ser susceptibles a la propaganda contrarrevolucionaria y vigílalos con atención. Necesitas enemigos, no amigos, para destacar como fiel.

No deben encontrar nunca ni la más mínima fisura en tu fachada. Te lo tienes que creer.

Esconde la verdad en un rinconcito muy dentro de ti, un rinconcito que puedas cerrar. En tu corazón no, porque un corazón siempre se puede forzar.

Escóndela en lo más profundo de tu cerebro, detrás de los secretos de los que más te avergüenzas. Los que nunca le contarías a nadie. Detrás de toda la vergüenza y la culpa con la que cargues, detrás de todo lo que no le contarías a nadie, aunque implicara la muerte. Un pequeño núcleo de verdad.

Y Agneta, o Lidiya, había dedicado su vida a destrozar el sistema convirtiéndose primero en una pieza de confianza. Convirtiéndose en Desirée. Había desempeñado su papel tan bien, que le encomendaron las misiones más secretas e importantes de la Unión. Las completó lo mejor posible, a la espera de la oportunidad adecuada.

A la Agneta Öman en ciernes la habían formado para causar estragos, para fingir, para engañar. Para intrigar, para analizar y para atacar los puntos más débiles. Un conocimiento que había asimilado con la esperanza de poder vengar algún día la muerte de su padre.

Y había sido una alumna muy aplicada.

51

EL APARTAMENTO ESTABA a oscuras. Sumido en un silencio ensorde-cedor.

Sara había permanecido varias horas completamente inmóvil.

La verdad había sacudido los cimientos de su vida. Había cambiado todo. Era otra persona.

¿Por qué había tenido que hurgar en el tema?

¿Por qué siempre debía averiguar la verdad?

¿Qué iba a hacer ahora?

¿Quién era?

Stellan Broman era su padre.

Stellan Broman, el violador.

El regocijo que había sentido porque el adorado y querido padre de Lotta y Malin hubiera resultado ser un monstruo y un traidor ahora se volvía en su contra. Las tres compartían la misma herencia perversa.

Sabía que no podía hacer nada al respecto, pero tampoco podía evitar sentirse culpable. ¿Por qué?

¿Sería esa la razón por la que tantos depredadores sexuales se salían con la suya? Todos los empresarios, políticos, personalidades del cine, famosos de la televisión, directores y artistas. Todos los que durante tantos años habían abusado de tantas chicas sin pagar las consecuencias. ¿Sería porque ellas se culpaban a sí mismas?

¿Porque sabían que nadie escucharía al más débil?

A Jane le asustaba que la deportaran a la Polonia comunista. Si la hubieran extraditado allí, habría acabado en la cárcel y le habrían quitado a su hija. Al permanecer en la casa del hombre que la había violado, podía quedarse con ella. Lo único que tenía que hacer era mentir sobre que su padre era otro.

Pero ¿cómo había podido soportar todo aquello Janina Nowak? Se había limitado a guardar silencio y a aguantar el chaparrón cuando Sara descargaba su ira por la mudanza. Sin decir ni una palabra.

Sara agradeció que la habitación estuviera en penumbra, sentía que le ayudaba a esconderse. No quería ser vista en ese momento, casi no quería existir.

No sabía dónde meterse, no tenía fuerzas para afrontar lo que acababa de averiguar. Ahora comprendía lo egocéntrica que había sido todos esos años, lo desagradecida. Y después había tenido el valor de enfadarse con su madre por ser un poco borde. Es cierto que Sara no lo sabía, pero tampoco se había preguntado nunca si habría una razón que justificara el carácter desabrido de su madre. Dios, era un milagro que no se hubiera venido abajo, que no se hundiera. Sara sentía que la única razón por la que Jane no se permitió derrumbarse, el único motivo por el que se mantuvo firme y trabajó tantos años, era proteger a su hija.

Si Sara creía que estaba haciendo un esfuerzo por sus hijos, no era nada comparado con lo que su madre había vivido.

Y nunca le había dicho nada. Ni cuando Sara se unía a Lotta y Malin para vejarla, ni cuando Sara volcaba toda su rabia en ella porque no vivían como los Broman, ni cuando Sara la detestaba por marcharse de Bromma.

Ni una sola palabra sobre lo desagradecida que era su hija ni sobre lo que le había pasado ni de lo que salvó a Sara.

Nunca contó que Stellan casi había conseguido abusar de Sara.

De su propia hija.

Debía de saberlo. Pero le daba igual.

No entonces, cuando trató de engañarla para que se fuera al cobertizo con él.

Hasta ese momento quizá la hubiera mirado con cierta ternura. Pero un día ya no era una niña a sus ojos. Tal vez nunca la hubiera considerado su hija, sino más bien como un recuerdo irritante de sus abusos.

Sara se dio cuenta de que ella misma era una prueba. Podía demostrar la paternidad y, teniendo en cuenta lo joven que era la madre y lo vulnerable de su situación en el momento de la concepción, lo que había hecho Stellan era un crimen. Jane le había dicho que paró cuando se quedó embarazada. O sea que debía de haber estado abusando de ella durante mucho tiempo.

Todas estas bestias primitivas, que veían a las mujeres jóvenes como meros artículos de consumo. Machos alfa autoproclamados, completamente gobernados por su impulso sexual. Escondidos tras una delgada pátina de civilización y éxito. Le destrozaban la vida a una persona por unos minutos de placer. Lo veían como un derecho. Carentes por completo de empatía. ¿Habría heredado Sara algo de eso?

La intransigencia, su deseo inquebrantable de ganar, la convicción de que hacía lo correcto. ¿Venía de Stellan?

Ya lo estaba haciendo otra vez, se dio cuenta. Buscándose fallos.

Solo había un culpable aquí. Stellan.

¿Cómo era posible que una persona se preocupara tan poco del resto, de sus seres queridos? ¿Quién era Sara ahora? Todo lo que creía de su vida era falso.

Lloró por primera vez en varios años.

Permaneció sentada en la oscuridad y dejó que brotaran las lágrimas.

Una tristeza que desconocía, que había estado enterrada en su interior, en lo más profundo, comenzó a aflorar.

El móvil le vibró.

En aquel estado tan frágil, lo primero que pensó es que les habría pasado algo a sus hijos. Después recordó que estaban en casa, seguramente dormidos. Entonces se preocupó por Martin. Estaba fuera haciendo de representante y había muchos imbéciles que se dejaban llevar por la testosterona buscando pelea.

Sara contestó.

—¿Diga?

—¡Me va a matar a golpes! —La voz apenas era un susurro, pero aguda, desesperada. Sonaba como si a la persona le costara emitir cualquier sonido. Sara miró la pantalla del móvil.

Jennifer.

Vale.

De repente, Stellan no era importante. Se esfumó de su cabeza.

—¿Quién? —dijo Sara—. ¿Quién te está pegando? ¿Sigue ahí?

Sara supuso que sería su chulo, pero no lo conocía. Necesitaría un nombre y que la mujer testificara contra él. Y eso no solía ocurrir.

Pero no era el chulo.

—El que pillasteis —dijo Jennifer.

—¿Quién?

—El putero del garaje —soltó entre sollozos antes de gemir de dolor. Sara trató de no pensar en lo que le podía haber hecho.

—¿Dónde estás? ¿Él está contigo?

—Estoy en casa. Se ha ido. Creo.

—Voy para allá. ¿Dónde vives?

—¡No! ¡Sigue aquí!

Sara nunca había oído nada parecido a la angustia en la voz de Jennifer. Verdadero miedo a morir.

Se dirigió corriendo al armario con las armas y sacó su pistola. La que no le había dado tiempo a devolver. Y que en realidad no podía utilizar. Pero en ese momento le daba igual.

—¿Dónde vives? —le gritó Sara al teléfono.

—No, ¡NOOO...! —chilló Jennifer antes de que se cortara la llamada.

Sara trató de llamarla, pero no respondía.

¿Dónde narices vivía Jennifer?

¿No habían estado allí en busca de puteros varias veces?

En Tanto.

Se enganchó la funda de la pistola a la cintura del pantalón y salió corriendo.

52

Sara frenó delante del gigantesco edificio de planta semicircular. Un gueto de hormigón en medio de la ciudad. Se bajó corriendo del coche y se dirigió a la puerta, metió el código de la policía y entró a toda prisa.

Se detuvo ante la lista de los residentes del edificio.

¿Qué era lo que ponía en la puerta de Jennifer? Von Otter.

Ahí, en la decimotercera planta.

Sara se preguntó si la familia sabría lo que ocurría en el apartamento que tenían alquilado.

En el ascensor cayó en la cuenta de lo tonta que había sido al marcharse sin pedir refuerzos. Sacó el móvil, pero justo cuando estaba abriendo la lista de números de marcación rápida, el ascensor llegó a la decimotercera planta. Al salir, vio que la puerta del piso de Jennifer estaba abierta. Y dentro reinaba el caos.

Se guardó el teléfono mientras entraba corriendo en el piso.

—¿Jennifer?

Sin respuesta.

Se dio cuenta de que Holmberg podría seguir allí y sacó la pistola.

—¿Jennifer?

Tal y como Sara recordaba, Jennifer vivía en un piso de dos dormitorios. Uno en el que recibía a los puteros, con una decoración un poco más vulgar, sábanas negras y una puerta que daba directamente al vestíbulo. Y otro en el que dormía ella, casi oculto detrás del salón.

En el primer dormitorio, el de los puteros, no había nadie.

Sara miró de reojo la cocina al pasar por delante.

Nadie.

En el salón había muebles volcados, jarrones rotos, cuadros tirados y rastros de sangre fresca en el suelo. Conducían al dormitorio privado, como si alguien que estaba sangrando profusamente se hubiera arrastrado hasta allí. O lo hubieran arrastrado.

—¡Jennifer! —volvió a gritar Sara mientras se acercaba al dormitorio con un mal presentimiento.

Al pasar por la puerta del cuarto de baño, de repente le golpearon la mano con un bate de beisbol. El dolor le recorrió el brazo desde la muñeca hasta el hombro. La pistola salió volando.

Sara se giró y se encontró con los ojos de Holmberg.

Tenía la mirada vidriosa, perdida, y un moreno de solárium.

Estaba furioso, parecía inhumano. Embrutecido.

Como un perro rabioso. Era imposible hablarle.

En ese mismo instante la volvió a golpear. No le dio en la cabeza, pero sí en el hombro.

Fue una suerte que no tuviera espacio para maniobrar bien en aquel pasillo tan estrecho.

Pero, aun así, Sara notó el golpe. Soltó un grito, perdió el equilibrio y se cayó. Le entró el pánico. No quería quedarse tirada en el suelo bajo ningún concepto.

—¡Puta de mierda! —gritó Holmberg—. ¡¿Sabes lo que has hecho?!

Levantó el brazo para volver a golpearla, pero al parecer tenía algo que decirle antes.

—¡Se han ido! ¡Mi mujer me ha dejado! ¡Y mis hijos se niegan a hablarme! ¡Os dije que quería que la carta me llegara al apartado de correos!

Sara vio que en el bate de beisbol estaba escrito «Simon Holmberg» con letra infantil. Trató de ponerse de pie, pero él la volvió a tirar de una patada. Holmberg se había llevado el bate de su hijo, es lo único en lo que podía pensar, y ahora la iba a matar con él.

Cuando se colocó en posición fetal, le asestó un golpe en las costillas. Debió de romperle una de ellas, puesto que el dolor que notó le parecía insoportable.

Buscó a tientas la funda de la pistola, notó que estaba vacía y recordó que se la había quitado de un golpe.

¿Por qué no había pedido refuerzos?

—Soy policía —dijo Sara tratando de protegerse la cabeza con las manos.

—No, ¡eres una puta! —gritó Holmberg antes de apuntar con el bate.

Por puro reflejo, Sara retiró las manos para que no le hiciera daño. Y Holmberg le asestó un golpe en la cabeza.

Pero no le dio tiempo a registrarlo.

53

—¿Estás despierta?

Despacio, muy despacio, Sara volvió en sí.

Le parecía que estaba subiendo lentamente desde el fondo hacia la superficie del mar.

Abrió los ojos. O alguien se los abrió. En cualquier caso, veía, aunque seguía aturdida por la presión de las profundidades. Le costó aclimatarse.

Un hombre con una bata blanca la estaba mirando. Tenía el pelo negro, abundante, flequillo, unas gafas con montura de acero y una sonrisa amable.

—Sí… —respondió Sara dirigiendo la vista del médico a la habitación del hospital.

Todo estaba borroso. Cada vez que había estado en un hospital —por motivos personales, cuando tuvo a sus hijos y por trabajo, para ver cómo se encontraba alguna de las chicas que se había topado con un putero horrible— le había costado adaptarse al ambiente. Los sentimientos simultáneos de sufrimiento y alivio resultaban tan dolorosos como reconfortantes.

Pero si tenía un médico delante —el doctor Mehra, según la etiqueta con su nombre— es que había sobrevivido y que había recibido atención experta, y se alegraba por ello.

¿La había encontrado alguien?

¿Se habría detenido Holmberg?

—¿Jennifer? —logró decir Sara con voz ronca.

—¿Quién? —dijo Mehra.

—¿Está muerta?

—¿La chica a la que has salvado?

Salvado. ¿Significaba eso que se había escapado de la muerte?

—No se llama Jennifer, sino Leila Karim —prosiguió Mehra—. La están operando ahora mismo. No tiene lesiones en la cabeza como en tu caso, las tiene sobre todo en los genitales. Pero muy graves.

—Joder…

—Sí, digamos que sí. —Mehra hizo una pausa—. Él también está en la mesa de operaciones.

Sara sentía como si el cerebro le fuera a trompicones.

—¿Quién?

—Holmberg —dijo Mehra—. Leila le ha disparado con tu pistola. Creo que os ha salvado la vida a las dos.

Sara asintió despacio.

—¿Está muy mal?

—¿Holmberg? Le dio justo en la cabeza. Me costaría creer que no se quedara como un vegetal. Le va a costar mucho dinero a la sociedad durante mucho tiempo.

—Vaya cerdo.

Mehra sonrió.

—Bueno, ahora que estás despierta puedes recibir una visita, ¿no? —dijo.

¿Visita? Por un momento Sara, en su estado de inconsciencia, creyó que se trataba de Stellan Broman. Pero apartó rápidamente aquel pensamiento tan desagradable.

—Claro —dijo.

Treinta segundos después se volvió a abrir la puerta y Martin entró a toda prisa.

—Cariño, ¿cómo estás? Podrías haber muerto.

Acercó una silla a la cama, se sentó y le acarició la mano. Se la estaba toqueteando con torpeza, y Sara se dio cuenta de que tenía la mirada casi demasiado emotiva. Había trabajado de representante esa noche y estaba bastante más borracho de lo que quería mostrar. El alcohol siempre magnificaba las emociones, claro, pero aun así Sara se conmovió cuando él le acarició la mejilla y le pasó la mano por el pelo. Se había asustado de verdad. Tal vez aún quedara algo del amor original entre ellos.

Sara permaneció inmóvil y notó palpitaciones en la cabeza a pesar de que debía de estar atiborrada de analgésicos. Mierda. Las lesiones en la cabeza no eran ninguna tontería.

—No puedes hacer estas cosas —dijo Martin después.

Pero Sara no estaba pensando en el riesgo que había corrido. Quizá fueran los golpes en la cabeza, o quizá la morfina o lo que le hubieran dado. Pero no dejaba de pensar en una cosa.

—He quemado su ropa —dijo.

—¿Qué?

—Toda la ropa antigua de marca de Lotta y Malin. La bajé del ático y le prendí fuego en el jardín.

De repente le parecía que había sido un ataque muy violento. Esa ropa le habría reportado muchísima alegría entonces, y ahora ya no existía. Se sentía como una asesina.

—¿Me denunciará Lotta? —dijo Sara.

Martin la miró.

—¿Lotta? No creo que le importe mucho la ropa de marca.

—Pero si era lo único que le importaba.

—En el colegio puede, pero no en el instituto. En aquella época le iban las kufiyas palestinas.

—¿Lotta?

—Sí. Lotta la comunista.

—¿Comunista? ¿Lotta?

—Por Dios, claro. ¿Te perdiste esa etapa? Cambió totalmente en el instituto. Manifestaciones, boicots, panfletos y cosas así. Estaba solísima en clase, te lo puedo asegurar.

—Espera, espera. ¿Me estás diciendo que Lotta Broman, la *esnob* de la ropa, se hizo comunista?

—Sí. Se trasformó por completo, de la noche a la mañana. Después volvió a cambiar dos o tres años más tarde, pero pasó una temporada un tanto fanática. ¿No lo sabías?

Sara se sentía aún más grogui, si es que eso era posible. Le parecía una locura. Pero sí que era cierto que después de la mudanza no les siguió la pista a las hermanas.

—Pero yo creo que no llegó a dejarlo del todo —dijo Martin—. Recuerdo cuando cayó el Muro. Que no dejaba de decir que era culpa de los imperialistas. De los que odiaban la paz. Y con la reunificación de Alemania estaba desquiciada, porque podían condenar a los que trabajaron para la Stasi y no a los que trabajaron para la Stasi de Alemania Oriental, o como se llamara.

—BND.

—Dijo algo así como que no podía creerse que todas las cosas buenas de Alemania del Este desaparecieran sin más. Que vaya desperdicio.

—¿Lotta?

—Sí, fue bastante espantoso. Estaba completamente cambiada. De repente el asesinato de Palme también era cosa de Estados Unidos. No le había importado nada de nada cuando sucedió, pero con la caída del Muro todo era culpa de Estados Unidos y del capitalismo. Así que dejé de quedar con ella.

Lotta una fanática.

Una partidaria de la RDA.

Todo encajaba.

Lotta que ayudaba en el jardín, codo con codo con Stellan y Böhme.

Böhme que había enseñado, instruido, adoctrinado a Geiger.

Todas las grabaciones de Stellan con las chicas en el cobertizo.

Ober nunca había supervisado a Stellan, lo habían mantenido apartado gracias a las chicas.

Las mismas chicas que primero violaba y destrozaba, y después usaba como cebo para engañar a los políticos suecos y a la gente de poder.

Las chicas del instituto de Lotta y del vecindario.

¿Quién controlaba el mecanismo social del instituto?

Lotta.

Todas las horas que Ober había pasado instruyendo a Geiger, no las pasó enseñando a Stellan. Era Lotta. Y entonces Sara lo vio claro: ¿cuál era el verdadero motivo por el que quiso empezar a tocar el violín? Porque su ídolo, Lotta, lo tocaba.

Lotta la violinista.

Geiger.

54

SOLO MALIN TENÍA ojos para otra cosa. Sus Barbies. A sus catorce años era un poco mayor para jugar con ellas, pero sus padres se lo permitieron.

El resto de la familia se sentó delante de la televisión y vio cómo se desarrollaban los acontecimientos en silencio.

El Muro de Berlín caía. Alemanes del Este exaltados lo estaban haciendo pedazos con la ayuda de berlineses occidentales que estaban radiantes de alegría.

La gente se ayudó para subirse arriba y se puso a bailar encima del Muro al que hasta ese momento no se podían ni tan siquiera acercar sin arriesgarse a morir.

Los guardias fronterizos de la parte oriental se limitaban a observar con serenidad. El reportero hizo de intérprete de la sorpresa que sentía todo el mundo porque estuvieran permitiendo que eso sucediera.

Porque los guardias no estaban dispersando a las multitudes, no les estaban disparando.

En Hungría, habían retirado las barreras fronterizas durante el verano, pero en China habían reprimido brutalmente el levantamiento popular de la plaza de Tiananmén. Con tanques y muertes de los que luchaban por la libertad como resultado.

El muro anticapitalista se caía sin que nadie lo defendiera.

La traición conmocionó a Lotta. Al fin y al cabo, el Muro era para proteger a la RDA y a su gente. Sus amigos, los que había visto tantas veces en los viajes con su familia. Se había convertido en su amiga y con ellos había jugado, había practicado deporte, había hablado sobre política.

Lo único que querían era vivir en paz y trabajar para mejorar el mundo. Pero Estados Unidos y los capitalistas no se lo podían permitir. No podían permitir una alternativa al consumismo y al materialismo de Occidente. La gente no podía saber que había otras posibilidades, porque entonces quizá no aceptaran la esclavitud de la economía de mercado.

—Papá —dijo Lotta, casi suplicando.

—Sí —dijo Stellan. Nada más.

Hasta ahí llegaba su compromiso, su deseo por luchar por un mundo mejor, por la paz.

Que lo elogiaran y le dieran medallas le parecía muy bien. Pero contribuir él mismo no le interesaba tanto. No era ninguna casualidad que Ober la hubiera escogido a ella y no al padre, que la dejara hacerse cargo de recopilar material para chantajear a los poderosos y a los funcionarios en puestos clave. Ober vio su entrega y sus ganas de luchar. Él la había pulido, la había hecho practicar, la había entrenado.

El padre carecía de la lucidez y la convicción necesarias para la lucha. Pero los decadentes placeres occidentales a los que se dedicaba al menos le habían permitido a Lotta aprovecharse de todos los amigos y conocidos para su propósito. Para algo mucho mayor.

Si dejaba que Stellan pasara un rato con chicas del instituto, después ellas le eran de utilidad, descubrió Lotta. Y así desempeñó su misión incluso mejor que Ober. Consiguió reunir material que comprometía a buena parte de la Suecia oficial, logró que se tomaran decisiones políticas y empresariales que favorecían a la RDA y al socialismo en muchos asuntos. Igual que Stellan presumía de haber logrado que el Parlamento sueco reconociera a Alemania del Este como un Estado soberano. Aunque también era lo único que había logrado.

¿Y ahora? ¿Qué harían con todo ese material ahora?

Tenía que contactar con Abu Rasil para ver si podía ayudar de alguna forma. La lucha palestina no había cesado, aunque hubieran perdido un aliado muy importante con la RDA. La idea del socialismo no había muerto. Ella no se había rendido.

Un buen día, las campanas doblarían por el imperialismo.

55

HABÍA SIDO LOTTA todo el tiempo.

¿Desde cuándo?

¿La adolescencia? ¿Los diez o doce años? No, era imposible.

Su padre había sentado las bases para la RDA con su trabajo. Adulado, engañado, vanidoso. Luego llegó Lotta con su férrea personalidad, pulida por Ober, mientras que le permitían al monstruo de Stellan que continuara con sus abusos. Porque les proporcionaba material para chantajear a la gente adecuada, porque les proporcionaba su casa y sus contactos.

¿Porque era el padre de Lotta? ¿Le importaban a Lotta ese tipo de cosas?

Otra vez. No era más que una chica joven. Que había vendido a su país, que sacrificó a compañeras de su edad. Rechazó las elecciones del resto. Lo traicionó todo por una idea abstracta.

Una niña.

¿Cómo podían haberlo aceptado los alemanes del Este?

¿Sería que Ober simplemente les había mentido acerca de a quién había reclutado? ¿Habría presumido fingiendo que era Stellan? ¿O daba igual mientras Geiger cumpliera?

Sara pensó en Hanne Dlugosch, cuya madre trató de escapar de la RDA, pero acabó en la cárcel y murió. ¿Fue Lotta la que denunció a la madre y a la hija a las autoridades de Alemania del Este después de que Stellan hubiera comentado su situación en casa? ¿Tal vez Stellan sí que quería ayudarles, pero Lotta se le adelantó?

¿A cuántos más les habría destrozado la vida?

Sara lo veía todo con una nueva luz.

¿No había dicho Malin que fue Agneta la que descolgó el teléfono? Si Lotta era Geiger, los que llamaron se esperarían que contestara una mujer. Así que la operación siguió su curso.

No era de extrañar que los rollos de las grabaciones se hubieran desgastado de manera desigual. Habían estado guardados en lugares diferentes. Por la sencilla razón de que las grabaciones del cobertizo eran de Stellan y las del cuarto de invitados, de Geiger. Es decir, de Lotta.

Los había grabado a todos en el cuarto de invitados, había grabado a aquellos hombres poderosos que se aprovechaban de las chicas. Stellan solo se había grabado a sí mismo con ellas.

Lotta era la espía secreta, Stellan el tonto útil.

En lugar de denunciar a su padre por los abusos, le ayudó. Invitaba a las muchachas que le serían de utilidad una vez Stellan hubiera quebrantado su voluntad.

Un dúo venenoso.

Lotta debía de haber dejado sus grabaciones junto a las de Stellan para reforzar las sospechas contra su padre, para confirmar que él era Geiger. Para protegerse a sí misma.

Si Agneta había matado a Ober, ¿había matado también a Kellner y a Stellan? ¿Y por qué Stellan, si él no era Geiger?

Sara esperó a que Martin se marchara. Le dijo que estaba cansada y que quería dormir. Después esperó otros diez minutos, se vistió y se marchó corriendo.

Tomó un taxi delante de la entrada principal del hospital y dio la dirección de Lotta. Seguía aturdida por los analgésicos y la paliza tan brutal que le habían propinado, pero estaba decidida a confrontar a su amiga de la infancia y a llevarla ante la justicia.

Cuando estaban llegando, el taxi redujo la velocidad y Sara le dio su tarjeta al conductor. Mientras él le cobraba, vio que Lotta salía por la puerta y se iba en la otra dirección, hacia su coche.

¿A dónde se dirigía?

Sara le pidió al conductor que volviera a poner en marcha el taxímetro y que siguiera el coche de Lotta a cierta distancia. Debería haber llamado a Anna, por supuesto, y debería haber llamado a Martin para decirle que se había ido del hospital. Pero solo habrían intentado detenerla.

Giraron a la izquierda, atravesaron el barrio de Kungsholmen, y después enfilaron la calle que conducía hacia el Palacio de Drottningholm, en dirección a Bromma. A la altura del puente de Tranebergsbron Sara empezó a imaginar hacia dónde se dirigían. Tenía la sensación de que había algo en marcha. De que estaba a punto de suceder algo.

¿Iba Lotta a ver a Abu Rasil?

Sara llamó a Breuer, a pesar de la prohibición que le impedía involucrarse en la investigación. A pesar de que la habían suspendido.

—Stellan no era Geiger —dijo Sara en cuanto Breuer descolgó—. Era Lotta, su hija. Va de camino a Bromma. Creo que va a encontrarse con Abu Rasil.

—Vamos para allá —dijo la alemana antes de colgar.

Sara se sintió aliviada de que Breuer la hubiera creído enseguida. Debían darse prisa si querían detener a Abu Rasil. Y probablemente Breuer fuera consciente de ello.

¿Y Agneta?

¿Cuál era su papel en todo aquello? ¿Quién era realmente?

56

Por fin la Agneta adulta tenía su oportunidad de vengar al padre de la pequeña Lidiya.

Después de haberse pasado décadas esperando y observando, había ido encontrando grietas en la estructura del mal. Grietas que podía explotar, reforzar y ampliar. Y para entonces ya se había convertido en una fuente de confianza desde hacía mucho tiempo. Después de treinta y cinco años de fiel servicio al socialismo internacional. Una generación.

En Alemania del Este habían derribado el Muro de Berlín, y en la Unión Soviética el nuevo secretario general Mijaíl Gorbachov había comenzado a abrir el sistema soviético para que pudiera sobrevivir.

Los cambios y las adaptaciones equivalían siempre a cierta vulnerabilidad, eso lo sabía Agneta, que empezó a buscar los puntos débiles.

Gracias a su controlador, Yuri, Agneta supo que la oposición a Gorbachov estaba muy extendida dentro del KGB, incluso entre los altos cargos. El gigantesco aparato de poder estaba lleno de opiniones contradictorias. Y esas contradicciones eran algo que podía explotar.

No tardó mucho en identificar a las piezas clave. Había dos facciones, una a cada lado del secretario general. A un lado, Vladímir Kriuchkov, el jefe del KGB, y las fuerzas reaccionarias que lo rodeaban. Al otro, Borís Yeltsin, miembro del Sóviet Supremo y anterior líder del partido en Moscú, al que destituyó Gorbachov y al que obligaron a abandonar el Politburó porque pensaba que la perestroika avanzaba con demasiada lentitud. Yuri se dio cuenta de que Yeltsin estaba resentido y albergaba mucha sed de venganza. Aspiraba al puesto de presidente de la Federación de Rusia y en ese cargo podría resultar muy útil.

Cuando les llegó la noticia de que Mijaíl Gorbachov iba a visitar Suecia en junio de 1991, Agneta comprendió que por fin había llegado su oportunidad. Pidió comunicación directa con alguien del círculo de Yeltsin y Yuri la puso en contacto con Guennadi Burbulis, uno de los asesores más cercanos. Cuando quedó establecido el contacto, Agneta pudo concentrarse en su plan.

No le resultó difícil convencer a su vanidoso marido para que invitara al líder soviético a casa, a través de su viejo compañero de copas, el primer ministro. Vaya regreso triunfal a los focos. Una vez sembrada aquella semilla, Stellan se encargó de todo él solo.

Lo más conveniente era ofrecer a los distinguidos visitantes un ambiente relajado en un entorno privado. Pero como el palacio Sager aún no se había convertido en la vivienda del primer ministro e Ingvar Carlsson vivía en un sencillo adosado en Tyresö, la propuesta de cenar en casa de Stellan Broman tuvo muy buena acogida. Stellan vivía en una casa muy bonita y Moscú siempre había apreciado su compromiso con el movimiento pacifista, así que los asesores soviéticos aceptaron la propuesta.

Agneta se llevó a Lotta y Malin en un crucero a Leningrado y al Museo del Hermitage y, una vez allí, se quejó de que le dolían los pies y se sentó a descansar delante de la *Madonna Litta* de da Vinci. Mientras las hijas seguían recorriendo el enorme museo, Agneta pudo reunirse tranquilamente con Yuri, que le entregó el equipo que había pedido. Un equipo que no tendría problemas para introducir en el país, puesto que por aquel entonces aún la reconocían como la mujer de Tío Stellan por todas partes. Ningún agente de aduanas registraría las maletas de Agneta Broman.

Le dio tiempo de sobra de ocultar los micrófonos antes de la célebre visita. En el comedor, en la terraza y en el salón. Incluso en la sauna, por si acaso. Y durante la velada fue haciendo preguntas con tono desenfadado al presidente soviético hasta que sintió que tenía las respuestas que necesitaba. Todo perfectamente enmascarado por el discurso entusiasta de Stellan sobre el desarme y las zonas libres de armas nucleares.

Al día siguiente escuchó las grabaciones, seleccionó las partes que servían y escribió nuevas preguntas. Después llamó a Gunnar Granberg, un imitador que había triunfado en el programa de Stellan con parodias de políticos y famosos. Agneta le confió que estaba preparando en secreto una sorpresa para el cumpleaños de Stellan y le preguntó si podía echarle una mano con una imitación. ¿Sería posible grabarlo mientras imitaba a Ingvar Carlsson, el primer ministro, hablando en inglés? Por supuesto que sí. Lo que sea por Tío Stellan. Cuando Carlsson perdió las elecciones un tiempo después, Agneta pudo comunicarle a Granberg que ese era el motivo por el que no había utilizado la grabación.

En realidad, había recortado las preguntas de la imitación de Ingvar Carlsson que había hecho Granberg con ayuda del equipo que le había dado Yuri y les había añadido las respuestas reales de Gorbachov. Al principió incluyó algunas frases introductorias pronunciadas por el verdadero Carlsson, por si los receptores quisieran hacer algún tipo de prueba de reconocimiento de voz. Pero después construyó su propia historia.

Sustituyó su pregunta a Gorbachov que decía «¿Has abandonado a Lenin y Stalin?» por una frase de Carlsson: «Kriuchkov y el KGB se oponen con fuerza a vosotros». Y la combinó con la respuesta de Gorbachov sobre los antiguos líderes: «Ya han hecho lo que tenían que hacer, pertenecen a otra era. Tenemos que avanzar. Construir la nueva Unión Soviética. Sin ellos».

Al cabo de un par de días, Agneta tenía una conversación sensacional entre el primer ministro sueco y el presidente de la Unión Soviética. Con el pretexto de visitar a familiares inexistentes en Norrland, Agneta voló a Helsinki. Allí vio a Yuri, al que le entregó la cinta con el diálogo falso para que se lo pasara a los altos mandos de la organización, con la máxima prioridad. Yuri era un tradicionalista y, al igual que sus jefes, llevaba mucho tiempo queriendo que derrocaran al reformista de Gorbachov, así que aceptó agradecido la oportunidad.

Tal y como había previsto, la grabación causó un revuelo entre los opositores del gobierno y del KGB. Oyeron por sí mismos que los iban a eliminar, y en la Unión Soviética los que estaban en el poder conocían perfectamente lo que significaba la palabra purga.

Cuando a Agneta le contaron las reacciones, volvió a contactar con Burbulis, el asesor de Yeltsin, a espaldas de Yuri, y le contó que a Gorbachov lo habían amenazado opositores dentro del KGB y el partido. Era una oportunidad perfecta para apoyar al presidente y sacar adelante más reformas como las que quería Yeltsin.

En julio, Gorbachov y Yeltsin habían firmado un acuerdo para aumentar las reformas.

Lo que, a ojos de los opositores, era la prueba definitiva de que Gorbachov estaba vendiendo la Unión Soviética y de que sus días en la cúspide estaban contados.

Tenía que actuar pronto, y en agosto llegó la oportunidad.

Satisfecho por contar a Yeltsin entre sus aliados, Gorbachov viajó a su dacha en Crimea para descansar. Los conspiradores aprovecharon para ponerlo bajo arresto domiciliario e informar a la gente que lo habían depuesto. Una junta de nueve personas se hizo con el poder, dirigida por Valentín Pávlov, primer ministro, Dimitri Yázov, ministro de Defensa, y el jefe del KGB, Vladímir Kriuchkov.

El grupo actuó presa del pánico, basándose en la información de la ilegal Desirée y de la impía alianza entre Yeltsin y Gorbachov, antiguos enemigos.

El golpe demostró claramente quién pertenecía al lado opositor y quería preservar la antigua Unión Soviética. Algo que a Desirée le vino muy bien.

Mientras que Yuri estaba ocupado con los golpistas, Agneta retomó el contacto con Burbulis. Le desveló que la grabación con Gorbachov era falsa y con esa baza Burbulis accedió a persuadir a Yeltsin para que reaccionara.

Y el vengativo Yeltsin vio enseguida las oportunidades que se le presentaban. También los riesgos, pero hizo caso omiso de ellos.

Al salir a la calle durante el golpe, subirse a un tanque e instar a los soldados a que dejaran las armas, Yeltsin se convirtió en un hombre del pueblo. Una vez tuvo a los militares de su lado y luego pudo demostrar que la grabación de Gorbachov era falsa, consiguió que los golpistas dieran marcha atrás. Y así tenía ya media batalla ganada.

Con el arresto de Gorbachov, Bush, el presidente de Estados Unidos, no tuvo más remedio que apoyar a Yeltsin para evitar un regreso a la Guerra Fría. Para no arriesgarse a, según dijo, «el caos yugoslavo» en una superpotencia con armas nucleares.

Yuri también fue muy rápido en cambiar de bando y le mostró a Yeltsin todo su apoyo, pero se dio cuenta de que Desirée lo había engañado y pronto le quedó claro a todo el mundo que el golpe había fracasado.

Gorbachov, al que habían liberado y le habían cortado las alas, era incapaz de plantarle cara a Yeltsin, el nuevo hombre en el poder.

Como la información de Desirée había sido hasta el momento provechosa, Burbulis le aconsejó a Yeltsin que siguiera escuchándola. Y como Agneta sabía gracias a Yuri que Ucrania y Bielorrusia querían independizarse, propuso un encuentro secreto con los presidentes de los dos países, Leonid Kravchuk y Stanislav Shushkiévich, y Yeltsin, de modo que después solo tendrían que presentarle a Gorbachov y a la Unión Soviética un hecho consumado.

Los tres se reunieron en absoluto secreto en una cabaña de caza en el parque nacional Belovézhskaya Pushcha, en Bielorrusia, donde firmaron un documento que proclamaba la disolución de la Unión Soviética y su sustitución por la Comunidad de Estados Independientes. Gorbachov declaró que aquello era un golpe de Estado ilegal, pero no pudo detenerlo y al cabo de unas semanas dimitió.

Yuri estaba furioso por la caída de la Unión Soviética y consideraba a Agneta responsable. Pero como nuevo partidario de Yeltsin, no podía hacer nada. Ni siquiera protestó cuando Yeltsin creó la medalla al Héroe de la Federación de Rusia como el mayor reconocimiento del país y se la concedió a Desirée en agradecimiento por su ayuda.

Había aplastado al partido que había matado a su padre, el país que le había destrozado la vida ya no existía. El mal había sido derrotado.

Era como de cuento. Una niña sola había derrotado al monstruo.

Después de la victoria, Agneta se había asignado una nueva misión. Una para toda la vida y que asumió con la mayor de las entregas. Pero cuando el teléfono sonó aquel lunes, vio peligrar todo.

Su última batalla sería asegurarle el futuro a los que más quería.

Y ya había llegado la hora.

Estaba lista.

Tenía delante pastillas de todos los colores del arcoíris. Quizá fueran las últimas. La warfarina anticoagulante de color azul, el lercanidipino de color amarillo para la tensión, el betabloqueante atenolol y la atorvastatina para el corazón. Si sucumbía, que al menos no fuera su propio cuerpo el que la aniquilara.

Se las tragó todas con un vaso de agua y luego se dirigió a la puerta. Se detuvo a pensar qué pasaría con CM si ella no regresaba.

Buscó rápidamente papel y bolígrafo y escribió «Ayuda». Lo pegó en la puerta de entrada, que dejó abierta. Para cuando el repartidor de periódicos, el basurero o un testigo de Jehová viera aquello, los acontecimientos de la noche ya habrían terminado.

Agneta se sorprendió de lo blanda que se había vuelto. ¿Sería la edad?

Se dirigió a su casa. Si es que alguna vez fue realmente suya.

Allí estaba.

Lotta.

Tal y como Agneta se temía. La lealtad de su hija superaba incluso la suya.

Lotta levantó la vista, pero no parecía sorprendida.

—Mamá —fue todo lo que dijo.

—Tienes que irte —dijo Agneta.

—¿Dónde has estado? —preguntó Lotta.

Hizo un gesto en dirección a la casa del vecino.

—¿En casa de CM? —dijo Lotta—. ¿Todo el tiempo?

—Unos días.

Miró a su alrededor. No contaba con mucho tiempo.

—Tienes que marcharte —ordenó Agneta—. Piensa en los niños.

—Necesito saber una cosa.

—¿Qué?

—¿Quién le disparó a papá?

—Yo.

—¿Por qué?

—Para protegeros a ti y a tu hermana. Y a vuestros hijos.

—¿De qué?

—De esto. De Geiger.

—¿Qué quieres decir?

384

—Deja que papá sea Geiger.

—¿Qué sabes de Geiger? ¿Y cómo lo sabes?

—Siempre lo he sabido. Mi misión era vigilarte. La Stasi nunca llegó a darse cuenta de que Ober mentía sobre a quién había reclutado, pero nosotros sí lo sabíamos. Lo permitimos mientras obtuvieras resultados.

—¿«Nosotros»? ¿Eres del KGB?

Lotta se resistía a lo que todo eso significaba para su visión del mundo, pero en el fondo sabía que era cierto.

—Ya no. Ahora solo soy abuela. Y quiero que tú seas una madre y nada más. Vete de aquí. Ahora. Antes de que sea demasiado tarde.

—¿Sabes por qué estoy aquí?

—Sí. Sé con quién vas a reunirte. Y sé por qué. Pero si sigues con esto, no hay vuelta atrás.

—Esa es la intención. Ayúdame. Si también estás comprometida con la causa, debes de creer en las mismas cosas que yo.

—Siempre he tenido mis propias convicciones.

—Tenemos la oportunidad de arreglar las cosas. De corregir el curso de la historia. —Como Agneta no contestaba, Lotta prosiguió—: Mira cómo está el mundo. Las grietas, las injusticias. El dinero lo mueve todo. Hombres perversos que se autoproclaman dictadores en Hungría, Turquía, Polonia, Estados Unidos. Podemos detenerlo. Crear un nuevo mundo. Demoler las ruinas y expulsar a los depredadores, hacerle sitio a algo fantástico que ocupe su lugar.

SARA SE BAJÓ del taxi a unas cuantas casas de distancia de la de los Broman, entró a hurtadillas en la parcela más cercana y avanzó atajando por los jardines. Pronto apareció la casa blanca delante de ella. La noche estival era clara, con lo que la oscuridad no la protegería mucho, así que esperaba que nadie la viera justo cuando estaba pasando.

Llegó a la parte trasera de la casa de los Broman, recorrió la fachada y el jardín con la mirada.

Vacía.

Se aproximó sigilosamente a la casa describiendo un amplio círculo. Cuando se acercaba a la parte delantera, vio a Lotta con una mujer mayor de pelo cano y muy corto.

Continuó observándolas, y al cabo de un minuto se dio cuenta de que estaba mirando a Agneta. Con el pelo corto, sin maquillaje y un lenguaje corporal totalmente distinto.

Pero era ella.

Le llevó un rato asimilarlo.

Agneta, viva.

Y junto a Lotta.

Dos de sus ídolos de la infancia que ahora se desvelaban como espías para países extranjeros.

Sara esperó, sin saber qué hacer, pero se dio cuenta de que no podía dejar que se escaparan. Tenía que retenerlas de alguna forma. Salió de la penumbra y fue directa hacia las dos mujeres.

—Agneta —fue lo primero que dijo.

No sabía qué tipo de reacción esperaba, pero cuando las dos mujeres se dieron la vuelta, no parecían nada sorprendidas. Agneta tenía la cara totalmente inexpresiva, y a Lotta se la veía sobre todo irritada.

—Sara, querida —dijo Agneta—. No puedes estar aquí.

Sara se alegró de que estuviera viva, se dio cuenta en ese momento. Agneta había sido de alguna forma una figura materna para ella. Pero también creía lo que Breuer y Kozlov le habían contado. De modo que le resultaba difícil saber cómo actuar.

Así que se dirigió a Lotta.

—Lo sé. Lo sé todo.

Por primera vez en su vida estaba en una posición ventajosa con respecto a su antigua amiga.

Lotta miró a Sara sin decir nada.

—Tú eres Geiger —prosiguió—. Todas las chicas que violaron en el cuarto de invitados, todas las grabaciones para chantajear. Te aprovechabas de las niñas de las que abusaba Stellan para presionar a la gente. Tú lo organizabas todo. Y Joachim fue el que te enseñó.

—Sí —respondió Lotta, que no parecía sorprendida en absoluto—. Él empezó y yo me hice cargo después.

—Sara, vete de aquí —dijo Agneta—. No sabes nada de cómo funciona esto.

—Stay put —dijo Sara mirándola a los ojos—. El equivalente soviético. Sigue activo. Pero no sé si estás tratando de detenerlo o de llevarlo a cabo. Eres una ilegal.

—No, ya no. Desde que cayó el Muro. Ahora solo soy una abuela.

—¿Qué quieres decir?

—Sara, voy a terminar con todo esto. Voy a enterrar el secreto de mi hija. Sus hijos no tienen que ver cómo les destrozan la vida por las decisiones que han tomado otros, como Lotta y yo.

Sara intentó decidir si Agneta decía la verdad. ¿Había abandonado sus antiguas convicciones? Pero ¿por qué había ejecutado a cuatro personas?

—Mis nietos no van a tener que crecer y enterarse de que son hijos de una espía —dijo Agneta.

—¿Por eso le disparaste a Stellan? ¿Para que todo el mundo pensara que él era Geiger?

—Sí. Y por todas las cosas horribles que hizo. Me prohibieron que interviniera. Y aunque no pudiera deshacer todos los horrores que cometió, al menos sí que podía vengar a las chicas con aquel disparo.

Sara apenas la reconocía. La Agneta dócil y complaciente de su infancia había desaparecido. La mujer que tenía delante era otra persona.

Desirée.

—Si no hubieran activado la red, no habría necesitado hacer limpieza, pero ahora me he visto obligada —prosiguió Agneta—. Cuando pasó lo peor que podía pasar y se produjo la llamada, no dudé ni un segundo. Lo único que me importa son mis nietos. El resto de cosas son insignificantes. Y me temo que te has interpuesto en mi camino, querida Sara.

Sin que Sara se hubiera percatado, Agneta había sacado una pistola con la que le apuntaba.

Se llevó la mano a la funda instintivamente, pero recordó que no la llevaba. Tampoco la pistola, puesto que ahora formaba parte de una investigación de intento de asesinato contra ella misma.

Sara miró a Agneta y a Lotta.

—¿Sabéis de verdad lo que estáis haciendo?

—No deberías haber venido —dijo Agneta.

—¿Entendéis lo que va a pasar? ¿Sabéis cuántas personas van a morir?

—Nunca has sido capaz de ver las cosas con más perspectiva —dijo Lotta.

—Han pasado treinta años desde que cayó el Muro. Tienes una vida diferente. Tienes hijos.

—Y en ellos es en quienes pienso. No tendrán que crecer bajo la tiranía del comercialismo. No se puede salvar un edificio podrido. A veces hay que derribar las cosas para poder construir otras mejores.

—Somos hermanas.

Qué raro le parecía pronunciar aquellas palabras.

Sara miró a Agneta.

—Tú debías de saberlo. Verías a mi madre con la barriga cada vez más grande y seguro que te diste cuenta de quién era el padre. ¿Dijiste algo? ¿Hiciste algo?

Sin respuesta.

—¡Mi madre tenía dieciséis años!

—Hay quien acabó mucho peor durante esa época —contestó Agneta.

—No puedes hacer esto. Eres como mi segunda madre. No puedes dispararme —dijo Sara implorante.

—Fui capaz de dispararle a mi marido —respondió Agneta sin emoción en la voz—. Hay valores más importantes.

Sara miró a Lotta.

—¡Lotta, tenemos el mismo padre!

—¿Por qué crees que siempre te he detestado? —respondió ella con asco.

Aquello le sentó como una patada en el estómago y Sara supo automáticamente que era cierto. Se volvió hacia Agneta.

—¡No puedes permitir que detone las bombas!

—Ya veremos. Pero me temo que de todas formas tú tienes que desaparecer.

Agneta se acercó más y alzó la mano de modo que el cañón de la pistola le apuntara directamente a la frente. Solo necesitó una fracción de segundo para darse cuenta de que iba en serio. Pero le pareció una eternidad.

Y después una oleada de imágenes le vino a la cabeza.

Ebba. Olle. Martin. Sus colegas. Anna. Jane.

Nunca volvería a verlos.

¿Llegarían a saber lo que había ocurrido?

¿Qué harían con su cadáver? ¿Dejaría Agneta a Sara tirada delante de la casa hasta que alguien la encontrara o simplemente haría desaparecer el cadáver?

¿Cómo reaccionaría Martin cuando se enterara de que Sara había buscado a su verdugo y que así había privado a sus hijos de tener una madre? ¿O quizá nunca descubriera lo que le había pasado?

Como a cámara lenta, a Sara le pareció ver que Agneta rodeaba el gatillo con el dedo. No se vislumbraba una sombra de duda en su mirada. Sara no era más que un obstáculo en el camino. Un detalle técnico.

¿Así iba a terminar todo?

Unos pasos rápidos, no oyó otra cosa. Después Agneta se desplomó en el suelo con un grito.

Strauss se puso de pie sorprendentemente rápido y se hizo con el arma. Solo le había hecho un placaje, con una rapidez asombrosa teniendo en cuenta su peso corporal. Y ahora le apuntaba con la pistola mientras Breuer aparecía entre las sombras. Con un chaleco antibalas, una Glock en la mano y un Heckler & Koch MP5 al hombro.

Sara le dio las gracias a su Dios inexistente por haber llamado a los alemanes. Breuer miró primero a Agneta, después a Sara y luego a Lotta.

—Los códigos —fue todo lo que dijo.

Lotta la miró inexpresiva, después se giró y se acercó al principio del jardín. Con ayuda de una palanca que había apoyada en un manzano le dio la vuelta a la primera de las baldosas que conducían al cobertizo.

En el reverso se veía algo grabado en la piedra. «F473B12.»

—Hay un código debajo de cada piedra —dijo Lotta.

Breuer asintió, levantó la pistola y le disparó a Strauss en la nuca. Se derrumbó en el suelo con un golpe sordo, como un bisonte abatido.

Por un instante el mundo se detuvo y Sara trató de comprender lo que había pasado.

Breuer le había disparado a Strauss.

Lotta no parecía nada sorprendida.

Solo había una explicación.

Una explicación imposible que, al mismo tiempo, era la única posible.

—Abu Rasil —fue todo lo que pudo decir Sara.

Breuer sonrió.

—En un mundo dominado por los hombres, el mejor disfraz es ser mujer. Siempre he dicho que sé exactamente cómo piensa Abu Rasil.

—Entonces mi misión va a terminar pronto —dijo Agneta poniéndose de pie. Breuer la miró. Le llevó un momento reconocer a la Agneta transformada.

—Agneta Broman —dijo antes de pararse a buscar entre los recuerdos—. ¿Desirée?

Agneta asintió.

—Nos hemos visto antes —dijo Breuer.

—Un par de veces —respondió Agneta—. Y aunque tengan treinta años, mis instrucciones son que debo ayudarte.

—Bien, mamá —dijo Lotta—. Estamos muy cerca.

Breuer se volvió hacia Sara.

—Bueno, Sara la testaruda. Si no hubieras llamado, podría haber venido sin Strauss. Llevas su vida sobre tu conciencia.

Breuer alzó el arma para dispararle.

—Espera —dijo Agneta haciendo un gesto hacia la casa de los vecinos, donde se había encendido una luz en una de las ventanas—. No dispares ahora.

Breuer bajó el arma. Sara no estaba segura, ¿estaba Agneta intentando ayudarle o estaba siendo cautelosa de verdad?

—Tenemos que enviar los códigos —dijo Lotta.

—*Genau.*

Breuer miró de reojo la luz encendida en la ventana de los vecinos, mantuvo el arma apuntando a Sara y con la otra mano sacó el móvil, le hizo una foto al primer código y envió la imagen.

Le costaba creerlo, después de tantos años.

Los códigos estaban bajo sus pies.

Su plan de pensiones.

Su casa en las Antillas.

Pero, sobre todo, su venganza contra todos los que alguna vez habían aplastado sus sueños de construir un mundo mejor, los poderes victoriosos que habían escupido en su compromiso y la habían humillado a ella y a todos sus camaradas de lucha.

Ahora se alegraba de no haberse rendido nunca y de haber continuado como *freelance*, o como quisieran llamarlo.

Todos los años de espera habían dado sus frutos.

Agradeció que hubiera más como ella. No solo Geiger, sino también Desirée, aunque no hubiera contado con su ayuda.

Nunca le habían dado acceso a los códigos, puesto que su pagador no quería arriesgarse a que los anotara o se los aprendiera de memoria.

Por eso los habían guardado en Suecia, en un barrio residencial de gente adinerada. Una copia analógica en el entorno más seguro posible. Con dos perros guardianes, Geiger y Desirée. Y había tenido que esperar paciente a la señal de su pagador de que estaban listos para la entrega antes de ponerse en contacto con Geiger. Tuvo que fingir que perseguía a Abu Rasil en Estocolmo para estar preparada, lo que le había vuelto a proporcionar una coartada perfecta. La adversaria más tenaz de Abu Rail, siempre pisándole los talones, pero derrotada una vez más por el legendario terrorista.

Lotta le dio la vuelta a la siguiente. «HX329K1.»

Grabado en la piedra. Breuer no se lo habría podido imaginar.

Sacó otra foto y la mandó.

Doce baldosas, doce códigos, doce pasos hacia el infierno.

—Joa y yo éramos los únicos que lo sabíamos —dijo Lotta.

Orgullosa.

La identidad real de Breuer había dejado a Sara conmocionada, pero ya había vuelto en sí.

Y se había dado cuenta de que no podía quedarse allí mirando. Viendo el principio del fin del mundo.

Cuando Breuer se agachó para sacarle una foto a la tercera baldosa, vio una oportunidad. Pensó en las dos armas de la alemana mientras salía corriendo, pero solo necesitaba escapar.

Pedir ayuda, encontrar algo con lo que defenderse.

Corrió más rápido que nunca.

Alejándose de Breuer y las Broman.

Hacia la calle.

A pesar de que le dolía el cuerpo de la paliza que había recibido. Obvió el dolor.

Pero no le dio tiempo a avanzar muchos pasos antes de oír el sonido de un tiro que alcanzó un árbol, a apenas unos centímetros de ella.

Breuer le habría disparado en cuanto pudo y no le habría dado tiempo a apuntar bien. La próxima vez seguro que no fallaba.

Y no tardaría mucho.

Su única opción era el cobertizo.

Sara abrió la puerta de un tirón, se metió y giró la llave que había por dentro. Y en ese preciso instante se oyó otro tiro y una bala perforó la puerta e impactó en la pared del fondo.

Breuer se acercó y tocó la puerta.

Cerrada.

El cobertizo era robusto. No tenía tiempo de ponerse a forzar la puerta. Debía enviar los códigos. Cuando informó de que se reuniría con Geiger puso todo en marcha, y ahora no tenía tiempo que perder. Había demasiado en juego como para arriesgarse.

Con su manejable pero letal MP5 disparó contra el cobertizo describiendo una cruz, para dejarle a Sara el menor espacio posible para esconderse. Daba igual que la oyeran. Podía sacar su placa policial si aparecía alguien.

Vació el primer cargador, puso rápidamente el segundo y continuó.

Un ángel de la muerte de color blanco.

Dentro del cobertizo, Sara se echó al suelo, levantó la vieja carretilla y se acurrucó tras ella.

El fuego automático no cesaba. Unas balas alcanzaron la carretilla y le hicieron unas abolladuras considerables. A pesar de que las balas ya habían atravesado la gruesa pared de madera.

El metal no aguantaría mucho más, y Sara buscó con la mirada algo con lo que protegerse.

Pero la interrumpió un fragor aterciopelado. Una de las balas había impactado en el bidón de gasolina que había dejado allí antes. Por suerte no estaba lleno, de lo contrario habría explotado.

El bidón empezó a arder y un olor infernal a gasolina y humo se extendió por el cobertizo. La pared frontal se incendió como con un ladrido. Y las laterales. Y la posterior.

Las paredes que Sara había rociado con gasolina.

Estaba atrapada en una trampa de fuego que ella misma había tendido.

El calor era ya muy intenso, como cuando abres la puerta del horno con la cara justo encima de la abertura. Un dolor punzante que hacía que te apartaras instintivamente.

Pero no tenía dónde apartarse.

Los disparos habían cesado y Sara corrió hacia la pared donde estaban colgadas las herramientas. También estaba sumida en llamas, pero con ayuda de un rastrillo logró sacar un hacha de su sitio.

No podía salir por la puerta. Allí la esperaba Breuer.

Empezó a darle hachazos a la pared por donde menos se había extendido el fuego.

Pero las tablas eran robustas y las paredes, gruesas. Stellan quería que mantuvieran el calor incluso en invierno.

Probó con el suelo, pero se encontró con lo mismo. Tablones gruesos, resistentes a los que apenas conseguía hacerle una mella.

Ya no podía respirar. Le rezó a Dios, al diablo, a Buda, a Alá y a todos los fantasmas de Anna para que la salvaran. Se agachó y se cubrió la cabeza con los brazos para protegerse del calor. Presa del pánico se echaba a un lado y al otro, pero el calor era igual en todas partes. Igual de infernal.

Gritó de dolor y de miedo.

La muerte la rodeaba y pronto la derrotaría. La aniquilaría. No tenía dónde huir.

Le ardían los pulmones, el calor le quemaba la piel como si la estuvieran despellejando. El hedor acre a pelo quemado se mezclaba con los vapores de la gasolina y el humo.

No le quedaba esperanza.

Se perdería la graduación de Olle. Nunca daría un discurso en la boda de Ebba. Nunca conocería a sus nietos.

Se arrodilló y miró a su alrededor una última vez.

Puerta, techo, suelo, paredes.

Ventana.

La ventana que habían tapado.

Sara se levantó, volvió a por el hacha y se lanzó contra la pared del fondo. Rugió de dolor al adentrarse en las llamas y clavar la herramienta en los tablones de aglomerado que habían fijado encima de la ventana trasera.

Y los tablones cedieron a la primera.

Arrancó los pedazos resquebrajados, partió el cristal con el hacha y saltó por la abertura mientras gritaba. Un grito primitivo, desesperado.

El arbusto que había tras el cobertizo no amortiguó demasiado la caída. Aterrizó con fuerza contra el suelo, se golpeó el hombro de tal forma que se le quedó dormido el brazo y se puso a rodar aterrorizada para apagar el fuego que le ardía en la ropa.

Se llenó los pulmones de aire fresco.

De aquella brisa estival que le insuflaba vida.

Desde la parte delantera, Breuer oyó que los gritos de Sara se apagaban a medida que las llamas se tragaban el cobertizo. Se volvió hacia Lotta.

—Los códigos. ¿Cuál es el siguiente?

—Piensa en Leo y Sixten —dijo Agneta en voz baja para que Breuer no la oyera—. Eres su madre.

Lotta se detuvo. Parecía que, más que pensar en sus hijos, estaba haciendo un cálculo matemático.

Las llamas del cobertizo iluminaban la escena con un resplandor vacilante, amarillo cálido, que bailaba sobre el césped y los arbustos.

Agneta miró a su hija. La madre de Leo y Sixten.

Que anteponía una lucha que llevaba mucho tiempo muerta a sus hijos y a los de su hermana. Una venganza descomunal y tardía por la caída de un imperio perverso, en lugar de un futuro inmaculado para sus hijos. Para los nietos de Agneta.

—¡Los códigos! —gritó Breuer, y Lotta volvió a levantar la palanca.

Las súplicas de Agneta no habían surtido efecto.

En algún lugar había alguien metiendo los códigos en un sistema de lanzamiento que pronto se cobraría la vida de decenas de miles de europeos y, a largo plazo, la de cientos de miles.

Hundir toda la Unión Europea.

Para cambiar para siempre el equilibrio de poder en el mundo.

Asegurar la victoria de las fuerzas represivas.

El mismo tipo de sistema que a Lidiya le había arrebatado a su padre, le iba a arrebatar a Agneta sus nietos.

¿Todo lo que había hecho había sido en balde? Tantos años en estado de alerta. Todos los preparativos y todo el trabajo cuando llegó la llamada. Todas las muertes posteriores. ¿Sería para nada?

¿Estaba realmente dispuesta a permitirle a Breuer que consiguiera tener a Lotta de su lado? ¿Si el precio era la familia de Agneta y la infancia de sus nietos?

No.

Le había hecho creer a Breuer que seguía siendo fiel a su misión. Tenía que aprovecharlo y no le quedaba tiempo.

Todo lo sigilosamente que pudo, sacó su Cold Steel y lo mantuvo oculto tras el muslo mientras se acercaba a Breuer.

Al tiempo que la mujer de pelo blanco se volvía hacia ella, Agneta dirigió la punta del cuchillo al diafragma y la apuñaló. La idea era clavárselo profundamente y después desgarrar todo cuanto pudiera, pero Breuer reaccionó rápido a pesar de su edad y se escapó.

—¡No! —gritó Lotta cuando vio lo que estaba ocurriendo.

El cuchillo se hundió en el costado de la alemana, pero no consiguió neutralizarla.

Al llevarse la mano automáticamente a la herida, soltó el arma. Miró a su alrededor y salió corriendo hacia la casa blanca. Agneta recuperó el MP5 y la siguió. Lotta se quedó perpleja unos instantes junto a las baldosas, pero enseguida fue tras ellas.

—¡Mamá! —gritó, suplicando y reprochando a un tiempo.

Breuer rodeó la esquina de la casa y Agneta alzó el arma pensando que la alemana sería una presa fácil en aquel tramo del lateral.

Pero Breuer se había detenido en seco, se había pegado a la pared y había sacado la pistola. Cuando Agneta dobló la esquina, Breuer le dio dos tiros rápidos en el pecho y uno en la cabeza.

Cayó al suelo justo cuando Lotta las alcanzó. Sin articular palabra, la hija presenció la agonía de su madre.

Agneta se palpó el bolsillo en busca del objeto que había traído consigo, el arma secreta que le ayudaría a ganar la batalla.

Al ver que se movía, Breuer volvió a levantar el arma.

Con un último esfuerzo, Agneta sacó lo que había llevado encima desde que se produjo la llamada a Geiger, y se vio obligada a convertirse otra vez en Desirée.

Breuer estaba a punto de apretar el gatillo, pero se detuvo cuando vio lo que Agneta tenía en la mano.

Un muñeco amarillo de trapo en forma de plátano con la boca roja.

Agneta cerró los ojos y el muñeco se le cayó de la mano.

Cuando Breuer confirmó que su adversaria estaba fuera de juego, se dirigió a Lotta.

—Los códigos.

Lotta se quedó inmóvil, mirando a Agneta y a Breuer, como si tratara de procesar el desarrollo de los acontecimientos. Pero entonces comenzó a moverse hacia el sendero que conducía al jardín. Tras unos pasos, Breuer la detuvo con un gesto y se llevó un dedo a los labios para que guardara silencio.

Escucharon atentas.

Y oyeron un ruido que provenía del jardín.

Pasos rápidos en dirección al agua.

Breuer se dirigió enseguida hacia el ruido.

A Lotta le llevó un instante tomar la misma decisión.

Sara estaba saliendo hacia el muelle cuando oyó pasos a su espalda. Corrió tan rápido como pudo hasta el borde y lanzó la pesada baldosa.

El ruido que hizo la losa al caer al agua sonó como un disparo. Esperaba poder tirarla sin que Breuer y Lotta se dieran cuenta. Para que despareciera sin dejar rastro.

Al menos había conseguido mover otra de las baldosas, así que ahora Breuer no podría saber en qué orden estaban las últimas, aunque a Sara solo le hubiera dado tiempo a hundir una de ellas.

Breuer levantó la mano mientras corría. Como si la estuviera señalando, y Sara se desplomó antes de que le diera tiempo a registrar el disparo amortiguado. No sintió dolor cuando la bala le penetró el cuerpo.

Se dio la vuelta y cayó de espaldas, y vio a Breuer avanzando por el muelle aún con la pistola en alto.

La bala le había impactado en el hombro.

Era un buen tiro para haberlo hecho desde tanta distancia mientras corría. Todavía no le había empezado a doler, pero la herida la había paralizado entera.

Sara estaba tendida en el muelle, irritada porque no podía pensar con claridad. Cerró los ojos y al volver a abrirlos vio a Breuer allí mismo. Inclinada sobre ella.

—Ha tirado una al agua —le dijo a Lotta, que apareció tras la alemana.

—Voy a recuperarla —respondió Lotta antes de saltar al agua.

El sonido del chapoteo cuando saltó le recordó a Sara al lanzamiento de bocatas de su infancia. Qué suerte que le hubiera podido pedir perdón a Jane, pensó. Pero qué lástima que no pudieran hablar más sobre la vida que habían compartido. Pronto terminaría todo. Si no se le ocurría algo rápido.

Lotta se pasó un buen rato buscando en el agua, se fue sumergiendo en varios puntos e iba avanzando a tientas. Luego tuvo que hacer un esfuerzo para que no se le escapara la pesada baldosa y conseguir subirla al muelle.

—¿En qué orden iba?

—Ni idea —respondió Lotta, y Breuer miró a Sara.

—¿Cuál es el orden?

Al ver que Sara no respondía, Breuer le disparó justo al lado. Con la detonación le pitaron los oídos.

Sabía que iba a morir si permanecía en el muelle. Y solo podía escapar en una dirección.

Señaló la baldosa, como si fuera a decir algo. Eso hizo que Breuer mirara en aquella dirección por puro reflejo.

Sara rodó por el borde hacia el agua a toda velocidad.

El agua oscura y cálida.

Era la primera vez que se bañaba en el muelle, le dio tiempo a pensar mientras se hundía hacia el fondo. Desde arriba, Breuer vació el cargador entero en el agua apuntando a las burbujas.

Cuando se le terminaron las balas y dejaron de subir burbujas a la superficie, se volvió hacia Lotta.

—¿Estás segura de que no te sabes el orden?

Lotta asintió y Breuer se paró a pensar.

El tiempo era limitado y no había contado con ese obstáculo. Pero si no enviaba nada entonces la derrota se materializaría.

Sacó el móvil y le hizo una foto a la baldosa que habían recuperado. Después volvió al camino del cobertizo con Lotta detrás. Fotografió el resto de baldosas por turnos y mandó las imágenes.

El fin estaba cada vez más cerca.

La venganza.

El castigo.

Al final solo quedaban las dos baldosas que Sara había cambiado de sitio.

Cincuenta por ciento de probabilidad.

Eligió una al azar y comenzó a escribir el código en el recuadro del mensaje.

Tras ella, el fuego que se acercaba a la casa a través de los árboles y los arbustos formaba un dramático telón de fondo.

El cobertizo estaba sumido en llamas y pronto quedaría carbonizado. El fuego tenía un nuevo objetivo. Tenía que estar en continuo movimiento.

Las llamas lamían la fachada de la casa blanca y desde la distancia se oía el sonido de sirenas. Pronto terminaría todo.

—Ya vienen —dijo Breuer.

Lotta miró hacia el lugar del que provenía el sonido y, cuando se volvió, Breuer le estaba apuntando con la pistola.

—Te puedo ayudar —dijo Lotta con pánico en la voz—. Voy a formar parte del gobierno.

—No necesito ayuda —respondió la alemana—. Estoy jubilada.

—Pero ¿no es este el comienzo? —dijo Lotta—. ¡Vamos a reconstruir el mundo!

—No —dijo Breuer—. Esto no es el comienzo, es el final. No es nada personal.

Después sonrió y apretó el gatillo.

En ese instante, el brazo de Breuer se elevó en el aire y la bala salió disparada hacia el cielo.

Y al mismo tiempo le estalló la cabeza.

El líquido de color rojo oscuro salpicó a varios metros en todas direcciones. El césped, las baldosas, Lotta.

Y cuando el cuerpo de Breuer cayó al suelo, Sara apareció detrás.

Sin aliento y empapada después del baño, y con un rifle Fabbri carísimo en las manos.

Uno que el mismísimo rey Carlos Gustavo había empuñado.

—Me he pasado por casa de CM —dijo.

Y la intermitente luz blanca y azul de media docena de vehículos de emergencia iluminó la parcela y a las viejas amigas de la infancia.